완벽한 쇼윈도

3

로즈빈 장편소설

해피북스
투유

차례

"그래서 차검, 현수 만나서 얘기는 잘한 거냐?"

"잘하긴 뭘 잘해! 주먹이 몇 번 날아가려다 멈췄는지 네가 알아?"

아오 씨. 정윤은 분하다는 표정을 지으며 지환을 흘겨보았다.

"너 한 번만 더 나한테 남현수 찾아가라고 지령 내리면 진짜 죽는다 알겠어?"

"허어, 내가 언제 찾아가라고 했던가? 전화로 해도 될 일을 굳이 찾아가 대면한 건 자네가 아닌가?"

"시, 시끄러워! 하여튼 너 때문에 되는 일이 없어 되는 일이!"

"아아. 그 대목은 무척 마음에 드네. 자네가 되는 일이 없다는 것이 이렇게 또 내게는 행복이……."

"이것들이 진짜 쌍으로 사람을 빡치게 하네. 야, 너 나와. 책상 돌아 나와."

정윤이 한판 뜨자며 나오라고 손을 휘젓는다. 구경하던 최 계장은 웃음을 터트렸고, 지환은 입술을 꾹 다문 채 모니터로 시선을 돌렸다. 정윤의 일그러진 표정엔 전남편과 얼마나 박 터지게 싸우고 왔는지 여실하게 적혀 있었다.

"야 인마, 차검. 너네는 대체 애들도 아니고 왜 그렇게 싸우냐?"

"내가 싸우고 싶어서 싸웠어?"

"같이 살 때는 어찌 되었건 같이 살아보려고 싸웠다 치자. 이혼까지 했는데 뭘 그렇게 죽일 듯이 싸워, 싸우기를."

"걔가 자꾸 나한테 시비 걸잖아! 나이도 나보다 어린 게! 성깔은 드러워 가지고!"

"언제는 연하라 좋다더니? 박력 있는 성격 니 스타일이라더니?"

"……죽을래 진짜? 깁스도 풀었는데 기념으로 나하고 한판 떠? 진짜?"

어억. 진짜 열 받았다.

지환은 곱게 입을 다물겠다는 표시로 입에 자물쇠를 채우는 시늉을 했다. 어쩌면 저렇게 상극인 사람들이 만나 결혼까지 했던 건지 알 수가 없다. 뭐, 결국엔 안 맞으니 이혼까지 했겠지만.

"……휴."

정윤은 화를 내봐야 소용없다는 걸 인지한 듯 짧은 한숨을 내쉬며 분노를 다스렸다. 전남편과 형사과 앞에 서서 대화를 나눈 시간이라곤 고작해야 10분 남짓. 거짓말 조금 보태서 1분에 한 번씩은 싸운 것 같다.

"어쨌든 얘기는 전달했어. 그 똥멍청이가 잘 이해했는지는 모르겠지만."

"그래. 수고했다."

지환이 영혼을 싣지 않고 말하자 정윤의 얼굴이 사정없이 일그러진다. 기필코 한 대 후려치고 말겠다는 의지가 그녀 얼굴에 새겨지자 촉이 좋은 최 계장은 종이컵을 구겨 휴지통에 던지며 정윤의 가까이 다가섰다.

"아이고, 차 검사님. 어때요? 형사님들 여전히 바쁘시지요?"

"네, 뭐, 그렇더라고요. 다들 밤새우고."

"밤을 새운다는 게 보통 일이 아닙니다. 뭐, 우리도 그렇지만 다들 힘든 일이에요."

최 계장은 말끝에 지환을 바라보았다.

"이쯤 질문 하나. 서 검사님은 왜 이렇게 열심히 일하십니까?"

"저요? 저는 갚을 밥값이 남아서."

하…… 또 생각났다……. 밥값…….

"예? 밥값? 하하하, 하긴. 빚만큼 사람 열심히 일하게 만드는 게 없죠."

"그러는 계장님은 왜 이렇게 열심히 일하십니까?"

"저야 뭐 당연한 것 아니겠습니까. 먹여 살릴 처자식이 있는데, 열심히 해야죠."

지환은 최 계장을 바라보며 빙그레 미소 지었다.

"그러는 차 검사님은 왜 이렇게 열심히 일하십니까?"

최 계장이 이번엔 정윤을 향해 물었다. 지환의 책상에 있던 서류 더미 중 아무거나 집어 들어 훑던 그녀는 가볍게 입술을 열었다.

"저는 먹여 살려야 할 제가 있거든요."

"……네?"

"저요. 저. 저는 저를 먹여 살려야 한다고요."

"아……."

아아. 네. 최 계장은 예상하지 못한 정윤의 대답에 고개를 끄덕거렸다. 종이를 넘기며 정윤은 말을 이었다.

"내 위장 내가 안 벌어 먹여 살리면 누가 먹여 살려주겠어요? 그래서 지치면 안 돼요. 열심히 살아야 하고요. 저는 세상 그 누구보다 잘 먹고 잘 살아야 하거든요."

"네네. 좋은 말씀입니다."

최 계장은 분위기가 온화해지는 것을 느끼며 치고 빠졌다. 지환은 어느덧 평온해진 정윤을 힐끔 바라보다가 입술을 열었다.

"아, 맞다. 나 너한테 할 말 있다."

"뭔데?"

"고마웠다고. 우리 쇼윈도인 거 알면서도 모른 척해준 거."

"아아, 그거."

여전히 그녀 눈길은 서류를 훑고 있다.

"그게 뭐 대수라고. 어차피 인생 다 쇼윈도 아닌가? 회사건 밖이건 사람 부딪치는 곳에선 결국 다 쇼윈도로 사는 건데."

"오, 철학적인 접근인데."

"맞잖아. 인생은 쇼윈도야, 너나 할 것 없이. 진정한 '나'로 사는 사람 몇이나 되겠어? 별생각 없었어. 그래서 아는 척 안 한 거고."

……모두가 가면을 쓰고 살아가는 세상. 회사에선 직함으로, 사회에선 관계로, 감정과는 다르게 말하고 웃어야 하는 매일매일.

"결혼이라고 뭐 다를까 싶네. 중요한 건 쇼윈도냐 아니냐가 아니라. 그래서 행복해? 아니면 불행해? 이것밖에 없으니까."

진짜 내가 누군지, 나도 나를 정확하게 알지 못하는 세상.

"쇼윈도라고 덜 행복하고 쇼윈도 아니라고 더 행복하고, 그런 건 아닌 것 같아."

"……."

"어찌 되었건 희원 씨한테 잘해줘. 두 사람 보기 좋더라."

정윤은 무심하게 중얼거리며 다 훑었다는 듯 서류를 내렸고, 이어 볼펜을 들었다. 정갈하게 묶인 서류 몇 곳에 큰 동그라미를 치고는 지환에게 건넸다.

……어차피 인생은 쇼윈도.

"잘 읽었어. 중첩되는 내용 있어서 표시했어. 다시 검토해봐."

"아아, 땡큐."

그래. 어차피 인생은 쇼윈도. 그래서 나는, 나를 사랑하며 사는 인생을 택했다.

"간다. 수고해, 서검."

미련 없이.

· · ✦ ✦ ✦ ✦ ✦ · ·

"세계무용축제는 서울시에서도 기대가 큽니다. 지역 축제의 개념을 벗어나 세계적인 축제로 자리 잡을 수 있기를 바랍니다."

"여부가 있겠습니까, 백 의원님. 예산 한 푼도 허투루 쓰이지 않도록 회계 관리 역시 철저하게 진행하고 있습니다. 메이저 페스티벌이 될 수 있도록 최선을 다하겠습니다."

백인호 의원은 축제 관계자를 만났다.

서울시에서 막대한 예산을 투자했고, 축제 기간 동안 벌어들일 가상 수익은 꽤 만족스러웠다. 원활한 축제 준비를 위해 서울시는 추가 예산 투입을 앞두고 있었다.

"지역구 경제 활성에도 큰 도움이 될 거라 생각합니다. 단 한 번도 실패해본 적 없는 축제인 만큼 올해는 더욱 분발해주시길 바랍니다."

"감사합니다, 의원님. 성과로 보여드리겠습니다."

축제 관계자와 백인호는 인사 끝에 서로의 손을 잡았다. 호방하게 잡은 손을 흔들다가, 백인호는 무언가 생각났다는 것처럼 입을 열었다.

"아아, 뭐 하나 물어볼 일이 있는데 말입니다."

잡았던 관계자의 손을 놓으며 백인호는 축제 관련 서류를 집어 들었다.

"한국 대표 참가자들은 발탁 기준이 어떻게 됩니까?"

"아…… 예, 의원님. 우선 분야별 전문가들과 함께 일정 기준을 만들고, 그 기준을 통과한 무용수들 가운데 인지도…….'"

"그러니까, 전문가들 기준이라는 건 명확한 공정성은 없다는 것 아닙니까?"

"예? 어…… 글쎄요, 최대한 공정하게 진행했습니다만……."

백인호가 던진 질문의 뜻을 제대로 파악하기 힘든 관계자가 말꼬리를 흐리자, 백인호는 시종일관 웃던 얼굴에 그늘을 드리웠다.

"막대한 지역 예산이 투입되는 축제에 특혜를 받아 수혜를 입는 사람들이 있어서 되겠습니까? 기준이 모호하다는 건 훗날 잡음이 나올 수도 있는 일인데."

"다시 한 번 검토해보겠습니다. 하지만 특혜를 준 인원은 없는 걸로 압니다."

"그건 조사를 통해 확인해보면 알 것이고."

흠, 백인호 의원은 다시 서류로 시선을 내렸다.

"질문이 하나 더 있는데."

"예, 의원님."

그러곤 거듭 페이지를 넘기다가, 어느 한 부분에 멈췄다.

"세계 축제에 꼭 한국무용이 들어가야 합니까?"

"……예?"

관계자는 눈을 껌뻑껌뻑거렸다. 백인호는 미간에 깊은 주름을 만들며, 이건 아니라는 듯 고개를 작게 휘저었다.

"글로벌 축제엔 모두가 즐기고 누릴 수 있는 무대들이 줄을 이어야 하지 않나. 가장 황금 시간대에 한국무용이라니. 요즘 누가 한국무용을 봅니까?"

"아…… 어…… 예, 의원님. 하지만 매번 한국무용은 빠지지 않고 들어갔던 터라."

"매번 들어갔다고 항상 들어가야 하는 법, 있습니까? 사람들이 더 즐길 수 있을 만한 무대로 꽉꽉 채우란 말입니다. 이름만 들어도 누구나 알 만한 그런 인물들로 섭외해서."

"……."

"그러라고 추가 예산 나가는 겁니다. 달리 드리는 게 아니라."

"예, 의원님. 잘 알겠습니다."

'예산'이 입에 오르내리자 관계자는 바로 허리를 숙였다. 다만 얼마라도 예산을 더 받아야 하는 관계자는 지금 백인호의 말 한마디 한마디가 어명처럼 느껴졌다. 무조건 더 화려하게 무대를 꾸며라.

"꼭 한국적인 것만이 능사는 아닙니다. 외국 사람들은 그런 것 관심 없어요. 국민들도 관심 없는 한국무용 같은 거, 누가 보고 싶겠습니까?"

"하지만 준비를 거의 끝마친 상황이라 이제 와서 변경을 한다는 게……."

"……."

관계자는 얼마간의 말을 더하다가 금세 멈춰버렸다. 바라본 백인호의 표정이란 자신의 말을 들어줄 것 같지 않았으니까. 당황한 관계자는 급히 머리를 숙였다.

"죄송합니다. 의원님의 깊은 뜻을 헤아리지 못하고 순간 제 생각이 짧았습니다."

이자가 누구인지, 잠시 잊고 있었다.

"축제는 성공적으로 끝내야 하지 않겠습니까? 축제 끝에 여러 사람 자리가 날아갈 수도, 보전될 수도 있는 건데. 당신 자리도 그렇고."

"아…… 예, 의원님."

백인호는 예산안 관련 서류를 들어 관계자의 손에 쥐여주었다.

서류만 오갔을 뿐, 아직 예산은 확정되지 않았다.

그의 말에 부조건 복종해야 했다. 예산을 받아야만 했고,

"당장 빼세요."

"예. 의원님. 바로 시정하겠습니다."

자신의 자리를 지켜야 했다.

· · · ◆◆◆◆ · · ·

일찍 올 테니 부인은 남편 기다립니다. 알겠습니까?

집에 도착한 희원은 주차장을 빠져나왔다.

오늘, 늦지 마.

"아, 이거 어떡하지? 일이 일찍 끝나서 일찍 온 것뿐인데, 꼭 일찍 들어오라고 해서 일찍 온 것 같잖아."

희원은 중얼거리며 엘리베이터를 탔다. 온종일 시계만 들여다보다가, 연습도 대강 하는 둥 마는 둥 정신을 못 차리다가, 일찍 오라던 남편의 야한 말에 꽂혀 일찍 와도 너무 일찍 온 거지.

에효. 희원은 엘리베이터에서 내려 현관문 앞에 섰다. 지환이 도착했는지는 모르겠고, 일단 들어가야겠는데 영 마음이 싱숭생숭하다. 그가 집에 있어도 문제. 없어도 문제.

"아휴…… 왜 이렇게 떨리냐……."

희원은 중얼거리며 현관 도어록만 노려보았다. 생일 선물이라며 구언이 전해준 쇼핑백을 들고, 한참이나 도어록만 노려보던 그녀는 용기 내어 비밀번호를 눌렀다.

역사적인 날이다. 역사적인 날이야. 으으으, 으으으. 희원은 이상한 소리를 내며 문을 열었다.

"서지환 씨 안에 있어? 나 왔어요."

문을 열고 안으로 들어간 희원은 언제 떨고 있었냐는 듯 표정을 평온하게 바꿨다. 절대로 절대로 온종일 긴장했다는 걸 들키지 않으리라. 그녀는 은연중 각오를 다졌다.

"없나? 아직 안 왔나?"

왜냐. 놀림당할 게 뻔하니까!

희원은 불러도 대답 없는 지환을 찾다가 거실에 멈췄다. 지나친 고요함에 고개를 돌려 현관을 바라보니 그의 구두가 가지런히 놓여 있다.

"왔어?"

"아, 네. 왔……."

그가 인기척을 낸다. 희원은 소리가 나는 곳을 향해 돌아보다가 말꼬리를 흐렸다.

"일찍 왔네. 생각보다 더."

"아…… 어…… 네."

쿵, 희원의 마음속에 싱크홀이 생겨난다. 밑천이 드러나듯 당황함이 그녀 얼굴에 고루 새겨진다. 지환은 힐끔, 그녀를 바라보았다.

"씻고 나오느라 온 줄 몰랐어."

"아…… 알지……. 씻었다는 거 잘 알지……."

허리춤에 수건만 감고 나와 머리를 털고 있는데, 내가 모를 수가 없지…….

"땀을 좀 흘렸어. 씻고 나니까 좀 살겠다."

"땀?"

이 겨울에……? 이렇게 뜨끈한 집에서……? 뭘 했는데……? 땀은 대체 왜……?

희원은 마른침을 꼴깍 삼켰다. 금방 목욕을 끝낸 남편은 물기 있는 얼굴로 서서 근육 자랑 중이시다.

머리를 털어내는 과정에도 씰룩거리며 움직이는 등 근육이 사정없이 그녀 시선을 강탈했다. 눈을 떼고 싶은데, 뗄 수가 없다.

"가, 가운은 어쩌고…… 그러고 있어요."

아니야. 사실은 지금 좋아. 아주 최상이야, 서지환 씨.

"당신 이렇게 빨리 올 줄 몰랐지. 나 원래 이러고 있어. 당신 몰랐겠지만."

"아, 아, 그랬구나."

희원은 급하게 고개를 끄덕이며 시선을 애써 다른 곳으로 옮겼다. 하지만 그것도 잠시, 그의 상체에 자석이라도 있는 것처럼 시선은 다시 달라붙었다. 자신의 표정이 어떤지 생각해볼 겨를도 없이 희원은 자리에 서서 남편의 상체를 응시했다.

"씻을래?"

"……네?"

아니요……. 전 이대로 조금만 더 있었으면 좋겠는데…….

"당신 좋아하는 거품 풀어서 물 받아줄게, 당신도 씻어."

"……."

돌아오는 그녀의 대꾸가 없자 지환은 머리를 털던 수건을 내리며 돌아섰다. 크어억. 씰룩거리던 등 근육이 시야에서 사라지며, 이번엔 평평하고 탄탄한 그의 가슴 근육이 그녀를 반겼다.

"왜 그러고 서 있어?"

나? 좋아서.

"아, 아녜요. 아무것도. 나 옷 좀 갈아입고 나올게요. 더운물 받아주면 고맙겠네요."

"손에 든 건 뭐야?"

"아아, 이거. 구언이가 준 생일 선물."

희원은 멍청했던 표정을 애써 뒤늦게 수습하며 들고 있던 쇼핑백을 들어 보였다. 골반 부근에 손을 받치고 서 있는 지환을 바라보자니 미치겠다, 섹시해.

"구언이가 선물이라고 가는 길에 줬어. 뭐라더라? 커플 잠옷이라고 했나?"

"잠옷? 커플?"

"네. 커플 잠옷이래요."

흠, 지환의 입에서 알 수 없는 탄식이 흐른다. 영문을 알지 못하는 희원은 쇼핑백을 높게 들었던 팔을 내렸다.

"그 친구가 되게 야한 선물을 했네."

"……네?"

"커플 잠옷이라며."

"응. 커플 잠옷. 그게 왜 야해?"

"야한지 안 야한지, 열어볼까?"

어…… 아니……. 나 일단 좀 씻을게…….

"아, 아, 이, 이따가요. 이따가."

"그러든가. 이따가. 이따가 열어보든가."

어쩐지 그의 분위기는 아침과 사뭇 달랐다. 한없이 팔랑거리고 실없는 농담만 주야장천 날리더니. 지금의 서지환은 뭐랄까, 말 한 마디 쉽게 주고받기도 어려운 무거운 분위기가 있다고 해야 할까?

"서지환 씨, 좀 분위기가 적응 안 되는데 무슨 일 있었어요?"

"씻고 나오면 말해줄게. 내가 왜 이러고 있는지. 나 좀 긴장했거든."

……야해지기로 작정을 한 것만 같다. 희원은 더 이상 그와 대화를 주고받다간 씻을 타이밍도 놓칠 것만 같아 황급히 돌아섰다.

가슴이 쿵쿵쿵쿵 뛰고, 다리가 휘청거리는 것만 같았다. 지환은 터덜터덜 걷는 희원을 바라보다가 소리 없는 웃음을 터트렸다. 이어 수건으로 머리를 마저 털며 그녀를 향해 입술을 열었다.

"깨끗하게 씻어."

"……."

"도움 필요하면 부르고."

"아으어으아으어……."

결국 참지 못한 희원의 입에서 알 수 없는 탄식이 흐르자 지환은 돌아서 피식 웃었다. 귀여워.

"저, 저 그럼 옷 갈아입으러 가볼게요."

"그래. 알았어. 시간 없으니까 빨리 갈아입고 빨리 씻고 나와. 할 일이 많아."

"네에……. 할 일……. 그런데 할 일이…… 뭔데요……?"

"선물 줄게."

귀여워서 못 살겠다. 권희원.

· · ◆◆◆◆◆ · ·

그가 받아준 따뜻한 물에 들어가 그 어느 때보다 경건한 마음으로 목욕을 끝마친 희원은 머리를 말렸다.

한참 머리를 말리다 보니 밖에서 음식 냄새가 이것저것 뒤섞여 잡다하게 풍기는 것만 같다. 그러고 보니 거실에 들어왔을 때 이것저것 쓰레기가 많이 나온 것 같긴 하던데. 뭐 하는 거지?

머리를 말리고 거실로 다시 나오니 지환이 없다. 냄새에 홀려 주방에 들어가니 이걸 누가 다 먹나 싶을 만큼의 음식이 줄줄이 한 트럭이다.

"이게 다 뭐야?"

허, 희원은 도저히 이 집에 있을 리 없는 정체불명의 음식들을 바라보다가 지환을 찾았다. 어디 갔지?

그때였다. 띡, 띡, 띡, 띡. 비밀번호를 누르는 소리가 들려 희원은 문 쪽으로 다가갔다. 현관문이 열리는 그 잠깐의 시간.

"여긴가?"

……맥이 탁 풀리고,

"예. 여깁니다."

힘이 실린 손과 발은 굳어버렸다.

너무나도 익숙해서 소름 끼치는, 다름 아닌 할아버지의 목소리가 들려왔다. 희원은 멍하니 넋을 놓고 열리는 문을 바라보았다.

"어머, 희원아!"

"엄마……."

그리고 엄마.

"니 엄마만 찾고, 할애비는 안 보이는 게냐?"

"저도 안 보이는 모양인데요. 아버지."

"할아버지……. 아빠……."

할아버지. 아빠.

희원은 느닷없이 등장한 자신의 친정 식구들을 꿈인 듯 아득하게 바라보았다. 지환은 슬리퍼를 꺼내 내려놓으며 허리를 일으켰다. 넋을 놓은 그녀를 바라보며, 그는 씩 웃었다.

"제가 모셨다는 말을 안 해서, 아마 지금 놀랐을 겁니다."

"어머, 그랬어? 희원이 너, 오늘 할아버지랑 아빠랑 엄마랑 집에 오는 줄 몰랐어? 엄마는 너도 아는 줄 알았지."

……생일.

"며칠 전에 서 서방한테 전화가 와서 우리 초대한다고. 응? 엄마는 너도 아는 줄 알았는데?"

"몰랐어요……."

……선물.

희원은 울대가 꽉 막힌 목소리로 간신히 몰랐노라, 웅얼거렸다. 사위가 내어준 슬리퍼를 신고 안으로 들어온 엄마는 제일 처음으로 딸아이를 안았다.

"어디 좀 안아보자. 우리 딸 너무 오랜만이네."

"엄마아······."

"생일 축하해, 우리 딸."

"엄마, 잘 왔어. 아빠도 잘 왔어. 할아버지도 잘 오셨어요."

희원은 엄마를 꼭 안으며 뒤에 있는 가족들을 향해 손을 흔들었다. 그녀의 해맑은 웃음을 바라보며 아빠, 할아버지, 지환, 세 남자는 같은 색깔의 웃음을 띠었다.

엄마와의 인사를 끝으로 희원은 지환을 응시했다. 일찍 들어오라던 말은 이런 뜻이었구나. 그는 홀로 며칠이나 애를 쓴 걸까. 많은 음식을 혼자 준비하느라고, 가족을 맞이할 준비를 하느라고 땀을 흘린 모양이다.

당신하고 나, 이제 좀 가족 같아져야 한다는 생각이 들어.

······가족 같아져야 한다던 말은 그런, 뜻이었군요.

이제야 그가 했던 말들이 모두 다 이해되는 순간. 희원은 아침나절부터 지금까지 자신을 흔들던 긴장감에서 벗어날 수 있었다. 고마워요, 그녀가 눈으로 말하자 그는 들고 있던 케이크를 올려 보였다.

"파티합시다."

준비한 선물이 그녀 마음에 들었을까. 대답은 듣지 않아도 알 것만 같았다.

"가족끼리 모여서."

가족이란 이런 말, 이런 느낌이었나. 말끝에 가슴이 울렁거린다. 그가 만들어준 지금 이 공간은 더할 나위 없이 소중하게 여겨졌다.

네. 우리는 이렇게 가족이 됩니다.

・・◆◆◆◆◆・・

"장모님, 제가 하겠습니다. 그냥 두…….""

"아이고, 아니야. 이게 무슨 일이라고. 금방 깎아. 내가 하는 게 빨라 그리고."

"아…… 제가 다 하고 싶은데…….""

저녁 식사가 끝나고 뒷정리를 하는 사이, 그녀의 어머니는 자연스럽게 싱크대 앞에 섰다. 디저트로 먹을 과일을 미리 꺼내두었더니 알아서 접시를 꺼내시고는, 알아서 과도를 찾아 과일을 깎고 계시다.

"깨끗하게 해놓고 사네. 엉망일 줄 알았는데."

"희원 씨가 깔끔합니다."

"걔는 할 줄 아는 게 없어. 내가 가르친 게 없어서 말야. 다 지환이 솜씨겠지 뭐."

하나를 보면 열을 아는 주부 9단 엄마는 지환의 깔끔함을 단번에 캐치했다. 빠르게 과도를 움직이며, 엄마는 사위 얼굴을 향해 고개를 돌리곤 웃었다.

"세상에, 그 많은 음식을 혼자 했어? 희원이 도움 없이?"

지환은 그릇에 과일을 담으며 웃었다.

"혼자 오래 지내서 어지간한 음식은 다 합니다. 어렵지 않게 했습니다."

"대단하네. 너무너무 맛있었어. 내가 한 것보다 더 맛있더라."

"설마요."

"아버님도 한 그릇 다 비우셨잖아. 갈비찜을 그렇게 잘 드시는 거 오랜만에 봤어. 희원이 아버지도 그렇고. 두 분 다 입이 까다로워서 어지간하면 입에 대지도 않으시는데."

"다행이네요. 사실 긴장을 좀 했는데."

지환이 머쓱하게 연신 웃으며 곁에서 떨어질 생각을 하지 않자 엄마는 힐끔 뒤를 돌아 거실을 바라보았다.

손녀가 사라지고 바둑 둘 상대가 사라졌던 할아버지는 이곳까지 바둑판을 챙겨 오시곤 손녀와 오랜만에 바둑 삼매경이다. 아버지는 그 곁에서 훈수를 두며 오랜만에 따뜻한 투 샷을 바라보고 계셨다.

"고마워. 서 서방."

"아닙니다, 제가 더 감사합니다. 그리고 일찍 초대 드려야 했는데, 늦어 죄송합니다."

"아니야, 아니야. 마음 다 알아. 둘만 잘 살면 돼, 우리한테까지 신경 쓸 필요 없어."

그녀의 엄마는 진심을 담아 말을 전했다. 너무 고맙다고.

"앞으로 희원이 생일엔 둘이 보내. 우리는 이렇게 한번 와봤으면 됐어. 둘이 맛있는 거 먹고 좋은 곳 가서 데이트도 하고 그래. 어른들까지 챙길 필요 없어."

"둘은 평소에도 맛있는 거 먹고 좋은 곳도 갑니다. 희원 씨가 좋아하는 걸 보니 내년에도 모시고 싶은데요."

"하유…… 어쩜 이렇게 말도 예쁘게……."

그녀의 엄마는 사위에게서 눈을 떼지 못했다. 굳이 깎고 있는 과일에 시선을 주지 않아도 뚝딱뚝딱 과일을 잘라내니, 지환은 신기하다는 듯 장모님의 손을 바라보았다.

"이 정도면 달인 아니십니까?"

"응? 뭐가? 아, 이거. 주방에 오래 있으면 다 해. 이건 기술도 아니야."

"대단하신데요."

"지환이나 희원이가 하는 일이 기술이지. 이건 그냥 손에 익으면 다 해, 누구나."

……엄마의 얼굴도 모르고 자란 지환은 푸근한 장모님의 말끝에 묘한 기분을 느꼈다. 딸의 집으로 초대받으셨음에도 싱크대 앞을 떠나지 못하는, 엄마의 모습.

"반찬 잘 먹겠습니다. 당분간 도시락 싸 들고 회사 다녀도 되겠더라고요."

"입에 맞을지 모르겠어. 한다고 했는데. 먹어보고 맛있으면 내가 간간이 해줄게."

"아, 아닙니다. 아닙니다. 안 그러셔도 돼요."

누구의 엄마인지 구분이 되지 않는 순간.

"저번에 보니까 지환이가 고추장 양념을 더 잘 먹는 것 같아서 그런 종류로 많이 해왔어. 유통기한 짧은 순으로 넣어놨으니까 순서대로 먹어."

"예. 장모님."

"저기, 있잖아."

수십 년을 타인으로 살고 만난 사람들이라고 보기엔 엄마는 푸근했고, 사위는 아들 같았다.

"내가 딸만 키워서 그런지 지환이가 사위가 되어줘서 엄마는 참 든든해."

'엄마'라는 호칭에 지환의 가슴이 뜨끔한다. 두 볼에 열이 나고, 가슴이 두근두근하다.

"희원이 보내놓고 나면 되게 허전할 줄 알았는데, 내가 요즘 웃는 일이 많아. 지환이 생각하면 자다가도 웃음이 나. 주책이야."

"……감사합니다. 제가 더 잘하겠습니다."

"아니야. 노력하지 않아도 돼. 노력은 집 밖에서만 해도 돼. 괜찮아. 괜찮아."

엄한 집에서 자라 할아버지, 아버지, 형과 함께 지내온 오랜 세월. 엄마라는 낯선 존재는 지환의 가슴속 깊은 굳은살을 어루만지는 것만 같았다.

"일하는 거, 힘들지?"

"아닙니다. 저보단 희원 씨가 더 힘들어요."

"힘들지, 왜 안 힘들겠어. 나라에 안 좋은 일이 생기고 범죄자가 생겨야 지환이가 일을 하는 거잖아. 일하는 동안은 예쁘고 고운 일은 하나도 못 보고."

에효. 그녀의 엄마는 속이 상한지 미간을 찌푸렸다. 어느덧 과일은 예쁘고 정갈하게 그릇에 담겼다. 엄마는 집에서 가져온 생강차를 꺼내 들었다.

"젊을 땐 별일이 다 힘들어. 힘들다는 것도 다 에너지가 있어야 느끼는 거야. 사람이 기운 없고 나이를 먹으면 힘든 일도 몰라. 아무 감정을 못 느껴, 그게 얼마나 슬픈 일인데."

보온통을 열자 뜨끈하고 진한 생강 냄새가 퍼졌다.

"젊어서 그런 걸까요, 종종 생기더라고요. 힘든 일이."

지환은 어인 일로 속내를 드러냈다. 엄마, 그 이름 앞에서 속내란 노력하지 않아도 흘러나왔다.

"그래. 힘들지. 힘든 이유란 끊임없이 만들 수 있어. 사람 몫이야. 똑같은 무게를 짊어져도 누구는 무너지고, 누구는 그냥 지나가고, 그러는 거야."

지환이 꺼내준 찻잔에 생강차를 따르며, 엄마는 말을 이었다.

"무너지려는 사람은 한도 끝도 없이 무너질 수 있어. 무너져야 하는 이유를 자꾸 만들거든. 일어서려는 사람은 어떻게든 일어서려고 하고."

"……."

"하지만 터널에도 끝은 있고, 지금 당장 불빛은 희미해도 언젠간 통과하게 돼 있어. 그러니까 너무 자신을 들들 볶지 말고 편안하게 살아."

자, 다 됐다. 엄마는 생강차를 따라놓고는 주변을 살폈다. 지환은 코끝에 스민 생강차가 온몸에 퍼진 것처럼 따뜻한 기운이 느껴져, 장모님의 얼굴을 긴 시선으로 바라보았다.

"해주신 말씀, 잘 새기고 살겠습니다. 많은 힘이 됐어요, 장모님."

"그래? 다행이네."

엄마는 웃었다. 경험자, 어른의 역할.

"사람에게도 이정표가 필요하고, 그래서 경험자의 말도 필요한 거지. 요즘 사람들은 통 들으려고 하질 않아. 지금 이 터널을 먼저 지나간 사람들의 이야긴 줄은 모르고 말야."

엄마는 쟁반을 들며 지환을 바라보았다. 아직은 한참 어린아이들로 보이는 신혼부부.

"지환이나 희원이는 똑똑하니까, 걱정 안 해. 엄마는 두 사람보다 더 아는 게 없어. 그래도 힘들 때 찾아오면 얘기는 들어줄 수 있으니까, 언제든 지환이 편이 여기 있다, 생각해."

"네. 장모님."

"가자."

엄마는 과일을 들고 앞장섰다. 지환은 생강차를 들고 장모님의 뒤를 따랐다.

"어? 생강차네? 우리 집에 이런 게 있어?"

"엄마가 집에서 가져왔지. 겨울인데 생강차 한 잔 마셔야 감기도 안 걸리는 거야."

희원이 오랜만에 엄마표 생강차를 받아들고는 활짝 웃는다.

"안 그래도 엄마 생강차 너무 그리웠는데 어떻게 알고. 잘 마실게요!"

"엄마가 다 알지. 엄마가 모르는 게 어디 있어?"

"자자, 고만 말 시켜라! 희원이 바둑 둔다!"

바둑에 집중한 할아버지가 모처럼 활력을 찾으신 듯하자 내내 붙잡혀 바둑을 두던 희원은 엄마와 지환을 바라보며 웃었다. 모든 것이 감사하고 따스한 시간.

가족의 시간이었다.

＊ ＊ ＊ ◆ ◆ ＊ ＊ ＊

"뒷정리하는 거 하나도 못 도와주고, 미안해요."

즐거운 시간을 끝으로 그녀 가족들이 사라진 공간. 희원은 말끔해진 주방을 바라보고는 미안한 표정을 지었다. 지환은 신경 쓰지 말라며 손을 저었다.

"내가 한 거 하나도 없어. 장모님 손이 얼마나 빠르시던지."

"할아버지가 바둑이 너무 두고 싶으셨나 봐. 설거지는 내가 도와 줬어야 하는데."

"더 큰일 했잖아. 할아버님 즐겁게 해드렸으면 됐지. 그게 뭐 대수라고."

지환은 마지막 뒷정리를 끝낸 뒤돌아섰다. 자신을 향해 미안한 표정을 짓고 있는 희원을 바라보다가, 흔연한 미소를 그렸다.

"어땠어. 선물은 마음에 들었나?"

"엄청. 진심. 대박."

희원은 엄지를 세웠다. 호오, 지환은 눈썹을 추켜올리며 흡족한 표정을 지었다.

"부모님이랑 할아버지를 초대했을 줄은 몰랐어요. 상상도 못 했네. 어떻게 그렇게 기특한 생각을 다 했지?"

그녀가 진심으로 기뻐한다. 설마하니 친정 식구들과 생일을 보내게 될 줄은 몰랐다고.

"우리 부모님은 더 좋아하셨을 거예요. 생일 밥은 항상 같이 먹었었으니까. 고마워요."

"고맙긴. 가족인데. 이런 건 당연한 거 아닌가."

그는 약간은 멀리 떨어져 자신을 바라보고 있는 그녀를 응시했다.

처음, 결혼을 결심하게 되었을 때만 해도 상상도 못 한 그림. 또 다른 가족이 탄생할 수 있다는 사실은 알지 못했던 그때.

"당신이 얼마나 사랑받고 자랐는지 충분히 알겠어. 내내 그런 생각이 들더라."

"예를 들면?"

"음. 생강차?"

"아, 생강차."

그가 말하고자 하는 것이 무언지 깨달은 희원은 웃음을 터트렸다. 딸의 집에 온다고 보온병에 직접 만든 생강차를 가져온 엄마의 마음이 크게 와닿았던 모양이다. 그 어떤 대단한 선물보다도, 겨우내 뜨끈하게 한 잔 먹이지 못한 생강차가 내내 마음에 걸렸을 엄마의 사랑이.

"그런 귀한 집 따님을 제가 모셔왔습니다."

"이제 알았죠? 나 엄청 귀하게 자랐다고요."

"자주 찾아뵙자. 오늘 장모님께 배운 것도 많고, 할아버님 즐거워하시는 것도 보기 좋고. 장인어른도 그렇고."

각자의 삶을 즐기기 위해 만나, 결국은 하나가 되어가는 과정.

"장모님이 지환아, 이렇게 불러주시는데 가슴이 쿵쿵했어."

"들었어. 엄마가 지환 씨 이름 부르더라. 가까워지고 싶은 모양이에요."

"이미 가까운데? 장모님이 엄마가, 엄마가, 하시더라."

지환은 말끝에 미소를 지었다.

"진짜 엄마 같았어. 나, 처음으로 그런 감정 느껴본 것 같은데."

희원은 주방에 서서 나직하게 말을 잇는 지환을 바라보다가 마른 주먹을 쥐었다. 그의 어머니는, 그를 낳다가 돌아가셨다.

"남자들만 북적거리는 집에서 살아봐서 그런가, 그냥 좋더라고. 잘 모르고 살았는데 내게도 결핍이 있었나 싶기도 하고."

……누군가에겐 아무것도 아닐 만큼 평범한 가정. 그마저도 가져본 적 없는 그의 삶.

어쩐지, 지금의 그는 바라보기가 애처로울 만큼 가여워 보이는 까닭에 희원은 얼굴이 뜨거워졌다. 희미한 미소를 담은 그의 얼굴은 진심으로 편안해 보였지만, 할 수만 있다면 과거로 흘러가 어린 그를 붙잡고 안아주고 싶었다.

"내가 살아온 집의 분위기와는 많이 달라서, 좋네. 다정하고 따뜻하고. 우린 좀 삭막했거든."

희원은 아일랜드 식탁에 시선을 고정한 채 서 있는 지환을 바라보다가, 입술을 열었다.

"서지환 씨 집 못지않게 우리 집도 삭막했어요. 알잖아, 할아버지 엄했던 거."

"아아, 그랬을까."

"그럼. 지금에야 이렇게 다 같이 모여서 웃는 거지. 내가 맨날 반항해서 우리 집 엄청 살벌했다고요."

어딘가 모르게 공허한, 어딘가 모르게 채울 수 없는 외로움이 있는 것만 같아서 그의 모습이 시리게 다가왔다.

희원은 걸음을 옮겨 그에게 나가갔다. 다가가고, 가까워진 뒤, 그의 허리를 뒤에서 감싸 안았다.

"있잖아, 서지환 씨."

"응?"

만들어놓았던 미역국, 솜씨가 좋았던 갈비찜. 그런 거 저런 거 다 빼고서라도,

"앞으론 내가 해줄게. 서지환 씨."

이런 당신이라면, 나는, 얼마든지.

"내가, 서지환 씨의 둘도 없는 가족이 돼줄게."

……들어봐. 내가 당신의 가족이야. 내가 당신의 둘도 없는, 세상 하나뿐인 가족이야.

"서지환 씨가 힘들었는지, 아팠는지, 내가 살펴주고 보살펴줄게. 등도 쓰다듬어주고, 때때로 예쁘다, 예쁘다 해줄게."

당신의 그늘이 되고, 당신의 햇살이 되고,

"뭐든 다 괜찮다고 말해줄게. 지쳐서 기대 오면 내가 씩씩하게 안아줄게. 전부 다 감싸주고 지켜줄게."

나의 어머니가 내게 그랬듯 내가 당신을 지켜줄게. 그러니까, 그러니까 당신, 부디,

"한순간도 외롭다는 생각 같은 건 하지 않게, 내가 서지환 씨 곁에 꼭 붙어 있을게."

슬프거나 허하지 않았으면.

희원이 뒤에 꼭 붙어 중얼거리자 지환은 빙그레 웃으며 자신의

허리춤을 감고 있는 그녀 손을 잡았다. 자신의 말 어느 구간 구간에 외로움이 흘렀던 걸까. 그녀는 지금의 자신이 안쓰럽고, 가여운 게 틀림없었다.

"여, 이거 엄청난 감동이 막 밀려오는데."

"진심이야. 나 진심이라고요, 서지환 씨."

비어 있던 마음의 공간이 채워진다. 그는 그녀의 손을 붙잡으며 돌아섰다. 돌아서서 그녀와 시선을 맞추고, 그녀의 등을 감싸 안았다.

"앞으로 호강시켜준다는 말은 못 하겠다."

"괜찮아. 갈비찜을 서지환 씨만큼 잘하는 남자는 찾기 힘들 테니까."

"이만큼 일을 잘하는 남자도 찾기 힘들 거야."

"일 잘하는 건 나랑 관계없잖아요."

"무슨 소리야. 낮에도 일을 잘하고 밤에도 일을 잘하는데."

야한 남편으로 급변한다.

"호강은 못 시켜줄 테니 일이라도 잘해야지. 그렇지? 부인?"

"어…… 아…… 어……."

"내 말 기억하지, 쉽게 잠은 못 잘 거라고."

그는 그녀를 번쩍 안아 들었다. 입막음을 하듯 순식간에 그녀 입술을 삼키고는, 잠시 떨어져 피식 웃었다. 밤이 깊었다.

"갑시다, 부인."

야한 남편이 가장 좋아하는 시간이었다.

쿵, 침대에 두 사람이 포개지듯 떨어진다. 주방에서 침실로 들어오는 그 짧은 시간 동안 그에게 안겨 있던 희원은 등이 침대에 닿자 깊은숨을 내쉬었다.

잠시 잠깐 동안 두 발이 디딜 곳을 잃고 허공을 헤매던 순간. 그의 팔에 실린 힘으로 전신이 공중을 떠돌던 순간. 놀이기구를 탄 것처럼 정신이 없었고, 높은 곳에서 떨어지는 것처럼 아찔했다.

숨이 부딪칠까 봐 제대로 쉬지도 못했다. 가파르게 맥이 뛰어 오르고,

"생일 축하해. 내일이지만. 내일은 내일 다시 축하할게."

"고마워요."

가슴이 떨려 음성은 흐려지고,

"손 좀 줘봐."

"손? 왜?"

가볍게 손을 들어보지만 손끝은 긴장했다. 희원이 손을 들자 지환은 그녀의 손을 천천히 잡고 베개 아래로 끌었다. 베개 속으로 손이 들어가자 작은 상자가 만져진다. 그녀는 느리게 눈을 감았다가, 떴다.

"이건 진짜 생일 선물."

"첫 번째 생일부터 이렇게 감동 주면 다음번엔 어쩌려고 이래, 서지환 씨?"

"아이디어 뱅크입니다. 걱정 마시죠."

놀라 민망해진 그녀가 타박하듯 말하자 돌아오는 그의 답이 가관이다. 희원은 참지 못하고 웃으며 베개 속에 넣었던 손을 뺐다. 작은 상자는, 열어보지 않아도 무언지 알 수 있을 것만 같았다. 반지다.

"반지네요."

상자를 열어본 희원은 눈을 동그랗게 떴다.

"가락지네?"

옥으로 된 쌍가락지가 들어 있다. 전혀 예상하지 못한 디자인에 그녀는 작게 입술을 벌렸다. 뽀얗고 투명한 자태를 자랑하는 가락지.

"공연할 때 결혼반지는 못 낀다며."

생일 선물로 남편에게 옥가락지를 선물 받는 어린 아내가, 또 있을까.

"이런 디자인은 착용할 수 있다고 들은 것 같아서. 그때 끼라고."

"아……."

마치 사극 드라마에서나 구경했던 것 같은, 하지만 그녀는 무대 소품으로 종종 착용하는.

"어떻게 알았어? 나 이런 거 종종 끼는데. 물론 가짜 옥이고 소품이지만."

"남편이 이렇게 관찰력 뛰어난 사람입니다. 이제 그만 인정해주시죠."

"와, 와…… 놀랍다, 놀라워. 어떻게 이런 생각을."

희원은 반지에서 눈을 떼지 못하고 바라만 보았다. 공연 때는 어쩔 수 없이 결혼반지를 빼야 하니, 무대의상과 어울리는 가락지를 선물로 가져왔다.

"마음에 들어?"

"진짜 마음에 들어요. 정말로. 이건 상상도 못 했어."

그녀가 웃으며 고개를 끄덕이자 지환은 준비한 모든 과정이 순조로웠다는 것처럼 씩 웃었다.

"연습할 때도 끼고 있어야지. 좋다, 진짜로."

연신 눈을 빛내며 반지를 바라보던 희원은 고개를 돌려 그의 얼굴 가까이 다가갔다. 손바닥으로 머리를 받친 채 비스듬히 누워 있던 지환은 움찔하며 다가온 그녀를 바라보았다.

"퍼펙트."

희원이 중얼거리자 지환은 입술을 내렸다.

"총평은 잠시 후에."

입술이 얽힌다. 눈은 감기고, 간격은 더욱 좁아졌다. 모든 긴장감과 경계심이 사라진 지금, 완벽한 하나가 되어도 이상할 것 하나 없는 시간이 흘러가는 지금. 참아왔던 사랑이 터지듯, 미루고 미뤄왔던 바람을 이루듯.

잠시 그녀의 입술을 놓아주고 목덜미 부근으로 얼굴을 내린 지환은 뜨거움을 그녀에게 새기다가, 나직하게 중얼거렸다. 말끝에 갈라지는 음성이, 지금 그의 심정을 말해주는 것만 같았다.

"긴장 풀어."

"……아. 나도 모르게 자꾸 긴장이 돼서."

"그럼 천천히, 풀어도 돼."

희원은 경직되어 있던 몸을 편안하게 만들었다. 타인의 온기가 낯선 목덜미에 그의 온기가 찍히자 그녀는 깊은숨을 내쉬었다. 거친 숨은 하릴없이 터져 흘렀다.

"돌아버리겠다, 살 냄새."

"돌지는 마, 서지환 씨."

예컨대 사랑한다는 말은 이런 뜻이었다.

그대가 나로 인해 행복했으면 좋겠다. 세상의 모든 기쁨이 나로 만들어져 나로 끝나는, 그런 세상에 그대를 놓아주고 싶다. 작게는 시선을 맞추는 일로부터,

"괜찮겠어?"

"뭐가?"

"쉽게 놔주지 않고, 쉽게 재우지 않을 거야."

크게는 그대의 숨결을 내가 집어삼키는 것까지. 내가, 그대로 인해 살아 숨 쉰다면 좋겠다.

"네. 좋은데요."

단지 그뿐이라면, 좋겠다.

지환은 희원의 입술에 자신의 입술을 포갰다. 지금껏 나누었던 달콤 상냥했던 입맞춤이 아닌, 뜨겁고 격렬한 힘이 실려 있었다. 삼킬 듯이 그녀 안을 휘저으며 그의 손은 천천히 그녀의 허리 주변으로 올라갔다. 옷은 들춰졌고, 몸은 맞닿았다. 거칠어진 숨이 엉키며 밤의 시작을 알렸다.

서로는 서로에게 많은 것을 허락했다. 오래 기다렸다는 것처럼.

사소한 것들에 대하여

몸은 떨어지고, 마음은 붙어버린 시간. 보이는 풍경 말고는 그 무엇도 생각하고 싶지 않은 시간.

희원은 엎드린 채 고개를 옆으로 돌려 그를 바라보았고, 지환은 비스듬히 누워 그녀를 바라보았다. 둘 사이 중간 어디쯤 뻗어놓은 그녀 손 위로 그는 손을 포갠 뒤 꽉 쥐었다.

……웃음이 전염된다.

"서지환 씨, 왜 웃어?"

"그거야 네가 웃으니까. 그러는 당신은 왜 웃었는데."

"나는 뭐, 내가 웃으면 어쩐지 서지환 씨가 따라 웃을 것 같아서."

싱거운 말들이 오고 간다.

"이런 말, 조금 오글거릴까? 난 이제 정말 서지환 씨하고 부부가 된 것 같은 기분이 드는데."

"오글거린다니. 설마, 그럴 리가."

"부부, 부부 된 것 같다. 서지환 씨하고 나. 우리, 진짜 부부."

부부. 그녀는 계속해서 같은 단어를 곱씹었다. 그 오묘하고 대단한 단어 속에 이제야 우리가 포함된 것만 같으니 경건한 마음마저 들었다.

희원은 미뤄두었던 피곤이 몰려온다는 것처럼 느리게 눈을 감았다가 떴다. 모든 것이 멈춰 있다 보니 상대의 사소한 움직임도 크게 느껴진다. 지그시 감았다가 뜨는 눈빛도, 웃을 듯 말 듯 살짝 올라간 입술 꼬리도. 서로 부둥켜 쥐고 있는 손끝에 실리는 힘의 강약 또한.

"……따뜻해."

희원은 지환이 붙잡고 있는 자신의 손을 바라보며 중얼거렸다. 손으로 스며든 그의 온기는 심장 부근까지 흘러와 고이고, 몸집을 불려갔다. 타인의 온기로 나를 따뜻하게 만드는 일, 상상이나 해본 적이 있었던가.

"솔직히 말하면요. 결혼해서 이렇게 살 수 있을 거라고는 지금까지 한 번도 생각 못 했어."

희원이 고백하듯 말하자 지환은 긍정하듯 미소 지었다. 같은 마음, 같은 생각이었으니까.

"결혼 생활이 이렇게 따뜻할 줄이야. 진짜 몰랐어요."

"나도 몰랐어."

이런 삶과 나의 인생은 조금도 어울리지 않는다고 생각했다. 그런 일은 일어나지 않을 거라고도 생각했지.

누군가를 애타게 사랑하기엔 나는 나를 너무 사랑했고, 내가 다치거나 위험한 일에 놓이는 것을 누구보다 원치 않았다. 모험이 두려웠기에 결혼 또한 두려웠다. 되돌릴 수 없는 선택이란 언제나 두려움을 동반했으니까.

그녀의 말이 끊기자 지환은 이불을 조금 더 끌어 그녀 등을 덮어주며 중얼거렸다.

"조금만 더 일찍 만날걸. 권희원을 조금 더 일찍 만나서 일찍 사랑하고 일찍 이렇게 살걸, 자꾸 그런 생각이 드네."

"지금도 늦진 않았잖아. 모든 경험과 시간엔 이유가 있는 거니까요."

그럴까. 그런 걸까. 긴 터널을 지나왔기에 나는 너를 알아본 걸까. 그런 시간들이 있었기에 지금의 네가 더욱 귀하게 여겨지는 걸까.

"그래. 당신 말대로 그럴 수도 있겠다."

……그렇다면 감사하겠다. 지나온 모든 터널을 돌아보며, 그래도 잘 지나왔다 말할 수 있겠다.

지환은 희원의 머리를 쓸어 넘겨주며 고개를 작게 끄덕였다. 결혼, 그리고 부부. 찾지 않아도 누군가 항시 곁에 머문다는 강제성. 절대로 혼자인 순간이 찾아올 수 없는 자유의 박탈.

그러한 일들이 어떤 날엔 피로감을 몰고 올지 모르지만, 분명 원하고 바라던 삶은 아니더라도, 언젠간 우리의 마음도 닳고 다는 날이 올지라도.

대부분의 날은 서로가 곁에 있음으로 따뜻하리라. 그 순간, 그녀와 그는 믿어 의심하지 않았다.

"아, 이제 12시 지났다."

"응, 12시? 12시는 왜?"

"생일 축하해."

생일 축하해. 시계가 12시를 가리키자마자 그의 입술 밖으로 기다렸다는 듯 축하의 말이 튀어나왔다.

……사람을 살아가게 만드는 건 언제나 사소한 것이다. 사소한 것. 그렇게나 소소하고 소박한 것. 나눈 말, 받아낸 눈빛, 내 어깨가 시릴까, 목 끝까지 올려준 이불 끝의 온기 같은.

"축하해. 진심으로."

희원은 듣고 또 들어도 나쁘지 않다는 것처럼 대답 대신 미소를 지었다. 그리고 생각했다.

"태어나줘서, 고맙습니다. 부인."

덜컥, 나는 네게 간다.

⋆ ⋆ ✦ ✦ ✦ ✦ ⋆ ⋆

'차검, 오늘 끝나고 뭐 하냐? 저녁 같이 먹을래?'

'됐어. 오늘은 생각 없어.'

동료 검사가 퇴근 시간 즈음 찾아와 저녁을 함께 먹자 청했지만 정윤은 고개를 가로저었다. 일이 끝나자마자 집으로 돌아온 정윤은 도어록 비밀번호를 꾹꾹 눌렀다.

'야, 차검 네가 웬일이냐? 저녁을 다 마다하고? 약속 있어?'

'아냐. 그건 아닌데, 그냥 오늘은 입맛이 좀 없다.'

'뭐, 뭐라? 입맛이 없다고? 네가?'

딱히 약속이 있는 것도 아니라면서 식사 자리를 거절하는 정윤이 이상했는지 동료 검사는 의심 많은 눈초리를 했다.

'서검은 오늘 와이프 생일이라고 바쁘다던데. 생일 밥을 차려야 한다나 어쩐다나.'

'……아아, 그렇구나.'

'차검 오늘 진짜 이상하네. 무슨 일 있어?'

그러고 보니 오늘따라 기운도 없어 보이고. 평소의 그녀처럼 씩씩한 목소리도 사라지고.

'나 먼저 퇴근할게. 수고!'

동료 검사에게 의혹만 남긴 채 정윤은 퇴근길을 재촉했다. 잠금 장치가 풀리고 현관문이 열린다. 정윤은 깜깜한 어둠에 휩싸인 집 안으로 한 걸음 들어섰다.

쿵, 문이 닫히고 적막한 공간 속 혼자 우두커니 섰다. 보일러를 켜두지 않은 집 안 공기는 차가웠고, 어디에도 온기가 없어 이곳이 집인지 밖인지 구분도 되질 않았다.

천천히 신발을 벗고 정윤은 집 안으로 들어섰다. 버릇처럼 불을 켜고 가방을 내린 그녀는 곧장 주방으로 들어가 냉수를 꺼냈다. 벌컥벌컥 물을 가득 삼키고 나서야 휴, 긴 숨을 불어 내쉬었다.

그녀의 이토록 기분이 좋지 않은 건, 점심때쯤 휴대폰으로 도착한 메시지 한 통이 화근이었다.

— 두 분의 결혼기념일을 축하드립니다. 결혼반지 및 예물 관련

디자인 변경이 가능······

몇 년 전 오늘, 나는 결혼을 했다.

— ······므로 언제든지 방문 주시면 저렴한 비용과 최상의 서비스로 정성을 다해 모시겠습니다. -××주얼리

아마도 그 당시 예물을 맞췄던 곳에서 결혼기념일을 맞이하는 부부들에게 홍보용 메시지를 발송한 것 같았다.

점심으로 뜨끈한 칼국수를 먹다가. 후후 불며 먹기 좋은 만큼의 양을 들어 입안으로 직행하다가. 무심결에 확인한 문자 메시지 한 통에 모든 것을 멈췄다.

"휴, 이게 뭐라고 또 이렇게까지."

정윤은 빈 유리컵을 쥐고 중얼거렸다. 시간은 기이할 지경으로 돌아가 그때의 나를 데려다주었다. 지환과 똑같은 곳에서 치렀던 결혼식, 견줄 바 없이 화려했던 웨딩드레스. 보석보다 빛날 거라 확신했던, 웃음과 시간들.

"······휴."

정윤은 다시 찬물을 가득 따랐다. 벌컥벌컥 삼키고는 입가를 닦았다.

고개를 들어 찬찬히 거실을 둘러보니 '결혼을 했다'는 흔적을 어디서도 찾을 수 없다. 둘러보다가, 유리컵만 매만지다가, 그녀는 피식 웃었다.

"알기나 알까? 오늘 결혼했다는 걸?"

아아, 모르겠지. 그는 아마도 모를 것이다. 내가 알고자 알아낸 것이 아니듯 그도 누군가 알려주지 않으면 결단코 알지 못하리라.

그렇지. 모르겠지. 모르고 지나가는 게 당연한 일이지. 우리가 몇 년을 남처럼 살아왔는데. 모르겠지.

"아, 왜 이렇게 궁상이야. 진짜. 차정윤, 마음에 안 들어."

정윤은 마치 스스로를 다그치듯 중얼거리고는 유리잔을 내렸다. 으으. 청승떨지 말고 씻자, 씻어.

"좋아. 오늘은 초특급 스페셜하게 아끼고 아끼던 너를 입어주겠어."

터덜터덜 옷 방으로 들어간 정윤은 도톰하고 부드러운 가운을 꺼내려고, 옷장을 열었다. 프랑스 여행지에서 거금을 들여 사 왔지만 정작 아까워 입어보지도 못하고 걸어만 두었던 비싼 가운이다.

그곳, 프랑스 장인이 혼을 담아 기껏해야 1년에 30장 정도 만든다는 가운은 아주 오래전에 구입했지만 바라보는 것만으로도 흡족해서 실제로 입지는 못했다. 사실 이미 입을 가운이 많기도 했고.

그래. 드디어 오늘이다. 내가 너를 입어주마. 정윤은 어렵지 않게 가운을 찾아낸 다음 부드럽게 쓸어보았다. 벌써 촉감이 예술이다.

"집어 들자마자 벌써 기분이 막 풀리는데? 어? 막 격렬하게 씻고 싶어지는데?"

어? 이거 엄청난데? 미친 듯이 씻고 편안하게 입어주고 싶어지는데? 너란 가운, 엄청난데?

정윤은 입고 있던 재킷을 벗고 보일러를 틀었다. 그래, 따뜻하게 지내자. 이렇게 궁상떨 일 뭐 있어? 나는 내가 사랑해주고 있는데. 뜨신 집에서 뜨신 밥 먹고, 뜨시게 자면서 이런 멋지고 예쁜 가운이나 입고 살면 될 일이지.

"저녁엔 와인이나 한잔할까? 가운 입고? 오, 괜찮은데?"

끊임없이 움직이며 혼잣말을 내뱉던 정윤은 옷걸이에서 가운을 벗겼다. 그러자 툭, 하고 함께 걸려 있던 무언가 떨어진다.

"……."

넥타이다.

정윤은 발아래 떨어지는 넥타이를 멍하니 바라보았다. 가벼운 넥타이가 소리도 없이 부드럽게 떨어져 내리는 그 순간, 그녀가 감당하지 못할 많은 기억들이 쏟아졌다.

너에게 주겠다고 샀던 선물. 가운 속에 넥타이를 몰래 숨겨두고 네가 발견하기를 바랐던, 선물.

"아…… 이게 있었네……."

끝끝내 발견하지 못하고 네가 사라져버려, 주인을 잃어버린 선물. 너의 모든 것이 사라진 이 집에서, 숨죽인 채 홀로 자리를 지켜온,

"미치겠다, 이거 뭔데. 이게 왜, 갑자기 왜……."

선물. 그 철 지난 넥타이를 내려다보며 정윤은 입술을 사리물었다. 손끝이 힘을 잃어 가운은 발아래로 떨어졌다.

갑자기 주체할 수 없을 만큼 강렬한 감정들이 하나로 뭉친 듯 거대해져 밀려온다. 이것이 그리움인지 분노인지, 사랑인지 후회인지, 미움인지 외로움인지 구분도 되지 않는.

"뭔데……. 뭐냐고……."

우린 존재했었다고 말하는 것만 같다. 아무도 기억하지 못하는 끝난 결혼기념일 따위, 넥타이 하나가 기억해주고 있는 것만 같아

발끝이 저렸다.

그날의 나는 알고 있었을까, 결국엔 우리가 헤어질 거라는 걸. 알았다면 만나지 않았을 텐데. 알았다면 결혼 같은 건, 하지 않았을 텐데.

"아, 미친다. 진짜. 뭐 이런 그지 같은 일이 다 있어."

정윤은 흔들리는 지금의 자신이 마음에 들지 않는다는 듯 격양된 음성으로 중얼거렸다.

안 돼. 지금 하려는 모든 일들을 멈춰야 해. 우울해선 안 되고, 슬퍼서도 안 돼. 이미 끝난 일을 기억하며 감정을 허비하는 건 절대로 안 돼. 어른이 되는 건 싫지만, 어른답게 살아야 한다는 것쯤은 알고 있으니까.

……휴, 정윤은 다시 가운과 넥타이를 집어 들었다. 주인 잃은 넥타이는 버리고 나면 그만이지. 발견했다고 의미 부여를 한다거나, 감정놀음에 취해 이 밤을 망칠 수는 없는 거다. 그동안 잘 지내 왔으니까.

하지만.

"아…… 뭐냐고, 진짜…….."

그때의 내가 너를 얼마나 사랑했는지 똑똑하게 기억이 나서, 한 발자국도 움직이기 힘들었다. 머리는 자꾸만 외치는데, 몸은 말을 듣지 않았다.

"뭔데…… 진짜……. 진짜 뭔데…….."

……사람을 무너지게 만드는 건 언제나 그따위 것이다. 그따위 것. 그렇게나 작고 시시한 것. 감춘 말, 밀어낸 눈빛, 만나면 추억이

쌓일까, 염려되어 다신 얽히고 싶지 않은 미련만큼,

작고, 보잘것없는, 그따위 것.

"대체…… 이게 대체 뭐라고……. 이게 뭔데……."

정윤은 도저히 벗어날 수 없는 깊은 웅덩이에 빠진 것처럼 기억 안에서 꼼짝없이 허우적거렸다. 그러곤 생각했다.

"뭔데……. 뭔데 자꾸 생각이 나……."

왈칵, 네가 내게 쏟아진다.

· · ✦✦◆✦✦ · ·

"여보세요? 현수?"

— 형님 뭐 하십니까?

"난 집이지. 이 시간에 웬일이냐?"

희원과 함께 잠자리에 들고자 했던 지환은 자리에서 일어섰다. 새벽에 들어선 시간, 느닷없이 걸려 온 전화 한 통의 주인공은 다름 아닌 정윤의 전남편 남현수 형사다.

— 일하다가 갑자기 형님 생각이 나서.

"이 시간에? 갑자기? 내가?"

제가요? 이 시간에요? 대체…… 왜……?

지환은 이해가 되지 않는다는 듯 뚱한 표정으로 희원을 바라보았다. 이불 속에 폭 파고들어 얼굴만 내어놓은 희원은 동그란 눈만 감았다가 뜨며 편안한 표정을 지었다.

지환은 그녀 얼굴을 어루만지다가 자리에서 일어섰다. 통화 좀 하고 올게, 지환이 입모양만 뻥긋거리자 희원은 고개를 끄덕였다.

거실로 나온 지환은 휴대폰을 반대편으로 옮기며 입술을 열었다.

"이 시간에 대체 무슨 짓을 어떻게 해야 내 생각이 나냐? 전개가 옳지 않은데?"

— 아, 그냥 그런 줄 알면 되지 뭐가 또 이렇게 절차가 복잡합니까?

"새벽에 내가 너한테 전화해서 니 생각이 났다고 하면, 너는 반갑겠냐?"

— ⋯⋯아뇨.

"그래. 내 마음이 꼭 그런 상황이야. 뭔 일 있어?"

보통의 사내들이 그러하듯 이슥한 새벽에 걸려 온 상대에겐 목적이 있으리라 확신했다. 사사로운 대화를 주고받는 사이도 아니었고, 목적 없이 통화를 하는 사이는 더더욱 아니었고.

"일하는 중이라니 술 먹자고 전화한 건 아닐 거 아냐."

— 뭔 술입니까, 일없습니다. 그냥 했다니까요.

"웃기시네. 뭔 일 있구만. 혹시 취조하다가 누구 때린 건 아니지? 나 지금 너 잡으러 가야 하는 거 아니지?"

— 아, 이 형님 진짜. 그냥 했다고요, 그냥.

세상에 '그냥'처럼 무서운 말이 없다. 지환은 무슨 일이 있겠거니 녀석의 마음을 지레 짐작하며 소파에 앉았다. 때로는 무작정, 막무가내로 누군가와 통화를 하고 싶어질 때가 있는 거니까.

"그래. 그냥 했다니 할 말은 없는데 현수야, 전화한 김에 우리 언제 보냐?"

그만큼 복잡한 사연이 있다거나, 시시콜콜한 대화나 주고받으며 뜨거운 머리를 식히고 싶다거나, 그런 날도 있는 거니까.

— 조만간 만나야 하지 않겠습니까? 팔은요, 다 나았고?

"다 나았지. 깁스도 풀고. 나야 뭐 워낙 회복력이 짐승 같으니까."

피식, 현수가 웃자 지환은 소파에 머리를 기대며 녀석의 웃음소리에 귀를 기울였다. 어딘가 모르게 힘이 빠진 듯한 녀석의 웃음소리.

"그래. 조만간 보자. 날짜는 네가 정해서 통보해주고. 나보단 네가 바쁘니까."

— 예예. 그나저나 형님은 지금 신혼인데 만나줄 시간이 있겠습니까? 저보다 더 바쁠 때 아닙니까?

"야, 기억 안 나? 나 너 신혼 때 너랑 살다시피 했다. 뭔 소리……."

……아아. 괜한 말을 뱉었다. 지환은 급히 말꼬리를 흐리며 수습해보지만 이미 뱉은 말을, 현수가 듣지 못했을 리 없다.

— 이혼 사유의 절반은 형님이 가지고 있는 거 알죠. 두고 봅시다. 내가 이를 갈고 있으니까.

"후회하는 것처럼 말한다? 이를 갈고 있을 만큼 이혼, 후회하냐?"

— 또, 또. 이 형님하고는 무슨 말을 못 하겠네. 농담은 좀 농담으로 끝냅시다. 누가 검사 아니랄까 봐 인과관계 참 따져요, 하여튼간에.

"니가 말하면 농담도 진담처럼 들려. 알면서 그래."

— 하여튼 끊어요. 혹시나 해서 전화했는데 역시나 할 말이 없네요.

"그래. 끊자. 나도 이 시간에 너랑 통화하는 거, 엄청 부담스럽고 버거우니까."

역시나 싱겁게 전화를 끊으려고 한다. 지환은 결국 속내를 드러내지 못하고 전화를 끊으려 하는 현수에게 한마디 덧붙였다.

"이 시간에 차겸 안 잘걸. 야행성이라. 정 심심하면 전 와이프에게 전화나 해보든가."

— 아, 진짜. 왜 이래요.

"원래 인마, 전 남친, 전남편 같은 사람들은 새벽에 전화하는 거야. 그때 아니면 할 수가 없거든."

— 경험담 잘 듣고 갑니다. 다음에 형수님 만나면 형님 경험담 들려드려야지.

"이 자식이, 농담을 농담으로 받아들이질 못해."

— 끊습니다. 조만간 뵙시다.

무엇이 심란한지 결국 한 마디도 해주지 않고 녀석은 전화를 끊었다. 끊긴 전화, 휴대폰을 가만히 내려다보던 지환은 흠, 긴 한숨을 내쉬며 고개를 들었다.

무슨 일인가. 알고 싶었지만 또 모르고도 싶었다. 타인의 근심이란, 자신이 해결해줄 수 있는 부분을 가지고 있지 않았으므로.

지환이 통화를 하고 들어오겠다며 자리를 비우자 희원은 이불 속에서 뒤척거렸다. 내일 연습을 나가려면 이제 자야 하는데, 왜 이렇게 잠은 오질 않고 그와 나란히 누워 살을 맞대고 싶은지 모르겠다.

자는 시간도 아까워. 그냥 이렇게 누워서, 온종일 그의 얼굴만 들여다보고 싶어진다.

"다 들린다, 다 들려."

희원은 통화 소리가 다 들리는 까닭에 웃음을 터트렸다. 저럴 거면 뭐 하러 불편하게 나가서 통화를 하나 싶은 모양이다.

그때였다. 띠링, 하며 그녀의 휴대폰이 울린다. 몸을 뒤척여 휴대폰을 붙잡은 희원은 전화를 걸어온 상대를 확인하고는 눈을 동그랗게 떴다. 이 시간에? 왜?

"여보세요?"

혹시 내 생일을 알고 전화했나?

— 여보세요? 희원 씨, 정우철입니다.

"네네. 안녕하세요."

희원은 시간을 확인하고는 걸려 온 전화를 받았다. 다름 아닌 공연 관계자다. 한 번도 통화해본 적 없는 사이, 생일이라 전화를 했구나 말고는 따로 짐작 가는 일이 없었다.

아아, 생일이 대체 뭐라고. 민망하고 무안한 까닭에 웃음부터 나왔다.

— 너무 늦은 시간인데 죄송합니다.

"아녜요. 아녜요. 아직 안 자고 있었어요."

이렇게 무용수들을 안팎으로 챙겨주는 사람인지 몰랐다. 공연 관련 사무 일을 처리하는 사람이라 관계가 데면데면해서, 이름 정도나 겨우 트고 지냈는데.

뭔가 기분이 몽글몽글해진다. 그녀 목소리는 더욱 상냥해졌다.

— 지금 연락을 안 드리면 내일 아침에 걸음을 하실 것 같아서 실례를 무릅쓰고 전화를 드렸습니다.

"……네? 그게 무슨 말씀이세요?"

하지만 기대는 빠르게 식고,

— 아…… 이런 말씀을 전하게 되어서 저도 상당히 유감입니다만…….

급속도로 맥이 뛰어올랐다. 불안함을 예상한 심장은 종잡을 수 없는 관계자의 다음 이야기에 조여왔다.

"공연에 무슨 일이 생겼나요?"

— 그게, 그러니까요. 아…… 이게…….

관계자는 자꾸만 말꼬리를 흐렸다. 희원은 침대에서 상체를 일으켜 반듯하게 앉았다. 쿵, 쿵, 쿵, 쿵, 가슴은 뛰고 마른침은 저절로 넘어갔다.

공연이 취소됐나? 그럴 리가? 섭외한 그 많은 해외 무용수들은 다 어떡하고? 뭐지? 대체 뭐지?

— 희원 씨, 내일부터 우리 쪽으로는 연습 안 나와도 될 것 같습니다.

"……네?"

함부로 이해하고 싶지 않았다. 희원은 멍한 눈빛을 들었다.

— 아…… 저도 이게, 아…… 이런 말은 정말 하고 싶지 않은데 일이 이렇게 됐습니다. 죄송합니다.

"아뇨, 똑바로 말씀을 해주셔야죠. 무슨 일인데요."

급기야 그녀는 침대에서 벌떡 일어났다. 밖에선 그가 친한 동생과 통화 중이고,

— 세계무용축제에서 한국무용이 통째로 빠졌어요. 희원 씨 무대도 취소됐고요.

"아…… 네? 왜요? 어쩌다가? 아, 예? 뭐라고요?"

질문의 순서가 뒤죽박죽이다. 희원은 이마를 짚으며 눈을 질끈 감았다.

머리가 일순 무거워져 고개를 들기가 힘든 지경까지 이르렀다. 관계자의 목소리엔 한숨과 미안함이 가득했다.

— 죄송합니다. 갑자기 일이 이렇게 돼서. 정말 죄송합니다. 제가 정한 일은 아니지만 따로 더 드릴 말씀이 없습니다.

"아뇨. 이렇게, 아니, 이렇게 갑자기 통보를 하시면 어떡해요. 이래도 되는 건가요?"

— 저도 잘 모르겠습니다. 윗선에서 정한 일이라……. 저는 그저 결과만 전달해드리는 겁니다.

이슥한 새벽. 생일. 그녀는 한 통의 전화를 받았다.

— 죄송합니다. 죄송합니다, 희원 씨.

공연 취소 통보였다.

콰!

아침, 사무실 문이 열리자마자 희원은 들이닥쳤다. 책상 정리를 하던 직원들은 경직된 표정으로 들어서는 희원을 바라보았고, 대부분은 그녀가 들이닥친 이유를 알지 못해 고개를 갸우뚱했다.

"사무장님 어디 계세요?"

"예? 사무장님요? 아직 출근 전이신데……."

"……하."

희원은 짧은 탄식을 내뱉었다. 전투력을 급상승시키고 들어섰는데, 출근 전이란다.

사무실 직원들은 왜 저러나 싶은 표정을 지은 채 무료한 아침 준비에 여념이 없고, 덩그러니 홀로 서서 희원은 잠시 시간을 죽였다. 어제부로 한국무용 무대가 취소되었다는 건 아직 전달받지 못한 직원들이다.

"저, 희원 씨. 혹시 무슨 일 있으세요? 사무장님 출근 시간이 좀 뒤죽박죽인데. 아침 일찍 나오시는 일은 별로 없거든요."

"기다릴게요. 언젠간 오실 테니까요."

"그러지 말고 그럼 앉아서 기다리세요. 저쪽 탕비실……."

직원이 희원에게 앉을 자리를 권하는, 그때였다. 열리는 문틈으로 사무장이 통화를 하며 등장했다.

"예예, 예예. 알죠. 예, 백 의원님 말씀이 옳습니다. 저희도 일단 다시 공연 내용 점검해서 꽉꽉 채워보겠습니다."

상대가 눈앞에 있다는 듯 약간 굽어진 허리를 하고 있다. 온 신경이 휴대폰에 쏟아져 있는지라, 사무장은 아직 희원을 발견하지 못했다.

"예. 예, 의원님. 조금 더 괜찮은 인물들로 명단 뽑아보겠습니다. 섭외가 문제겠습니까, 예산만 넉넉하게 챙겨주신다면……."

예. 예예. 알겠습니다. 예. 의원님. 예. 예. 예. 들어가십시오. 예, 의원님. 살펴 가십시오! 의원님!

……전화가 끊긴다. 사무장은 굽실굽실하며 통화를 하다가 전화가 끊긴 것을 확인한 뒤에야 허리를 폈다. 자동 반사적으로 미간에 주름이 진다.

"드럽게 참견질이네. 예산이나 얹어주고 구경이나 할 것이지 뭐 이런 것까지 참견하고 난리야. 지지율 올리려고 갖은 지랄을 다 해요, 지랄을."

덕분에 일거리가 늘었으니 반가울 리 없다. 사무장은 짜증을 토로하며 휴대폰을 주머니에 넣고 돌아서다가,

"아…… 희원 씨."

그녀를 발견했다. 사무장이 당황한 듯 놀란 음성으로 알은척을 해오자 희원은 더욱 굳은 표정을 했다.

"아이고, 희원 씨. 어떻게 여기까지 오셨어요. 바쁘실 텐데."

이내 웃는 얼굴로 표정을 바꾸며 사무장이 인사를 건네오니 희원은 마른 주먹을 쥐었다. 어제 새벽, 자신에게 전화를 주었던 관계자가 사무장의 뒤를 따라 들어서고,

그녀를 발견하고는 고개를 반대편으로 돌리며 헛기침을 내뱉었

다. 직원들은 일이 터졌음을 직감하고는 슬그머니 자리에 착석했다.

"잠깐 시간 좀 내주세요. 사무장님."

"시간요? 아이고, 희원 씨. 제가 지금 오전 일이 바빠서 글쎄요, 손님도 오실 때가 되었고 시간을……."

"그럼 여기서 말할까요? 저는 상관없는데."

이곳에 모여 있는, 그녀를 제외한 모든 사람들은 모두가 똑같은 생각을 하고 있었다. 나만 온전하면 된다. 나만 피해 없으면 된다.

"시간 내주시죠. 없어도 만드세요, 사무장님."

그것이 가늘고 오래, 회사에 다닐 수 있는 법칙이었으니까.

"사무장님 아무리 변명하셔도 오늘 저, 못 피해요."

· · ◆◆◆◆◆ · ·

"흠, 여기 자주 출몰한단 말이지."

정윤은 요즘 들어 차민규가 자주 등장한다는 가게 문을 열고 들어섰다. 낮엔 단순한 카페로 영업을 하다가, 밤엔 최고급 와인과 위스키를 판매하는 공간으로 바뀌는 곳이었다.

야경이 끝내주는 루프탑 덕분에 요즘 핫플레이스로 등극한 가게다. 셀럽들이 모여드니 자연스럽게, 돈을 가진 자들이 드나들기 시작했다.

"주문하시겠습니까?"

적당한 곳에 자리 잡고 앉자 직원이 다가온다. 한눈에 보아도 앳된 얼굴, 정윤은 힐끔 직원을 바라보다가 대강 아무거나 주문하며 시선을 돌렸다.

무슨 일인지 요즘 차민규는 봉인이 풀린 듯 이곳저곳을 누비며 방탕한 생활을 이어가고 있다고 했다. 가게 내부를 천천히 훑어보던 정윤은 주문한 커피가 나오자 홀짝, 한 입 삼키며 휴대폰을 들었다.

"내부 좀 촬영해도 될까요? 인테리어가 예쁜데."

"물론입니다. SNS에 많은 홍보 부탁드립니다."

"그러죠."

정윤이 내부를 찍겠다고 하자 SNS용으로 생각한 직원이 웃으며 반긴다. 딱 봐도 세련된 외모, 옷차림. 많은 팔로워를 보유한 나름의 유명인쯤으로 그녀를 생각한 것이 틀림없다.

정윤은 휴대폰을 들고 내부 사진을 찍었다. 남들이 볼 땐 셀카를 찍어대는 것처럼 보이지만, 사실 그녀는 가게 안 CCTV 위치를 확인하는 중이었다.

"이런 곳엔 밤에 와야 하는데 낮에 가라고 난리야. 심심하게. 구경할 것도 없고."

쳇. 정윤은 비교적 한가한 가게가 심심한지 불만스럽게 툴툴거렸다. 에효. 일이 다 그렇지 뭐. 뭘 해도 '일'이라고 생각하면 카페에 앉아 커피를 마셔도 불만이 생기는 법이다.

대강 둘러보고 떠나야겠다. 정윤이 생각하던 그때.

"야, 인마. 이 새끼가 미쳤네. 나 몰라? 저번에 마시던 거랑 똑같은 걸로 가져오라고."

소리가 나는 방향으로 힐끔 고개를 돌렸다. 자신에게 웃는 얼굴로 서빙을 해주던 어린 직원이 손님 앞에 서서 쩔쩔매고 있다.

"죄송합니다, 손님. 지금은 술을 파는 시간이 아니라서요. 가게 방침이……."

"가게 방침 같은 소리 하네. 야, 내가 내 돈 내고 술 마시겠다는데 니가 뭔데 막아서. 안 가져와?"

"아…… 죄송합니다, 손님. 6시가 넘어야 드릴 수 있습니다. 죄송합니다."

"허. 이 새끼 봐라."

직원과 대면하던 사내는 불쾌한지 넥타이를 거칠게 비틀며 끌어내렸다. 정윤이 가만히 들여다보자니 대낮부터 이미 한잔 걸친 얼굴이었고, 앞에 앉은 여성은 상황과 관계없다는 듯 셀카만 찍고 있다. 어딜 가나 진상은 포진되어 있다더니, 이 구역 진상은 너구나.

휴. 정윤은 짧게 숨을 내쉬곤 다시 고개를 앞으로 돌렸다. 소란스럽지만 타인의 일이니까. 타인의 일은, 타인이 알아서 하는 거니까.

그럼 난 책이나 좀 읽어볼까? 정윤은 가방에서 작고 두툼한 책을 꺼냈다.

"야, 사장 불러. 너 말고 여기 사장 오라 해."

"사장님 아직 안 나오셨는데요……."

"뭐야? 이 새끼야, 사장도 없는데 뭔 가게 방침을 따르고 지랄이야! 가져와! 술!"

"죄송합니다. 죄송합니다, 손님."

아무리 외면하고 참견하지 않으려고 해도, 슬슬 신경이 곤두선다. 정윤은 홀짝 커피를 마셨다.

"오빠, 나 짜증 나. 얘 뭐야? 그지같이 생겨가지고는 사람 말을 왜 이렇게 못 알아들어?"

"미안해, 미안해. 아, 우리 애기 짜증 났어?"

"짜증 나. 그냥 나가자. 이런 병신 같은 것들이랑 상대를 하고 있어, 오빠는? 나 그냥 갈래. 술 파는 곳이 어디 여기뿐이야?"

"잠깐만. 가만히 있어봐."

사내는 짜증을 토로하는 여성을 달래듯 하더니 자리에서 일어섰다. 직원은 다음 상황을 예견했다는 듯 두 손을 공손히 모으고, 고개를 숙였다.

"야, 너 나 알지. 내가 여기 VIP야, VVIP."

"죄송합니다. 잘 모릅니다."

"몰라? 몰라? 나를 몰라?"

허, 얘 봐라. 사내는 불이 붙어 못 살겠다는 것처럼 후, 후, 숨을 불어 내쉬더니 다짜고짜 철썩, 직원의 뺨을 때렸다. 커피잔을 내리던 정윤의 손끝이 움찔한다.

"너네 사장보다 높은 사람이야, 내가. 말을 하면 들어 처먹어야지. 버러지 같은 게 왜 시키면 시키는 대로 듣질 않아? 미쳤어?"

"죄송합니다, 손님."

"아니, 죄송은 됐고 무릎 꿇어. 이런 어린 새끼가 사람 쪽팔리게. 내가 내 여자 앞에서 지금 꼴이 우습게 됐잖아, 너 때문에."

XX, XXX, XXXX…….

입에 담지 못할 욕들이 쏟아진다. 한참 독서 삼매경에 빠졌던 정윤은 쓱 자리에서 일어섰다. 무릎을 꿇으라니 별다른 반항 없이 무릎을 꿇으려던 직원의 어깨를 쓱 잡고는 돌려세웠다.

"저리 가 있어. 누나 왔잖아."

……예? 직원이 당황한 듯 정윤을 바라보자 고개를 까딱, 꺾으며 자신의 뒤편으로 보냈다. 사내와 여자는 난데없이 등장한 정윤을 바라보았다.

"너, 넌 뭐야?"

정윤은 팔짱을 끼며 사내 앞으로 가까이 다가갔다.

"나? 나 애 누난데?"

누나? 사내는 잠시 눈을 감았다가 떴다. 정윤은 뒤에 선 직원을 힐끔 바라보고 다시 앞을 보았다.

"너 말야, 업주 측에서 술 파는 시간 아니라는데 왜 자꾸 술 달라고 깽판이야. 시계 볼 줄 몰라?"

"뭐? 뭐? 이게 어디서 반말을…….."

"그리고 너 내 동생 때렸지, 그치."

"저, 저 새끼가 싸가지 없게 굴잖아, 손님한테!"

"대우받고 싶으면 곱게 말해. 사람 무시해야 대접받는 인생인 모양인데, 그렇게 불쌍하고 하찮은 허세밖에 부릴 게 없어?"

"뭐, 뭐, 뭐야?"

"니가 뭔데 내 동생 무릎을 꿇어라 말아라, 대체 뭔데 너."

정윤이 사내에게 좀 더 다가서며 분위기를 험악하게 만들자 셀카만 찍어대던 여자는 눈을 치켜떴다.

"야, 너야말로 뭔데 우리 오빠한테…….."

정윤은 들고 있던 책을 툭, 여자 정수리에 떨궜다. 아! 여자는 두 툼한 책의 모서리에 정수리를 찍히고는 고함을 내질렀다.

"아! 아야! 아아아!"

"어머나, 미안해서 어쩌나. 손이 미끄러져서. 내가 이렇게 연약해요, 손목에 힘이 없어."

"야! 이게 진짜! 너 일부러 그랬지! 경찰 부를 거야!"

"불러. 니 덕분에 CCTV 구경 좀 해보자, 나도."

정윤이 소파에 앉아 있는 여성을 내려다보는 눈빛으로 말하자 여성은 자신의 남자친구를 향해 울먹거리는 소리를 냈다.

"오빠아……. 이년이 지금 내 머리 때렸어어……."

사내는 기도 안 찬다는 듯 크게 코웃음을 치며 정윤의 이마에 삿대질을 했다.

"야, 너 쟤 누나 아니지? 쟤 이름 뭔데. 어? 뭐냐고."

"쟤? 성호. 아니면 정호. 아니면 민호. 준호. 등등등."

"동생 아니지? 어? 동생도 아니지?"

"동생 맞는데. 조금 전부터."

"하, 이런 돌아이를 봤나."

사내는 여자라서 차마 때리지는 못한다는 표정을 지으며 허허허, 실성한 듯 웃었다. 정윤은 가만히 사내 얼굴을 들여다보다가 재킷을 벗었다.

"아, 갑자기 덥잖아. 너 때문에. 후, 더워."

그녀 목에 걸린 패용증. 사내는 천천히 패용증을 내려다보더니, 눈을 크게 껌뻑껌뻑하더니.

"가, 가자. 가자."

"왜 이래, 오빠? 왜 그래! 이 여자가 나 때렸다고 지금! 경찰 부르라고!"

"그래, 잘한다. 제발 경찰 좀 불러줘. 만난 김에 여기서 회식이나 하게."

"뭐라는 거야, 이게 진짜!"

"가자고! 시끄럽고 빨리 나와!"

사내가 여자를 이끌고 허둥지둥하자 정윤은 그 앞을 막아섰다. 어깨에 먼지가 묻었다는 듯 자상한 손길로, 사내의 어깨를 털어주었다.

"이봐요, 안팎으로 못생긴 오빠. 인생 이렇게 막살다가 나랑 또 만나는 수가 있어."

사내는 흠칫, 하며 어깨를 좁혔다.

"내가 막사는 오빠들 되게 좋아하거든. 그런 오빠들 내 방으로 초대하는 게 또 내 취미고."

내 방은 검사 사무실이야.

"내 방에서 단둘이 만나면 오빠 인생 참 즐거워질 거야. 난 화끈하거든. 거침없고. 자비 없고."

만나면 너한테 전과를 선물해줄게.

"내가 또 빨간 딱지를 좋아해. 남은 인생 빨갛게 놀아볼래, 나랑?"

"야! 너 지금 내 남친 꼬시는 거야? 야! 너 진짜 미쳤어?"

"너도 와. 난 둘보다 셋이 노는 게 더 좋거든. 그럼 셋이 빨갛게 놀아보자."

"뭐, 뭐 이런 변태 미친년이 다 있어 진짜!"

"아, 가자고! 빨리 나와!"

그녀의 말귀를 알아들은 사내와 여자가 사라지고 나서야 정윤은 다시 재킷을 입었다. 뒤에 서 있던 직원은 대체 뭘 봤기에 저러고 도망을 치는지 알지 못해 고개만 갸우뚱했다. 힐끔, 정윤은 직원을 바라보았다.

"거기 동생, 괜찮아?"

"아, 네. 감사합니다. 괜찮아요, 여기선 흔한 일이라서요."

"흔하다고 익숙해지지 마. 혼자 참고 말 일 아니고, 웃어넘길 일은 더더욱 아니고."

"……네. 감사합니다."

"다른 일도 많을 텐데 왜 이런 일에 익숙해지면서까지 여기 있어?"

"월급이 좀 세요. 가끔 저런 손님들이 있어서 그렇지, 팁도 제법 나오고요."

아아. 정윤은 땅에 떨어진 책을 주워 들었다. 가까이서 보니 직원은 더욱 앳된 얼굴을 하고 있다.

"저쪽에서 사과하면 동생이 받아줘야 할까 봐 그냥 보냈어. 저런 것들의 사과는 받아도 소용없으니까. 사과가 썩었거든."

"네. 신경 안 써요. 그런데 뭐 때문에 갑자기 저렇게 도망친 거예요?"

"아아, 내가 호신 용품을 좀 보여줬어. 꽤 효과가 좋은 용품이라서. 난 좀 비겁하고 몰상식한 편이라."

"아아……."

직원이 고개를 끄덕거린다. 이해를 한 건지 만 건지 모르겠지만, 그건 중요한 게 아니니까. 정윤은 재킷 단추를 모조리 잠그고 직원에게 다시금 시선을 주었다.

"몇 살?"

"스물하나요."

"등록금 벌어보려고 나왔니?"

"아뇨. 가장인데요."

정윤은 아찔했다.

"아…… 가장……?"

부모님이 편찮으신가. 혹은 일찍 돌아가시고 동생들이 남았나? 정윤이 말을 잇지 못하고 당황한 듯 침묵하자 어린 직원은 진상들이 떠나고 남은 테이블을 치우며 입술을 열었다.

"결혼했어요. 아이도 있고요."

"아……."

마음이 쾅쾅 울렸다.

"결혼을 일찍 했구나."

"네. 아이가 생겨서, 빨리 했어요."

"……멋지네."

정윤의 입에서 의외의 말이 나오자 직원은 테이블을 치우던 손을 멈추고 정윤을 바라보았다.

"멋지네. 동생 와이프는 동생이 멋있어서 빠졌구나."

"멋지긴요. 가진 게 너무 없어서 매일 집사람 고생만 시키는데요."

앳되게만 보이던 직원의 얼굴에, 조금 전까진 느끼지 못했던 책임감이 엿보인다. 침착한 눈매에 깃든 사회와의 타협은 더욱 씁쓸하게 다가왔다. 나는 하지 못한, 내게는 없었던, 가정을 지키는 책임감.

직원은 사내가 침을 뱉은 채 구겨놓은 휴지 몇 개를 손에 뭉쳐 쥐고 허리를 펴며 정윤을 바로 보았다. 이제야, 겨우 이제야 약간 웃는 것도 같았다.

"아깐 정말 감사합니다. 이 빚을 어떻게 갚아야 할지 모르겠어요."

"동생이랑 내가 다음에 또 볼일이 있을지도 몰라. 빚은 그때 갚아."

"아…… 다음에요?"

"혹여 우리가 만나지지 않거든 오늘 내게 진 빚은 꿀꺽하고 말아버려."

"네?"

"가끔은 이런 일도 벌어져야 인생이 즐겁지. 누군가 나를 이유 없이 도와주는, 그런 일."

정윤은 책을 흔들며 직원에게 인사했다. 스물한 살, 인생을 흥청망청 깎아먹으며 즐겨도 좋을 나이. 아내와 아이를 위해 자신의 무릎 따위, 버릴 각오가 되어 있는 어린 가장을 바라보며,

정윤은 제 안에서 휘감기는 거대한 감정을 마주했다.

"다음에도 이런 일 있으면 경찰에 무조건 신고해. 그럼 혹시 내가 또 짠, 하고 나타날지 몰라."

"네? 아, 네."

"그래요, 그럼 수고하고."

그때의 나는, 아무것도 책임지려 하지 않았다.

"갈게요. 힘내요, 가장님."

· · ◆ ◆ ◆ ◆ · ·

'그게, 그래요, 희원 씨. 툭 터놓고 얘기합시다. 우리가 무슨 힘이 있습니까? 위에서 까라면 까는 죄밖에 더 있습니까?'

희원은 어깨를 축 늘어트린 채 집에 도착했다.

'축제 취지와 한국무용이 맞지 않대요. 않다는 걸 우리가 뭐 어쩌겠습니까, 예산은 그쪽에서 넘어오는데, 말을 안 듣고 무슨 수로 버티냐고요.'

사무장은 그녀와 대화를 나누는 동안 약 일곱 통의 전화를 받았고, 두 개의 팩스를 받았고, 홍삼 한 팩과, 비타민 여섯 알을 먹었다.

'미안합니다, 미안한데, 날 붙잡고 이래 봐야 소용이 없어요. 나는 결재권자가 아니라니까요?'

한숨도 청하지 못한 채 이곳에 걸음 했지만 사무장과 대화를 나누면 나눌수록, 시간이 지나면 지나갈수록 전의가 상실되었다.

그녀는 서야 하는 무대를 잃었지만, 사무장에겐 그저 '타인의 사정'에 불과했다. 적당한 안타까움은 지니고 있지만 그건 어디까지

나 인지상정일 뿐. 지나가는 사람을 붙잡고 신세 한탄을 하는 것과 별다를 바가 없는, 사무장은 그런 눈빛을 하고 있었다.

'나도 지시받고 따르는 월급쟁이예요, 희원 씨. 여기서 희원 씨가 버텨봐야 뾰족한 수가 없어요.'

결국 사무장과 만나 제대로 된 항의도 하지 못했다. 그의 상황이, 슬프게도 이해되었다.

"휴……."

희원은 긴 숨을 불어 내쉬며 멈춰 섰다.

"백인호 의원일까……."

사무장이 분명 통화를 하던 사람은 백인호 의원일 것이다. 예산은 시와 지역구에서 처리할 테니. 축제가 열리는 곳은 백인호 의원의 지역구이니 더더욱.

……머리가 복잡해진다. 단순히 무대에 오르지 못하는 불만이 아니라 한국무용이 외면당하는 현실에 속이 상했다. 자신을 비롯해 착실하게 무대를 준비하던 동료들의 얼굴도 하나하나 스쳐 갔다.

바닥에 들러붙은 것처럼 발길이 떨어지질 않고, 현실을 받아들이고 물러서자니 심장이 터질 것만 같던 그때,

"퇴근했어?"

"아, 깜짝이야!"

뒤에서 들려오는 지환의 목소리에 희원은 화들짝 놀라 돌아섰다. 뚜벅뚜벅 구두 굽 소리를 내며 그가 다가온다. 희원은 납을 올려놓은 듯 무겁던 어깨를 폈다.

"거기 정지!"

"……응? 정지?"

희원이 손을 들며 멈추라고 하자 지환이 착하게도 멈춰 선다. 그녀는 다가오지 말라는 듯 손을 흔들었다.

"멈추긴 멈췄는데, 왜?"

"잠깐 거기 있어요. 다가오지 말고."

적당한 간격 사이로, 그녀는 그를 응시했다.

……조금 전까지 떨어지지 않던 발길이 떨어진다. 어깨를 짓누르던 현실의 무거움도 잠시 달아난다. 입가엔, 많은 의미가 담긴 미소가 지어졌다.

"왜 웃어?"

"그냥. 그냥요. 서지환 씨 얼굴 보니까 이제 좀 웃음이 나네."

……아. 희원은 무언가 깨달았다는 듯 탄식을 터뜨렸다.

그 언젠가 지하 주차장에서 고된 표정을 짓고 있던 그가 떠올랐다. 따라 올라가 마주한 집 안의 그는 언제 그랬느냐는 것처럼 웃고 있었다. 그게, 이런 기분이었나?

"나 계속 멈춰 있어?"

"……응. 잠깐 거기 있어."

왜 이러는 거지. 마음이 힘들수록 그의 앞에서 웃게 되었다. 상대의 마음을 편하게 만들어주고 싶은 게 아니라, 실제도 힘듦이 잠시나마 멀어졌다.

당신도 어쩌면, 그때, 그 순간, 나의 얼굴을 마주하며 힘든 일들에서 도피했던 건 아닐까.

"왜 오지 말라는 건데. 궁금한데 말해주면 안 될까, 부인."

어쩌면 당신도 이런 마음, 이런 안도가 아니었을까 하고. 당신,
나로 인해 잠시 편안했던 건 아니었을까, 하고.

"아니. 그냥 서지환 씨 보고 있는 게 좋아서. 간격이 가까우면 얼
굴 보기 힘들잖아."

"가까이서 보면 되지, 그게 뭐라고."

희원은 허탈하게 웃었다. 불현듯 지환의 상황을 체험하고 있는
것만 같아, 많은 것들이 섞여 울렁거리기 시작했다. 머리끝에 고여
든 눈물이 새어 나올까 봐 희원은 입술을 꾹 깨물었다.

"서지환 씨가 가까이 오면 내가 못 참고 안을 것 같아서."

"안으면 되지. 그건 또 무슨 대수인가?"

지환이 성큼성큼 다가온다. 희원은 가까워 오는 지환을 바라보
다가, 두 팔을 뻗어 그를 안았다.

……그래. 힘든 날이 없을 수는 없겠지. 때때마다 서로가 버팀목
이 되면 그만이다. 무너지지 않게, 쓰러지지 않게 함께 짊어지고 나
누며 서로를 지켜주면 되는 거다.

그래요. 우리 위로합시다.

"서지환 씨."

"응? 왜."

내일은 내일의 내가.

"나, 배고파. 오늘 한 끼도 못 먹었어."

"이 시간까지 한 끼도 못 먹었어? 일단 밥부터 먹자. 집으로 가
지 말고 바로 나갑시다, 부인."

모레는 모레의 당신이.

"야, 서검. 갈수록 신수가 훤해진다? 혼자만 나이를 거꾸로 먹는 중이냐?"

"그러게 말이야. 일이 좀 여유로운 모양이네? 때깔이 왜 이렇게 좋아졌지?"

지환의 사무실로 찾아온 동료 검사들은 커피를 홀짝이며 그의 얼굴을 유심히 들여다보았다. 혼자만 번쩍번쩍 얼굴에 광이 난다.

"서검, 요즘 피부과 다니냐?"

"뭔 피부과. 그럴 시간이나 있냐?"

지환은 홀짝 커피를 삼키며 반문했다. 동료 검사들은 수상하다며 연신 의혹을 제기했다.

"근데 왜 이렇게 혼자 번쩍번쩍해? 우리 얼굴에서 광이 나는 건 있을 수 없는 일이야. 뭔가 수상하다고."

수상하다. 수상해. 해도 해도 끝이 없는 업무의 홍수 속에서, 어떻게 퀭하지 않을 수 있지?

종이컵을 입에 물고 눈을 가늘게 뜨는 동료 검사를 바라보다가 지환은 상체를 쭉 펴며 두 손으로 목덜미를 움켜쥐고 스트레칭했다. 그러곤 별거 아니라는 듯 중얼거렸다.

"뭐, 굳이 비결을 말하자면 신혼이라 그러나."

"아…… 제발 그 말만은 니 입에서 안 나오길 바랐다……."

"아니 뭐…… 그거 말고는 딱히 없으니까."

아아, 녀석이 거들먹거리기 시작한다. 동료 검사들은 오만상을 찌푸리며 지환의 거들먹거림을 진심으로 노여워했다.

지환이 흘끔흘끔 책상 위에 놓아둔 작은 거울을 바라보며 자신의 얼굴에 취하자, 동료들은 뜨거운 커피를 원 샷 하고 난 뒤 종이컵을 사정없이 일그러트렸다. 마치 녀석의 얼굴이라도 되는 것처럼.

"니들 말 듣고 거울 보니 내 얼굴에서 광채가 나는 것 같기도 하다. 괜찮네. 한없이."

"야, 보통 신혼 땐 더 퀭해지는 거 아냐? 반들반들해질 틈이 어디 있어?"

도저히 녀석의 오만함을 눈 뜨고 봐줄 수 없는 동료 검사들의 공격이 시작된다.

"맞아. 신혼 때는 원래 더 퀭해지고 눈빛에 다크서클도 미친 듯이 생기고, 그러는 거야 서검. 보아하니 신혼 생활이 열정적이지는 않은가 봐? 응?"

지환이 움찔하자 동료 검사들은 캬캬캬캬, 웃음을 터트렸다.

"서 검사님. 신혼 생활이 적적하신 모양이에요. 마음은 있는데 체력이 안 도와주죠? 괜찮아요, 우린 다 이해하니까."

"뭔 소리야. 넘겨짚지 마라."

감히 신혼을 운운하며 신혼부심을 부렸으니, 서지환은 그 죄를 받아 마땅하지 않은가?

"야, 지환아. 나 신혼 때는 어? 잘 틈이 어디 있어? 눈만 마주치면 막, 파바박 불꽃이 튀어가지고 내가 사무실에서 그렇게 꾸벅꾸벅 졸았어. 그런데 넌 지금 쌩쌩하잖냐. 응?"

"허, 참."

"솔직하게 말해봐. 응? 우린 다 이해한다니까? 버겁지? 생각과 마음처럼 잘, 응? 안 되지? 그렇지? 피곤하지? 그렇다고 해. 빨리. 어서. 당장."

동료들은 악의 기운을 풍기며 지환의 대답을 종용했다. 어서 대답해. 너도 나와 같은 인생이라고 어서 말해. 눈빛으로 모두는 그렇게 협박하고 있는 것만 같았다. 하지만 지환은 피식 웃으며 눈 하나 깜짝하지 않고 비아냥거림으로 응수했다.

"벌써들 그렇게 힘들어서 어쩌냐? 보약들 한 첩씩 해 먹어야 하는 거 아니야?"

"……봐봐. 내가 오늘 이 자식을 없애고 천당을 가야겠다. 봐보라니까?"

"윤검. 아무도 널 붙잡지 않았어. 어서 서검을 없애줘."

동료 검사들은 묘하게 기분 나쁜 지환의 대꾸에 분개했다. 선을 그어놓고 '나는 너희와 달라'를 시전하고 계시니 남자의 자존심이 용서치 않는다.

녀석을 괴롭히고 싶지만 지금 이 순간 녀석을 이길 만한 적당한 말들이 떠오르질 않는다. 아. 분하다.

"야, 서지환. 너 때문에 열 받았으니까 점심 사."

"오늘 말고 내일 살게. 하지만 백반 이상 안 된다. 갚을 빚이 많아."

오오오. 녀석이 순순히 밥을 사겠다고 하자 비로소 동료들의 얼굴에 화색이 돈다.

"서검, 그런데 오늘은 왜 안 돼? 점심에 약속 있냐?"

"아아. 내가 오늘은 도시락을 싸 왔지 뭐냐. 장모님표 도시락."

"……죽여야겠다."

도시락을 역사책 폭탄으로만 접했다며, 동료들은 분함을 감추지 못하고 한동안 들끓었다. 동료들은 묘하게 약이 오르고, 묘하게 열 받지만 장모님과 아내 사랑 듬뿍 받고 자라나는 지환의 신혼 생활이 솔직하게는 싫지 않았다. 옛날 옛적 자신들의 신혼 생활이 언뜻 스쳐 간다고나 할까?

"맞다. 서검, 와이프가 요번에 큰 공연한다고 하지 않았어?"

"아아, 그렇지. 세계무용축제."

지환은 달력을 힐끔 보았다. 그러고 보니 이제 정말 얼마 남지 않았다.

"우리 초청 안 해주냐? 공연 보고 싶은데."

"그러게. 언제 또 이런 문화생활 해봐? 제수씨 언제 공연이야, 이번 기회에 다 같이 가서 문화생활 좀 즐기자."

"그래? 일단 기다려봐. 우리 각시가 아무나 초청하지는 않으니까 한번 물어볼게."

아, 아무나라니. 말을 해도 꼭…… 그렇게…… 섭섭하게 해야겠냐……?

동료들이 다시 쌍심지를 켜고 바라보자 지환은 모른 척 휴대폰을 들었다. 틈만 나면 오만해지고, 틈만 나면 내 자랑하기 바쁜 회사 동료 관계.

지환은 한껏 목에 철심을 박고 희원에게 전화를 걸었다. 휴대폰을 보고 있었는지 그녀가 빠르게 전화를 받는다.

"여보세요? 나야."

어인 일로 그녀 주변이 조용하다. 지환은 별다른 생각은 하지 못하고 빙그레 미소 지었다.

"연습실 나갔어?"

— 아니. 나 집이야.

"아아, 집. 아직 안 갔구나. 오늘은 늦게 나가네."

웬일로 그녀가 아직 집이라고 하자 지환은 고개를 끄덕였다. 동료들은 어서 본론으로 들어가라고, 미간에 주름을 잡은 채 손짓했다.

"다름이 아니라 당신 요번에 그, 축제 때 말이야."

— 아? 축제?

"어어. 사무실 동료들이 당신 공연 보러 가고 싶다는데 별다른 절차가 있나 해서. 그냥 가면 되나? 다들 가고 싶다고 사정사정 읍소를 하네."

— 아…….

……아? 지환은 희원의 낮은 탄식이 이어지자 고개를 들었다. 동료들은 숨을 숙인 채 일동 그녀의 다음 말을 기다렸다.

잠시 희원의 침묵이 이어지자 지환은 다시 말을 이었다.

"아, 인간들이 문화생활을 도통 안 해서, 당신 이번 공연 때 제대로 된 문화생활을 하고 싶다고. 또 언제 그렇게 좋은 공연을 보겠냐며 졸라대서."

"제수씨! 안녕하세요! 공연 보러 가고 싶습니다!"

"제수씨! 허락해주십시오! 저희 얌전히 공연만 보고 오겠습니다!"

뭔가 분위기가 수상한지 동료들이 껴들어 제각각 목소리를 높인다. 설마하니 오지 말라고 하겠느냐 싶었지만 여기까지는 장난 반, 진심 반이었다.

— 아…… 그게 있잖아, 서지환 씨.

그녀의 난처한 음성에 지환의 표정은 조금씩 굳어갔다. 빠르게 분위기를 읽은 동료들은 입을 꽉 다물었다. 뭔가, 상황을 불편하게 만들었구나 하는 마음에 아차 싶었다.

— 내가 서지환 씨한테 말을 하려고 했는데 어제 말을 못 한 게 있어. 하려고 했는데 말이 안 떨어져서.

"뭔데. 괜찮아, 얘기해."

여기까지는 전혀 예상을 못 했다. 지환은 침착하게 그녀 말을 기다려주기로 한다.

어려운 말을 꺼내려는지 그녀는 머뭇거렸다. 아마도, 그녀는 입 밖으로 말을 꺼내어 가시고 있던 상황을 현실로 만들기가 어려웠을 것이다. 그녀에게도 받아들일 시간은 필요했을 테니까.

— 동료분들께 미안해서 어떡하지, 공연 못 보여드릴 것 같은데.

"아…… 그래? 괜찮아, 신경 쓰지 마. 괜찮아, 괜찮아."

지환이 동료들을 바라보며 빠르게 고개를 휘젓자 동료들은 다시 끼어들었다.

"제수씨! 괜찮습니다! 신경 쓰지 마세요! 마음으로 응원하겠습니다!"

"예예! 제수씨! 괜찮아요! 사실 초대해주셔도 못 갈 수도 있어요! 일이 많아서!"

"들었지? 그렇대. 당신 신경 쓰지 마."

지환이 덧붙이자 휴대폰 너머 짧은 한숨 소리가 들려온다.

— 아, 그게 아니라, 있잖아.

"……."

— 나 공연 취소됐어요.

그의 표정은 더더욱 굳어만 갔다.

· · ✦ ✦ ◆ ✦ ✦ · ·

"한국무용이 취소됐다고요?"

희주는 한 통의 전화를 받다가 눈을 동그랗게 떴다. 남편의 지역구에서 벌어지는 축제라서 이것저것 잡다한 일거리를 떠안게 되었는데, 뜻밖의 소식을 접했다. 소파에서 몸을 떼며 희주는 영문을 모르겠다는 음성으로 말했다.

"왜죠? 언제 취소가 됐다는 거예요? 대체 왜? 준비가 부족했습니까?"

— 아뇨, 그건 아닙니다만.

전화를 걸어온 관계자 측은 간단한 설명을 이어갔다. 딱히 '당신의 남편'이 지시한 일이라는 언급은 하지 않았으나, 눈치가 있다면 알아들을 수 있을 정도로 설명했다.

"그러니까, 의원님이 지시하셨다는 말씀이죠."

— 뭐, 예. 굳이 제 입으로 말씀을 드리자면 그렇습니다. 저희도 지금 다시 일정을 짜야 해서 일이 많아졌네요, 사모님.

"아…… 네. 일단 알겠습니다."

희주는 관계자를 독려하며, 곧 찾아가겠노라 말하곤 전화를 끊었다. 취소를 시켰다. 남편이. 공연을. 그것도 한국무용 공연만.

"뭔가 이상한데……."

알기에 남편 백인호는 그렇게 세세한 부분까지 관여하며 손을 대는 사람이 아니다. 무리한 섭외, 무리한 일정이 될 것을 알면서도 그런 무모한 일을 저지를 사람도 아니다.

……무용수 권희원을 전면에 내세운 공연이 취소됐다. 희주는 가만히 생각에 잠긴 눈빛을 했다가 자리에서 일어섰다. 힘이 실린 걸음으로 남편의 서재까지 걸어간 그녀는 똑똑, 노크를 하며 동시에 문을 열었다.

"뭐야!"

서재에 있던 백인호 의원은 급하게 금괴가 들어 있는 비상문을 닫고 나오며 버럭 소리를 질렀다. 자신의 허락이 떨어지기 전에 서재로 들어온 아내. 처음 있는 일이다.

"미쳤어? 내가 서재에 함부로 들어오지 말라고 했지!"

"질문이 있어요."

"허, 뭐? 질문?"

희주는 마치 당신이 이 안에서 무얼 하고 있었는지는 관심 없다는 표정을 지었다. 윽박을 질러도 평소처럼 주눅 들지 않고 하고 싶은 말을 하니, 당황함은 백인호의 몫이 되었다.

"방금 세계무용축제 관련자와 통화를 했는데."

어딘가 모르게 그녀는 평소와 달랐다.

"한국무용 부분, 공연에서 없앴다고."

그것도 아주 많이.

"맞아요? 당신이 지시했어요?"

백인호는 책상 의자에 앉아 힘이 실린 눈빛으로 그녀를 응시했다. 최빈국으로 봉사활동을 다녀온 이후로 대화다운 대화를 섞어보는 일이 처음이지만, 감흥 같은 게 있을 리 없는 시간.

"그게 너하고 무슨 상관이 있지? 왜 내가 너한테 그런 걸 설명하고, 하나하나 답해야 하는지?"

"제가 좀 알고 싶어서요."

"……."

"백인호 의원님."

백인호의 눈빛에 변화가 깃든다. 아내의 낯선 호칭에 한껏 일그러진 표정을 짓던 그는 관찰하듯 희주를 바라보았다.

"너 지금 미쳤어? 여기가 어딘지 몰라? 내가 누군지 잊었어?"

"말씀해주세요. 취소된 이유."

"……하."

백인호는 의자에 등을 기대며 편안한 자세를 취했다. 깍지 낀 손을 무릎으로 떨구며, 간이 배 밖으로 튀어나온 와이프를 비웃는 듯한 표정을 지었다. 왜 저렇게 무모한 태도를 보이는지 모를 일이다.

"까불지 마, 강희주. 너 때문인 거 알고 있잖아."

"……."

"니가 여기저기 설치고 다니면서 일을 이 지경으로 만든 거 아냐. 안 그래?"

정면으로 부딪쳐 오니, 정면으로 받아줄 수밖에.

"그렇게 과거의 남자한테 미련이 남아서 주변 배회를 하고, 그 아내까지 들쑤시고 다닌 건 너 아냐?"

백인호는 비릿한 웃음을 지었다.

"그 아내도 알고 있나? 니가 왜 본인한테 접근했는지. 응? 본인 남편과 그렇고 그런 사이라는 걸 그쪽 아내도 아냐고."

"……."

"대단하다, 강희주. 유부남과 놀아나고 질척대면서 고고한 척, 아무것도 모르는 척, 권희원이 이 모든 사실을 알게 되면 어떨까. 난 그게 너무 궁금한데."

"아무것도 모르면서 말 함부로 하지 말아요."

"함부로 한 건 내가 아니라 너야!"

쾅! 백인호는 책상을 소리 나게 쳤다.

"나한테 걸리지 말라고 했지. 나한테 걸리면 누구에게도 아름다운 결말은 없을 거라고."

희주는 움츠러들지 않고, 천천히 눈을 감았다가 떴다.

……안다. 지금 남편의 말은 조금도 틀린 곳이 없음을. 내가, 끼어들지 말아야 할 관계에 끼어들어 모든 일을 헝클어트렸음을. 그러니 내가 제자리로 돌려놓아야 한다.

"니가 날 가지고 노는데 내가 가만히 있겠어? 권희원은 이제 끝이야. 내가 정치를 하는 동안은 절대로 아무것도 하지 못해."

반드시, 제자리로.

"서지환도 마찬가지야. 날 그렇게 우습게 만들었으면 대가는 치러야지."

"⋯⋯."

"검사 옷 벗어야 할 거야. 바로 너 때문에."

백인호 의원은 조롱하듯 말했다. 눈앞의 강희주가 무너질 법한 말들만 뱉어내며 그는 일순의 쾌락을 즐겼다. 누구라도 제 앞에 엎드리지 않는다면 다리를 부러트릴 각오가 되어 있었으니까.

강희주가 아니더라도 서지환를 제거해야 하지만, 그러기 위해 서지환의 아내를 압박하는 일은 계산된 일이었지만, 지금의 강희주는 그러한 일들을 추진하기에 좋은 명분이 되어주었다. 더할 나위 없는 기회였다.

"그럼 그렇게 해요. 당신이 원하는 대로."

"⋯⋯뭐야?"

그런데, 아내는 뜻밖의 말을 했다.

"그 두 사람을 망가트리라고요. 당신의 모든 권세, 능력을 다 더해서 할 수 있는 모든 걸 하라고."

"무슨 수작이야, 이건."

"당신이 원하는 말은 이런 거잖아요. 아닌가요? 나를 빌미 삼아 서지환을 없애야만 하는 사람이니까, 당신은."

⋯⋯속내를 읽혔다.

올라오는 분노를 더는 못 참겠는지 백인호는 책상을 돌아 나왔다. 한 손에 잡히는 그녀의 목덜미를 거칠게 붙잡고 목을 뒤로 꺾었다. 강압적으로 시선을 마주하며, 백인호는 그녀를 찢을 듯이 노려보았다.

"도발하지 마."

"……."

"너라고 안전하진 않아."

희주는 가만히 그가 하는 대로 고분고분 서 있다가 힘껏 그의 팔을 뿌리쳤다. 처음 있는 아내의 반항에 백인호가 아연실색하자 희주는 자신의 팔을 툭툭 털며 헝클어진 머리를 반듯하게 쓸었다.

이윽고 아무 일도 벌어지지 않았다는 것처럼 평온한 눈빛을 하며, 희주는 입술을 열었다.

"뭐든 해. 난 단 한 번도 내가 안전하길 바란 적 없으니까."

그녀는, 끝내 결심을 했다.

"하지만 당신도 안전하진 않을 거야."

· · ◆ ◆ ◆ ◆ ◆ ◆ · ·

"아, 갑자기 시간이 많아지니까 당황스럽네."

갑자기 늘어난 하루의 시간을 어떻게 소비해야 하는지 갈팡질팡하던 희원은 평소 보고 싶었던 영화 한 편을 보고, 읽고 싶었던 책 한 권을 읽고. 그러고도 시간이 남아 평소 연락을 잘 하지 못했던 지인들과 통화를 하며 긴 수다를 떨고.

"이제 뭐 하지, 입맛은 없는데 밥을 좀 먹을까."

그러고도 시간이 남았다. 희원은 중얼거리며 공허한 눈빛을 들고 창밖을 바라보았다. 하루가 이렇게 길었나, 나에게만 유독 길게 느껴지는 오늘 하루.

툭 하고 던져진 자유의 시간이 버겁고 무거워, 희원은 온종일 어깨를 늘어트린 채 돌아다녔다. 뭘 해도 즐겁지가 않고 뭘 해도 에너지가 솟질 않는다. 종일 공복이었던 까닭인가 싶어 대충 먹어보려 하지만 영, 입안이 껄끄러워 그마저도 포기한 채.

"서지환 씨가 지금 엄청 신경 쓰이나 보다. 괜히 말했나."

평소보다 자주 연락이 오는 그의 메시지에 답을 하던 희원은 후회가 되는 듯 미간을 살짝 찌푸렸다. 오늘 퇴근하면 말해주려고 했는데 일이 이렇게 되어버렸다. 심란하겠지. 느닷없는 아내의 공연해고 소식이 달가울 남편은 없을 테니까.

졸지에 백수가 되어버린 희원은 공연 계약상의 마무리를 짓고자 걸려 온 관계자와의 통화를 끝으로, 밖을 나섰다. 찬 공기가 시원하게 느껴지는 걸 보아하니 속에서 열이 나긴 났나 보다.

"눈 오네."

굵지 않은 미약한 눈이 내린다. 희원은 올해 들어 유달리 자주 내리는 눈을 바라보다가 손바닥을 폈다. 닿자마자 금세 녹아내리는 눈꽃을 바라보다가.

그래, 이게 뭐 대수냐. 살다 보면 이런 일도 있고 저런 일도 있는 거지. 더 잘하라는, 더 열심히 하라는 하늘의 계시인 거지. 다음 기회에 더 열심히 하면 그만인 거지.

"맞아. 속 시끄러워봐야 내 손해지 뭐. 바꿀 수 있는 건 아무것도 없으니 편안하게 생각하자."

피식, 희원은 웃으며 어떻게든 긍정적으로 생각해보려고, 마음을 다치지 않으려고 무던히 노력했다. 그때였다. 휴대폰이 울린다.

"그만 좀 연락해요, 서지환 씨. 일 안 해?"

지환의 전화다.

— 멀티야, 멀티. 일도 하고 사랑도 하고. 둘 다 잘하고 있지.

시답잖은 그의 농담에 특허를 내줘야겠다. 희원은 웃음을 터트렸다.

"못 말리겠다. 그렇게 멀티로 잘하면서 그동안은 왜 일할 때 전화 안 했는데?"

— 당신이 바쁘니까 못 했지.

"……아. 그러네요. 그 생각을 못 했네."

— 당신 한가해지니까 좋다. 통화 자주 할 수 있어서.

"꿈보다 해몽이 좋은 건 아마 서지환 씨가 대한민국 일등일 거야."

이번엔 그가 웃는다. 희원은 흐릿하게 내리는 눈발 사이를 걸으며 그와의 통화에 집중했다. 사실은 이 순간 그가 전화를 걸어주어서, 기뻤다.

— 어디야? 밖인 것 같은데.

"아파트 주변. 몸이 안 풀린 것 같아서 좀 걷고 있었어."

— 아아, 좋네.

"응. 속이 다 시원해."

그녀가 말갛게 웃으며 말해보지만 지환에게 대꾸가 돌아오질 않는다. 종일 속을 태웠을 아내의 마음이, 거기까지 전달된 모양이다.

"서지환 씨는 오늘 늦어? 나 먼저 저녁 먹을까?"

— 아니, 안 그래도 될 것 같은데.

희원은 걸음을 걷다가 뒤에서 들리는 인기척에 멈췄다.

— 오늘 일찍 퇴근했거든.

휴대폰으로 들리던 음성은 조금씩 선명해지더니, 뒤에서 들려오기 시작했다. 그녀는 자연스럽게 뒤를 돌아보았다. 이윽고 입가엔 미소가 지어졌다.

그 어느 때처럼, 한 손엔 베이커리 봉투를 들고, 한 손으론 휴대폰을 잡은 채.

"진짜, 내가 서지환 씨 때문에 못 살겠다."

지하 주차장에서 집으로 향하다가 아파트 현관으로 부리나케 나왔을 그의 모습에 희원은 너털웃음을 흘렸다. 그는 더 이상 가까워오지 않은 채 휴대폰 속 음성으로 말을 건네 왔다.

— 이실직고해. 밥 먹었어, 안 먹었어.

희원은 그를 바라보며 비스듬히 고개를 꺾었다.

"안 먹었어."

— 이거 봐. 이거 봐. 무슨 죽을 일이라고 곡기까지 끊어내? 응?

이거 안 되겠구만? 지환은 그런 표정을 지으며 혀를 끌끌 찼다. 희원은 이제야 약간씩 허기가 느껴지는 것을 느끼며 시무룩한 표정을 지었다.

"서지환 씨 얼굴 보니까 이제 배가 좀 고프네."

— 이래서 남편이 일찍 퇴근한 거야. 내가 좀 맛있게 생겼지?

"……야해."

— 어, 그러고 보니까 좀 그렇긴 한데 뭐, 사실이니까. 그리고 순간 그 생각을 한 당신이 더 야해.

"맞아. 나도 야해."

하하, 하하하하하. 쓸데없이 그가 크게 웃는다. 희원은 덕분에 웃는다는 표정을 지으며 눈꼬리를 둥글게 휘었다. 온종일 써본 적 없던 얼굴의 근육을 쓰고 있는 듯한 기분. 웃을 때 당겨지는 근육이 어색하게 느껴지는, 온종일 무료했던 하루를 무색하게 하는 순간.

그는 약간 모자란 사람처럼 실없이 웃다가 흔연한 미소로 갈무리했다. 희원은 그의 음성에 집중했다.

— 그건 그렇고.

많은 말을 하지 않아도, 나타나준 순간만으로 당신은 위로가 된다.

— 눈 온다, 희원아.

눈 온다, 희원아.

귓가를 울리는 그의 다정한 음성이 너무나도 듣기 좋아, 희원은 몇 번이고 가슴속으로 그의 말을 되새겼다.

눈 온다, 희원아.

그가 불러주는 제 이름이 어찌나 따뜻하고 예쁜지, 희원은 그에게 답으로 건네줄 적절한 말을 찾고 찾다가, 끝내 찾아내고야 말았다.

"응, 그러네."

……사랑해요. 몇 번을 말해야 아쉽지 않을 수 있을까요.

"눈 온다, 오빠."

"위에서 한국무용을 통으로 빼라니까 할 수 없었지 뭐. 사무장님도 만났는데 딱히 뭐라고 할 말이 없더라고요."

희원은 무대에 설 수 없게 되어버린 이유에 대해 설명했다. 지환은 묵묵히 그녀의 이야기를 듣다가 입술을 열었다.

"갑자기 이렇게 일방적으로 계약 해지를 해도 되는 건가? 계약서 가지고 있어?"

"가지고 있지. 살펴보니까 조항이 있긴 있더라고. 대신 뭐 보상이 있다고는 하는데 그게 중요한 건 아니니까……."

"내가 좀 봐도 될까?"

"물론이죠. 여기 있어."

지환의 무릎에 누워 있던 희원은 팔을 뻗어 소파 테이블 아래 서랍에 들어 있는 계약서를 꺼냈다. 지환은 그녀 공연 계약서를 꼼꼼하게 훑으며 입을 열었다.

"앞으로 계약할 때 계약서 정도는 나하고 공유해. 대강 살펴도 불공정한 조항들이 좀 있는데."

"와, 진짜? 봐줄 거야? 검사님께서 내 계약서를 직접?"

다시 제 무릎에 누우며 희원이 생글생글 웃자 지환은 계약서에서 눈을 떼며 잠시 그녀를 바라보았다. 이 계약서라는 것이, 언뜻 보면 그게 그거겠거니 하는 말들이 꽤 많지만 자세히 뜻을 알고 들여다보면 보이는 게 전부가 아닌 경우들이 있다.

이를테면 단어의 선별. 애매모호한 상황에 대한 두루뭉술한 방침. 지환은 희원에게 특정 조항을 보여주었다.

"봐봐. 이건 아, 다르고 어, 다른 말인데 이런 식으로 표기하면 나중에 계약서상의 효력을 입증할 수가 없어. 그래서 지금 같은 일이 생겨도 어쩔 수 없는 거야."

"뭐 나야 볼 줄 아나. 그냥 좋은 게 좋은 거다, 하고 계약하지. 이런 일은 드물고요."

"무슨 소리. 그 드문 일을 위해 존재하는 게 계약서야. 드물게 발생하는 일에 대해 명백한 과실을 가리려고."

계약서를 보니 엉망이다. 지환은 문제가 많은 계약서를 훑다가 답이 없다는 듯 미간을 좁혔다.

별수 없다. 이미 도장을 찍은 일이고, 그래서 그녀는 갑작스러운 해고 통보에도 어쩔 수 없는 입장이 되어버렸고.

"검사 남편 이럴 때 써먹지 언제 써먹나? 앞으론 공유합시다."

"네네. 검사님. 든든하네요."

희원이 웃으며 고개를 끄덕이자 지환은 한쪽 팔을 내려 그녀 머리를 쓸어 넘겼다. 누워서 아삭아삭, 사과를 잘도 먹는다.

"체해. 일어나서 먹어."

"체해도 돼. 아플 시간도 많은데 뭐. 나 어차피 백수야, 서지환 씨."

"……아깐 오빠라더니?"

"아. 맞다. 오빠."

잘게 먹던 사과를 마저 입에 넣으며 희원이 화통하게 웃는다. 입 안의 사과가 그대로 보일 지경으로 시원하게 웃으니 지환은 고개를 절레절레 저으며 따라 웃었다. TV를 틀어놓았지만 누구 하나 화면으로 눈길 주는 사람 없는 부부의 시간.

"다시 해봐. 오, 빠."

"시키면 더 하기 싫어지는 인간의 마음을 알고 계십니까, 모르고 계십니까?"

"그게 그렇게 어려워? 다른 남자들한테는 잘도 하더니?"

"난 뭔가 서지환 씨, 이렇게 부르는 게 좋은데. 세상에 오빠는 많지만 서지환 씨는 하나뿐이잖아?"

"그 많고 흔한 호칭이 저는 듣고 싶은데요. 권희원 씨."

"아 뭐, 불러줄게요. 그게 뭐 그렇게 어렵나? 오빠아."

희원이 포크를 뻗으며 사과를 하나 더 콕 집는다. 아삭아삭 시원하게 베어 물더니 반쯤 남은 사과를 위로 들어 올린다.

"오빠, 좀 먹어볼래?"

지환은 계약서 마지막 장을 덮으며 입을 벌렸다. 희원이 사과를 넣어주고 지환은 우적우적 사과를 씹었다.

"맛있지? 이번 사과는 너무 맛있다."

"맛있어서 먹은 건 아니고 빨리 먹고 치워버리려고 먹은 건데."

냉큼 마지막 남은 사과를 들더니 입에 쑤셔 넣듯 집어넣는다. 지환이 우적우적 사과를 씹자 희원은 시선을 위로 들어 그를 올려보았다.

다 먹었다. 지환은 깨끗하게 비운 사과 접시를 바라보다가 그녀에게 시선을 내렸다.

"검사 동료들이 나더러 신혼 생활이 너무 적적한 거 아니냐고 놀려."

"……그게 뭔 말이야?"

"신혼인데 얼굴에서 빛이 난다나, 퀭해도 모자란 거 아니냐, 신혼 생활은 안녕한 것이냐 하며."

"아니, 남의 남편 얼굴에서 빛이 나는 게 무슨 문제라고 놀려? 부러워서 그러는 거 아녜요?"

어……. 사실 나도 그렇게 생각하긴 하는데……. 지금은 그런 게 중요한 건 아니고…….

"뭐라고 놀려대냐면 밤잠 설친 얼굴이 맞냐, 체력이 달려서 집에 오자마자 딥 슬립 하는 얼굴이다, 등등등."

"어머. 웬일이야. 검사님들도 별수 없네, 모이면 다 똑같구나. 그래서 서지환 씨는 뭐라고 했는데?"

"물론 나는 건강하고 쉽게 지치지 않는다고 했지."

"잘했어. 아주 잘했어."

희원이 예상과는 달리 잘했다며 칭찬해주자 지환의 사기가 더더욱 오른다. 그래. 지금이 기회다.

"부인, 그런 의미로 나 좀 퀭하게 만들어주면 안 될까?"

응? 다크서클이 발아래까지 내려오도록. 이게 다크서클인지 그림자인지 구분이 안 갈 지경으로.

"좀비처럼 보여도 되는데. 누가 봐도 밤을 하얗게 지새웠구나, 느껴도 되는데. 아니, 그러면 좋겠는데."

"그럼 바둑 둘까? 나하고 아침까지?"

아니! 무슨 그런 섭섭한 말을 해!

"바둑도 물론 좋지. 좋은데. 나는 솔직히 그런 머리 쓰는 일 말고 몸 쓰는 일을 하고 싶…….."

지환은 매듭을 짓지 못한 말을 꾸역꾸역 삼켜가며 말꼬리를 흐렸다. 이 양반이 지금 뭐라고 중얼거리는 건가, 싶은 표정으로 그녀가 바라보고 있다.

아니, 뭐 그렇게까지 쳐다봐? 이게 그렇게 노려볼 일이야?

"내가 잠시 생각이 짧아 허언을 했구려. 부인의 심중을 헤아리지 못하고 경거망동을 하였소. 내 진중한 사과를 건네는 바이오."

"웃겨. 지가 다 먹어놓고 뭔 사과."

"…….."

무릎에 누워 있던 희원이 일어선다. 으으으, 괴상한 소리를 내며 스트레칭하듯 팔을 쭉 펴고 몸을 풀더니 급기야 걸음을 옮긴다.

"어디 가?"

지환이 뚱한 표정을 지으며 묻자 희원은 힐끔 돌아보았다.

"오늘따라 엄청 피곤하네. 이만 자야지."

"백수가 뭘 했다고 피곤해? 일하고 들어온 사람도 있는데."

"모르는 소리. 백수가 원래 더 할 일 많고 피곤한 법이거든?"

"그래! 자라, 자!"

지환은 몹시 상처받은 표정을 지으며 TV 모니터를 노려보았다. 희원은 얼굴로 기분을 말하고 있는 그를 바라보다가 웃음을 터트렸다.

"나 이제 씻을 건데."

"아아. 그래. 그러시겠지."

단단히 삐쳤다.

"TV 계속 볼 거야?"

"당연하지. 보던 건 마저 봐야지. 난 시작하면 끝을 보는 성격이라."

"아아, 그러시군요."

귀여워. 우리 남편.

"오빠, 나랑 같이 씻을래?"

"네!"

네네네네네네네네네.

지환은 조금의 고민도 없이 벌떡 일어섰다. 희원이 앙큼한 눈매를 하고 바라보자 지환은 누가 보면 혀를 찰 지경으로 천치 같은 웃음을 흘렸다.

저 드럽게 쓸모없어 보이는 그녀의 잠옷을 단숨에 날려버릴 생각만 잔뜩 하며, 지환은 그녀의 곁으로 다가갔다. 같이 씻자는 말이 부인의 입에서 먼저 나올 줄이야.

"부인이 야해졌어. 아주 마음에 들어."

몹시 마음에 든다며 지환이 눈썹을 추켜올리자 희원은 별거 아니라는 듯 잠옷 단추를 하나하나 풀어 내리기 시작했다.

"오빠는 내일이면 퀭해질 거야."

이 여자, 너무 사랑스럽다.

"내가 그렇게 만들어줄게요."

• ◆ ◆ ◆ ◆ ◆ • •

"요즘 이 동네 자주 오네. 정들겠어, 이러다가."

얼마 전 차민규가 곧잘 출몰한다는 가게를 방문했던 정윤은 그 가게 근처 다른 음식점을 찾으며 걷다가 중얼거렸다. 스페인 정통 음식을 한다는 집을 발견했는데, 세계 각국 나라 음식에 익숙한 정윤은 어디 얼마나 잘하는지 살펴보려고 결심했다.

맛집은 찾아내줘야 한다. 내가 가는 그 길이 곧 맛집이다. 정윤은 슬로건을 내걸듯이 속으로 생각하며 씩씩하게 혼밥의 세계로 향하고 있었다.

며칠 기운 없이 돌아다녔는데 맛있는 거 많이 먹고 정신 차려야지. 기대 이상으로 씩씩해질 필요가 있다. 내가 나를 돌보지 않으면 아무도 나를 돌봐주지 않으니까.

"제발 맛있어라. 제발 맛있어라. 내 입맛에 딱 맞아라아아아."

오로지 '맛집'만 생각하며 길을 걷던 정윤은 지도 한 번, 간판 한 번 보다가 난데없이 우뚝 멈춰 섰다. 그러곤 천천히 뒤를 돌아 조금 전 자신을 스쳐 간 사내의 뒷모습을 응시했다.

"뭐지, 기운이 이상한데."

정윤은 고개를 갸우뚱하다가 가던 길을 포기하고 사내의 뒤를 따랐다. 지도에 눈이 팔려 얼굴도 자세히 보지 못한 낯선 사내였지만,

"저, 말씀 좀 여쭐게요."

순간 스치며 무의식적으로 새긴 사내의 인상착의는 어딘가 모르

게 낯익었다. 정윤은 다짜고짜 사내를 불렀다. 그러자 사내가 돌아본다.

"뭐요."

"아…… 제가 길을 잃어서 그러는데요."

정윤은 활짝 웃으며 휴대폰을 들었다. 지금까지 검색했던 맛집 이름을 지우고, 차민규가 자주 드나든다던 가게 이름을 검색해서 보여주었다.

"여기를 가려고 하는데 혹시 아세요?"

"줘봐요."

사내는 휴대폰을 가져갔다. 정윤은 빠르게 그의 손과 손목을 훑었다. 문신. 일단 문신이 있다.

"여기? 지금 가려고?"

"네? 아, 네. 사실 한 번 갔었던 가게인데 골목길이 많아서 헷갈리네요."

십자가? 정확하진 않지만 유사하다. 예전 금괴 밀수 건으로 붙잡혀 기흔내게 소사를 받았던 어느 한 가장의 진술과 일치하는 모양새가 언뜻 보인다.

심지어 얼굴은 매우 낯이 익다. 누구지. 기억해라, 누구지.

정윤은 왜 자신이 이 사내를 기억하는지에 대해 머리를 굴렀다. 머릿속에 담긴 범죄자 백과사전을 빠르게 펼쳐 우르르르르, 장을 넘기듯 정보를 뒤졌다.

"따라오쇼. 나도 지금 거기 가는 길인데."

"아? 정말요? 감사합니다!"

정윤은 사내가 휴대폰을 건네주며 따라오라 고갯짓을 하자 반갑다는 듯 웃었다.

"이 가게 가시는 거예요? 어머나 신기해라. 저랑 같은 곳으로 가시네요?"

"말 걸고 그러지는 맙시다. 내가 지금 아가씨하고 노가리나 까며 걸을 기분이 아니니까."

어머나, 아가씨래. 그냥 못 본 척 놓아줄까?

"죄송해요. 말 걸어서."

"조용히 따라나 오쇼. 조용히."

하, 대체 누구지. 정윤은 험악한 인상으로 으르렁거리듯 말하는 사내를 따라 걸으며 연신 머리를 굴렸다. 그러다가 번쩍 고개를 들었다.

……그래. 기억났다. 이 남자는 차민규의 고등학교 동창이다. 숱한 날 들여다보고 들여다보았던, 차민규의 동창들 중 한 명.

"말 걸지 말라고 하셨는데 말 걸어서 정말 죄송한데요. 혹시 단골이세요? 거기 뭐가 맛있는지 정보 좀 얻을 수 있을까요?"

"아니, 근데 이 아줌마가. 말 걸지 말라고."

아줌마라니. 넌 내 손으로 반드시 잡고 만다.

"죄송해요, 제가 궁금한 건 못 참다 보니까. 또 같은 가게 간다고 하시니 반가워서요."

"웬만한 건 다 먹을 만하니까 그냥 주문해서 먹어요. 난 뭐 술이나 마시지 안주는 잘 모르니까."

"아, 네네. 역시 다 맛있나 봐요. 그냥 직원의 추천을 받아야겠어요.”

사내가 약간 누그러진 표정으로 힐끔 바라보자 정윤은 무안하게 웃었다.

김복재. 차민규 동창. 전과 10범. 현재 거주지 불확실. 신용불량. 무직. 이혼.

정윤은 빠르게 정보를 기억해냈고 줄줄이 나열했다. 이 사람의 손목에 있는 문신이 십자가가 맞다면, 일전에 어느 집 가장이 보았다던 밀수 금괴 용의자가 확실해진다.

“정말 죄송한데 지금 혹시 몇 시나⋯⋯.”

“휴대폰으로 보면 될 거 아니야! 거참 귀찮게!”

사내는 버럭 화를 내면서도 와중에 손목시계를 들여다보았다. 십자가 형태를 지닌 문신이 드러나고, 정윤의 눈썹은 미세하게 올라갔다. 그래. 너구나. 맞다.

“10분 전 8시. 거참 말 시키지 말라니까 더럽게 말 안 듣네.”

“네네. 죄송합니다! 이제 조용히 따라갈게요!”

찾았다. 차민규의 끄나풀.

· · ✦✦✦✦✦ · ·

— 데니스 한, 너무 오랜만이에요. 이게 얼마 만이죠?

— 오랜만이죠. 이틀 전에 당신과 식사한 걸 제외하면 정말 오랜만이군요.

— 맙소사, 이틀도 내게는 너무 긴 시간이었어요. 전화를 할 줄

알고 기다렸는데 전화가 안 와서.

미국식 조크에 객석은 웃음바다가 된다. 주혁은 미국으로 돌아가자마자 미친 듯이 쏟아지는 일정을 소화했고, 오늘은 미국 저명 토크쇼에 게스트로 출연했다.

그를 격렬하게 환영하며 맞이한 MC 제니스는 미국인들이 가장 사랑하는 진행자이며 해당 토크쇼의 오랜 터줏대감이다. 그녀는 모르는 사람이 없었고, 주혁과도 깊은 친분을 유지하고 있었다.

― 데니스, 당신 이야기를 듣고 싶어요. 당신은 어떻게 지냈나요?

― 당신 생각을 종종 했죠. 매일 밤 당신의 섹시한 입술이 자꾸 떠올라서.

주혁이 대답하자 MC 제니스는 카메라를 바라보며 말했다.

― 시청자 여러분. 현혹되지 마세요. 이 남자는 모든 여성에게 이런 말을 한답니다.

객석에선 다시 한 번 웃음이 터졌다. 세련된 외모의 주혁은 세트장의 분위기를 천천히 녹이며 다리를 꼬아 앉았다.

준비된 질문과 준비된 답변이 오고 갔다. 중간중간 흐름이 끊길 때마다, 능숙한 MC는 자연스럽게 화제를 전환하며 쉴 새 없이 주혁에게서 에피소드를 뽑아냈다.

주혁의 어릴 적 이야기가 잠시 진행되고, 어릴 때부터 도전하는 것을 좋아했다는 주혁의 답이 끝나자 MC 제니스는 손에 쥐고 있는 카드를 넘기며 다음 질문을 확인했다. 분위기상 흐름이 적절한 질문이 기다리고 있다.

― 데니스 한, 당신은 세계 여러 나라를 돌아다니며 무용수들을

발탁하죠?

― 음, 그렇죠. 새로운 것을 발견한다는 건 언제나 짜릿한 일이니까.

― 이번엔 어떤 새로운 것을 경험했나요? 어떤 나라를 방문했죠?

주혁은 잠시 생각하는 듯 눈을 들어 올리고 숨을 쉬었다.

― 아하, 이번엔 아시아의 여러 나라를 다녀왔습니다. 그중 한국이 가장 새로운 경험을 안겨줬죠.

다시 떠올리자니 황당한지 주혁은 입을 가리며 웃었다. MC 제니스는 상체를 앞으로 가까이 하며 관심 있게 그를 바라보았다.

― 한국을 방문했다고요? 시내에 핵폭탄은 없던가요?

― 있었어요. 그래서 내가 가져왔죠. 지금 한국은 안전해졌습니다, 내가 핵폭탄을 미국으로 가져왔으니까.

MC 제니스가 특유의 놀란 표정을 지으며 과장된 행동을 보이자 주혁은 웃으며 농담이라고 말했다. 객석이 들을 준비가 되었다는 듯 소란이 내려앉자 주혁은 미간을 문지르다가 입을 열었다.

― 한국에서 아주 오만하고 어리석은 무용수를 만났죠. 그녀는 세련된 안무 솜씨를 가지고 있었는데, 한국의 전통 무용을 하고 있었어요.

― 전통 무용? 음, 한국 전통 무용에 대해 설명해줄 수 있나요?

― 물론이죠. 한국의 전통 무용이란 몸속의 피를 타고 음악이 흐릅니다. 무용수는 피의 흐름을 따라 움직일 뿐이고.

― 호오, 어려운데요. 그런 춤을 추는 사람은 대체 어떤 사람일까요. 심지어 오만하고 어리석은?

— 맞아요.

— 그런데 왜 오만하고 어리석을까요? 데니스의 눈에 그렇게 비친 이유가 있나요?

— 내 제안을 거절했으니까. 난 그녀를 세계 무대로 진출시키려고 했지만 그녀는 남편의 곁에 남겠다고 하더군요.

— 맙소사, 당신의 제안을 거절했다고요? 어떻게 그런 일이 있을 수가 있죠? 어떻게?

— 처음엔 놀랐죠. 그래서 고집을 부리기도 했는데, 결과적으로 훨씬 더 오만하고 어리석은 쪽은 나였더군요.

주혁이 알 듯 말 듯한 이야기를 이어가자 분위기가 고조된다. 객석은 숨을 죽였고, 시청률 올라가는 소리가 관계자들의 귓가에 고여 들었다.

— 내가 술에 취해 그녀에게 이렇게 말했지 뭡니까. '이봐, 당신은 나를 사랑하게 될 거야. 그래서 나와 떠나는 게 두려운 거지? 걱정 마. 날 원하면 날 줄 테니.'

— 오, 마이, 갓.

— 최초의 실수를 한국에서 저지르고 말았네요. 그다음 상황은 더욱 최악이었지만 노코멘트하겠습니다.

주혁이 아슬아슬하게 토크 줄타기를 하자 MC 제니스는 마음에 든다는 것처럼 미소를 지었다.

— 당신이 이토록 아쉬워하는 걸 보니 그녀는 정말 매력적이었겠군요.

— 무척. 무척이나.

제니스는 한 번도 보거나 경험해보지 못한 무용이지만 보고 싶어졌다고도 말했다. 주혁은 소파에 상체를 기대며 제니스를 바라보았다.

— 한국무용에 대한 자료를 좀 가지고 왔어요. 영상으로 틀어주면 좋겠는데.

— 오! 그거 좋겠어요. 그녀의 영상인가요?

주혁은 답 대신 눈썹을 추켜올렸고 미소로 마무리했다. 이윽고 소파 뒤에 설치된 커다란 화면으로 영상이 가득 자리한다.

커다랗고 고요한 무대 한가운데 한복의 우아한 자태가 드러났다. 음악이 시작되기를 기다리는 듯 작은 조명 하나에 의지하고 있는 무용수의 모습. 주혁은 다시금 사랑에 빠진 눈빛으로 그녀의 움직임을 기다렸다.

……그는 진심으로 사랑했다.

— 저 영상 속 그녀는 데니스 한이 말한 그녀가 맞군요. 느낌이 그래요. 그렇죠?

— 네. 맞습니다.

그녀의 춤사위를.

· · ✦ ✦ ✦ ✦ ✦ · · ·

지환은 사무실에 앉아 있다가 퇴근 시간을 확인하자마자 튕기듯 일어났다. 복도를 빠져나와 로비로 내려가는데, 때마침 한 무리의 사내들이 안으로 들어선다. 지환은 자리에 멈춰 섰다.

"여어, 서지환 검사!"

지검장.

"어딜 그렇게 빨리 가고 있어. 퇴근하나?"

"안녕하십니까, 지검장님."

지검장 뒤를 따르는 몇몇의 검사들. 그리고.

"또 뵙네요. 서지환 검사님."

지검장보다 두어 걸음 앞에 서서 걷던 백인호 의원.

마치 서열대로 걸어오는 듯한 한 무리를 마주한 지환은 인사를 해오는 백인호 의원을 바라보았다.

"서지환 검사. 뭐 하고 서 있어? 의원님께서 친히 먼저 인사 건네주시는데."

"안녕하십니까."

지검장의 날 선 음성에 지환이 묵례를 건네자, 백인호의 입가에 조소가 내려앉는다. 대단히 보수적이고 대단히 권위적인 집단. 시대가 아무리 바뀌고 세상이 변한다 해도 쉽게 바뀌지 않을, 권세가들의 모습.

어차피 너는 내게 허리를 구부리게 되어 있다. 백인호 의원은 그러한 눈빛으로 서지환의 인사를 받았다.

"서지환 검사님, 오랜만에 뵙습니다. 이제 퇴근하십니까?"

"네."

"지검장님, 검사님들 안팎으로 너무 바쁘신 것 아닙니까? 검사님들의 업무도 좀 살펴주십시오. 이런 다 늦은 시간에 남은 일이 있다니요."

"저희가 하는 일이 다 그렇습니다, 의원님. 저희가 열심히 일해야 나라가 사는 것 아니겠습니까? 의원님께서 펼치실 정치에 누가 되지 않도록 항시 최선을 다하겠습니다."

지검장의 입바른 소리에 지환은 무표정을 했다.

디이이잉, 디이이잉, 휴대폰 진동을 느낀 지환은 주머니에서 휴대폰을 꺼냈고 메시지를 확인했다. 잠시 지환이 시선을 돌리자 백의원은 고개를 돌려 지검장을 바라보았다.

"지검장님 먼저 올라가시죠. 곧 따라가겠습니다."

"예. 알겠습니다, 의원님."

지검장은 검사 무리와 함께 걸음을 옮겼다. 메시지 내용을 확인한 지환이 다시 휴대폰을 주머니에 넣자 백인호는 한 걸음, 지환을 향해 다가갔다.

"바쁘신 줄 알지만 잠시 제게 시간 좀 내주시겠습니까, 검사님."

지환은 예전처럼 시종일관 웃으며 말하지 않는 백인호를 바라보다가, 입술을 열었다.

"그러죠. 시간 괜찮습니다."

……태풍이 엄습해온다. 버틸 수 있을까 없을까, 문득 궁금해졌다.

"아직까지는."

궁금증을 해결하려면, 직접 부딪쳐보는 수밖에 없었다.

사랑, 부르는 대로

정윤은 차민규의 끄나풀임을 확신한 김복재를 따라 가게 안으로 들어섰다. 비어 있는 여러 자리 중 적당한 곳에 앉은 정윤은 직원이 가져다준 메뉴판을 열었다.

흠, 저녁 시간이 되니 가게 메뉴판이 전에 보던 것과 다르다. 이 와중에도 맛있는 걸 먹어보겠다며 정윤은 꼼꼼히 메뉴를 확인했다.

"이거랑 이거, 그리고 이거, 주세요."

"네. 몇 분이신가요?"

"저 혼자예요."

"아…… 메뉴 다시 한 번 확인하겠습니다. 총 세 가지 주문하신 것 맞죠?"

"네. 다 주세요."

직원은 혼자 먹기엔 많은 양이라는 듯 당황한 표정을 짓더니 이내 사라졌다. 뭐, 종종 겪는 일이니 정윤은 아무렇지 않게 휴대폰 꺼내 들었다. 지환에게 전화를 걸어보지만 전화를 받지 않는다.

"이건 바빠 죽겠는데 왜 전화를 안 받아."

보면 전화해. 급한 김에 메시지를 남겼다.

김복재는 그녀와 다소 거리가 있는 자리에 앉았다. 등을 지고 앉아 있다 보니 김복재의 위치를 확인하기가 힘이 든다. 정윤은 가방을 열고 화장품을 꺼냈다. 거울을 보는 듯 고개를 이리저리 돌리던 정윤은 빠르게 김복재가 앉아 있는 곳을 확인했다.

아. 나이스. 차민규가 있다. 그것도 일전에 이곳에서 만난 진상들이 앉아 있던, 바로 그곳에.

"저 자리 터가 안 좋나. 진상들만 꼬이네."

이미 테이블에 술병이 있는 걸 보니 차민규는 이곳에서 김복재를 기다리며 먼저 술을 마시고 있었던 모양이다.

아아. 맞다. 그때 그 직원, 있을까?

정윤은 한 집안의 가장이라던 어린 직원을 찾아봤다. 오늘은 출근 일이 아닌 건지 보이질 않는다. 뭐, 있건 없건 지금은 그런 게 중요한 건 아니니까. 거울을 꺼냈으니 능청스레 립스틱을 진하게 바른 정윤은 지나가는 직원을 붙잡았다.

"저, 죄송한데 음악 소리가 너무 커서요. 약간 줄여주실 수 있을까요?"

"아아, 네. 바로 줄여드릴게요."

말소리가 잘 들리지 않으니 정윤은 직원에게 음악 소리를 줄여달라 청했다. 그런다고 자세히 들릴 거리는 아니었지만 특정 단어들은 간간이 들을 수 있을 것이라.

……음악 소리가 줄어든다. 정윤은 이제야 좀 살겠다는 편안한 표정을 지으며, 휴대폰 포털 사이트를 열고 들여다보는 척했다.

신경이 온통 뒤로 향해 있는 정윤은 이제 어떻게 해야 하는가, 내내 그 생각만 했다. 망할 서지환은 급해 죽겠는데 연락이 닿질 않고,

"여보세요."

— 뭐고, 이 시간에.

정윤은 활활 끓어오르는 마음을 꾹꾹 누르며 전남편 남현수 형사에게 전화를 걸었다. 아오, 듣기만 해도 단 2초 만에 혈압 오르게 하는 말투. 이 말투!

"안녕하세요, 남현수 형사님. 접니다, 차정윤 검사."

— 아, 예예. 검사님. 이 시간에 웬일이십니까.

공적이건 사적이건 호칭만 달라질 뿐 저 망할 놈의 '왜 전화했느냐'는 질문은 변하질 않는다. 정윤은 전남편의 불친절한 음성에 입술을 한껏 삐뚤게 하며 입을 열었다.

"지금 좀 만났으면 하는데요."

— 예? 지금요?

"좌표 찍어드릴게요. 지금 당장 오세요."

— 당장 오라는 말씀이십니까?

"나 지금 심봤다. 빨리 와."

급해 죽겠는데 오고 싶지 않은 듯 자꾸 말꼬리를 물고 늘어진다. 성격 급한 정윤이 속닥거리자 알아들었는지 태도가 바뀐다.

— 좌표 찍어.

"알았어. 심도 봤고, 심지어 노다지야. 심마니가 부족하니까 빨

리 와."

— 좌표나 찍어.

일어서는 소리가 들린다. 우당탕탕 급한 그의 걸음이 이어진다.

— 바로 간다. 심봤다고 혼자 뿌리를 뽑네 마네 까불지 말고 몸 사리믄서 가만히 있어라, 니. 알긋나.

"끊어. 바쁘니까."

정윤은 전화를 끊어버렸다. 급하면 사투리가 튀어나오는 전남편의 목소리를 곱씹다 보니 금세 웃음이 툭 하고 나와버린다.

"아, 이럴 때가 아니지. 집중."

정윤은 다시 상황에 집중해보기로 한다.

· · ✦✦✦✦✦ · · ·

"작업 끝났냐?"

"어어. 끝났지. 차에 빵빵하게 실어놨다, 민규야."

맞은편에 앉은 동창 김복재의 말을 들으며 차민규는 술을 홀짝거렸다. 김복재는 금괴를 밀수하는 과정 중 행동책을 맡고 있었다. 실제 금괴를 운반하는 역할을 수행하는 것이다.

"이번엔 꽤 괜찮았어. 공항 수색이 조금 느슨해졌더라고. 얼마만인지 몰라."

"그래그래, 수고했어."

김복재는 밀수된 금괴를 차민규에게 넘겼다. 넘겨받은 금괴를 다시 홍콩으로 빼돌리고 현금 세탁을 하는 일은 차민규가 전담했다. 그 중간 사이사이 많은 인력이 동원되었고, 두 사람은 그들의 관리인으로 움직이는 셈이었다.

"의원님은 잘 계시지?"

"누구, 인호?"

"어어. 백인호 의원님. 야, 그렇게 날아다니는 분을 니가 인호라고 말하는 건 아직도 어색해."

"야, 인호 내 동생이야. 동생을 동생으로 부르는데 너 지금 뭐라는 거야, 이 새끼가."

"아아, 미안. 미안미안."

차민규는 불쾌하다는 듯 미간을 사정없이 구겼다. 덩치는 차민규보다 훨씬 우람한 김복재이지만, 얽힌 관계가 그렇듯 김복재는 차민규에게 꼼짝도 하지 못했다. 차민규는 술을 들이부으며 중얼거렸다.

"백인호, 그 새끼도 나 없으면 뭣도 아니야."

"알지. 알지. 잘 알지, 내가."

김복재가 자신의 술잔에 술을 따르려고 술병을 들자 낚아채 가더니 자신의 술잔에 콸콸 술을 따른다.

무안한 김복재는 손을 비비며 헛기침을 했다. 잔 멸치처럼 바싹 마른 몸에 눈빛만 형형한 차민규는 제아무리 좋은 곳에서 좋은 술을 마셔도 초라하게만 보였다. 이곳과 영 어울리지 않는, 그는 온몸에서 풍기는 저렴한 분위기를 지우지 못했다.

"복재야, 나도 넥타이 하고 국회나 드나들면서 살아야 하는데 말이야. 이렇게 살 인물이 아닌데, 내가. 안 그러냐?"

"어어어. 그럼. 당연하지. 우리 민규가 국회로 들어가면 나라 경제도 살고, 재선은 따놓은 당상이지."

"그러게 말이야. 인호 하는 거 보니까 별거 없더라고. 나도 자금 좀 모아서 도전해볼까."

차민규는 동생 백인호를 떠올렸다. 녀석의 슈트 가슴팍에 항상 꽂혀 있는 국회의원 배지를 볼 때마다 묘한 동경심이 생겨났다.

처음엔 동생이지만 마냥 존경스러웠고, 가다간 슬슬 부러워지기 시작했고, 나중엔 나도 할 수 있겠다는 생각이 들었다.

"내가 언제까지 인호 뒷바라지나 하며 살 팔자는 아닌데 말이야. 하, 이게 참."

"민규야, 그래도 나는 니가 부러워. 의원님이 대한민국 최고 실세 아니냐? 그런 분이 친척이라니. 난 정말 부럽다."

피식, 차민규는 웃었다.

"야, 인호 내 앞에서 쩔쩔매. 그 새끼가 얼마나 내 눈치를 보는 줄 아냐? 그게 밖에서나 큰소리치지, 나랑 둘이 있으면 아직도 중2 때 나한테 쥐어 터지고 질질 짜던 별 볼 일 없는 새끼야."

"아이, 민규야. 넌 정말 대단하다. 정말 대단해."

"당연하지. 누가 나를 이겨? 내가 지금 인호 불러볼까? 전화 한 통이면 그 새끼 바로 튀어 와."

"아, 아니야. 민규야, 아니야. 그러지 마. 난 다 아는데 뭐. 다 알지."

"야, 넌 진짜 알지? 내가 인호한테 빌빌거리는 게 아니야. 너 알지?"

"그럼. 알지. 내 친구라서가 아니라 넌 정말 대단해. 내가 너, 자랑스럽게 여기는 거 너도 알지?"

……찌질한 놈. 김복재는 속으로 차민규를 비웃었다.

현실은 백인호 의원의 그림자도 밟지 못할 주제에 허세 부리는 꼴이라니. 얼마 전까지만 해도 백인호 의원이 붙여놓은 감시에 옴짝달싹도 못 했으면서.

김복재는 마음으로 차민규를 무시하고, 차민규는 마음으로 백인호를 무시했다. 겉으론 아무것도 할 수 없는 모습마저 닮았다.

"야, 그래도 내 술은 건드리지 마. 기분 나쁘니까."

"아아, 어어! 미안, 미안!"

김복재는 자연스럽게 술병을 쥐다가 차민규의 일갈에 허겁지겁 술병을 내렸다. 생고생을 다해가며 금괴를 차에 실어주었더니, 술 한 잔도 나누어주려고 하지 않는다.

"이게 얼마짜린데 니가 마시려고 해. 넌 가서 소주나 마셔, 인마."

"아…… 어어, 알았다. 알았어. 내가 눈치가 좀 없었지?"

"……에이, 기분이다. 너도 한잔 받아라. 이깟 술 얼마나 한다고."

차민규는 선심 쓰듯 술병을 움켜쥐었고 김복재는 술잔을 들었다. 한 손으로 술잔을 잡고 내미는 김복재의 팔을 가만히 내려다본 차민규는 눈썹을 추켜세웠다.

"아, 아아. 미안."

김복재는 슬그머니 두 손으로 잔을 잡았다. 차민규는 그제야 술을 따랐다.

"우린 친구다. 알지 복재야."

"그럼. 우린 친구지, 민규야. 건배하자! 친구야!"

……언제고 서로의 뒤통수를 칠 수 있는,

"고개 좀 옆으로 돌리고 마셔라, 새끼야. 내 앞에서 대가리 쳐들면서 술 마시지 말고. 인호도 내 앞에서 그렇게 안 마시는데 새끼, 건방지게."

"어! 어어! 미안해 민규야! 다음 잔부터는 돌려서 마실게!"

신용도 신뢰도 없는, 그런 관계였다.

* * ✦✦✦✦ * *

정윤의 전화를 받고 용수철처럼 튕겨져 경찰서를 벗어난 현수는 정신없이 운전대를 움직였다. 급한 일이지만 꽉 막힌 서울의 도로 사정은 개개인의 사연을 전부 도와주지 않았다.

"아, 장난 까나. 이 뭐고. 와 이카는데."

사고가 났는지 평소보다 더 막힌 도로.

밑도 끝도 없이 길게 늘어진 차량을 바라보던 현수는 핸들을 돌렸고 이내 샛길로 빠졌다. 이 길은 목적지까지 돌아가는 길이지만, 신호가 많지 않은 동네의 외진 길로 막힌 도로를 피해볼 생각이다.

이리저리 곡예 운전을 하듯 골목길을 지난 현수는 길의 끝에서 우회전을 했다. 시야가 뻥 뚫린다.

"캬, 죽이네."

보소. 차량 한 대 지나가지 않는 이 한적하고 쾌적한 길 좀 보소.

내비게이션도 알려주지 않는, 포털 사이트 지식인도 울고 갈 숨은 길이다. 뻥 뚫린 길을 바라본 현수는 만족스럽다는 입꼬리를 슬쩍 올렸다.

"아, 이제 좀 갈 만하네."

범죄자들의 도주 방지를 위해 골목길을 익히고 익혀놓은 수년간의 노하우가 빚어낸 결과물이다. 가로수가 밀밀하게 심어져 있는 한적한 외곽의 길은 아래는 하천이요, 길 너머는 임야로 된 으슥하고 좁은 길.

"오, 좋은데."

현수는 예상 시간을 단축할 수 있음에 쾌재를 불렀다. 소란스럽지 않은, 극강으로 낮은 그의 음성은 동굴 안에서 말하듯 차 안을 울렸다.

잠시 걸린 신호에 멈춰 선 현수는 핸들을 툭툭 치며 때를 기다리다가, 힐끔 자신의 옷을 내려다보았다. 이내 오만상이 찌푸려진다.

"아아, 내가 미친나. 이걸 또 입고."

그때, 금으로 두른 김밥을 사 들고 정윤이 형사과를 찾아왔던. 그때 입었던 남방을 또 입고 나왔다.

아 이런 제길. 이 남방 말고도 다른 게 있단 말이다. 차정윤이 뭔가 크게 오해를 하고 있는데, 집에 남방이 세 개 정도 더 있거든.

"하, 또 이걸. 다른 것도 있는데."

올겨울에 꺼내놓은 옷이라곤 남방 네 개, 바지 두 개, 점퍼 하나. 보통 이렇게 가지면 다들 겨울나지 않나? 현수는 괜한 남방만 툭툭 털었다.

"아따, 현수야 와 이랬노. 욕을 사발로 먹게 생겼다. 오늘은 다른 걸로 입었어야지, 색다르게. 이 멍충아."

빨래를 자주 돌리는 편은 아니다 보니 한 번 걸치면 일주일은 너 끈하게 입어서 문제지만, 어쨌든 빨아놓은 다른 셔츠가 있었는데 하필 또 이걸 입고 말았다. 가만히 있다가 킁킁, 냄새를 맡아보았다. 다행이지, 별 냄새는 없다.

대체 그 남방은 유니폼이니? 아니면 몸에 새겼어? 몇 년째 그거 말고 다른 옷은 안 입는 거야?

킁킁 냄새를 맡자니 정윤의 잔소리가 환청으로 들려온다.

옷 없어? 좀 버려라, 버려. 낡아도 한참 낡았잖아. 해진 것 좀 봐.

멍하니 현수는 넋을 놓았다가 정신 차리듯 고개를 획획 돌렸다.

"뭐 어때서. 면도나 했으면 됐지."

신호가 바뀌고 현수는 액셀을 밟았다. 힐끔힐끔 룸미러로 자신의 옷을 눈여겨보았다. 걸레짝에도 못 쓴다는 표정을 지으며 자신의 셔츠를 바라보던 정윤의 미간 주름을 떠올린 현수는 못마땅하다는 듯 중얼거렸다.

"가스나, 어디가 낡았다고, 편히고 좋기만 하구만."

안다. 알고 있다. 입고 걸치는 것에 관심이 없어도 너무 없는 자신과는 달리, 그녀는 처음부터 타의 추종을 불허할 만큼의 멋쟁이였고, 그래서 패션에 관심이 많다는 것 또한.

잠깐의 결혼 생활 동안 그녀가 제게 사다 준 옷은 셀 수 없이 많았지만 형사과 출근룩으로 쓰기엔 터무니없이 비싸고, 불편한 것들이었다.

그래. 옷이란 무조건 편해야 한다. 언제 뒹굴고 언제 잠복해야 할지 모르는데 패션이 다 무슨 소용이냐.

"몇 시고."

현수는 힐끔 현재 시간을 확인했다. 정윤에겐 그 뒤로 연락이 없고, 어떤 상황인지 알 길이 없다.

장난이기만 해봐라, 가만 안 둘 거다. 아무 일도 없는데 무슨 일 있는 척 불렀기만 해봐라. 혼자 밥 먹기 싫다고 앉아서 밥이나 먹고 가라고 하기만 해. 어디 한번 그렇기만 해봐라.

"잠깐, 내가 지갑을 챙겨 왔던가."

현수는 한 손으로 바지 주머니를 뒤적거리며 지갑을 가져왔는지 확인했다. 만에 하나 정윤의 장난이라면, 밥 먹자고 부른 게 맞는다면 적어도 밥값은 내야 하니까.

……제길. 장난이면 가만 안 둔다고 할 땐 언제고 지갑을 찾는 꼴이라니. 이렇게 몸과 마음이 따로 놀아서야.

"으아아! 으아아아아아!"

그때였다. 현수는 시원하게 달리다가 브레이크를 꽉 밟았다. 난데없이 끼이이익, 멈춰 서며 현수는 헉, 헉, 숨을 뱉었다. 두 손으로 꽉 쥔 핸들을 놓으며 앞을 바라본 현수는 제 눈을 의심하듯 껌뻑껌뻑거렸다.

"……뭐고!"

당황한 듯 현수는 큰 소리를 내었다. 그도 그럴 것이 1차선 도로 위를 아장아장 줄지어 걸어가는 오리 떼를 만난 것이다.

뭐 해? 멈춰 서서 우리 지나가는 거 구경해. 라고 말하는 것만 같은 엄마 오리 뒤로,

"하…… 미친다, 진짜."

뭐 해? 멈춰 서서 우리 귀여운 것 좀 구경해. 라고 말하는 것만 같은 새끼 오리들까지.

쿵, 차 문을 닫으며 현수는 바깥으로 나왔다. 정신없이 걷지만 조금도 앞으로 나아가는 기색이 없는 오리들을 바라보다가, 그는 이마를 짚었다.

"와, 이 뭐고. 진짜. 오늘 진짜 와 이카는데."

뒤뚱뒤뚱. 아장아장. 행렬은 띄엄띄엄, 끝이 보이질 않았다.

· · ◆ ◆ ◆ ◆ ◆ · ·

백인호와 조용한 장소로 이동한 지환은 정윤이 보낸 메시지를 확인했다.

— 심봤음.

휴대폰을 들고 있자니 백인호가 유심히 바라본다. 지환은 대수롭지 않은 메시지를 확인하는 것처럼 행동했다.

— 노다지.

— 심마니는 구함.

응? 구함? 누구를 어떻게 구함?

— 넌 필요 없음.

심지어 넌 올 필요 없단다. 지환은 일단 상황을 파악한 뒤 휴대폰을 주머니에 넣었다. 굳이 답장을 하지 않아도 읽었다는 표시만으로도, 정윤은 지환의 답을 이해할 것이다.

"실례했습니다. 집에서 연락이 와서."

"아닙니다. 집에서 오는 연락은 받아야죠."

백인호는 '집'이라고 표현하자 희원을 떠올렸다. 한국무용이 공연에서 제외되었다는 이야기를 지환도 알고 있으리라.

문득 열에 들끓어 일그러지는 지환의 모습이 보고 싶어졌다. 니가 나를 도발했으니, 그러한 일이 발생하는 거라는 것 또한 알려주고 싶었다.

"그러고 보니 부인께서는 잘 지내십니까?"

……이건 시작에 불과하다는 것 또한 알려주어야 한다. 네가 나를 도발하는 이상 신변엔 많은 변화가 생길 테니까. 너를 포함한 네 가족, 동료, 그게 무엇이건 간에 모조리 전부.

"검사님과 부부 동반으로 한번 같이 뵙고 싶었는데 그게 참 힘들군요. 쉽지 않습니다."

백인호가 웃으며 말하자 지환은 표정 없는 시선으로 그를 바라보다가 천천히 입술을 열었다.

"의원님."

"네. 검사님."

"의원님께서는 왜 이렇게 부부 동반에 집착하십니까?"

집착. 집착이라.

백인호는 지환의 단어 선별에 웃음을 터트렸다. 알고 묻는 게 뻔한 지환의 질문이 황당하다는 듯 꽤 오랫동안 큰 웃음을 이어갔다. 그러곤 입을 열었다.

"그거야 좋은 게 좋은 것 아니겠습니까? 내 가족을 포함해 형성

된 그룹은 쉽게 망가지는 법이 없습니다. 그래서 더 안전한 법이고."

안전하게.

"검사님, 인맥을 형성하는 방법이란 여러 가지가 있습니다. 이득을 나누며 쌓은 관계란 득의 종료와 동시에 관계도 깨지는 법이죠. 저는 그런 관계를 그다지 좋아하지 않습니다."

서로의 가족을 인질로 두고, 맺는 관계.

"진실된 관계를 형성하는 일 중에 가족 대면만큼 확실하고 효율적인 것이 없습니다. 나의 가면은 쉬워도, 내 가족에게 가면을 씌우는 건 어려운 일이니 말입니다."

"……."

"내 가족 앞에서 가면을 쓴다는 것도 어렵긴 하죠. 이래저래 가족과 엮이면 훨씬 더 사람의 진실된 모습을 볼 수 있습니다."

백인호는 답을 다했다는 듯 자리에서 일어나 창가 쪽으로 향했다. 바깥을 지그시 바라보듯 뒷짐을 지고, 어둠 속 빛나는 서울의 야경을 응시했다. 지환은 백인호의 뒷모습을 보다가 물었다.

"지금 제게 말씀 주신 이유, 그게 디입니까?"

"뭐, 이게 전부의 이유는 아닙니다."

백인호는 천천히 블라인드 손잡이를 잡았다.

"개인적으로 궁금해서요. 그렇게 넷이 만났을 때, 두 사람은 과연 어떤 가면을 고르고 어떤 얼굴을 하고 있을까."

……지환의 손끝은 움찔하고,

"각자의 배우자에게 어떤 말로 서로를 소개하려나. 과거의 연인? 혹은 모르는 사람?"

촤라락, 백인호는 블라인드 손잡이를 돌렸다. 야경이 비치던 블라인드가 꽉 닫히며 완벽하게 창을 가렸다. 이런 밀실이 마음에 든다는 듯 백인호는 지환을 향해 돌아섰다.

"제 아내와 검사님 사이에서 저만 우스운 사람이 될 수 있겠습니까?"

"……."

"검사님의 아내분도 사실을 아셔야죠. 그래야 공평하게 게임을 시작할 수 있지 않을까 합니다."

백인호는 미소를 지었다.

"제 집사람이 왜, 검사님의 부인께 접근을 했는지도 부인께선 잘 모르시겠죠. 알고 나면 부인께서 즐겁다 하시지는 않을 겁니다."

"백인호 의원님."

"그뿐입니까? 둘 사이에 있었던 일들을 부인께서 알게 되면."

"……."

"제 집사람이 검사님을 잊지 못해 부인께 접근했음을 알게 되면, 남은 결혼 생활은 평화롭게 유지되겠습니까?"

그는 서지환이라는 검사를 시험대에 올렸다. 가족은 언제나 좋은 인질이 되었다. 형체 없는, 증거를 남길 수 없는 위협만큼 애를 태우는 것은 없을 테니까.

"공연이 취소되었음은 개인적으로도 안타깝지만, 이번이 끝은 아닐 겁니다. 매사가 풀리지 않을 것이고, 매사에 부딪치다가 권희원이라는 무용수는 결국 사라질 테니까."

자신의 이야기를 들으며 생각이 많아진 눈빛을 하는 지환을 바라보자니, 백인호는 조소가 절로 흘렀다.

"아아, 놀라거나 노여워 마십시오, 검사님. 이건 협박이 아닙니다. 절대로 아닙니다."

서지환 검사. 그는 생각했던 것보다 훨씬 더 애송이였다.

"이건 바로, 권력이라는 겁니다."

· · ◆◆◆◆◆ · ·

집을 뒤집듯이 하나부터 열까지 꺼내놓고 닦고, 치우고 버리고, 희원은 대청소에 나섰다. 창문까지 활짝 열어놓고 묵은 먼지까지 없앤 그녀는 재활용품과 쓰레기를 버리는 것으로 오늘의 청소를 끝마쳤다.

"아우, 속이 다 시원하네."

손을 탁탁 털며 다시 집으로 돌아오니 세상 속이 다 시원하다. 희원은 자몽을 갈아 생과일주스를 가득 마시고는 소파에 앉았다. 아, 이제 뭐 하지. 아직도 시간은 이렇게 많았는데.

"밥을 좀 할까? 오늘 제대로 한 상 차려봐?"

흐음. 희원은 자주 해 먹던 음식 말고 다른 특별한 음식이 뭐가 있을까, 휴대폰을 들고 요리 레시피를 찾기 시작했다.

얼마 전 생일이라며 지환이 제게 해준 음식들은 하나같이 정갈했고 맛있었다. 아직 그의 생일은 돌아오려면 멀었지만 이럴 때 아니면 또 언제 실력 발휘해보겠나. 바쁠 땐 바빠서 못 해주고, 힘들 땐 힘들어서 못 해준다 하지만.

"뭐, 지금은 시간도 많으니까. 그럼 장을 좀 보고 올까?"

근자엔 예쁜 신랑께서 장모님 반찬으로 도시락까지 싸 들고 다니시니, 밑반찬을 조금 더 해 직접 싸줘야겠다.

"오, 좋았어. 그럼 빨리 움직여야겠다."

희원은 일단 메뉴 선정을 끝마치고 다시 레시피를 뒤적거렸다. 사야 할 것들의 품목을 정리하며 열심히 휴대폰을 들여다보고 있던 그때.

"뭐야, 깜짝이야."

구언에게서 메시지가 왔다.

— 여어, 권희원.

"여어, 권희원? 얘는 또 웬 헛소리야."

희원은 느닷없는 구언의 엉뚱한 메시지에 무심한 답변을 이었다. 물음표 하나 찍어 보내자 바로 답이 온다. 동영상 링크다.

— 권희원. 너 아직 안 봤냐? 이거 몰라?

"이게 뭔데. 내가 뭘 봐, 보기는."

희원은 답 대신 중얼거리며 링크를 눌렀다. 링크를 누르는 사이, 친한 동료에게서 연락이 온다.

— 언니 대박! 대박사건!

"얘는 또 뭐가 대박이야."

다들 알 수 없는 말만 하니 희원은 다시 링크를 눌렀다. 그때 다른 동료에게 메시지가 도착했다.

— 와! 언니이이! 대애애바아악!

그러더니 또 한 명에게서 연락이.

— ㅠㅠ이거 뭐예요 언니? ㅠㅠㅠ 이거 뭐예요오오오ㅠㅠㅠ

희원은 눈을 동그랗게 떴다. 다들 알 수 없는 말만 하며 극도의 흥분을 감추지 못하니 고개는 저절로 갸우뚱해졌다.

"뭐야, 뭔데 다들 이 난리야. 똑바로 말을 해야 알지."

어찌 되었든 구언이 보내준 링크와 관련이 있는 건가 싶어 그녀는 빠르게 링크를 확인했다. 드문드문 동료들에게 메시지가 오지만 일단 동영상부터 보기로 한다. 일정 광고가 끝나고, 미국 유명 토크쇼 자리에 주혁이 나온다. 헐, 희원은 눈을 동그랗게 떴다.

"어머, 대표님이네?"

이 엄청난 토크쇼에 게스트로 출연하다니. 심지어 MC 제니스와 원래도 친분이 있는 사이라니. 그는 역시 대단한 사람이었다. 실제로 와닿지 않던 그의 유명세가 신랄하게 느껴지는 순간이었다.

희원은 소파에 자리를 잡고 앉아 본격적으로 동영상을 시청했다. 놀라운 일이긴 하다만 이게 나한테 연락을 줄 만한 일인가? 그녀는 반신반의하며 계속 영상을 들여다보았다. 중간중간 동료들에게 연락이 오지만 일단 끝까지 시청하기로 한다.

……그러다가.

"뭐야."

희원은 '한국' 이야기가 나오며 자신을 일컫는 이야기가 나오자 입을 멍하니 벌렸다. 주혁은 토크쇼 안에서 자신의 이야기를 하고 있었다. 놀란 희원은 허둥거리며 휴대폰 볼륨을 크게 높였다.

— 당신이 이토록 아쉬워하는 걸 보니 그녀는 정말 매력적이었 겠군요.

― 무척. 무척이나.

허. MC 제니스의 질문에 답하는 주혁을 바라보다가 희원은 입술을 가렸다. 지구 반대편에서 자신의 이야기가 나올 줄 누가 알았겠냐고. 희원은 당황함이 가시질 않는다는 것처럼 숨을 길게 몰아쉬었다. 혹시나 엉뚱한 이야기가 나올까 심장은 두근두근거렸다.

― 한국무용에 대한 자료를 좀 가지고 왔어요. 영상으로 틀어주면 좋겠는데.

"대박사건!"

희원은 자리에서 벌떡 일어섰다. 주혁의 요청이 끝나자 자신의 무용 동영상이 토크쇼의 커다란 화면을 가득 메웠다. 쩍 벌어진 입을 다물지 못하고 희원은 눈만 재차 깜빡거렸다.

"이, 이, 이게 대체 무슨 일이야!"

그제야 동료들의 말이 무슨 말인지 알겠다는 것처럼, 희원은 동영상을 끝까지 시청한 뒤 조회수를 확인했다.

"헐! 대박, 일, 십, 백, 천, 만, 십만, 백만, 천만."

차근차근 세지 않으면 정확하게 알 수도 없는 엄청난 조회수.

"사, 삼천만 뷰?"

전 세계에서 그녀의 영상을 보고 있는 것이다. 조회수는 눈을 깜빡일 때마다 거침없이 올라갔다.

허, 허, 희원은 숨을 끊어 내쉬며 휴대폰을 꽉 쥐고 털썩 앉았다. 미친 듯이 휴대폰이 울리며 동료들에게서 연락이 쏟아진다.

― 언니, 지금 언니 이름 실검에 있어. 봤어?

희원은 눈을 감았다가 떴다.

— 미쳤어 ㅜㅜㅜ 희원 언니. 대박이야 지금!

— 울 언니와 대표님께서 결국 일 냈군요 ㅜㅜ 언니 너무 멋있어요 ㅜㅜ

— 희원아! 나 동영상 봤다! 진짜 자랑스럽다! 최고다! 권희원!

천천히 휴대폰으로 다시 고개를 내리며 실시간 검색어를 찾아보았다.

7위. 리얼 토크쇼 권희원 영상

3위. 권희원

한참이나 검색어 순위를 바라보던 그녀는 더 이상 눈을 뜨고 바라보기가 힘들다는 듯 꽉, 눈을 감았다.

그럴 만도 했다. 검색어 1위는,

"아아…… 미치겠다……."

한국무용이었다.

· · ◆ ◆ ◆ ◆ ◆ · ·

정윤은 초조한 시선으로 가게 입구를 힐끔거렸다. 올 시간이 넘은 것 같은데 망할 전남편께서 올 생각을 하지 않는 것이다.

"왜 안 와, 올 시간이 지났는데."

미치겠다. 차가 막히나? 아니, 차가 막혀도 지금쯤이면 올 때가 됐는데? 이 자식 이거, 설마.

"내가 지금 장난치는 줄 알고 안 오는 거 아냐?"

정윤은 미간을 좁히며 눈꼬리를 올렸다. 이내 휴대폰을 집어 들며 힐끔, 뒤를 살폈다.

차민규와 김복재의 대화 내용은 갈수록 구질구질했다. 차량에 금괴를 실었다는 정보 외엔 그다지 빼내먹을 내용이 없었다. 주로 차민규는 듣기 버거운 허세를 이어갔고, 앞에 앉은 김복재는 그런 차민규의 비위를 맞추며 술이나 마시기 바빴다.

"쟤네가 나가기 전엔 도착해야 하는데."

어찌 되었든 차량에 실린 금괴를 확보해야 한다. 지금은 그것만이 최선이다. 하지만, 어떻게?

"아, 쟤네 술 거의 다 마신 것 같은데. 미치겠네."

차민규를 잡을 명분이 지금 당장 정윤에겐 없다. 차량 속 금괴를 확보해야 차민규를 잡을 수 있을 텐데, 말처럼 쉬운 일이 아니다.

에효, 차라리 서지환을 부를 걸 그랬다. 이 망할 남현수를 불러서 진짜 망하게 생겼다.

"여보세요."

정윤은 다시 현수에게 전화를 걸었다. 한참 만에야 받는다.

— 여보세요.

"왜 안 와. 어딘데 이렇게 늦어. 뭐 하는데 코빼기도 안 보이냐고."

— ……하아.

응? 하아? 정윤은 느닷없는 현수의 한숨에 눈을 동그랗게 떴다. 지금 누가 누구 앞에서 한숨질이란 말이냐? 한숨은 쉬어도 내가 쉬게 생겼는데?

— 내 지금 그렇게 됐다. 누군 안 가고 싶어서 안 가나.

"뭔데. 무슨 소리야, 그게."

정윤은 현수의 말을 이해하기가 힘들다는 듯 되물었다. 그러자 엄청난 답변이 돌아온다.

— 믿기 어렵겠지만 내 지금 오리를 만나가.

"뭐? 누굴 만나? 유리?"

유리가 누군데. 몇 살인데.

"유리가 누군데. 나도 아는 애야?"

예쁘냐?

— 뭔 유리. 유리 말고 오리. 오리 모르나, 오리.

"오리? 오리? ……오리?"

그녀는 귀를 의심했다. 꽥꽥. 꽥꽥. 설마, 그 오리?

"Duck? Duck 말하는 거야? 오리? 꽥꽥 하는 그 오리?"

— 그래! 더크! 더크! 더크라고 더크! 꽥!

산삼 캐러 오다가 오리를 만났단다. 정윤은 도통 못 알아듣겠다는 표정을 지었다. 분노에 찬 음성으로 '더크'를 외치는 전남편께선 차량 통제 중인 것 같았다.

"지, 지금 차량 통제해?"

— 마, 바쁘다. 끊어라. 내 금방 갈게.

"아니, 어디서 뭐 하는 거야 도대체! 오리라니, 차량 통제는 또 뭐고!"

— 내 여기서 지금 떠나면 꽥꽥이들 다 죽는다. 가족이 생으로 이별해서야 되겠나. 금방 갈 거니까 상황 잘 보고 있어라.

"여보세요! 여……!"

망할 인간. 전화를 끊어버렸다. 하, 허, 하. 정윤은 황당함에 연신 헛숨만 토해냈다.

"오리, 하, 오리? 이 인간이 진짜, 이젠 하다하다 오리 핑계를 대? 넌 죽었어, 오기만 해봐."

설마하니 전남편이 도로 한복판에서 오리 떼를 만났을 거라곤 상상도 못 하는 거지. 정윤은 눈썹을 휘날리며 달려와도 시원찮을 판에 다른 볼일을 보고 있는 남현수에게 진심으로 분노했다.

가족이 생으로 이별해서야 되겠나.

"생각할수록 진짜 어이없네. 지는 나랑 죽어서 이별했어? 지도 나랑 생으로 이별해놓고 뭔 헛소리야."

그녀가 전남편의 실언을 곱씹으며 폭주하려던 그때,

"허, 돌겠네, 진짜."

차민규가 김복재가 자리에서 일어서려는 게 아닌가. 두 사람이 이곳을 떠나려고 한다. 정윤은 이를 꽉 깨물고 오만상을 찌푸렸다.

아, 정말 되는 일이 없다.

"남현수, 가만 안 둬 진짜⋯⋯."

미치고 팔짝 뛸 노릇이었다.

· · ·◆◆◆◆◆· · ·

검사님. 이건 협박이 아닙니다. 절대로 아닙니다.

지환은 벽시계를 힐끔 바라보았다.

이건 바로, 권력이라는 겁니다.

백인호의 이런 헛소리를 들으면서도 낮은 숨만 불어 내쉴 수밖에 없는 건, 정윤에게서 다음 연락이 올 때까지 기다려야 했기 때문이다.

"뭐, 좋습니다."

한참 만에야 지환은 입술을 열었다. 만에 하나 그쪽 일이 틀어진다면 백인호의 도발을 참고 넘길 수밖에 없겠고,

"듣고 보니 의원님의 말씀이 맞는 것 같기는 합니다."

다음을 기약할 수밖에 없는 거다.

지환이 태세를 변환하며 자리에 앉자 백인호는 표정을 굳히며 그를 바라보았다. 생각보다 더 빨리, 더 확실하게 태도를 바꾸는 서지환을 바라보고 있자니 백인호의 머릿속도 복잡해지기 시작했다. 그의 말과 행동이 진심인지 아닌지, 구분할 필요가 있었다.

지환은 휴대폰을 테이블에 올렸다. 녹화나 녹취가 없음을 알리는 표현이기도 했다.

"앉으시죠, 의원님. 앉아서 말씀 나누시죠. 대화가 길어질 것 같은데."

아무것도 믿어선 안 된다.

"그러죠."

백인호는 천천히 지환이 권하는 의자에 앉았다. 마찬가지로 휴대폰을 꺼내 테이블 위에 올리며, 편안하게 의자 등받이에 상체를 기댔다.

서지환은 와이프의 미래가 걸리고 나니 이제야 현실감이 드는 걸까. 아니면 강희주와의 이야기가 세상 밖으로 나올까 겁이 나는

걸까.

……백인호는 웃었다.

"오늘 검사님을 우연히 만난 건 아무래도 운명인 것 같습니다."

그래. 어느 쪽이건 간에 상관은 없다. 목적은 서지환이 진행하고 있는 수사만 종결되면 되는 거니까.

"지검장님과 만나 오늘 서지환 검사님의 수사권 관련해서 이야기를 나눠볼 생각이었는데 말입니다. 이렇게 우연히 만나 번거로움을 덜게 되었지 뭡니까."

백인호는 편안한 음성을 한 채 멈추지 않고 지환을 압박했다.

"중앙지검에만 계속 계시기엔 검사님의 출중한 능력이 다소 아쉬워서, 이런저런 다른 부서로도 검사님의 재량이 머물기를 개인적으로 바라던 지라."

"……."

"바쁜 일도 좋지만 신혼엔 다소 여유로운 일도 도움이 되는 법입니다. 수사권, 그건 아무것도 아닙니다. 없다가도 생기는 거고, 또 있다가도 없어지는 거고."

이쯤 말하면 알아들었을까. 네가 쥐고 있는 수사권, 그건 아무것도 아니라는 걸. 나는 너의 생존권을 쥐고 있으므로.

"대화는 검사님이 이끌어주셨으면 좋겠습니다. 그게 더 확실할 것 같으니 말입니다."

백인호는 칼자루를 지환에게 넘겨주는 시늉을 했다. 표정은 편안했고, 무엇이건 들을 준비가 되었다는 자세를 보여주었다. 지환은 시계를 힐끔, 바라보았다.

……연락해라, 차정윤.

"커피 한잔하시겠습니까? 의원님."

빨리 연락해라, 차정윤.

"아, 네. 그러죠. 검사님께서 직접 타주시는 겁니까?"

"당연한 것 아니겠습니까?"

정윤에게 텔레파시를 보내듯 마음으로 중얼거리며 지환은 자리에서 일어섰다. 커피까지 타주겠다는 친절함을 보이는 지환을 바라보다가, 백인호는 깍지 낀 손을 무릎으로 떨궜다.

지환은 앞으로 걸어가다 뒤를 돌아보았다. 백인호가 고개를 뒤로 돌린 채 자신을 바라보고 있다. 그런 백인호의 염려가 우습다는 것처럼, 지환은 씩 웃었다.

"염려 마십시오. 설마하니 검사실에 독이 있겠습니까? 총도 없는데."

"무슨 그런 말씀을, 검사님. 농담이 과하십니다."

……시간아, 흘러라.

"커피만 타 오겠습니다. 커피만."

차정윤! 연락해라, 제발!

◆ ◆ ◆ ◆ ◆ ◆ ◆ ◆ ◆

김복재와 차민규가 자리에서 일어났다. 취기가 있는 차민규를 붙잡고, 김복재는 한 잔 더 하자며 졸라댔다. 정윤은 그들의 대화를 고스란히 엿들으며 홀짝, 커피를 마셨다.

"민규야, 한 잔 더 하자. 응? 나 이제 몇 잔 마셨는데."

"야야, 비켜. 내가 무슨 사내새끼하고 술을 마셔. 비켜, 비켜. 넌 가서 차나 빼."

차민규는 귀찮다는 듯 김복재의 팔을 뿌리쳤고, 김복재는 서둘러 가게 밖으로 빠져나갔다.

온다. 정윤은 커피를 다시 한 모금 삼켰다.

……온다.

"아우, 씨, 취하네. 얼마나 마셨다고. 끅."

터덜터덜 차민규의 발걸음 소리가 다가온다. 정윤은 눈을 감았다가 뜨며 온 신경을 집중했다. 커피를 크게 삼키고 입에 가득 물었다.

아, 난 정말 이런 더럽고 수치스러운 일이랑 어울리질 않아. 하지만 온다. 진짜 온다. 하나, 둘, 셋.

"에이춰!"

정윤은 고개를 옆으로 돌리며 커피를 가득 문 채 재채기를 했다.

"아! 뭐야 이거!"

난데없는 재채기 세례에 커피가 잔뜩 옷에 튀었다. 차민규는 눈을 부릅뜨며 자신의 옷을 살폈다.

나이스. 성공이다! 정윤은 자리에서 벌떡 일어나 차민규에게 다가갔다.

"어머! 어머어머! 죄송해요! 갑자기 재채기가 나와서!"

에이치! 에이치! 정윤은 연거푸 재채기를 했다. 그러자 입안에 남아 있던 커피가 마저 차민규에게 튀긴다. 차민규는 두어 걸음 떨어지면서 눈을 희번덕거렸다.

"이런 드러운 여편네를 봤나! 미쳤어? 이게 얼마짜리 옷인데!"

"아아아, 죄송해요! 죄송해요! 어머 세상에! 옷이 세상에 다 젖었네!"

정윤은 큰 목소리로 호들갑을 떨며 차민규의 이곳저곳을 살폈다. 시선이 몰리고, 차민규는 기분이 더럽다는 표정을 지었다.

"아, 별 그지 같은 게. 야, 어디다 대고 드럽게 커피를 튀……!"

말꼬리가 흐려진다. 차민규의 이곳저곳을 살피던 정윤이 천천히 고개를 들며 눈을 맞춰 오자 끅, 차민규는 놀란 듯 딸꾹질을 했다. 어, 엄청난 미인이 아닌가.

"죄송해요. 괜찮으세요?"

"아, 뭐, 어, 뭐."

"데인 곳은 없으세요? 커피가 좀 뜨거웠을 텐데. 죄송해요, 커피를 마시다 말고 갑자기 재채기가 나와서."

"아니, 뭐, 그럴 수도 있지. 있는데."

끅. 차민규는 정윤을 바라보며 하어대도 옳았다. 오우 갓, 술에 취한 눈길로 바라보아도 보기 드문 비주얼의 여성이다. 게다가 걱정을 잔뜩 실은 눈길로 자신을 바라보며 말을 걸어오니, 차민규는 엄청난 착각에 빠지고 만다.

"혼자 왔어? 끅."

"네? 아, 네. 일단 좀 닦아드릴게요."

"그래, 그럼 닦아봐."

차민규는 두 팔을 쫙 벌리고 섰다. 정윤은 물수건으로 그의 옷을 문질렀다. 지워질 리가 있겠는가, 그럴 리가 없지.

"아, 안 되겠다. 이게 안 지워지네요."

"열심히 해봐. 거기만 묻은 것도 아닌데 왜 거기만 닦아."

차민규는 정윤을 바라보며 잘 닦아보라고 독려했다. 착하게도 정윤은 그의 말을 따라 꼼꼼하게 닦는 시늉을 해보지만, 염색된 커피는 그대로 자국이 남았다.

"안 되겠어요. 제가 세탁비 물어드릴게요. 연락처 좀 남겨주시겠어요?"

"연락처? 끅, 연락처는 됐고. 너 나랑 오늘 한잔할래?"

"……네?"

정윤이 눈을 동그랗게 뜨자 차민규는 얼굴을 가까이 갖다 댔다.

"혼자라며."

"아…… 네. 그런데요?"

"나도 혼자야. 혼자인 사람들끼리 한잔하자고."

"지금요?"

정윤은 통 영문을 모르겠다는 표정을 짓다가 휴대폰을 들었다. 차민규에게 연락처를 달라고 말하며, 세탁비를 물어주겠다는 태도를 일관했다.

"세탁비 물어드릴게요. 연락처 주세요. 아, 제 연락처도 받아 가세요. 그래야 공평하니까."

"아, 무슨 세탁비야, 쪽팔리게. 나 돈 많아, 이런 옷 100개도 사."

"……."

"네 옷도 사줄게. 내 거 사는 김에. 너도 좀 사보자, 내가."

"……하."

하, 정윤은 결국 참지 못하고 실소했다.

안 돼……. 참아야 해……. 참아……. 안 돼……. 참아……. 차정윤…….

시간을 벌기엔 안성맞춤인 것 같은데 성격에 지금 이 순간을 참기가 국가고시만큼 힘이 든다. 정윤이 실소하자 끅, 차민규는 딸꾹질을 하며 눈에 힘을 주었다.

"왜, 너도 내 말이 우스워? 너도 내가 우습냐?"

"무슨 말씀이세요. 옷을 더럽혔으니 배상하겠다는데 우습냐는 말이 왜…….."

"너 내가 누군지 모르지. 응. 그치?"

얼굴을 가까이 대자 술 냄새가 끼친다.

하…… 내가 얘를 언제까지 잡아둘 수 있을까. 정윤은 인내심의 끈을 붙잡으며 깊은숨을 내쉬었다.

"알면 너 나 거절 못 해. 나 엄청난 사람이야. 끅, 여기 나가서 한잔하자. 어? 나 유부남 아니야. 북륜 이런 기 안 시켜, 걱정 마."

"저기요, 죄송한데요."

"죄송하고 말고 없고 한 잔만 하자고! 한 잔! 죄송하다며! 죄송하면 값을 치러야지!"

차민규는 목소리를 높이며 정윤의 손목을 잡았다. 정윤의 눈빛이 사납게 변했지만, 취중에 그런 게 느껴질 리 없었다.

"가자. 한잔하러. 오빠 따라와. 오늘 최고로 즐겁게 해줄게."

시선이 한데 모인 공간에서 그는 뜻 모를 쾌감과 희열을 느꼈다.

"넌 오늘 이후로 다른 남자는 못 만날 거야. 오빠가 그런 사람이
거든."

"이 손 안 놓으면 넌 오늘 이후로 다른 사람은 영영 못 만날 수
도 있어. 좋은 말로 할⋯⋯."

그때였다. 휙, 차민규의 어깨가 뒤로 돌아간다. 속절없이 어깨가
꺾인 차민규 뒤로 징글징글한 전남편이 보인다. 정윤은 그제야 숨
을 후, 하고 불어 내쉬었다.

"뭐고."

현수는 차민규의 어깨를 붙잡고 얼굴 한 번, 그리고 정윤을 한
번 바라보았다.

"니 아는 사람이가."

· · ◆◆◆◆◆ · ·

"뭐고. 니 아는 사람이가."

알량한 안도의 한숨이 나온다. 이윽고 옅은 반가움도 지나간다.

하지만 그것도 잠시. 정윤은 차민규의 어깨를 붙잡고 서서 자신
을 바라보고 있는 전남편을 향해 쌍심지를 켰다.

"뭐야, 왜 이제 와? 지금이 몇 신데 이제 오냐고."

"오는 길에 일이 생겼다고 안 했나. 뭐, 얼추 시간 맞춘 것 같은
데."

현수는 중얼거리며 그녀의 타박에 대꾸했다. 놀랐는지 자신에게
어깨를 붙잡힌 채 끅, 끅, 딸꾹질만 하는 차민규의 얼굴을 바로 보

았다.

"여 볼일 있습니까."

"볼일은 무슨! 뭔데 어깨를 잡아! 뇌! 끅!"

"아니이, 내가 먼저 물었잖아. 당신 이 여자 아냐고."

"알긴 뭘 알아! 이 여자가 내 옷에 커피를 쏟아서! 끅! 아, 놓으라고!"

차민규는 거칠게 반응하며 몸을 움직였다. 자신의 어깨를 우악스럽게 잡고 있던 현수의 손을 뿌리치며 차민규는 비틀비틀 몸을 휘청였다.

이런 제길, 혼자 있다니 들이댔는데 일행이 있던 모양이다. 이럴 땐 자리를 황급히 떠야 한다. 문제가 발생하면 골치 아프니까.

"남자가 있으면 있다고 말을 해야 할 거 아냐, 끅, 지도 마음이 있는 것처럼 굴더니."

차민규는 어깨를 툭툭 털며 걸음을 옮기려고 했다. 그러자 다시 솥뚜껑만 한 현수의 손이 그의 어깨를 붙잡는다. 아아. 골치 아프게 생겼다. 끅.

"니 마음 있는 것처럼 굴었나, 이 남자한테."

"뭐, 뭔 소리야! 누가 누구한테 마음이 있어! 재채기 하다가 커피 뿜어서 사과하고 있었는데!"

"어깨 좀 놓고 말하쇼! 놓고! 아파 죽겠네! 끅!"

발버둥을 처보지만 어찌나 힘이 좋은지 붙잡힌 어깨가 빠져나올 생각을 하지 않는다. 현수는 버둥거리는 차민규의 어깨를 꽉 잡고 시선을 정윤에게 주었다.

정윤은 황당하다는 표정을 지으며 차민규를 손으로 가리켰다.

"이 남자가 갑자기 내 손목 턱, 잡았다고. 난 그저 커피를 쏟은 것밖에 없는데."

"맞나."

이번엔 현수의 눈길이 차민규에게 닿는다. 눈빛이 얼마나 험악한지, 마셨던 술이 깨는 기분이다.

"보소, 아저씨. 이 여자 손목은 와 잡았는데. 여 볼일 있나."

"뇨, 뇨! 끅! 아, 수, 술이 취해서 내가 실수를 한 모양인데!"

"야, 남현수. 이 아저씨가 내 손목 잡은 게 신경 쓰여? 화나? 왜?"

"무슨 볼일이 있어서 이 여자 손목을 덥석 잡았냐고. 내 지금 묻잖아, 형씨."

"그러니까. 이 아저씨가 내 손목 덥석 잡아서 지금 너 열 받았냐구. 왜? 어느 지점에서?"

……개미지옥이다. 빠져나갈 수가 없다. 현수는 집요하게 차민규를 향해 묻고, 정윤은 집요하게 현수를 향해 물었다.

차민규는 술이 점점 깨는 기분을 느꼈다. 아아, 격렬하게 이 자리를 벗어나고 싶다. 뭔가 이곳에 더 머물면 안 될 것 같은 기분이 강하게 밀려온다.

"마, 그리고 니는 이상한 놈한테 손목을 잡혔으면 뿌리칠 일이지, 뭐 하는데 그러고 멍청하게 서서 당하고 있는데."

……졸지에 이상한 놈이 되었지만, 희한하게 참아진다.

"검사씩이나 되어서 호신도 할 줄 모르나. 애먼 놈이 손목을 잡았으면 비틀어 부러트려야지, 뭐 한다고 당하고 서 있냐고."

허. 거, 거, 검사란다!

저 대단히 우아하고 아름다운 여성께서 검사님이시란다. 숨이 턱 하고 막히며 술이 완벽히 깬다. 차민규는 얼음처럼 굳어버렸다.

"어머, 애 말하는 것 좀 봐. 내가 저 아저씨 팔 비틀어 부러트리기 전에 니가 먼저 왔잖아. 그러는 넌 형사씩이나 되어서 못 부러트리고 그렇게 서 있니? 어?"

"허어……."

차민규는 저도 모르게 신음했다. 아, 어떡하지, 어깨를 짓누르고 있는 손의 주인공께선 형사란다.

아니 그런데 이 검사님과 형사님께선 묘한 포인트를 두고 서로 으르렁대고 있다. 오도 가도 못 하고, 애먼 남녀의 싸움 구경이나 하며.

"내가 저 아저씨한테 손목 잡힌 거 봤으면 보자마자 팔을 비틀어 부러트려야지. 넌 뭘 잘했다고 나한테 큰소리야?"

"아는 사람일 수도 있으니 확인부터 한 거 아이가. 니도 가만히 있는데 내가 비틀어 부러트렸다가, 뭔 일이 날 줄 알고."

저기, 니들 둘이 지금 못 부러트려서 안달 난 그거, 그거…… 내 팔 아니냐……?

차민규는 마른침을 삼켰다.

"내가 저런 아저씨를 어떻게 알아? 상식적으로 생각해봐. 내가 저런 아저씨를 어디서 어떻게 알겠냐고."

"난들 아나? 혹시 알 수도 있지. 일적으로 만났거나, 기소 건으로 만났거나, 뭐, 없겠나?"

저기…… 아무리 내가 범죄자 상이라고 해도 말이 좀…… 심하다 너네…….

흐어. 이곳을 빨리 벗어나야 한다. 차민규가 연신 눈치만 보며 쭈뼛거리자 정윤은 그를 힐끔 바라보았다. 마치 현수를 소개라도 시켜주듯 턱 끝을 올리며 입술을 열었다.

"뭐, 남편이에요."

허, 나, 남편이란다!

차민규의 머릿속이 더욱 복잡해진다. 검사의 손목을 잡은 것도 모자라, 유부녀의 손목을 낚았으니 정말 큰일인 것이다. 정윤은 '전남편'이라고 말했지만 '전' 소리가 너무 작아 '남편'만 새겨들은 것이다.

큰일 났다. 유부녀의 손목을 잡았다. 심지어 검사다. 재수가 없어도 이렇게 없나, 큰일 났다. 큰일 났어!

차민규는 힐끔힐끔 눈치를 보며 서로 으르렁거리는 정윤과 현수를 바라보았다. 호시탐탐 도망갈 기회를 엿보지만 쉽지 않다. 차 가지러 떠난 김복재는 돌아올 생각을 않고,

"야, 남현수. 사람이 약속을 했으면 빨리빨리 올 생각을 해야지, 도로 통제를 하고 있어? 제정신이야? 내가 빨리 오라고 했지. 빨리 오라고 했으면 빨리 와야 할 것 아니야!"

"아, 사정이 있었다고 사정! 사정이 있다고 몇 번 말하나 내가!"

"사정? 넌 맨날 그놈의 사정 때문에 나랑 약속한 건 지키지도 못하잖아! 너만 사정 있어? 나도 사정 있어. 넌 나랑 한 약속이 우스

워? 매번 이렇게 우스워?"

……격렬하게 도망가고 싶다.

"누가 우습다 했나? 넌 매번 왜 사람 말을 오해하고 니 멋대로 판단하고 결론짓는데. 그럴 거면 나한테 와 묻는데. 그냥 니 멋대로 생각하지, 와 묻냐고!"

"이 와중에도 내 잘못이야? 니가 늦어놓고 왜 나한테 화내?"

"내가 언제 화냈나?"

"지금 화내고 있잖아! 지금! 바로 지금!"

차민규는 슬금슬금 뒷걸음을 걸었다.

"하, 뭐라노. 생사람 잡지 마라이. 나 화 안 났그든. 화 안 났다고."

"어디서 남방은 몸에다가 박음질하고 다니는 주제에."

"니 지금 뭐라 했어."

그러다가, 점점 두 사람에게서 멀어졌다. 싸우느라 정신 팔려서 차민규의 존재를 잊은 듯한 두 사람을 경계의 시선으로 보다가, 차민규는 뒤돌아 허겁지겁 가게를 나섰다.

정윤은 팔짱을 끼고 기늘게 눈을 뜨며 현수를 바라보았다.

"솔직하게 말해봐, 너. 박음질했지? 몸에 박았지? 그 남방, 한 몸이지 너하고?"

"내가 옷을 박음질하는데 니가 실을 사줬냐, 바늘을 사줬냐, 와 이카고 시비 거는데."

"……갔다."

언성을 높이던 정윤은 힐끔, 가게 문쪽을 바라보며 중얼거렸다. 그러자 뚝, 말을 멈추며 현수도 남방을 툭툭 털었다.

"차에 있는 거 맞나. 확실하나. 잡았다가 아니면 수습 안 되는 거 알제."

"맞아. 나 믿고 빨리 가봐. 난 여기서 김복재 잡을 테니까 넌 가서 차민규 잡아 와."

"간다, 그럼."

지금껏 차민규에게 도망갈 시간을 벌어주려고 쇼를 벌인 두 사람은 서로 바라보며 고개를 끄덕였다. 일전에 형사과 앞으로 정윤이 찾아가 한 번 정도 합을 맞춰본 상황이지만 완벽하게 맞아떨어진 상황극에 서로는 만족했다.

백인호의 감시로 손발이 묶인 지환을 대신하여 정윤과 현수가 그의 손발이 되어준 것이다. 지환의 지휘 감독 아래, 두 사람은 몸을 낮추고 때를 기다렸다. 이럴 때만 척척 죽이 맞는다.

현수는 밖으로 나섰고 사라진 차민규를 찾았다.

"저기 있네."

현수는 주차해두었던 차를 탔고, 허겁지겁 자신의 차로 달려가는 차민규를 응시했다. 김복재가 운전석에서 내리자 끌어내다시피 그를 내동댕이치며 차민규가 차에 오른다.

"그래그래, 액셀 밟고, 옳지, 그렇지."

현수는 중얼거리며 그를 바라보았다. 그래, 액셀, 좋다. 간다, 가.

차민규가 운전대를 잡고 차가 출발하자 현수는 부리나케 그를 뒤를 향했다. 부웅…… 차가 도로로 빠져나가자 현수는 조금 더 속도를 내어 차민규 차량 앞으로 진입했다. 급브레이크를 밟자 차민규의 차량이 현수가 탄 차량을 들이받았다.

쿠콰콰콰아아앙!

하……. 현수는 뒷목을 붙잡으며 간신히 몸을 지탱했다. 차민규가 어찌나 세게 들이받았는지, 목덜미 주변이 찌릿하다.

"하, 데다, 데. 아이고 목이야. 전치 몇 주고 이거."

믿는 건 차민규의 음주 운전뿐인 현수는 중얼거리며 차에서 내렸다. 정신 못 차리고 운전대를 잡고 있던 차민규는 다가오는 현수를 두렵게 바라보았다.

"어이, 내려보쇼, 아저씨."

현수는 차창을 두드렸다.

"내리라니까?"

"이런 쌍……."

차민규는 절망했다. 지금 이 차 안엔 금괴가 가득했다.

· · · ◆ ◆ ◆ · · ·

"민규야! 민규야!"

김복재는 차민규가 정신없이 운전대를 잡고 홀로 떠난 자리에서 그의 차를 따라 달리다가 멈췄다.

"아, 저 새끼가 미쳤나, 왜 저렇게."

버젓이 음주 운전을 하며 떠났지만 한두 번 있는 일은 아니기에 김복재는 중얼거리며 뒷주머니에 손을 꽂았다. 김복재를 찾아 나선 정윤이 그를 발견하고 어떻게 잡아야 하나 입술만 물어뜯고 있을 때.

"아, 쟤를 어떻게 잡지? 명분이 없는데."

눈앞에서 김복재를 놓치게 생겼다. 그가 다시 카페로 돌아오지 않는 이상 그를 잡을 수가 없다. 김복재는 점점 더 멀어지고, 정윤은 갖은 생각을 다 더하며 발만 동동 구르고 있을 때.

"저 사람 잡아야 해요?"

"아, 가장!"

일전에 가게에서 도움을 주었던 어린 가장이 다가왔다. 출근한 지 얼마 안 된 듯, 가장은 사복 차림이었다.

"저 새, 저 사람 잡을 수 있어? 가장님이 어떻게 잡아?"

"다 방법이 있죠."

어린 가장은 성큼성큼 김복재의 뒤를 따랐다. 큰 키로 돌진하며 걷더니, 다짜고짜 김복재를 돌려세웠다.

"뭐야!"

"손님. 술값 계산 안 하셨는데요."

"뭐? 뭔 계······."

하······ 차민규······.

김복재는 오만상을 찌푸렸다. 어린 가장은 김복재의 옷깃을 잡으며 인상을 구겼다.

"그 나이 먹고 먹튀 하면 쓰나, 경찰 불렀으니까 따라와요."

"하······ 씨······. 놔! 계산할 테니까! 놔, 이 새끼야!"

거칠게 김복재가 반항하며 주먹을 휘두르자 어린 가장은 눈 하나 깜짝하지 않고 김복재의 주먹을 피하며 그를 제압했다. 정윤은 멀리서 그 모습을 보며 멍하니 입을 벌렸다.

"저렇게 잘 피하는데 그땐 진상한테 그냥 맞은 거야? 하…… 세상에나……."

김복재는 결국 가장에게 붙들린 채 두 팔을 포박당했다. 어린 가장의 힘이 상당한지 김복재는 꼼짝도 못 했다.

"계산한다잖아! 이 새끼가! 놔!"

"계산은 당연한 거고. 신고했다니까? 따라오시라니까?"

"신고했어? 너 이 새끼 진짜 신고했어?"

"아니, 지금 하려고."

어린 가장은 힘껏 김복재의 두 팔을 움켜쥔 채 뒤를 돌아 정윤을 바라보았다.

……도움은 돌고 도는 세상.

"누나! 이 사람 계산 안 하고 도망가요! 누나가 해결 좀 해주세요!"

가장은, 잊지 않고 빚을 갚았다.

"아아, 그래! 누나가 지금 간다!"

정윤은 활짝 웃었다.

· · ✦ ✦ ✦ ✦ ✦ · · ·

커피를 탔지만 누구도 마시질 않는다. 이미 미지근하게 식어버린 커피를 바라보다가, 지환은 입술을 열었다. 정윤이 어떤 상황인지 알 길은 없고. 차민규를 한 타에 잡는다는 보장도 없고.

머릿속은 복잡했다. 미지근한 커피처럼 미지근한 온도로 계속 자리를 버티고 있어야 하는 것도 환장할 노릇이다. 눈치 빠른 백인호를 어디까지 묶어둘 수 있을지, 그것도 관건이었다.

"그러니까 의원님 말씀은, 간략하게 설명하자면."

지환은 천천히 입을 열었다. 더는 시간을 끌 수 없다.

"지금 하고 있는 수사를 종결하라는 말씀이십니까?"

"그렇습니다."

백인호는 더 이상 애매하게 답변하지 않았다. 이미 자신의 패를 열었기 때문에 거슬릴 것이 없단 듯 보였다.

"제 아내의 공연을, 의원님께서 취소하신 겁니까?"

"대의를 위한 선택이었습니다. 물론 재고의 여지는 있습니다."

"그 재고의 여지란 게 수사 종결을 뜻하는 거겠군요."

"때로는 신념보다 현실에서 더 중요하게 작용하는 것들이 있으니까요. 검사님께 어려운 선택인 줄은 알지만 가정도 생각하셔야 하지 않겠습니까?"

지환은 깊은숨에 분노를 실었다. 이렇게 마주 앉아 목소리를 듣고 있는 것만도 고역이다.

"저는 검사님의 여러 가지 약점을 쥐고 있습니다. 이런 상황에 공평한 관계란 있을 수가 없지요. 하지만 저는 검사님과 좀 더 편안한 관계로 지내고 싶습니다. 지금까지 모든 일은 덮고."

"……."

"내 아내와 있었던 과거의 일도 덮고. 그렇게."

백인호는 시선으로 점점 더 압박해오고, 지환은 이제 완벽하게 식어버린 커피를 응시하다가 잔을 들었다.

디이이잉, 메시지가 오는 것을 느끼며 지환은 단숨에 커피를 털어 마셨다. 진하고 달짝지근한 커피가 빨려 들어간다. 지환은 침착하게 휴대폰을 확인했다. 내용을 확인한 그의 손끝에 잠시 힘이 실리고,

"덮지 마시죠. 의원님."

디이이잉, 하나의 메시지가 더 도착한다.

"덮지 않으셔도 될 것 같습니다. 편하게 공개하시죠."

"뭐, 뭐라고?"

지환이 고개를 들자 백인호는 처음으로 긴장한 표정을 지었다. 커피를 마셨을 뿐인 지환의 눈빛에서 조금 전과 몹시 다른 공격이 엿보였다. 알 수 있었다. 지금 서지환 검사의 몸에서 풍기는 분위기가 변했다는 걸.

"수사는 종결 못 합니다. 끝이 보이는데 제가 그럴 수는 없죠."

"서지환 검……."

그때였다. 디이이잉, 백인호의 휴대폰이 울린다. 백인호는 테이블에 올려둔 자신의 휴대폰을 내리나보나가, 발신인을 확인하고 전화를 받았다.

"여보……."

— 인호야! 인호야 큰일 났어! 인호야!

차민규의 전화.

지환은 편안한 시선으로 통화를 하라며, 백인호를 향해 손짓했다. 백인호는 아찔한 기운을 느끼며 고개를 반대편으로 돌렸다.

"무슨 일인데."

— 인호야! 인호야 나 좀 살려줘! 인호야! 인호야 큰일 났어! 지금 차량이 털려! 경찰들이 왔어! 털린다고!

"그게 무슨 소……!"

……백인호는 천천히 지환을 바라보았다. 그러곤 전화를 끊었다.

절규하는 차민규의 소리가 뚝 끊기며 정적이 스며든다. 지환은 빙그레 웃었다.

"오신 김에 가볍게 조사 받으셔도 될 것 같은데요. 혐의는 금방 만들어드리겠습니다."

"서지환 너 이 새끼……."

발을 묶어두고, 때를 기다렸나. 백인호는 이를 아득 물었다.

"제 신변만 압박하시면 어떡하십니까. 검찰청엔 저만 있는 게 아닙니다, 의원님."

"니가 감히 나를……."

"조금 전에 의원님께서 가진 게 권력이라고, 그렇게 말씀하셨습니까?"

지환은 웃음기를 지운 얼굴을 했다.

"권력. 그거 아무것도 소용없습니다. 알기에 그것만큼 신기루인 게 없거든요."

백인호의 심장은 가파르게 뛰어올랐다.

"그렇게 꽉 쥐고 있던 권력이란 게 얼마나 신기루였는지, 제가 직접 알려드리겠습니다. 지금부터."

"……."

"천천히."

음주 운전 차량에서 금괴가 다량으로 쏟아졌고, 용의자는 백인호 의원의 친척이라는 소식을 듣고 빠르게 몰려드는 기자들로, 경찰서와 검찰청 앞은 벌써 북적였다. 차민규는 경찰서로 이송 중이었다.

"변호사 빵빵하게 선임하시고, 언론 플레이 준비하시죠. 압박 수사니 민간인 사찰이니, 뭐든 좋습니다. 괜찮습니다."

"……."

"오늘 댁엔 못 들어가시겠습니다. 벌써부터 이 앞에 도착한 기자들이 엄청날 것 같은데요. 우선 자리 비켜드릴 테니 이곳에서 급한 대로 처리하시죠. 의원님."

지환은 자리에서 일어났고, 백인호의 팔은 후들거렸다. 낚였다.

· · ◆ ◆ ◆ ◆ · ·

이미 뉴스 헤드라인은 온통 차민규였다. 자극적인 사안이고, 거물급 인사가 연루되었을 확률이 높으니 앞다투어 방송사들은 사안을 특보했다.

아무리 돈을 쓰고 막아도 한계란 있는 법. 그에게 돈을 받은 방송국도 터지는 뉴스엔 어쩔 도리가 없었다.

"검사님, 체포동의요구서 법원으로 보냈습니다."

"네. 수고하셨습니다."

최금호 계장은 지환의 옆에 서며 종이컵을 입에 물었다.

"검사님, 그런데 법원에서 통과시켜줄까요? 뭐, 사안이 막중하니 법원은 통과한다 쳐도 국회가 통과시켜줄지 모르겠습니다. 그래도 백인호인데."

"일단 영장 발부가 안 된다고 하면 불구속 기소라도 해야겠습니다. 그런데 정말 안 해줄까요? 아무리 백인호라고 해도 쉽게 덮이진 않을 겁니다."

지환은 백인호 의원 체포동의요구서를 법원에 청했다. 불법 정치자금, 금괴 밀수 가담 등의 사안을 집중적으로 내세웠다. 사회적 지위를 이용한 증거 소멸 및 도주 등이 우려된다는 점. 그것이 지환의 이유였다.

"그럼 일단 법무부에 보낼 서류는 미리 만들어두겠습니다."

"알겠습니다, 계장님."

불체포특권을 가진 현직 국회의원을 구속한다는 것은 절차도 복잡했으며, 쉽게 허가되지 않았다. 백인호가 이대로 귀가한대도 붙잡을 수는 없지만 그가 이곳에 있다는 소식을 귀신같이 접한 기자들이 바글바글하게 몰려들기 시작했으므로, 섣불리 움직이지는 못할 것이다.

국회의원이 검찰청에 드나든 '명분'을 찾지 못한다면 밖을 나서는 일도 쉽지 않을 테니까. 연루된 모든 자들은 이해관계를 따져대며 몸을 사릴 테니 말이다. 이젠 기다리는 일만이 남았다.

"여보세요? 나야."

지환은 희원에게 전화를 걸었다. 휴대폰을 바라보고 있었는지 금세 전화를 받는다.

— 여보세요? 오빠, 오늘은 바빴어?

"아아, 조금. 조금 바빴어."

이런 사소한 것들이 속상했다. 휴대폰 들여다볼 새도 없이 바쁘던 나의 아내가, 삽시간에 일을 잃고 헛헛한 시간을 보내고 있는 게.

— 나 있잖아, 오늘 굉장한 일이 생겼는데. 오빠 모르지?

"아? 무슨?"

오늘은 아무래도 집에 들어가지 못할 것 같다는 연락을 하려다가, 뜬금없는 아내의 소식을 접하게 되었다. 지환은 창밖을 바라보며 물었다.

— 일단 그건 만나서 얘기해요. 전화로 하기는 싫어.

"아…… 그래. 일단 알겠는데 어떡하지, 희원아. 내가 오늘 일이 많아서 집에 못……."

— 춥다, 오빠. 나 언제까지 기다려야 할까?

"……응?"

지환은 말꼬리를 흐리며 희원의 목소리에 집중했다. 그녀는 춥다며 연신 종알거린다.

— 추워. 추워어어어. 오빠 언제 나와!

"어딘데?"

— 나 여기 검찰청 앞인데? 아까부터 나 여기 있었는데.

"아? 그래?"

잠깐만! 지환은 몸을 홱 돌렸고 빠르게 달렸다.

— 근데 오빠, 오늘 여기서 무슨 일 있어? 조금 전부터 사람들이 막 서성거려.

"기다려. 딱 기다려. 1분만."

그의 숨이 굵어진다. 정신없이 뛰는 소리가 휴대폰으로 쾅쾅 울린다. 셔츠 차림으로 건물 밖을 뛰어나오니 대기하던 기자들이 힐끔힐끔 그를 바라본다. 지환의 눈은 그들의 사이사이를 지나고,

"희원아! 부인!"

세상 사람들 다 들으라는 듯 큰 목소리로 그녀를 불렀다. 희원은 그의 시선을 따라 제게 꽂히는 여러 사람의 눈빛을 의식하며 어색한 미소를 그렸다.

사람들 앞에서 그렇게 크게 불러야 할 이름이냐 싶다가도, 지금 그의 시선에 자신 말고 아무것도 보이지 않는 것 같아, 그것이 기쁘기도 했다.

희원은 쥐고 있던 쇼핑백을 들어 보였다. 그러곤 그가 했던 것처럼 큰 소리로, 그녀도 답했다.

……좋아. 언제든 어디서든 내 이름을 불러줘.

"오빠! 여보! 나 여기! 여보한테 줄 야근 도시락 싸 왔어!"

하늘 끝 구름 속에 닿을 만큼 큰 소리로, 내 이름을 불러줘. 우리가 사랑하는 일, 세상 누구도 모르는 사람 없게, 그렇게 내 이름을 불러줘.

혼잣말 같은 나직함 말고 귓속말 같은 속삭임 말고, 언제나 어디서나 한결같은 커다란 목소리로, 내 이름을 고백처럼 들려줘.

"아니 언제부터 여기 있었어! 귀가 빨갛잖아! 손도 차네!"

"아닌데. 나 사실 온 지 얼마 안 됐는데. 10분 됐나?"

"히익, 10분씩이나. 전화를 하지 그랬어. 전화를 했으면 바로 나왔지."

"아니, 전화도 없고, 오빠 좀 바쁜 것 같아서."

지환은 쇼핑백을 전해 받으며 그녀의 손을 붙잡았다. 확연한 온도 차이로 서로의 살갗이 느껴진다.

딱히 시선 둘 곳 없는 검찰청 앞 기자들은 두 사람에게 시선을 주었다. 특종 찾아 오늘 이곳에서 밤샘을 해야 할 것 같은 운명의 기자들은 따끈따끈하다 못해 타 죽을 것 같은 부부의 닭살 행각을 곁눈질로 살폈다. 부러우면 지는 거지만, 부럽지 않을 수가 없다.

"어떻게 왔어. 당신 여기 올 생각을 어떻게 한 거야. 날도 추운데."

"뭐, 서프라이즈?"

그녀는 언젠가 그가 했던 말을 따라 하며 웃었다. 지환의 눈에 하트가 매달린다.

……내 이름을 불러줘요. 간혹은 누군가 눈살을 찌푸려도, 또 다른 누군가는 유치하다 손가락질해도.

"하, 설레네, 이거 또."

사랑은 어차피 눈먼 자들의 세상.

"권희원한테 매일매일 와패다, 안패."

내 이름을 불러줘요. 언제든, 어디서든.

너만 몰랐으면 하고

"형이 자살할 거라고는 한 번도 생각 못 했어요. 맨날 사고만 치는 사람이었지만 자기 목숨 자기가 거둘 만큼 용감한 사람은 아니었거든요."

"네, 그랬죠. 저도 그렇게 생각합니다."

희주는 자살한 전 매니저 임광호의 동생을 만났다. 최빈국으로 봉사 활동 떠나 그땐 찾아뵙지 못했다며, 그녀는 심심한 위로를 전했다.

동생은 많이 침착한 모습이었다. 하지만 순간순간 욱하며 뜨거운 것이 올라올 때 곁에 둔 찬물을 벌컥벌컥 마셨다. 벌써 여러 잔째다. 희주는 가만히 앉아 동생의 푸념을 들어주다가 천천히 고개를 들었다.

"저, 동생분께 여쭐 말이 있습니다."

"네. 질문하셔도 됩니다."

동생이 질문해도 된다며 상체를 앞으로 구부리자 희주는 그가 비워낸 물컵을 응시하다가 입술을 열었다.

"매니저 오빠, 아니, 임광호 씨가 죽기 전에 특이 사항은 없었나 요? 혹은 수사 과정에 의문점이 있었다거나."

"네? 그게 무슨 말씀이십니까?"

"임광호 씨에게 평소와 다른 점이 있었다거나, 아니면."

"……."

"너무 빨리 자살로 판명이 났다거나…… 하는……."

남편의 힘이 임광호의 죽음에 뻗었다면 그게 무엇이건 의혹은 있으리라. 권력 없이는 함부로 캐낼 수 없는, 수사 과정의 미심쩍음 또한 있을 수 있다. 적어도 유가족에게는.

"아…… 그러고 보니……."

동생은 경황이 없어 잊고 지냈다는 것처럼 중얼거렸다. 희주는 긴장감에 마른 주먹을 쥐었다.

"형이 며칠 전. 그러니까 죽기 며칠 전에 빚을 다 갚을 수 있게 됐다고 했어요. 그리고 새 사업을 시작할 건네 엄청난 부지를 매입 할 수 있게 됐다고."

"땅……이요?"

"맞아요. 땅. 네. 땅을 매입할 수 있게 됐다고 하면서 부자 되는 건 순식간이라고. 그랬네요, 생각해보니까."

……땅.

"뭐라 했지? 뭐가 연내 착공될 거고 혁신도시가 들어설 거라 땅값이 미친 듯이 치솟을 거라며, 그 노른자 땅을 얻게 됐다나 뭐라나."

"기억나는 대로 말씀해보세요. 되도록 자세히."

동생은 희주의 요청에 미간을 찌푸리며 기억을 되돌려보려 했지만 이내 고개를 가로저었다.

"형이 술을 마시고 전화를 한 거라 또 헛소리를 한다고 생각했어요. 워낙 이것저것 헛소리를 잘하는 사람이라 듣는 둥 마는 둥 했죠. 기억이 잘 안 나네요."

"아…… 네."

"그런데 빚을 다 갚게 됐다고. 그러면서 그다음 날인가? 저한테 돈 1,000만 원을 보내 왔더라고요. 저한테 빌린 돈이 좀 있었는데 그거 먼저 갚는다면서."

전 매니저에게 여유 자금이 생겼다. 출처를 알 수 없는. 알기 힘든.

"혹시 임광호 씨가 계좌 이체를 했던가요?"

"아뇨. 그냥 현금 입금이었습니다. 계좌에 있던 돈을 송금해준 건 아니고, 어디서 현금 다발이 생……겼는지…….'"

동생은 점점 말꼬리를 흐렸다. 희주의 질문이 무언가를 강력하게 노리는 것도 같고, 수사 과정에 문제가 있었을 거란 확신이 조금씩 스며들었다. 더군다나, 눈앞의 강희주는 무언가를 알고 있는 듯한 눈빛을 했다.

"형사들이 수사 과정에서 그 돈의 출처를 묻던가요?"

"아뇨. 묻지 않았습니다. 그쪽으로는 아예 수사도 되지 않았고. 형사들도 제게 간단한 질의만 했을 뿐 따로 조사가 들어가진 않았어요."

생각 이상으로 허술한 수사. 유서 한 장으로 판명된 자살 종결. 동생은 내리깐 눈빛으로 한참을 가만히 있다가 중얼거렸다.

"생각해보니 좀 이상하긴 하네요. 형이 죽기 전에 제게 거액을 줬는데. 형이 또 누구에게 돈을 줬는지, 그 돈은 어디서 났는지, 그런 걸 수사에 올려두지 않고 자살로 빠르게 정리됐거든요."

"네. 잘 알겠습니다."

희주는 더 이상 듣지 않아도 알겠다는 것처럼 고개를 끄덕였다.

"마지막으로 임광호 씨 유서, 사본 좀 볼 수 있을까요?"

"아아, 네. 가져오라고 하셔서 가져오긴 했는데요. 휴대폰으로 찍어놓은 거라."

동생은 자신의 휴대폰에 촬영되어 있는 형의 유서를 보여주었다. 희주는 가만히 들여다보다가, 휴대폰을 건네주며 자리에서 일어섰다.

"임광호 씨의 일은 안타깝게 되었습니다. 혹시 임광호 씨가 죽기 전의 일들 중 뭐라도 더 기억이 나면 주저 없이 제게 연락 주세요."

"저, 왜 그러시는지 물어도 됩니까? 제가 지금 기분이 너무 이상해서요."

그녀는 따라 일어서는 동생을 바라보았다.

"사모님께서는 혹시 형이 자살이 아닐 수도 있다고, 그렇게 믿으시는 건가요?"

"솔직히 말씀드리면, 그런 일이 아주 없을 수는 없다고 생각해요."

"아……."

아……. 동생은 긴 탄식을 하며 입을 가렸다. 희주는 뒤를 힐끔 보다가 다시 동생을 바라보았다. 정신 바짝 차리라는 것만 같다.

"유서, 형 필체 아니에요."

"뭐, 뭐라고요?"

"동생분은 잘 모르시겠지만 저는 형의 필체를 잘 알거든요."

매니저 시절 수첩 하나, 볼펜 하나를 끼고 쉴 틈 없이 그녀의 스케줄을 메모하던 임광호의 습관, 그의 필체.

"맙소사, 맙소사……. 그럼 우리 형이……."

그녀는 기억한다. 적어도 이렇게 반듯한 모양새의 글씨는 아니었음을.

"아직은 때가 아니니 조금 기다려줘요. 알겠지만 선불리 움직였다간 오히려 더 일을 그르칠 수 있거든요. 절 믿고 기다려주겠어요?"

놀라 커다래진 눈을 하고, 동생은 경황없는 표정으로 그녀를 바라보다가 무엇에 홀린 듯 고개를 끄덕였다.

"저, 그런데 저 사람들은 혹시 아는 분이십니까? 아까부터 자꾸 사모님 관찰하는 것 같은데."

희주를 주시하며 멀찍이 앉아 있는 두어 명의 사내를 빠르게 훑으며 동생은 물었다. 그녀는 이미 알고 있다는 것처럼 침착하게 말했다.

"아아, 네네. 절 감시하는 사람이죠. 누굴 만나는지, 누구와 어떤 이야기를 나누는지 끊임없이 확인하는."

"아…… 뭔지는 잘 모르지만 괜찮으신 건지…….."

"괜찮아요. 그건 저들의 일이니까. 일하는 사람은 일을 해야죠."

말끝에 희주는 웃었다. 동생은 차마 따라 웃지 못하는 표정을 지으며 그녀를 바라보았다.

"저희 형을 잊지 않으시고 이렇게 도움 주셔서, 감사합니다."

"아뇨, 감사 말아요. 난 내 일을 하려는 것뿐이에요. 더는 그 어떤 희생도 원치 않으니까. 정신이 번쩍 들었거든요."

감시를 당하고 있다는 사람치고는 지나치게 여유로운 웃음이었다.

"또 봐요. 가볼게요. 연락 기다리겠습니다."

"네. 살펴 가십시오, 사모님. 연락드리겠습니다."

✦ ✦ ✦ ✦ ✦ ✦ ✦ ✦ ✦

하루 종일 실검에 이름이 올라 있던 희원은 백인호로 뒤덮이는 실시간 검색어를 바라보곤 고개를 가우뚱했다. 보아하니 엄청난 혐의를 둘러싸고 갑론을박이 치열했다.

"어후, 이게 대체 무슨 일이야."

희원은 중얼거리며 뉴스를 살폈다. 평소 호감이 있던 정치인의 일이었고, 제게 친절하던 희주의 남편에게 벌어진 일이었다.

"아, 그래서 기자들이 많았나? 그럼 서지환 씨도 이것 때문에……."

……흠. 희원은 짧은 한숨을 내쉬었다. 온종일 지인들에게 연락

이 오고, 각종 매거진의 인터뷰 요청이 쏟아지고, 심지어 TV 프로그램 섭외 의뢰까지 넘쳐났다.

하루 사이 SNS 팔로워 신청은 기하급수적으로 늘었다. 영상 관련 기사는 초 단위로 생성되어 지속적으로 노출되었고, 댓글의 반응 또한 뜨거웠다. 영상을 볼수록 애국심이 치솟는다는 댓글의 표현은 그녀의 가슴을 더욱 뜨겁게 했다.

"그렇게 관리해도 찍기 어렵던 숫자를 하루 만에 찍네. 참 나."

국적도 알기 힘든 해외 팔로워들을 바라보던 희원은 피식 웃고 말았다. 백인호 사건은 어차피 깊게 와닿지 않고, 남편의 일과 관계가 있겠다 싶다가도 잘 모르는 분야이다 보니 깊게 스미지 않는다.

사실 그녀는 하루 종일 들뜬 상태였다. 도시락을 싸 들고 남편의 사무실을 방문했던 것도, 뭐라도 하지 않으면 견딜 수 없었기 때문도 있었다. 웹상에서 벌어지고 있는 일이지만 한국무용에 대한 관심이 폭발적으로 증가하는 것을 바라보며 가만히 있기란 정말 힘든 일이었다.

"아, 서지환 씨도 없고 뭘 해야 시간이 갈까……."

그녀는 중얼거리다가 주혁에게 메일을 보내기로 한다. 어찌 되었든 감사한 일이었으니까. 정말로, 감사한 일이었으니까.

당신, 자랑스럽다.

노트북을 열고 메일을 쓰려던 희원은 검찰청 앞, 지환이 제게 해 줬던 이야기를 떠올렸다.

멋있다. 당신 진짜로 멋있어.

"……헷."

홀로 내내 꾹꾹 눌러대던 기쁨이 그의 앞에서 철철 넘쳐흘렀다. 배수진을 친 기자들도 보이질 않고, 겉옷도 걸치지 못하고 셔츠 차림으로 서 있는 그의 추위도 잊어버렸다.

얼마나 급하게 떠들어댔는지, 하고 싶은 말이 많다 보니 앞뒤가 맞지 않고 수시로 말이 끊기고 더해져도, 그는 웃으며 바라만 보아주었다.

'이제 다 말했어?'

'어, 속이 시원해.'

'오래 참았네. 점심때라도 찾아오지.'

'오빠한테 진짜 말하고 싶어서 죽는 줄 알았어.'

이제 와 생각해보니 조용히 나의 이야기를 들어주던 그 시간에도, 그는 할 일이 많았던 것 같다. 하지만 함부로 채근하지 않고. 뒤죽박죽된 나의 이야기를 모두 다 알아듣고 이해하며.

"권희원, 진짜 남편 하나 끝내주게 잘 만났네."

멋있어. 누가 누구더러 멋있대? 희고 빳빳한 셔츠 차림으로 서서 코가 빨개지도록 아내 이야기를 들어주고 있는데. 누가 누구더러 멋있대? 혼자 멋짐 폭발하면서?

"아아, 빨리 메일 보내야겠다."

희원은 집중하는 표정을 지으며 메일을 열었다. 역시나 하고 싶은 말은 많고, 덧붙이고 싶은 말도 많지만 그럴 때일수록 간략하고 담백하게 나의 심경을 전달해야 한다.

동영상을 보았다. 처음엔 놀랐고, 경황이 없어 이제야 연락을 드리게 되었다. 가끔은 대표님과의 계약을 떠올린다. 가슴 한 켠에 미련이 없다면 거짓말이다.

하지만 그로 인해 난 너무나 소중한 것을 얻었고, 어쩌면 영원히 알지 못했을 참된 행복을 알게 되었다.

"감사해요, 대표님. 멀리서나마 응원합니다."

— 감사합니다. 대표님. 살며 부딪칠 수많은 위기 앞에서, 언제나 대표님과의 일을 떠올릴 거예요. 얼마나 소중한 기회를 밀어내고 잡은 귀한 행복인지 상기하며 살아가겠습니다. 감사합니다. 감사합니다, 내내 평안하시기를.

• • ◆◆◆◆ • • •

— 기자들이 갈수록 늘어나고 있습니다. 검찰청 앞도 경찰서 앞도 빼곡합니다, 의원님.

"하……."

쾅, 백인호는 지환의 검사실에 갇히듯 자리했다. 이 밖을 나서자니 이미 포진된 기자들을 뚫을 만한 '명분'을 찾지 못했다.

지검장을 만나러 왔다는 말은 서로에게 매우 위험했다. 허리를 굽신거리며 접대하던 지검장은 코빼기도 보이질 않고, 전화를 해도 받지 않는다.

"변호인단 섭외해. 일단 차민규 쪽으로 붙일 수 있는 인원은 다 붙여."

— 네, 의원님.

"국내 최고 변호인들로 꾸려. 명단 있지. 순서대로 전화해서 전부 붙으라…… 아니, 일단 내가 전화를 먼저 넣어볼 테니 기다려."

— 알겠습니다, 의원님.

백인호는 전화를 끊으며 다급히 전화번호를 찾았다. 로펌의 으뜸, 대한민국의 기라성 같은 변호사들이 한데 모여 있는,

"아, 차 대표님. 접니다, 백인호."

이로운 로펌의 대표에게 전화를 걸었다.

— 네. 의원님. 안녕하십니까. 차홍궐입니다.

로펌 대표는 태평한 목소리로 전화를 걸었다. 세간의 떠들썩함을 아직 접하지 못한 건지, 아니면.

"대표님께 변호 의뢰를 드려야 할 것 같아서 연락을 드렸습니다."

알고도 이렇게 차분하게 대응하는 건지, 알 수가 없었다.

백인호는 미간을 누르며 말을 이었다. 검찰청 밖으로 한 발자국도 나갈 수 없는 지금의 사태를 어떻게 받아들여야 하는지, 머리가 지끈거렸다.

서지환이 모든 시간을 계산하고 자신을 검찰청 안에 가두듯 만들었음에 분노가 치밀었다. 구금이 불가하다는 것을 이용해 제 발로 묶이게 만든 것이다.

"지금 당장 변호인단을 꾸려주십시오. 사안이 사안인지라 한시가 급합니다."

— 금괴 밀수 혐의로 입건된 사건을 말씀하시는 겁니까?

"그렇습니다. 검찰 측에서 저와 엮을 모양인데 제 결백을 입증해 주셔야 할 것 같습니다. 더불어 제 친척인 차민규의 변호도 필요합

니다."

백인호는 무엇이건 대응할 준비를 해야 했다. 돈이라면 넌덜머리가 나도록 많으니, 대한민국의 최고 가는 변호인들은 모조리 섭외를 할 생각이었다.

할 수 있다. 돈 앞에 되지 않는 일은 없으니까.

"아시겠지만 제가 대권 후보입니다, 대표님. 이런 사소한 일로 무너질 제가 아닙니다."

백인호는 잠시 뜸을 들이는 대표에게 묵직한 말을 뱉었다. 지금 나를 돕지 않으면 향후를 책임질 수 없겠다는 협박이었다.

"잡음 정도겠지만 최고의 변호인들이 필요합니다. 대우는 섭섭하지 않게 뒤로 챙겨드리겠습니다."

— 죄송합니다, 의원님. 저희 로펌은 어렵겠습니다.

백인호는 주먹을 말아 쥐었다. 소문은 빠를 것이고, 이로운 로펌에서 거절을 당한다면 손쉽게 다른 로펌의 손을 잡지 못할 수도 있다.

"대표님! 지금 저와 척을 지시겠다는 겁니까!"

— 아아, 그런 것은 아니고, 의원님께서 잘 모르시겠지만 이번 사건에 제 딸이 관계가 있어서.

……딸. 백인호는 기억을 더듬듯 고개를 들었다. 딸이 관계가 있다니? 무엇과? 어떻게?

잠시 시간을 죽이고 있자 반대편에서 로펌 대표의 음성이 들려왔다.

— 의원님의 친척을 현행범으로 체포한 것이 제 딸입니다. 중앙

지검 검사이고.

"……."

— 딸이 하는 일에 척을 질 수 있겠습니까. 죄송합니다, 의원님.

차홍궐 대표는 정윤의 부친이었다.

— 회의 중이라, 전화 이만 끊겠습니다.

· · ✦ ✦ ✦ ✦ ✦ · ·

"시간은 얼마나 걸리겠습니까?"

경찰서로 넘어간 지환은 압수한 차민규의 휴대폰과 차량에서 발견된 USB의 내용을 살피기로 했다.

영구 삭제한 흔적이 있어 우선적으로 복구를 해야 했다. 복구 작업을 맡은 관계자는 흠, 한숨을 쉬었다.

"일단 디지털포렌식 복구는 당장 안 될 겁니다. 최대한 빠르게 진행해보겠습니다."

"수고 좀 해주십시오."

"예, 검사님."

관계자와 헤어진 지환은 차민규가 있는 곳으로 향했다. 음주 운전으로 잡았으니 현행범. 현행범의 차량에서 다량의 금괴가 발견되었으니 빼도 박도 못 할 것이다.

금괴 일련번호 조회가 들어갔고, 그의 차량에 남아 있던 여러 서류는 좋은 증거가 되었다. 문을 여니 겁을 잔뜩 집어먹은 차민규의 얼굴이 보인다.

쿵, 문을 닫으며 지환은 들어섰다. 아내가 정성스럽게 싸준 도시락이 차게 식어버릴 때까지 한 입 먹어보지도 못한 채 바쁘게 움직이지만, 그녀의 얼굴을 바라보고 돌아선 길에 굳은 다짐을 하게 되었다.

"서지환입니다."

……지지 말아야겠다. 너를 위해서라도 나는 무엇과 싸운대도 지지 말아야겠다.

"홍콩발 밀수 금괴 사건을 맡은 담당 검사입니다."

"변호사 없이는 한 마디도 하지 않을 겁니다."

지환이 말을 건네자 차민규는 이를 아득 물며 답했다. 언제고 이런 일이 발생하게 된다면 묵비권을 행사하라, 차민규는 주기적인 교육을 받아왔다.

"헛수고 말라고. 나는 아무 말도 하지 않을 테니까."

"뭐, 좋을 대로."

휴. 지환이 멋대로 하라며 재킷을 벗었다.

"말은 내가 하면 됩니다. 차민규 씨는 듣기만 해도 상관없습니다."

소매를 닫아둔 커프스 버튼을 풀러 내렸고, 팔꿈치까지 소매를 걷어 올렸다. 시계를 끌렀고.

"뭐, 중간중간 억울하면 대화에 참여하든지. 뭐든 좋을 대로 하십시오."

반지는 빼려더니 다시 끼더라. 그러곤 의자에 앉으며 곁에 놓인 서류를 집어 들었다.

"어후, 술을 상당히 드셨네. 혈중 알코올 농도가 면허취소 수준을 넘어서는데."

"……."

"도망은 왜 갔습니까? 보니까 가게에 대리 기사님도 불렀던데."

"아니……. 커피를 쏟은 여자가 예뻐서 말 몇 마디 붙였는데 알고 보니까 유부녀잖아요."

한 마디도 하지 않겠다더니 잘도 나불거린다. 지환은 고개를 끄덕였다.

"갑자기 남편도 오고, 검사니 형사니 하고. 유부녀 꼬셨다고 할까 봐 놀라서 도망갔습니다."

"아아, 예쁜 건 잘 모르겠지만 검사는 맞고. 남편도 맞긴 한데 전남편이고."

"뭐, 뭐요? 전남편?"

하…… 차민규는 깊은 한숨을 내쉬었다. 실제 남편인 줄 알고 겁먹고 도망갔는데 서류상 문제없는 전남편이란다. 뭔가 심각하게 낚인 기분이 들지만 매끄럽게 흘려간 개인성 앞에, 억울함은 삼킬 수밖에 없다.

"살펴보니 네 번째 음주 운전이던데 한 번도 처벌을 받지 않았단 말입니까? 지금까지? 어떻게?"

"……."

"처벌을 막아준 누군가의 도움이 있었습니까? 이게 꽤 큰 문제예요, 차민규 씨."

"……."

차민규는 다시 입을 닫았다. 백인호와는 연락을 할 수 없고, 변호사를 선임했는지도 알 수가 없다. 혼자 감당하기엔 지금 사태가 버거운 것은 자명했다.

"그런데 지금부터 해야 할 조사 과정에서 음주 운전은 빙산의 일각이라, 일단 이건 이거대로 조사 받으시고 저와는 다른 일로 대화를 좀 해봅시다."

지환은 간단히 인적 사항을 확인하고 가방에서 서류를 꺼냈다. 상당히 많은 양이었고, 그 곁엔 그보다 더 많은 양의 자료가 들어 있는 USB도 두어 개 꺼냈다.

"내가 오늘을 기다렸거든요. 많이."

그는 차민규를 바라보았다. 조금의 웃음기도 없었다.

"여기서 쉽게 나갈 생각이 없단 뜻입니다. 한 발자국도."

"글쎄 한 마디도 하지 않을 거라니까!"

"상관없다고 말씀드렸습니다."

"전화 좀 하게 해줘요. 나도 변호사는 있어야 할 것 아니오!"

지환이 말없이 바라보자 차민규는 고개를 옆으로 돌렸다. 흠, 지환은 조사실에 연결된 전화기를 끌어다 차민규 앞에 놓아주었다.

"하시죠. 편안하게."

"……."

차민규는 전화기만 노려보았다. 전화를 먼저 해도 되는 일인지 아닌 건지, 아직은 감을 잡기도 힘들었다.

세간에서 벌어지고 있는 상황에 대해 알 리 없는 차민규는 백인호의 연락만 미친 듯이 기다렸다. 인호라면 어떤 상황에서도 연락을 줄 것이다. 그가 모든 일을 해결해줄 것이라 믿는다. 단 한 번도 그가 빼주지 않은 적은 없었으니까.

"이 자식은 왜 연락도 없이……."

"백인호 의원 말입니까?"

"……."

"연락 오기 힘들 겁니다. 지금 의원께서도 검찰청에 계셔서."

"뭐, 뭐요? 거, 검찰청?"

차민규가 놀라 쓰러지려 하자 지환은 휴대폰으로 포털 사이트를 열어 그에게 보여주었다. 도배를 한 그의 뉴스와 백인호 관련 뉴스에, 차민규는 입술을 부들부들 떨었다.

"헤드라인만 봐도 얼추 감이 오죠?"

"마, 말도 안 돼……."

"차민규 씨는 아직도 사안의 심각성을 잘 모르는 것 같은데 말입니다."

백인호가 검찰청에 있다. 왜? 잡혀 들어간 건가? 벌써?

머릿속이 바빠진다. 차민규는 마른침을 삼키며 백인호가 '왜' 검찰청에 있는지에 대해 끊임없이 생각했다. 검사의 말대로 인호가 잡혀 들어간 거라면? 모든 게 전부 엉망이 된 상황이라면?

"차민규 씨, 지금부터 제가 하는 이야기 잘 들으십시오."

나는, 어떻게 되는 거지?

"백인호 의원께서는 검찰청에 계시고, 차민규 씨에게 도움을 줄 수 있을 만한 상황은 아닙니다."

"……."

"곧 압수수색이 시작될 겁니다. 의원님 사무실, 자택, 차민규 씨의 자택을 비롯한 모든 곳에."

나는, 어떻게 해야 하는 거지?

"해외에 있는 법인이라고 안심하지 마세요. 차명 계좌도 신뢰하지 마시고."

"인호랑 통화를 좀 해야겠습니다."

"하시죠."

지환은 전화기를 더 끌어 차민규의 앞에 두었다. 그러나 말과는 달리 섣불리 전화기에 손을 대지 못한다.

"백인호 의원이 차민규 씨에게 모든 혐의를 넘기면, 차민규 씨는 어떤 변호인단을 세우건 쉽게 빠져나오지 못합니다."

"……."

"그런데 차민규 씨가 백인호 의원보다 앞선 자백을 하면, 참작은 될 수 있습니다."

차민규의 동공이 빠르게 흔들린다. 아직은 무엇이 옳은 선택인지 모르겠다는 것처럼 입술만 꽉 깨물었다.

……안 된다. 검사 놈의 회유에 말리면 안 된다. 인호에게 지시를 받을 때까진 버텨야 한다.

"버티다가 전부 다 뒤집어쓰는 수가 있어요. 알겠지만 백인호 의원은 본인 살기에 집중할 테니까."

지환은 노트북을 열었다.

"백인호 의원은 어떻게든 살 겁니다. 그분은 그런 힘을 가지고 있단 거 잘 아실 테고. 단 차민규 씨의 희생을 딛고 일어서야 벗어날 수 있겠죠."

전원을 켜며, 시계를 힐끔 보았다.

"선택하세요. 빠른 자백으로 감형을 받든지, 아니면 백인호 의원이 모든 것을 떠밀어준 상황까지 버티다가 가중처벌을 받든지."

끝까지 버티다가, 결국 물러서는 사람이 진다. 물러설 거라면 시작도 하지 말아야 하는, 포기할 거라면 자백할 때를 놓치지 말아야 하는, 상대보다 먼저 치고 빠져야 하는.

어떡해야 하지. 끝까지 상대를 믿을 것인가. 내가 입을 다물면 상대도 입을 다물어줄 것인가. 우린 서로, 끝까지 버틸 수 있을까.

그래. 인호를 믿어야 한다. 인호를 마지막까지 믿어야 한다. 그래야 우리 둘 다 살 수 있다.

"차민규 씨는 선택 잘해야 할 겁니다."

"……."

"설령 백인호 의원님과 두터운 신뢰를 자랑해도, 김복재 씨를 잊으면 안 될 테니."

"아……."

복병이 등장한다. 차민규의 눈동자는 심하게 흔들렸다.

"아까 잠깐 들어보니 김복재 씨의 수사는 수월할 것 같던데. 무척이나. 협조할 의사가 뚜렷한 것 같더군요."

서로를 볼 수 없는 차민규와 백인호 사이에 눈치 싸움을 부추겼다. 그러곤 김복재를 그 중간 어디쯤에 끼워 넣었다.

……지환이 좋아하는 게임 중 하나.

"누가 차민규 씨를 지켜줄 수 있을지 잘 생각해보십시오. 아마,

본인밖에 없을 테니까."

치킨 게임이었다.

· · ✦✦✦✦ · · ·

바깥의 찬 공기와 단절된 아늑한 침실. 몸에 감겨드는 감촉이 예술인 도톰한 이불. 뜨끈뜨끈한 온도로 등을 따뜻하게 만들어주는 전기장판.

희원은 몹시 편안한 자세를 취한 채 깊은 잠을 청했다. 일이 넘쳐나는 남편께서 집에 돌아오지 못한 관계로 혼자 맞이하는 아침, 한껏 늦잠을 자도 좋은 때였다.

온종일 동영상을 돌려 보고 돌려 보고, 또 돌려 보다가 새벽 늦게 잠이 든 희원은 도톰한 이불 감촉을 잠결에 느끼며 만족스럽다는 듯 숨을 내쉬었다.

바닥은 따뜻하고 공기는 코끝이 약간 시릴 만큼 적당한 찬기를 머금고 있으니 아아, 지상낙원이다. 지상낙원.

"흐으음⋯⋯."

희원은 낮게 투정하며 몸을 뒤척거렸다. 생각해보니 무척 오랜만에 혼자 침실을 사용하고 있다. 잠꼬대를 해도, 혼잣말을 해도, 대각선으로 자도 누구도 뭐라고 하지 못할, 혼자.

큰 인형을 남편 대신 끌어안고 익숙한 자세를 찾아 몸을 뒤척이던 희원은 그래, 이것도 참 오랜만이다. 나는 원래 이렇게 혼자 잠들고 혼자 일어나는 걸 좋아했는데.

맞아. 좋아했지. 혼자 눈을 뜨고 혼자 맞이하는 새하얀 아침의 풍경을. 결혼하기 전의 나는 이런 것들을 좋아했는데 말이야.

"……뭐 먹지."

일어나서 뭐 먹지. 음, 간단하게 브런치를 먹을까. 우아하게 플레이팅을 끝낸 뒤 사진이나 한 장 찍어볼까.

"스크램블…… 토마토…… 올리브……오일이랑……."

희원은 머릿속으로 떠오르는 식단을 중얼거렸다. 아직 무거운 눈꺼풀은 들지 못하고, 천천히 정신이 깨고 있는 중에 벌어진 일이다.

"음…… 커피…… 내리고……. 아…… 맛있겠다……."

그때였다. 곁에서 풉, 하며 비웃는 소리가 들린 것 같은데, 기분 탓인가? 희원은 쉽게 눈을 뜨지 못하고 입을 꽉 다물었다. 풉, 풉?

……풉?

"으아아, 깜짝이야아!"

희원은 눈을 뜨자마자 버럭 소리를 질렀다. 분명히 오늘 못 들어온다고 했던 남편이 바로 옆에 누워 있는 게 아닌가?

"아, 뭐야아! 언제 왔어!"

너무 놀란 나머지 비명이 터진다. 희원이 오두방정을 떨며 소리 지르자 지환은 그제야 참고 참았던 웃음을 터트리듯 눈꼬리를 휘었다.

"자면서 뭘 그렇게 먹어. 쩝쩝대면서."

"하, 놀라라. 하, 완전 놀라라. 아침에 먹을 거 생각하고 있었지."

"대단하네. 눈도 못 뜨면서 아침 식사 준비부터 하고."

"잠 깨는 방법이거든? 아침 먹을 생각하면 기분이 좋아지고 해서, 아니, 그건 그렇고 오빠 언제 왔어?"

희원이 다소 안정된 눈빛을 찾으며 묻자 지환은 벽시계를 힐끔 바라보았다.

"나 온 지 얼마 안 됐어."

그는 재킷만 벗은 정장 차림을 하고 있었다. 휴대폰으로 시간을 확인한 희원은 하아아아암, 하품을 하며 눈을 비볐다.

"그럼 아침 이슬 맞고 들어온 거야? 피곤하겠다."

"다시 나가봐야 해. 잠깐 들어온 거야."

"아? 다시 나간다고요?"

희원은 눈을 비비던 행동을 멈추며 지환을 바라보았다. 그러고 보니 아직 옷에서 바람 냄새가 나는 것만 같은데, 다시 나가봐야 한단다.

"바로 가야 하는 거면 뭐 하러 집에 왔어? 그 시간에 사무실에서 눈 좀 붙이지."

"부인 보러 왔지."

"……왜 이래요, 아침부터."

희원이 눈을 가늘게 뜨자 지환은 미소를 지었다. 잠결에 헝클어진 그녀의 머리를 빗겨주듯 손으로 쓸어 넘기던 지환은 다시금 입술을 열었다.

"어떡하지, 나 도시락 못 먹었는데."

"아아, 괜찮아요, 그게 뭐 대수라고. 그런데 그 정도로 바빴어? 그럼 여태까지 밥도 한 끼 못 먹은 거야?"

"도시락은 사무관들이 먹었어. 맛있다고 칭찬이 일색이던데, 어디서 샀나?"

"뭘 어디서 사! 전부 다 부인의 솜씨지!"

희원은 누워 있던 몸을 뒤집으며 상체를 일으키곤 지환을 내려다보았다. 염려가 잔뜩 묻어나는 얼굴이다.

"서지환 씨, 배 안 고파?"

"고프지."

"안 졸려?"

"죽겠다."

"그럼 내가 밥 얼른 해줄 테니까 먹고 조금만 자고 가면 안 돼? 한 30분만이⋯⋯."

지환은 결심이 굳었는지 바로 일어서려는 희원의 팔을 잡아끌었다.

"밥 먹고 눈 붙일 거였으면 사무실에 있었지. 여기까지 와서 부인한테 밥 차려달라고 하겠어?"

"아니, 일단 왔으니까. 왔으니까 밥은 먹어야지, 왜 굶어. 그거 죽을 때까지 못 찾아 먹⋯⋯."

그녀가 꼭 안고 잠을 청하던 인형처럼 그는 그녀를 꼭 안았다. 희원은 고분고분 그의 품 안에서 숨만 쉬다가, 그의 허리를 감싸 안았다. 이렇게 안겨 있는 것만으로도, 그의 고단함이 느껴졌다.

"일, 힘들어요?"

"아니. 오래 준비했던 거라. 원래 길게 싸우려면 버틸 힘도 필요한 거거든."

"그⋯⋯ 백인호 의원님 사건, 맞지? 어제 종일 뉴스에 나오던데."

그녀가 백인호의 이름을 입에 담자 그가 무의식적으로 손을 움직였다. 움직이던 손을 들어 그녀의 목덜미를 감싸 쥐고, 둥근 이마에 입술을 맞췄다. 그가 쉽게 답을 내어주지 않자 희원은 숨을 죽였다.

아내의 염려란, 이런 것에서 비롯되었다. 정치니 법률이니, 그런 것 하나 모르고 살아온 그녀지만,

"근데 오빠, 그분 대단한 분이잖아. 그런 사람을 어떻게 잡아 가둘 수 있어? 다 사실인 거 맞아요? 난 좀 혼란스럽더라고."

지금 남편이 싸워야 할 상대가 대한민국 힘의 중심인 사람이라는 것쯤은 잘 알고 있다. 그런 사람과 싸우려는 것은, 눈에 보이지 않는 대단히 많은 것들과 싸워야 한다는 것 또한.

"오빠 괜찮아? 서지환 씨, 괜찮은 거 맞지?"

"그럼. 괜찮지. 이제 퇴근이 늦어질 테니 그게 언짢을 뿐."

"뭔가 우리 서지환 씨 되게 힘들 것 같다. 뭔가 막, 그런 느낌이 드는데."

"일터에서 벌어지는 일일 뿐입니다. 부인께서는 신경 쓰지 않으셔도 됩니다."

은연중 민망하면 꼭 존댓말을 쓰더라. 희원은 자신의 염려를 원치 않는 지환의 마음을 헤아리며 천천히 고개를 끄덕였다.

"그래요. 일터에서 힘들 수도 있지. 그럼 집에 와선 에너지 충전해야지."

"그러려고 왔지. 오랜만에 혼자 자니까 어땠어, 좋았어?"

"어, 좋던데요. 뭐랄까, 미혼이던 권희원으로 잠깐 돌아간 기분

이었어."

"……뭐라?"

지환이 품에서 약간 떨어트리며 그녀 얼굴을 내려다보았다. 원했던 답은 이게 아닌데? 좋았다고?

"미혼이던 권희원은 지금 이 세상엔 없어. 죽고 없어. 유부녀 권희원만 살아남아 숨을 쉬고 있지."

"헐, 죽었대. 말 심하게 하는 것 봐. 대박사건."

"죽고 없어. 환생 불가. 그리워도 말고 더듬어 기억하지도 마. 알겠어?"

"하, 참, 기가 막혀. 진짜 기가 막혀서 말도 안 나온다."

희원은 한참 지환을 노려보다가 웃음을 터트렸다. 아아, 들려주려던 답변은 그게 아니었는데, 사람 말 끝까지 듣지도 않고 죽고 없다니.

"자는 동안 혼자 잠드는 것도 나쁘지 않았는데 눈 뜨고 바로 앞에 서지환 씨가 있으니까 더 좋더라."

……맞아. 좋아했지. 혼자 눈을 뜨고 혼자 맞이하는 새하얀 아침의 풍경을. 그런데 그것보다 더 좋아하는 풍경이 생겨버리고 말았다.

"오빠가 침대에 비스듬히 누워서 자는 날 보고 있는 그 모습이, 너무 좋아서 잠깐 꿈인 줄 알았어."

맞아. 좋아졌어. 함께 눈을 뜨고 함께 맞이하는 핑크빛 아침의 풍경을.

"꼭꼭 곁에 있어요. 미혼인 권희원은 죽고 없으니까, 유부녀 권

희원이 오래도록 살아남을 수 있도록."

결혼한 후의 나는 이런 것들을 좋아하게 되었는데 말이야. 당신은, 어때요.

"아아, 그건 그렇고 나 이제 슬슬 가야 하는데."

"벌써? 벌써 간다고?"

희원은 고개를 뒤로 돌려 벽시계를 바라보았다. 얼마나 같이 있었다고 벌써 헤어져야 한단 말이냐. 아아, 서럽다, 서러워.

"씻고 옷 갈아입고 바로 가야 해. 이제 일어나야겠다."

"아…… 그래, 그럼. 어쩔 수 없지."

지환은 다시 한 번 그녀의 이마에 입술을 맞추고 일어났다. 희원이 따라 일어서려고 하자 지환은 그녀의 이마를 검지로 누르며 다시 눕혔다.

"부인은 일어나지 말고 그대로 누워 있어."

"나? 왜? 나 일어나면 안 돼?"

"나 씻고 옷 갈아입는 그 중간 어디쯤에 다시 올 거거든. 침대로. 또렷한 목적을 가지고."

지환이 음흉하게 말하자 희원은 하, 탄식했다.

"졸려 죽겠다더니, 침대로 다시 기어 올 힘은 있나 봐? 서지환 씨?"

"있어. 굉장히 많은 힘이 축적되어 있지. 기다려, 꼼짝 말고."

"어흐…… 야해. 아침부터 야해 죽겠네, 진짜로."

"야한 남편 너 되게 좋아하잖아."

……쳇, 부정을 할 수가 없네.

입술을 삐죽거리던 희원은 얌전히 다시 누웠다. 어쩌겠어요. 누워서 기다리라는데, 누워서 기다려야죠.

희원이 다시 눕자 지환은 마음에 든다는 듯 크게 웃더니 샤워실로 향했다. 거실 옆 화장실에서 물 트는 소리가 들려오자 희원은 벌떡 일어나 침실에 딸린 화장실로 후다닥 들어갔다.

"양심적으로 양치는 하자, 양치."

희원은 급하게 칫솔을 꺼내 들었다. 치약을 듬뿍 묻히며 거울을 바라보았다. 아, 씻을까? 확 씻어버려? 희원은 칫솔을 물고 샤워기 물을 틀었다.

싱그럽게 시작해서, 애틋하게 마주하고, 음흉하게 끝날 부부의 아침이었다.

· · ✦✦✦✦ · · ·

새벽녘 도착한 경호원들의 호위를 받으며 일단 막무가내식으로 검찰청을 삐져나온 백인호는 자택에 진입하는 일로 애를 먹었다.

이미 골목을 가득 메운 기자들을 차량으로 밀어내듯 힘겹게 자택으로 들어섰다. 정신없이 서재로 들어선 백인호는 곧장 책장 뒤에 마련된 비밀 금고를 열었다. 처분하지 못한 금괴들이 쌓여 있고, 백인호는 그것들을 한참 바라보다가 입술을 질끈 물었다.

아무리 언론 플레이를 하고 아무리 목소리를 높여 사태를 덮어보려 해도 압수수색을 피할 수는 없을 것이다. 당장은 서울중앙지검의 지검장을 믿는 수밖에 없지만, 어제오늘 그가 제게 보여준 돌변한 태도는 당장 무엇도 장담할 수 없게 됐다. 위태로운 목숨이란 지검장이나 자신이나 그다지 달라 보이지 않았으므로.

"하…… 이것들을 어떻게 밖으로…….."

금괴를 서둘러 빼돌려야 한다. 하지만 저렇게 골목을 에워싼 기자들의 눈을 피해, 금괴를 밖으로 내보낸단 말인가? 어떻게? 움직여줄 차민규도 붙잡혔고, 측근들은 손발이 묶여 연락조차 시도해볼 수 없게 되었으니.

백인호는 서재를 빠져나와 입주 가정부를 불렀다.

"이 사람 어디 갔나?"

"아…… 사모님 새벽에 나가셨어요, 의원님."

"나갔다고? 새벽에?"

백인호는 인상을 구겼다. 남편이 지금 어떤 상황인데 밖을 쏘다닌단 말인가?

"이게 미쳤나, 진짜."

하지만 당신도 안전하진 않아.

백인호는 중얼거리다가 희주가 제게 했던 말을 상기했다. 가만 있어 보자, 혹시 지금 이 사태와 강희주, 그리고 서지환이 서로 연결되어 있는 건 아닌가?

강희주가 서지환을 도왔다면? 아직도 두 사람의 관계가 끊긴 건 아니라면?

"엮을 수도 있다……."

유명 정치인의 아내, 그 아내의 과거의 남자. 아직도 미련을 버리지 못한 자신들의 마음을 들킨 것에 대한 보복으로 일을 꾸민 거라, 언론 플레이를 한다면?

……피해자가 될 수 있다.

백인호는 대기 중인 자신의 비서를 바라보았다.

"일전에 집사람이 검찰청 주차장에서 서지환 만난 적 있다고 했지."

"네, 의원님."

"CCTV 확보할 수 있나?"

"요청해보겠습니다."

비서는 빠르게 사라졌고, 백인호는 한쪽 입꼬리만 올리며 중얼거렸다.

"내가 혼자 죽을 것 같아? 어림없는 소리……."

아무리 쉽게 들끓고 쉽게 돌아서는 민심이라지만 서지환은 정치판을 너무 만만하게 보았다. 돈이라는 것이 얼마나 막대한 권력을 가지고 있는지, 얼마나 상상도 할 수 없는 일을 가능하게 하는지 서지환은 모르고 있음이 분명했다.

통화를 마친 비서가 다가오며 묵례했다.

"의원님, CCTV는 일단 요청했습니다."

"차민규한테 변호사는 붙였어?"

"네. 지금 함께 있다고 합니다. 그리고 지금 한 의원님께 연락이 왔는데 상황실에 전부 모였다고 합니다. 구속 수사는 절대 안 된다는 입장 발표가 있을 예정이라고 합니다."

"당연한 말을."

백인호는 실소했다. 감히 나를 구속 수사할 수 있을 것 같은가?

말도 안 되는 소리.

"비상대책위원회 설치하라고 하고 각 위원장들 끌어모으라고 해. 설계는 김 의원이 해줄 테니까 거기서 연락 받으라고 하고."

"예. 의원님."

서지환. 할 수 있는 모든 것을 엮어 추락시켜주겠다.

"우리도 준비해둔 시나리오야. 침착하게 대응해. 댓글 관리 잘하면서 분위기 끌어가란 말이야. 알겠어?"

"예. 지금 약 80명 정도 모여 작업 중입니다."

누구의 말로가 더욱 처참할지는, 두고 보면 될 일이다.

· · ✦✦✦✦✦ · ·

"검사님, 눈은 좀 붙이셨습니까?"

최금호 계장은 걱정스러운 눈으로 지환을 바라보았다. 밤새 차민규와 씨름하고, 차근차근 확보했던 증거를 한데 모으고, 그러더니 갑자기 집엘 다녀오겠다며 쓱 일어나더라.

"아아, 네. 자는 둥 마는 둥 잠깐 넋을 놓긴 했네요."

"집에 다녀오시더니 더 피곤해 보이시는데요."

후룩, 커피를 마시며 최 계장이 중얼거리자 지환은 멋쩍은 웃음을 지었다. 그 틈에 끼어 정윤은 야채가 담뿍 들은 모닝롤을 베어 물었다.

"부지런하다, 부지런해. 그 와중에 집엘 다녀오고. 서검, 원래 그렇게 부지런한 인간이었어?"

"내가 원래 이런 인간이었겠나, 집에 계신 부인께서 날 이토록 부지런하게 만들었지."

"헛소리가 아직 나오는 걸 보니 덜 힘들구나. 이틀 밤은 더 지새 워도 괜찮겠어, 서검."

흥! 정윤이 대놓고 괄시를 하지만 지환은 찍소리도 못한 채 정윤 에게 우유를 건넸다. 사실 이번 사건의 일등공신은 정윤과 현수다.

"어이, 차검. 내 자네의 업적을 진심으로 높이 기리는 바이네. 그 런 의미로 오늘은 무슨 말을 해도 그냥 넘어가주겠네."

"뭐라는 거야, 말미잘 같은 게. 자근자근 밟아서 가로세로 12cm 로 만들어버릴까 보다."

"12cm라니. 너, 너 무슨 말을 그렇게 심하게 하냐?"

"허. 무슨 말을 해도 그냥 넘어가준다며? 어떻게 10초도 못 가?"

······끙. 지환은 고개를 돌리며 헛기침을 했다. 도대체 차검은 왜 항상 화가 나 있을까. 알 수가 없다.

"하여튼 고생 많았다. 너랑 현수랑 큰일 했어."

"야, 내 앞에서 남현수 이름 써내지 마. 가로세로 다 더해서 8cm 로 줄여버리기 전에."

아아. 싸웠구나. 그것도 격렬하게.

"아무리 생각해봐도 남현수는 나 열 받게 하려고 태어난 놈 같 아. 어쩜 그렇게 하나도 예쁜 구석이 없는지 몰라."

"언젠 머리끝부터 발끝까지 예쁘다며. 태어나 그렇게 눈이 예쁜 남자는 처음 본다며."

"죽을래? 그땐 내가 눈이 삐었고!"

"범인 잡는 형사 눈빛이 예쁘다는 사람은 아마 차정윤이가 처음일 거다."

"……내가 미쳤었다. 잠시."

인정. 정윤이 모닝롤을 우적우적 입안으로 밀어 넣는다. 그 모습에 기함하며 지환은 빨리 사라져라, 손을 팔랑팔랑 흔들었다.

"제발 부탁인데 뭐 먹을 땐 니 사무실 가서 먹으면 안 되냐? 쓰레기는 맨날 여기다 처박아두고 몸만 떠나지 말고."

"싫어. 여기서 먹을 거야. 내 사무실은 쾌적했으면 좋겠어. 항상."

여긴…… 조만간 벌레 나올 것 같아……. 너 때문에…….

"어, 검사님. 자리에 계셨네요."

그때였다. 똑똑, 문을 두드리며 수사관이 들어왔다. 지환과 정윤이 둘 다 돌아보자 급박한 일인 듯 잔뜩 긴장한 얼굴로, 수사관은 빠르게 들어왔다.

"저, 일이 좀 생겼습니다. 서 검사님."

"무슨 일입니까?"

"백인호 의원님의 사모님께서 참고인 조사 차원의 자진 출석을 하셨습니다."

"네에?"

놀란 목소리는 듣고 있던 정윤의 것이었다. 말을 잃은 지환을 대신해 정윤은 들고 있던 빵을 내리며 눈을 크게 떴다.

"지금 여기로 왔다고요? 강희주가? 직접?"

"예. 변호인도 없이 혼자 출석하셨습니다. 지금 기자들 사이에 난리가 났습니다. 어떡할까요?"

변호인도 없이, 혼자. 특검팀이 꾸려지기도 전에. 정식으로 소환장을 보내기도 전에. 법원과 국회가 아직 백인호의 거취를 정하지 못해, 그들도 혼란스러워할 때.

"서검. 어떡할까? 어떡하지?"

사건의 참고인.

"아니, 강희주는 부르지도 않았는데 왜 갑자기 와? 연락도 없이? 그것도 혼자?"

강희주를 이토록 빨리 보낸 건 백인호의 그림인가. 언론을 의식한, 일종의 두뇌 싸움인가.

"내가 내려가서 강희주 만날 테니까, 서검 너는 여기 있어."

……수가 읽히지 않는다.

"됐어. 그럴 필요 없어."

지환은 자리에서 일어섰다. 정윤은 잔뜩 굳은 얼굴로 그를 바라보았다. 그녀의 목소리는 금세 갈라졌다.

"서검, 설마 니가 강희주를 조사하겠다는 건 아니지? 그치? 내가 할게. 내가 한다니까?"

"됐어. 어차피 한 번은 있을 수밖에 없는 일이야. 예상보다 앞당겨진 것뿐이고."

지환은 묵묵히 재킷을 입고, 단추를 잠갔다. 말을 잃고 바라만 보는 정윤을 힐끔, 바라본 지환은 괜찮다는 듯 두어 번 고개를 끄덕이며 말했다.

"내가 시작한 일이고 내가 끝을 봐야 하는 일이야."

"하지만 서검……."

"걱정 마라."

운명은 개연성을 무시한다. 흘러갔으면 하는 방향으로 흘러가는 법이 없다.

"걱정 마라, 차검."

인간이란 그러니 그저, 때마다 견디는 수밖에 없는 거다.

"너 이제 그런 일로 내 걱정, 안 해도 된다."

· · ✦✦✦✦✦ · ·

"저기! 저기 차량 들어온다!"

어느 기자의 외침을 필두로 고요했던 검찰청 앞의 분위기는 급변했다. 검은 세단은 거침없이 검찰청 안으로 진입했고 보란 듯 계단 앞에 멈춰 섰다.

차르륵! 차르르르륵!

아직 차에서 누군가 내리지 않았음에도 불구하고 셔터음은 합창하는 것처럼 울려 퍼졌다. 단 한순간도 놓칠 수 없는 취재진의 열기란 대단했다.

카메라에서 쏟아지는 빛이 눈부시다. 희주는 차에서 내리기 전 마지막 심호흡을 했다. 운전대를 잡은 기사는 굳은 표정으로 고개를 돌리며 물었다.

"사모님, 괜찮으십니까? 문을 열어도 되겠습니까?"

검게 코팅된 차량 안을 들여다볼 지경으로 기자들의 카메라가 세단을 포위한다.

"사모님, 지금이라도 차를 돌릴까요?"

희주는 마치 들개들의 습격을 당하는 것처럼 떨리는 팔을 잡고는, 마지막으로 천천히 심호흡을 했다.

"문 열어줘요."

"네. 알겠습니다."

운전사는 결심이 선 듯 차에서 내렸다. 크게 관계가 있는 사람도 아닌데 더 많은 셔터음이 들리기 시작했다.

차량을 돌아 상석으로 걸어간 운전사는 기자들이 넘쳐나는 공간 속으로 그녀를 공개했다. 차 문이 열리자 취재진들의 열기는 더욱 뜨거워졌다. 그녀가 지면에 발을 딛기도 전에, 기자들의 질문이 쇄도한다.

"자진 출석은 누구의 생각입니까? 백인호 의원께서 지시하신 일입니까?"

"자진 출석하신 이유가 뭡니까? 오늘 여기서 밝히고자 하는 것들은 뭡니까!"

희주는 굳은 표정으로 차량에서 내렸다. 그녀가 내리자 대기 중이던 검찰청 관계자들이 계단을 뛰어 내려왔다.

두 팔로 진영을 넓혔다. 예정된 출석이 아니다 보니 취재진 경계선이 없어 몸싸움은 정신없이 이어졌다.

"백인호 의원이 금괴 밀수에 연루되어 있음을 인정하십니까!"

"오늘 밝히려는 것들에 대해 한 말씀 부탁드립니다!"

그녀는 고개를 수그린 채 경호원들의 비호를 받으며 앞으로 묵묵히 걸어갔다. 화장기 없는 얼굴, 유독 수수하게 차려입은 옷. 그녀는 평소 화려하던 모든 모습을 지워냈다.

"국민들께 한 말씀 부탁드립니다! 지금 심경이 어떠신지요!"

"어떤 이유로 자진 출석을 한 건지 말씀해주세요!"

계단을 서둘러 올라갔다. 문 하나를 통과하니 언제 그랬냐는 것처럼 기자들이 넘치던 바깥과 완벽하게 단절되었다.

관계자들은 그녀의 좌우, 뒤를 막으며 앞으로 걸었다. 희주는 그들이 안내하는 대로 걷다가,

"여기서부턴 제가 안내하겠습니다."

익숙하고, 또 익숙한 목소리에 희주는 걸음을 잠시 멈췄다.

"수고하셨습니다."

"예, 검사님."

희주는 천천히 고개를 들고 앞을 바라보았다. 그곳엔 그가 서 있었다.

지환의 지시에 둘러싸고 있던 관계자들은 서둘러 물러났고, 지환은 입을 열었다. 벌써부터 뜨거움이 울대를 막아, 그녀는 손을 말아 쥐었다.

……살며 단 한 번도 상상해본 적 없었던 지금 이런 순간, 이런 만남.

"지금부턴 저를 따라오시죠."

신의 장난이라고밖에 생각 들지 않았다.

지환은 조사실이 아닌 자신의 검사실로 향했다. 다른 이유는 없었다. 자진 출석을 한 참고인에 대한 예우일 뿐이었다.

사방이 꽉 막힌 답답한 조사실보단 훨씬 더 부드러운 환경과 공간, 지환은 책상 앞으로 걸어갔다. 이곳까지 걸어오면서 단 한 마디도 나누지 않은 두 사람은 책상 하나를 사이로 멀어졌다.

"앉으시죠."

입고 있던 재킷을 벗으며 그는 말했다. 희주는 책상 앞에 마련된 의자를 응시하다가 천천히 걸어가 앉았다.

시간이 자꾸만 뒤로 흘러갈 것만 같아, 그녀는 조심스럽게 깊은 숨을 내쉬었다. 지환은 참고인 진술을 받기 전에 책상을 정리하고 모니터에 시선을 주었다. 모니터에 시선을 박았다고 하는 것이, 옳을지도 몰랐다.

"시작 전에 참고인 진술 관련 영상 녹화가 이루어질 예정입니다. 동의하십니까."

"……네."

지환은 손만 움직여 영상 녹화를 시작했다. 여전히 그의 시선은 모니터에 있다.

"성함 말씀 주십시오."

조사는 시작되었다.

"성함, 말씀 주십시오."

"강……희주입니다."

"주민번호."

그저 이름 한 마디 뗐을 뿐인데 목이 멘다. 희주는 뜨거움을 누르려고 자꾸만 마른침을 삼켰다. 눈썹 끝에 눈물이 흔들릴 것만 같았다.

눈물을 삼키면 손끝이 떨렸고, 손끝에 힘을 주면 목이 메었다. 잔기침을 뱉으며 숨을 고르는 때면 또다시 눈물이 맺히고, 눈물을 삼키면 어지러움에 주변이 아득해졌다.

태연하고 싶어도, 평범하게 있고 싶어도, 그러자니 제 안에 신경 쓸 것이 너무 많아 정신을 차리기가 힘이 들었다.

"주민번호 말씀 주십시오."

……한때는, 사랑을 했다.

"××××××-×××××××, 입니다."

그런데 참 이상하다, 그렇지. 나는 당신을 지키려고 나를 버렸는데. 당신을 떠나오며 나는 나를 모조리 태워버렸는데.

"현주소 말씀 주십시오."

이제 와 생각해보니 단 한순간도 후회하지 않은 적은 없었던 것 같아.

망가질걸. 차라리 당신도 나도 함께 무너질걸. 그래도 함께라면 그걸로 되었을 텐데. 어쩌자고 그때의 난, 그런 선택을 하고 말았을까.

"×××……입니다."

……결국 말다운 말은 해보지도 못하고 눈물이 떨어진다. 희주는 급하게 고개를 숙였고, 지환은 내내 모니터만 응시하며 숨을 내

쉬었다. 그러다가, 손만 뻗은 채 티슈를 잡아 그녀 앞으로 밀었다.

"미안……해요…….”

그다지 듣고 싶지 않은 말이 흘러나온다.

"참고인. 영상 녹화 중입니다.”

"미안해요, 정말 미안……해요…….”

지환은 이를 아득 물었다. 모니터에 선명하게 적힌 강희주, 이름 세 글자가 또렷해 들여다보기가 힘들었다.

"전부 다…… 미안해요…….”

그는 결국 녹화를 중지했다.

"정말 너무 많이…… 미안해요…….”

"그만해.”

"내내 이 말을 하고 싶었는데 못 해서……. 내내…… 하려고 했는데…… 못 해서…….”

"그만하라고!”

지환은 모니터에서 시선을 뗐다. 고개를 숙인 채 어깨만 흔들리는 그녀를 보고 있자니, 어떻게든 눌러보려던 가슴의 응어리가 터지고 말았다.

……복발한다.

"너 뭐야. 너 뭔데 여기까지 와서 그딴 말을 해. 너 참고인이 뭔지 몰라? 지금 니가 무슨 자격으로 왔는지 벌써 잊었어?”

"…….”

"미안? 미안? 미안이라니. 이제 와 미안이라니! 내가 너한테 사과나 받자고 여기 앉아 있는 줄 알아? 미안이라니! 어떻게 그런 말이 나와 내 앞에서!"

끅끅, 그녀는 말을 잇지 못했다.

……후. 지환은 굵은 숨을 내쉬며 타이를 비틀었다. 급격하게 열이 오른 머리가 어지러워 고개를 숙이며 두 손으로 이마를 짚었다. 숨이 엉켜 끅끅거리는 그녀의 울음소리만 공간을 가득 메우고,

"사과하지 마."

그는 눈을 감은 채 중얼거렸다.

"받아줄 생각 없어. 함부로 빌지 말고, 멋대로 사과하지도 마."

"그땐…… 그게 최선인 것 같아서……."

그녀는 흐르는 눈물을 어찌할 바를 몰라 질끈 감았다.

"무서워서…… 진짜로 무서워서……. 나도 끝이고…… 오빠도 끝이라고 협박하는데…… 그게 정말 너무 무서워서……."

……그래. 아주 오래된 이야기지. 시작은 있었으나 끝은 없었던, 허무하고 시시한 어느 연인의 이야기.

"일이 꼬였는데…… 난 그때 너무 아는 게 없었고……. 너무 몰랐고……. 진짜 당장 오빠가 어떻게 될 것 같아서……."

장래를 촉망받는 어느 정치인의 눈길을 받아 헝클어진 미래.

"내가 오빠 망칠까 봐……. 그 사람이 정말로…… 오빠 어떻게 할까 봐……."

"……."

"미안해요……. 미안하다는 말도…… 너무 미안해서…… 하고 싶지 않은데……."

협박에 팔아버린 행복. 딴에는 믿었던 최선.

"미안해요……. 미안해요……. 이 말밖엔……."

……침묵이 흐른다.

"이제 와서 그런 게, 다 무슨 소용이야."

동요하지 않는 그의 음성이 시간을 잘라낸다.

"난 지금 니가 하는 이야기 하나도 믿지 않아. 관심도 없어. 그러니까 연극하듯이 감성팔이 하지 마. 미안해서, 그래서 내 아내에게 접근했어?"

그녀는 더욱 눈을 질끈 감았다.

"내가 무슨 생각을 했을 거라 생각해? 당장이라도 달려가 네 멱살이라도 잡고 싶은 걸 억지로 참았어. 왜 그랬는지 알아?"

"……."

"이렇게 만날 거니까. 너하고 내가, 검사와 참고인으로."

그는 조금의 틈도 내어주지 않았다. 사정없이 밀어냈고, 벼랑 끝에 세웠다.

"궁금……했어요."

"……하."

"궁금해서……. 정말 너무 궁금해서……. 잘못된 줄은 알지만…… 어떤 사람인지 너무 궁금……해서……."

그대의 아내는 너무 예쁜 사람이라, 기쁘고 슬펐다. 그 사랑 행복하다 말하며 웃으니, 행복하고 서러웠다.

"안…… 되는 줄 알면서도 멈출 수가 없었어요……. 멈춰야지, 멈춰야지…… 했는데…… 안 됐어요……."

나는 내가 사는 지옥을 버티려고, 천국 같은 당신들의 결혼 생활을 엿보고야 말았다.

"뭘 어쩌고 싶어서 접근했던 건 아니에요, 정말…… 정말 그런 건 아니었어요……. 미안요……. 미안합니다……."

"……후."

지환은 물잔을 들었고 한입 가득 삼켰다. 물이 반쯤 남아 있는 물컵을 바라보다가, 키우는 작은 화분에 물을 뿌렸다. 아끼는 것이 메말라 보여 안쓰러움에 물을 준 느낌은 아니었고, 다만 물을 줄 시간이 되어 할 일을 한 것뿐이다, 하는 사무적인 느낌 또한 아니었다.

그가 다른 행동을 하자 희주는 무의식적으로 시선을 들어 바라보았다. 난데없이 촤륵, 화분에 물을 뿌린 그는 컵을 책상에 내리며 입술을 열었다.

"내 팔이 아직은 이성적인 판단을 할 수 있음에 감사해라. 아니었다면 너한테 뿌렸을 테니까."

희주는 메마른 입술을 피가 나도록 사리물었다.

……그대의 세상에 나 하나만을 남겨두고, 영원히 함께할 거라 속삭이며 전부라 믿게 만들어놓곤, 사라져버렸다.

한순간에. 모든 흔적 없이. 연기처럼.

"그러니까 너도 정신 차려. 참고인으로 왔으면 진술이나 똑바로 해."

"……."

"참고인, 영상 녹화 시작하겠습니다."

그 시절, 나는 그를 배신했다. 변명의 여지가 없다.

"걱정 마십시오, 의원님. 절대로 체포동의안을 승인하지 않을 겁니다."

"맞습니다. 우리 당의 사활이 걸린 문제이기도 한데, 절대로 그런 일이 생겨서야 되겠습니까?"

비상 대책 상황실이 꾸려졌고, 백인호를 찾아온 여러 의원들은 입을 모았다.

백인호가 금괴 밀수에 가담을 했건 안 했건, 불법 정치자금을 꾸렸건 아니건 진실이 중요한 건 아니었다. 지금 백인호가 무너지면 당의 상황은 최악을 면할 수 없으리라. 어쩌면 당을 없애야 할지도 모른다.

백인호는 턱을 문지르며 입을 열었다.

"여론 몰이를 잘해야 합니다. 청와대건 법원이건 요즘은 뭣도 모르며 떠드는 여론에 맥을 못 쓰니까."

"예. 염려 마십시오. 음모론으로 잘 대응하고 있습니다."

"차민규 씨의 변호사를 통해서도 잘 이야기해두었습니다. 차민규 씨만 입 다물고 잘 넘어가면 공론화도 몇 개월 안에 끝날 겁니다."

"……휴."

백인호는 짧은 숨을 내쉬었다. 처음엔 경황이 없어 대응하지 못했던 것들을 하나하나 준비하며 이른바 전투태세를 갖춰나가기 시작했다.

"사모님께서 자진 출석을 하셨는데, 이건 어떻게 해야 할지……."

강희주는 검찰청으로 직접 걸음을 했다. 뉴스에서 하루 종일 그녀와 자신의 이야기를 떠들고 있지만 이미 조사를 받고 있는 강희주는 손쓸 수 없는 상황이었다. 그래서 새벽같이 집을 나선 모양이다. 자신과 마주치지 않으려고.

"백 의원님, 사모님께선 대체 뭘 알고 계신 겁니까?"

"아는 게 없으니 용감한 겁니다. 다들 아시잖습니까, 이래서 사람은 출신이 중요한 겁니다."

강희주를 향한 분노와 배신감에 치가 떨리지만 백인호 의원은 침착한 표정으로 일관했다. 자신이 불안해하면 앞에 있는 자들도 불안해할 것이다. 불안함은 의심을 사고, 의심은 곧 다른 살길을 궁리하게 할 테니.

한배를 탄 것처럼 보이지만 실상은 나 하나만 살면 그만인 사람들. 백인호 의원은 그러한 사실을 누구보다 잘 알고 있다.

"한 말씀 드리자면 여기 모이신 분들 중 제 도움 받지 않은 사람, 없습니다."

백인호는 상체를 소파에 기대며 입술을 열었다.

"불법 정치자금이니 뭐니 말이 많지만, 제가 무슨 죄가 있습니까. 다 여러분들의 정치생명을 위해 발로 뛴 죄밖에 더 있겠습니까?"

불법 정치자금. 다 너희와 나눈 것이다. 그는 은근한 압력을 넣었다.

"당을 위해 희생한 저입니다. 그러니 이제 여러분들께서 제게 보답할 차례입니다."

"백 의원님, 걱정 마십시오. 저희가 의원님의 힘이 되어드리겠습니다."

"저는 여전한 자금력을 가지고 있습니다. 원하시는 만큼, 필요한 만큼 지원해드릴 테니 지금 당에 처한 이 난관을 함께 뚫고 나가봅시다."

거만의 부를 암시하며 백인호가 돈을 대주겠다고 하자 의원들의 눈빛이 달라진다. 이러한 와중에도 일신의 안위만을 생각하는 자들. 신물이 났다.

"백 의원님, 그럼 준비하신 것들은 언제쯤 터트릴 생각이십니까?"

"기자회견 날짜 시간은 당 대변인을 통해 이야기하는 걸로 합시다."

"예, 의원님. 잘 알겠습니다."

결의를 다지는 의원들의 표정을 바라보다, 백인호는 마른 주먹을 쥐었다.

강희주의 조사 시간이 길어지면 길어질수록 초조해졌다. 어떤 카드를 쥐고 서지환을 만났는지, 전혀 감이 오지 않았다. 그들도 백인호가 어떤 카드를 쥐었는지 알지 못하는 것처럼.

* * ✦ ✦ ✦ ✦ ✦ * *

긴 조사 시간이 흘렀다. 어느덧 안정을 찾은 희주는 자발적 출석을 한 이유에 대해 차분하게 진술했다.

검사 서지환은 참고인 강희주의 진술을 묵묵히 들었고, 간간이 질문을 했다. 참고인 강희주는 덤덤하게 진술했고, 검사 서지환의 질문에 간간이 답을 했다. 구경하는 이는 없지만 찰나도 놓치지 않고 촬영 중인 작은 기기 앞에, 두 사람은 맡은 역할에 충실할 수 있었다.

희주는 백인호 의원의 가려진 행실에 대해 이야기했다. 많은 국민들은 백인호 의원이 주도하는 정치쇼에 속고 있다. 그는 정직하고 강직한 사람이 아니다. 개인의 이득을 위해 많은 법규를 위반했으며, 많은 사람들을 돈으로 매수했다. 나 또한 그의 정치쇼에 가담하게 되었다. 나 역시 그의 조력자 역할에 충실했다.

……지환은 얼굴의 모든 표정을 지웠다. 전혀 예상하지 못한, 그녀의 불운한 결혼 생활이 드러나고야 말았다.

"참고인. 하나만 더 묻겠습니다. 금괴 밀수 관련 혐의에 대해선 아는 바가 없습니까?"

"금괴 밀수에 대해 아는 바는 없습니다. 현재는."

여전히 혼란스러웠다. 백인호가 더 큰 죄를 덮기 위해 작은 죄를 터트리고 있는 건지. 그가 강희주를 움직이고 있는 건 아닌지. 앞에 앉아 있는 강희주는 백인호의 사주를 받아 인형극을 벌이고 있는 게 아닐까.

……대화가 이어질수록, 혼란만 가중되었다.

"참고인이 자발적 출석을 택한 이유는 무엇입니까."

"국민의 알 권리를 위한 일입니다. 제가 너무 늦은 것도 잘 알지만 지금이라도 백인호 의원의 민낯을 공개해야 한다는 생각엔 변함이 없습니다.”

“뒷받침할 만한 증거는 가지고 있습니까?”

“여기, 있습니다.”

그녀가 USB를 꺼내 책상에 내리자 지환의 눈은 작은 기기를 향했다. 아주 어렵고, 아주 무거운 시간이 흘렀다.

“지난 몇 년 동안 남편 백인호 의원에게 당한 멸시와 폭언이 담긴 USB입니다. 혹시 몰라서 집 안에 있을 땐 항상 소형 녹음기를 착용하고 있었습니다.”

가슴이 난도질당하듯 아리고 저려오는 것을 모른 척하며, 희주는 USB를 지환에게 밀었다. 아직 USB에서 떼지 못한 손끝은 미세하게 떨렸다.

“그리고 백인호 의원이 사석에서 포섭한 각계각층의 고위 간부들과의 대화 내용도 있습니다. 물론 제가 함께 있을 때의 일들만 기록되어 있습니다.”

……원했던 결혼은 아니었다고, 앞선 고백을 해야 했던 이유는 바로 여기에 있있다. USB 안에 무엇이 들어 있건 어떤 내용을 확인했건 간에 당신, 놀라지 말라고.

“그는 단 한 번도 아내인 저를 인격적으로 존중한 적이 없습니다. 필요한 건 제가 아니라 제가 가진 인지도였을 뿐입니다.”

차마 지환의 눈을 바라볼 수 없어, 시선은 USB에 닿았다. 지금은 모든 것을 잊고 뚝 잘라 남이 된 인연이라 할지라도 아무렇지 않게 USB를 받아 들 수 있는 사람, 많지 않을 테니까.

“녹음의 중간중간 백인호 의원이 지닌 정치적 사상, 국민을 생각하는 자세 등을 알 수 있습니다. 그가 어떤 사람인지 우리 모두는 알아야 합니다."

그녀는 천천히 시선을 들었다. 용기를 내어 그의 눈을 들여다보았다. 변한 듯 변하지 않은. 변하지 않은 듯 변한 그의 얼굴과 눈빛.

시간은 뒤로 가지도, 빠르게 흐르지도 않았다. 다만 그녀 안에서 멈추었다.

"백인호 의원은 제가 연예인 삶을 살던 시절, 전 매니저에게 거액을 넘겨주고 스폰서를 제안해왔습니다."

세월에 박힌 가시가 입술 끝을 찢고 밖을 나선다.

"아무것도 알지 못했던 저는 그의 협박과 압력에 못 이겨 부당한 하룻밤을 보내야 했습니다. 그 후로도 이어진 감금과 폭행, 그렇게 백인호 의원과 결혼까지 이어졌습니다."

"……."

"그것과 관련된 자료도 함께 제출합니다."

그녀는 핸드백을 열어 작은 종이 몇 장을 꺼냈다. 예전 매니저가 적어준 백인호 의원의 연락처, 결혼 당시 나눈 계약서 등이었다.

……말이 끊긴다. 갈 곳을 잃은 지환의 눈빛은 한참이나 헤매다가 USB에 닿았다. 무의식에 말아 쥔 주먹이 책상 위로 올라온다.

"참고인."

"……네."

공기가 역겨워 토악질이 나올 것만 같았다.

"이런 것들을 이제 와서 세상에 공개하는 이유는 뭡니까."

진심으로 묻고 싶었다. 어째서, 어째서 이제야.

희주는 그의 질문을 들으며 마음을 진정시키는 숨을 내쉬었다. 이제, 모든 것을 내려놓았다.

"무서웠어요."

……당신이 알까 봐.

"모두가 행복할 거라고, 부러워만 하는 결혼임을 알고 있었어요. 그것들을 깨고 제 불행함을 세상에 공개한다는 것이 무섭고 두려웠습니다."

사실은 모두가 알아도 괜찮아, 당신만 몰랐으면 했어. 하지만 그럴 수는 없는 일이었으니까. 결국엔 당신도 나의 불행함을, 듣게 될 테니까.

"그가 행하는 무차별 폭행에 익숙해져 개선의 여지를 찾지 못한 채 살았습니다. 불행을 당연하게 받아들였고 그렇게 살아야 하는 줄 알았어요."

"……."

"그런데 정신이 들었어요. 나 하나 참고 사는 것이 정답은 아니라는 걸 깨달았으니까요. 잘못된 것은 바로잡아야 하고, 그러기 위해선 움직여야 한다는 걸 알게 되었습니다."

지환은 천천히 시선을 들었다. 맑고 투명했던 그 언젠가의 눈빛은 사라지고,

"제가 변하지 않으면 아무것도 변할 수가 없겠더라고요. 멈춰 서서 환경이 변하길 바라는 어리석은 짓을 이제는 멈추기로 했습니다."

어딘가 모르게 겸허해진, 세월에 성숙해진 눈빛의 강희주가 앉

아 있다.

오해와 진실이 만나는 순간. 묵혔던 미움과, 빛바랜 증오가 길을 잃고 사라지는 순간.

"거짓말과 비겁함 앞에 다치지 않았으면 좋겠습니다. 다시는 그 누구도, 다시는, 그…… 다시는 그 누구도……."

그녀는 비로소 진술을 끝마치며 천천히 눈을 감았다.

"제가 준비한 오늘의 진술은 여기까지입니다. 서지환 검사님."

"……."

두 사람은 한동안 일어날 수 없었다.

· · ◆ ◆ ◆ ◆ ◆ · ·

"여보세요? 서지환 씨?"

희원은 뉴스를 보다가 오래도록 연락이 없는 지환에게 전화를 걸었다. 세상이 시끄럽게 떠드는 이야기를 듣고 있자니, 그 안에 소속된 지환이 염려되었다.

— 여보세요.

"아, 오빠. 바빠?"

— 아냐, 대충 끝났어. 안 그래도 전화하려고 했는데.

전화하려고 했는데. 희원은 그의 말에 빙그레 미소 지으며 몸을 뒤척였다. 소파에 누워 TV를 틀어놓고 있던 그녀는 그의 목소리를 들으며 홍차를 삼켰다.

— 뭐 하고 있었어?

"그냥, TV도 보고 청소도 하고. 아, 맞다. 아침엔 사우나도 다녀오고."

— 잘했네. 밥은 안 먹었어?

"먹었죠. 든든하게. 서지환 씨는 먹었어?"

— 어, 이제 먹어야지.

이제 어둑해지는데 점심을 건너뛴 모양이다. 희원은 뉴스를 바라보다가 어렵게 입을 열었다.

"나 뉴스 보는 중인데, 있잖아."

강희주. 그녀가 검찰청 안으로 들어서는 모습을 하루 종일 반복해서 틀어주는 뉴스. 오만 가지 추측과 예상이 난무하는 그녀의 자진 출석.

"저…… 있잖아요, 그 강희주……라는 분. 오늘 검찰청으로 출석했던데."

괜한 질문인 걸까. 그가 말이 없다.

"아니, 별건 아닌데 사실 내가 그분이랑 좀 안면이 있어서. 그분 괜찮은 걸까 해서……."

— 아아. 저기, 희원아.

희원아. 그가 이름을 부르자 희원은 말을 멈췄다. 한없이 부드럽고 자상한 음성이었지만, 어쩐지 그는 지쳐 있는 것 같았다.

"응, 말해요. 나 듣고 있어."

— 그, 강희주라는 사람. 너는 걱정 안 했으면 좋겠다.

"……응? 왜?"

희원은 눈을 동그랗게 떴다.

"죄질이 나빠? 참고인이라던데? 현재는 그냥 참고인 아니야?"

— 그런 것보다도 그냥 너는 그 이름 몰라도 돼. 몰랐으면 좋겠어.

들고 있던 찻잔을 테이블에 내렸다.

"그게 무슨 말이야? 뜻을 잘 모르겠어. 내가 그분이랑 되게 친하다고는 못 하겠는데, 이래저래 무용 관련해서 도움도 받고."

격한 호감이 부담스럽기도 했지만, 마다할 이유는 없던 인연이다.

"알아요, 일하는 거 묻고 싶지 않은데 그래도 걱정이 좀 돼서 강희주 씨한테 먼저 연락을 해볼까 하다가……."

— 당신한테 의도적으로 접근한 거야. 단순한 호감이나 좋은 의도 아니었고. 그런저런 이유에 내가 끼어 있고.

"아…… 그게 무슨 말……."

희원은 점점 말꼬리를 흐렸다. 뭐가 뭔지 하나도 알 수 없었지만 어쩐지 지금 그의 음성과, 말투와,

— 참고인 신분으로 출석해서 지금까지 조사했어. 담당이 나였거든.

"저기, 서지환 씨. 있잖아. 내가 뭐 묻고 싶은 게 있는데."

— ……그래.

지나치게 차분한 지금 그의 분위기가.

— 물어봐. 괜찮아.

"혹시 그분, 서지환 씨가 아는 사람이야? 원래……부터…… 아, 그러니까 내 말은요."

— 그래. 맞아.

"……."

— 알았었어.

희원은 소파에서 일어나 바로 앉았다. 알았었다는 단어가 주는 미묘한 분위기를, 그녀는 읽었다.

"아…… 잠깐, 잠깐만요."

이마를 짚으며 희원은 눈을 질끈 감았다가 떴다. 급하게 오르내리는 심장이 밖으로 튀어나올 것만 같았다.

"서지환 씨 정말 미안해, 이런 거 자꾸 물어서. 그런데 하나만 더 물어볼게."

— 괜찮아, 물어도 돼. 얼마든지.

"그 사람이, 그러니까, 강희주 그 사람이."

차마 말이 떨어지질 않는다. 당신의 과거였냐는, 그런 엄청난 질문은 감히 나오질 못했다.

— 지금 네가 생각하는 그거, 맞아.

"아……."

희원의 입에서 알 수 없는 탄식이 터졌다.

……상처받지 않으며 사랑한다는 것은 가능한 일인가. 차마 너도 나도 잊지 못해 끊긴 대화를 두고, 밤은 깊었다.

침묵으로 하는 고백은 이어졌다.

· · ◆ ◆ ◆ ◆ · · ·

오한이 스미듯 차가움이 느껴진다. 희원은 추운 기분이 들어 제 어깨를 비볐다. 휴대폰을 들고 있는 손이 떨렸지만 갑자기 추워진 까닭이라고, 믿어보기로 한다.

"아…… 그랬구나."

툭, 하고 그녀는 말을 뱉었다. 뜻이 담긴 말은 아니었다. 경황은 없었다. 스스로 완벽하게 상황을 이해한 건지는, 건너뛰기로 한다.

"아…… 그래서, 그러니까, 그러니까, 서지환 씨…… 때문에 나한테 접근을 했다는…….."

유명한 정치인의 아내. 첫눈에 입이 떡 벌어질 만큼 예쁜 여자. 걷는 걸음걸음 사이, 모든 이의 시선을 한 몸에 받던 여자.

화려했던 연예인 생활을 단숨에 접고 결혼을 선언한 여자. 그 이면에, 그렇게 만인의 박수를 받던 시간 뒤에, 내 남자의 상처가 있었다.

"어…… 그렇지, 그런 거라는…… 아…… 어쩐지 이상하긴 했는데……. 서지환 씨 때문에 나한테…….."

아아. 그랬구나. 그랬던 거구나. 못 잊은 게 아니라 잊을 새가 없었겠구나. 원하건 원치 않았건, 그녀의 소식을 접하며 보고 듣고 해야만 했을 테니까.

상처가 더디게 나은 것이 아니라, 당신은 그저, 나을 새가 없었던 거구나.

"아니 잠깐만, 나 그런데 이해가 안 되는 부분이 있는데, 그런데 왜 나한테 접근을 한 거지? 그게 서지환 씨와 무슨 관계가 있는 거지?"

조금씩 의심이 스며든다. 아무리 객관적으로 들여다보려고 해도 그 여자의 행동이 이해되질 않는다.

"결혼까지 해놓고 지금껏 잘 살아놓고 나한테 왜? 왜? 왜?"

화가 난다.

"아직도 그 여자가 서지환 씨 못 잊었대? 아니, 잠깐만. 그럼 뭐야. 결혼했으면서 왜? 아니, 아니지, 이건 아니어야지."

— ……

"대체 뭔데? 지금 이게 뭐야? 무슨 상황이야?"

불쾌함을 넘어서는 분노가 머리끝으로 올라온다. 희원의 목소리가 갈라진다.

"그럼 서지환 씨도 그 여자가 나한테 의도적으로 접근했다는 거, 알고 있었어요?"

……질문의 영역은 조금씩 넓어졌다. 종전보다 더욱 떨려오는 팔을 간신히 잡고, 희원은 물었다.

"맞아? 내 말이 맞아? 알고 있었어? 그 여자가 나한테, 그러니까, 그 여자가 나한테 일부러 접근한 거 알고 있었냐고, 서지환 씨는."

— 알고 있었어.

"뭐, 뭐라고?"

감정은 급변하고, 분노 위로 상실감과 서러움이 밀려든다.

"알고 있었다고? 그런데 왜 말 안 했어? 나한테 왜, 서지환 씨는 왜 나한테 아무 말도 안 했어?"

— 알리고 싶지 않았으니까.

"……뭐라고요?"

— 괜한 말로 들쑤시는 일이 될 것 같아서, 하루라도 더 몰랐으

면 해서.

"이렇게 알았잖아, 이렇게! 이렇게! 차라리 미리 알려줬어야지!"

언성이 높아진다. 두 사람 사이에 끼어들어 놀아난 듯한 기분이 밀려들어 참을 수가 없었다.

"미리 알려줬어야지. 나 바보 된 것 같잖아. 미리 말을, 미리 말을 해서 나한테, 나한테 가까이하지 말라고 알려줬어야지."

— 미안하다.

……미안하다. 그의 사과 앞에 그녀는 거침없이 뱉어내던 말을 멈추었다. 미친 듯이 쏟아내며 그를 비난하다 보니,

나라면 할 수 있었을까, 나의 과거를 서슴없이 귀띔해줄 수 있었을까. 모르는 게 약이라는 그런 생각, 나는 안 했을까.

— 차마 내 입으로는 말이 안 떨어져서. 어차피 참고인 조사도 있고 하니 되도록 당신 알게 되는 일 없이 잘 매듭지으려고 했는데.

그런 어둡고 안타까운 과거 따위, 모르게 하고 싶지 않았을까.

— 당신이 묻는데 거짓말은 할 수 없어서 말했어. 아마 당신이 묻지 않았다면 내내 말하지 않았을 거야. 앞으로도.

"그래서 서지환 씨."

— …….

"괜찮아?"

희원은 이마를 달구던 뜨거움이 조금 식어가는 것을 느끼며, 간신히 물었다. 그녀의 질문이 느닷없다고 여겨졌는지 그가 말이 없다.

"지금 괜찮냐고요. 여태 조사했다며. 만났다며."

— …….

"괜찮아? 괜찮은 거 맞아? 조사 잘한 거 맞아? 진짜로?"

할 말이 없는지 그가 웃는다. 사람 속도 모르고 태연하게도 웃는 그의 웃음소리가, 그 어떤 대답보다도 더 안전하게 들려왔다.

— 괜찮지 않을 리가 없잖아.

"……정말 괜찮은 거 맞아? 믿어도 되는 거야?"

— 내 걱정을 당신이 왜 해, 난 지금 당신이 걱정인데.

"서지환 씨는 당연히 내 걱정 해야지! 나 지금 미치고 팔짝 뛰기 일보 직전인데! 내 걱정 당연히 해야지! 해야 하는데!"

— 희원아.

"왜요! 내 이름 왜 부르는데! 그것도 지금 이 타이밍에! 그렇게 다정하게!"

— 내 걱정 말고 화내도 돼. 참지 말고, 혼자 삭이지 말고 하고 싶은 말 다 해.

마음이 미어진다. 그 작은 조사실 안에서, 숨을 곳도 피할 곳도 없었을 그 작은 공간 안에서,

— 당신 지금 화나야 하는 게 맞다. 화가 나야 정상이지. 속으로 참아 누르지 말고 하고 싶은 대로 다 해. 괜찮아.

나의 남편은 무엇을 어떻게 참아가며 고된 시간을 보냈을까.

— 지금 당장이 아니라도 순간순간 화가 나면 화내. 언제든지. 참지 마, 희원아.

매일매일 참고 사는 것에 익숙해진 나의 남편이, 그렇게 살지 말란다. 그러다 병난다고. 속 탄다고. 내가 해봐서 아는데, 그렇게 살

면 안 되는 거라고.

— 내 생각 조금도 하지 말고 당신 생각만 해. 아무것도 참지 마. 생각나는 대로, 나한텐 아무렇게나 해도 돼.

"오늘 늦어? 많이?"

……당신이 못 견디게 보고 싶어졌다.

죄도 없이 죄인이 된 채 홀로 버티고 있을 당신을 떠올리니, 눈물이 핑 돌았다. 상처는 꺼내지 않는 사람이라, 아파도 아프다 말하지 않는 사람이라, 어디에도 말 못 한 채 또다시 당신 마음이 곪고 있을까 봐, 심장이 조여왔다.

— 아, 조금. 조금 늦을 거야. 최대한 일찍 마무리해보긴 할 건데 늦…….

"알았어요. 괜찮아. 걱정 말고 일 열심히 해."

희원은 자신을 휘감았던 모든 감정을 지웠다. 지워낸 것이 아니라, 지워졌다.

"일 열심히 하고, 돌아와요. 기다릴게. 올 때까지."

……더 많이 기다려줄게. 우리를 감싼 모든 비바람이 완벽하게 지나갈 때까지.

"끊어요. 아무 생각 하지 말고 서지환 씨는 열심히 일만 해."

시간이 해결해줄, 많은 것들을 지나칠 때까지.

"서지환 씨 생각은 내가 하고 있을게."

괜찮아 내가 갈게

"이, 인호야! 인호야!"

쇠로 만들어진 의자가 거칠게 밀린다. 백인호 의원을 발견한 차민규는 자리에서 벌떡 일어섰다. 접견실로 사용되는 공간으로 들어선 백인호는 쿵, 문을 닫았다. 단독으로 들어왔고, 차민규 또한 단독으로 있었다.

"인효아, 인호야하아……."

세상은 온통 두 사람의 이야기로 시끄러운 와중에 면회가 성립되었다. 면회를 오는 길은 세상에 드러나지 않았고 비밀리에 완성이 되었다.

실제 이곳에 근무하는 사람들 중 백인호가 걸음 했음을 아는 사람도 많지 않았다. 불가능을 가능하게 만든, 백인호가 지닌 권력의 위세를 들여다볼 수 있는 상황이었다.

"앉아. 시끄럽게 굴지 말고. 시간 없어."

백인호는 소리가 날카로운 쇠 의자를 끌며 자리에 앉았다. 그에게서 시선을 떼지 못하며, 차민규는 따라 앉았다.

"왜 이제 왔어, 인호야. 내가 지금 어떤 상황인지 알면서 왜 이제왔어, 연락도 없이."

백인호는 주머니를 뒤적거려 담배를 꺼냈고 그 앞에 내려놓았다. 골초인 차민규는 눈을 번쩍 뜨며 담배를 정신없이 꺼내 들었다. 수갑을 차고 있는 차민규의 손을 바라보다가, 백인호는 시선을 돌렸다.

"인호야, 나 진짜 어떡하면 좋냐. 나 너무 무섭다. 나 여기서 나갈 수 있는 거지? 그렇지?"

담배를 태우려다가, 차민규는 우선 내렸다. 한가하게 담배나 피워대며 사담을 나눌 여유가 없었다.

"나갈 수 있는 거지? 그런 거지? 대비책 있는 거지? 그렇지 인호야?"

차민규에게 변호사 네 명이 붙었다. 전 법무부 장관이 연결해준, 꽤나 능력자들이다.

"최선 다하고 있어. 너무 걱정하지 마."

"그렇지? 그런 거지? 나 걱정 안 해도 되는 거지?"

짧은 대꾸를 하자 차민규의 눈빛에 생기가 돈다. 음식이 맛이 없다, 너무 춥다, 여기 사람들 너무 불친절하다, 나 언제까지 버텨야 하는 거냐. 차민규는 기다렸다는 듯 우다다다 말을 쏟아냈다.

"그 검사 새끼가 날 얼마나 압박하는지 몰라. 하마터면 넘어갈 뻔했어. 나 그래도 꾹 참고 입 다물고 있다, 인호야. 다 널 위해서 내……."

"입 잘못 나불거리면 어떻게 되는 건지는 잘 알고 있지."

"……어?"

지금 누구 때문에 이 고생을 하고 있는데 따뜻한 말 한마디 없이 살벌하기만 하다. 백인호는 서늘한 눈빛을 하며 차민규를 바라보았다.

"여기서 좀 있어줘야겠어."

"……어, 얼마나?"

"……."

"얼마나? 얼마나 있어야 하는데? 일주일? 한 달?"

"몇 년은 있어야 하지 싶은데."

"이, 인호야!"

몇 년이라고? 차민규는 눈알이 튀어나올 만큼 커다랗게 치떴다. 수갑을 찬 손이 덜덜덜덜 떨렸다.

"여, 여기서 몇 년을 살아야 한다고? 나 혼자? 너는? 너는!"

"시끄러워! 내가 살아야 닝노 살려줄 것 아냐!"

쾅, 백인호는 책상을 소리 나게 치며 윽박질렀다. 어안이 벙벙해진 차민규는 입술만 멍하니 벌렸다.

……후. 백인호는 안경을 벗으며 미간을 문질렀다.

"알잖아. 쉽게 가라앉지는 않을 거야. 누구건 책임을 지고 있어야 뭐라도 시도해볼 수 있어."

"그, 그러니까, 그러니까 지금 나더러 독박을 쓰라 이거 아냐. 그렇지? 그런 거지?"

"말했잖아. 상황이 좋지 않다고. 내가 살아야 다음을 도모할 수 있다니까?"

"그러니까. 너 살자고 난 감방에서 썩어 나자빠져라, 이거 아냐!"

"거참 말귀 못 알아듣네."

"……."

"10억 준비해놨어. 1년에 10억씩 더 쳐줄 거고 출소하는 대로 현금으로 손에 쥘 수 있게 해줄게."

"인호야……. 나 돈 필요 없다……. 나 여기서 나가게 해줘……."

"지금 여기서 나와 봤자 형 사람답게 못 살아."

"……."

"내가, 그렇게 놔둘 것 같아?"

백인호는 조소했다. 차민규의 목덜미로 소름이 끼친다.

"내, 내가 입 다물어도 어차피 김복재가 다 불걸? 다 불어버릴 걸? 그, 그땐 어떡하려고?"

"그쪽도 손써놨어. 그 부모한테 돈 전해줬고 합의 봤어. 김복재는 입 다물어주겠다던데."

……돈.

"좀 참아. 몇 년 살고 나오는 대가치고 죽을 때까지 못 만져볼 돈을 준다는데, 이 정도 거래면 할 만하잖아."

"그러니까…… 넌 애당초 여기서 날 꺼내줄 생각이 없는 거지……?"

"……형."

백인호는 의자에 상체를 기대며 다리를 꼬아 앉았다. 깍지 낀 손을 무릎에 떨구며, 차민규를 표정 없이 바라보았다.

"원래 그러려고 형 쓴 거야."

"……."

"내 덕에 호의호식하고 지금껏 지냈으면 보은해야지. 안 그래?"

모든 혐의를 인정하면 가중처벌이다. 차민규는 입술을 꽉 깨물었다.

"새겨들어. 내가 여기서 멈추면 우린 둘 다 죽어. 내가 살아야 중간에 형을 특사로 빼줄 수 있다고."

"……믿어도 돼? 중간에 나 빼줄 거야? 1년에 10억씩, 줄 거야?"

"당연하지. 특사로 빼줄게. 걱정하지 마."

백인호는 벗어두었던 안경을 다시 썼다. 한줄기 희망을 품고 면회실을 찾았던 차민규의 표정은 한없이 어두워졌다.

"형 변호사들과도 이미 이야기 끝났어. 변호사들이 시키는 대로만 하면 돼. 문제없어."

"……."

"대답 안 헤?"

"알았다……. 인호야……."

백인호는 자리에서 일어섰다. 간신히 얻은 면회 시간도 끝이 나고 있었다.

"나 이제 못 찾아와. 변호사한테 설명 듣고, 잘 버텨. 허튼소리 했다간 고모도 안전하지 않아. 나중에 효도해야 할 거 아냐?"

모친의 안전을 입에 담자 차민규의 눈썹이 일그러진다. 볼일이 끝났다는 듯 두어 번 책상을 툭툭 치더니 백인호는 의자 뒤로 돌아

나왔다.

차민규는 고개를 푹 숙였다.

"참…… 개 같다……."

"뭐?"

백인호는 잘못 들었다는 것처럼 미간을 일그러트렸다. 더 이상
의 말이 이어지지 않자 백인호는 잠시 후 말을 이었다.

"돈이 부족해? 그럼 조금 더 얹어주고."

"그냥…… 괜찮은 거냐고, 형 잘 지내는 거냐고, 한 마디도 못 물
어보냐? 그런 걸 먼저 물어봐야 하는 거 아니냐?"

"……."

"그냥 개 같다. 나는 그냥 니가 키우는 개였구나. 짖으라면 짖고,
앉으라면 앉는."

"형."

차민규는 고개를 들었다.

"그걸 이제 알았어?"

백인호는 이미 저만큼 걸어간 뒤였다.

"돈만 생각해. 돈. 형이 좋아하는 돈."

분하고 서글프지만 백인호의 말은 모두 옳았다. 개처럼 사는 수
밖엔, 다른 방법이 없었다.

· · ◆ ◆ ◆ ◆ ◆ · ·

날씨가 어둑어둑하더니 얕은 비가 내린다. 눈도 아닌 것이, 비도

아닌 것이, 습한 날씨에 좁쌀 같은 물기가 연신 바람에 쏠려 왔다.

희원은 우산을 들고 1층으로 무작정 내려왔다. 밤을 새는 일이 많은 요즘, 졸음운전을 하면 안 되니 대중교통을 타고 다니겠다며 그는 차를 두고 다녔다.

이제 집으로 돌아온다는 연락은 받았고 그 후로 비가 내리기 시작했으니 우산이 있겠나 싶어 일단 내려온 것이다. 그런 그녀의 손에, 작은 종이가 쥐여져 있다.

저벅저벅 밟히는 흙 소리가 좋아 하염없이 주변을 배회하다가, 인기척이 날 때면 우산을 들고 그의 모습인지 확인하다가. 한참이나 그렇게 서성이다 보니 먼발치서 걸어오는 소리가 들린다. 자세히 보이지 않지만 어둠 속의 저 실루엣, 그가 맞다.

희원은 기분과는 관계없이 희미한 미소를 그렸다. 예상했던 것처럼 그는 우산 없이 걸어오고 있었다. 트렌치코트를 입고 서류 가방을 든 채, 그는 저벅저벅 걸음을 옮기고 있었다.

고개를 꼿꼿하게 들지 않고 바닥을 향하고 있는 모습을 보자니 그는 생각이 많은 것 같았다.

"저거 봐, 저거 봐, 저럴 줄 알았어."

희원은 그 모습을 보다가 중얼거리며 걸음을 옮기기 시작했다. 그도 인기척을 느꼈는지 고개를 든다. 그러곤 우뚝 멈춰 선다.

"어? 당신 나와 있었어?"

희원은 말없이 그의 앞으로 걸어갔다. 가만히 그의 얼굴을 들여다보다가,

"서지환 씨 올 것 같아서 기다렸지. 비 오잖아."

천천히 팔을 뻗었고, 그를 향해 우산을 기울였다. 간격이 다소 있던 까닭에 그녀의 몸이 우산을 벗어난다. 지환은 깜짝 놀란 얼굴로 우산을 그녀에게 기울여보지만 그녀가 꼼짝을 하지 않는다.

"비 맞잖아, 당신 써."

"아니. 오늘은 서지환 씨가 써. 내가 씌워줄게."

"그럼 같이 써야지 비 맞……!"

"아니. 그냥 서지환 씨 써요. 오늘은 내가 씌워주고 싶어."

지환이 희원에게 다가가자 희원은 한 걸음 뒤로 물러났다. 그러곤 우산 속에 온전히 그만 남겨두었다. 그런 그녀를 바라보며 지환은 미안한 표정을 지었다.

"왜 나와 있었어, 집에서 기다리지."

"또 우리 서지환 씨가 세상 다 죽어가는 표정 짓고 여기까지 올 것 같아서."

"……"

"그러곤 집 안에 들어설 땐 활기차게 들어올 게 뻔하니까."

희원은 어깨를 으쓱, 올려 보였다.

"그래서 내려왔지. 다 털어버리고 들어갈 생각이라면 나랑 함께 털고 가자고."

그는 이마를 짚었다. 타인이 들으면 별말 아니게 여길 수 있는 아내의 말속에 담긴 뜻을, 모를 수가 없어 가슴이 뜨거웠다.

아내가 씌워준 우산 속은 조금씩 따뜻해졌다. 이곳까지 몰고 왔던 비도 바람도, 모두 물러갔다.

"당신 단단히 화났을 것 같아서 어떻게 말을 꺼내야 하나, 내심 걱정하면서 왔는데."

"……화났지. 서운하기도 했어요, 솔직하게 말하자면."

그녀는 빗속에서 진심을 내보였다. 모든 것이 젖어 쓸려 가고, 그런 것만이 남은 것처럼.

"가만히 못 있겠더라고. 별생각이 다 드는 거야. 화도 나고 속도 상하고, 억울하기도 하고 서지환 씨가 밉기도 하고."

도저히 뜨거운 속을 삭일 수가 없어, 사실은 그런 마음을 품고 1층으로 내려왔다. 그런데 우편함에서 익숙한 것을 발견했다.

"이게 뭔지 알아?"

희원은 들고 있는 엽서를 팔랑거렸다. 지환은 모르겠다는 듯 눈썹만 추켜올렸다.

그 언젠가 여행지에서, 그녀가 그에게 보낸 엽서.

To. 서지환 씨에게.

엽서는 처음 써봐요. 당신에게 쓰는 편지도 처음인데 말이죠.

"이거 원래 괌에서 서지환 씨한테 주려고 쓴 엽서였는데 도착했더라고. 억떻건에 의미있는데 그때 내가 나한테 주려고 썼나 봐."

엽서에 적혀 있던 모든 말은 나에게 위로가 되었다. 분명 당신을 위해 썼는데, 그때의 나는 지금의 나를 염려했던 듯이.

……희원은 엽서로 시선을 주었다.

"읽고 있는데, 읽으면서 서지환 씨 기다리는데, 마음이 차분해졌어."

엽서가 도착할 때쯤이면 우리는 어떻게 지내고 있을까요. 더 많이 행복해졌을까요? 우리는, 그렇게 되었을까요?

"지금 내가 하는 생각, 마음, 다 부질없더라고. 아무 힘도 없는 지난 시간의 일들 때문에 앞으로의 우리를 망치고 싶지 않아요."

누가 그러던데, 과거는 바꿀 수 없지만 미래는 바꿀 수 있다고. 때문에 우리는 우리의 미래를 아름답게 바꿔갈 거라고, 나는 믿어요.

"어차피 지나간 일이고, 서지환 씨의 과거를 바꾸거나 지워버릴 수는 없을 테고, 그러니 어떤 형태건 간에 결말은 필요했겠지. 그게 오늘이었나 봐."

서지환 씨. 내가 바라는, 분명한 건 단 하나.

"그걸로 됐어요. 당신이 과거와의 싸움에서 이겼다는 말, 나는 믿으니까."

당신도 나도 우리도 모두 행복하길 바란다는 거.

"그리고 서지환 씨 안 다치고 여기까지 왔으면 됐어. 다쳤어도 할 수 없지만, 안 다쳤다면 좋……."

……지환은 말없이 희원을 끌어안았다. 우산은 저 아래로 내려가고, 빗속에 두 사람은 하나처럼 여겨졌다.

내가 너를 어떡하면 좋을까. 내가 어쩌다가, 이렇게 예쁜 너를 만났을까.

"미안해. 쓸데없는 걱정시킬까 봐 말 못 했어. 생각이 많아질까 봐, 그래서 말 못 했다, 미안해."

"이해해. 아마 서지환 씨가 미리 말해줬더라면 차라리 말하지 말지 그랬냐며 화냈을 거야. 알고 싶지 않았을 테니까. 나라면 분명히, 분명히 그랬을 테니까."

말을 해도 하지 않아도, 괴롭게 지나갔을 시간이 흘러간다.

"미안하다……. 괜한 일 신경 쓰게 만들어서 미안해……."

지환이 읊조리듯 중얼거리며 꽉 끌어안자 희원은 가만히 서 있다가 그의 등을 쓸어안았다. 연약하고 얄팍했던 시간들은 이렇게 지나가는 걸까.

비는 내렸지만, 아무도 빗줄기에 젖지 않았다. 두 사람은 서로의 마음에 젖어들기도 바빴으므로.

"나 서지환 씨 믿어. 아무리 생각해봐도 서지환 씨만큼 내가 믿을 수 있을 만한 사람은 없었던 것 같아. 또 날 많이 사랑해줬으니까, 그것도 내가 믿으니까."

"믿어. 믿어도 돼."

"……."

"나보다 너를 더 사랑할 사람, 앞으로도 없어."

당신도 나도 우리도 모두 행복하길 바란다는 거. 그러니 행복하기로 하죠. 우리, 모두.

· · ◆◆◆◆◆ · ·

"그럼 축제에서 한국무용 빼버린 것도 백인호 의원이 의도적으로 그런 거란 말이지?"

"맞아."

빗속에서 만난 두 사람은 천천히 손을 잡고 걷다가, 아이스크림 가게에 들러 여러 맛의 아이스크림을 큰 통에 담아와 너 한 입, 나 한 입 사이좋게 나누어 먹었다.

온종일 시끄럽고 뜨거웠던 속을 잠재우려는 듯 두 사람은 열심히 아이스크림을 먹었다. 꽤나 많은 양의 아이스크림도 어느덧 바닥을 보인다.

"되게 열 받네. 아오, 난 그런 줄도 모르고 며칠 동안 땅굴을 판 거잖아."

사건의 전말을 알게 된 희원은 분하다는 표정을 지으며 머리를 쓸어 넘겼다.

"사실 내내 우울했거든. 한국무용 자체를 부정당한 것 같아서, 그게 너무 속상한 거야."

"……."

"인기가 없다고, 아주 쓸모없는 장르로 취급당하는 게 너무 슬펐어. 그런데 나는 또 한마디도 할 수 없는 게 더 속상하고."

그녀는 말했다. 내가 사랑하고 내가 평생을 일궈온 나의 꿈이 부정당하는데도 한마디도 할 수 없었다고.

왜 난 반박할 수 없었나. 혹은 저 깊은 마음 한구석에서, 나 역시 그렇게 생각하고 있었던 건 아닌가.

"한주혁 대표님의 인터뷰 영상이 내려간 자존감을 끌어올려주긴 했지만, 이 땅에서 한국무용을 이어갈 자신이 조금 사라졌거든요. 뭐, 누군가의 음모였다니 차라리 다행이네."

누군가가 못된 마음을 품고 의도적으로 공연을 빼버렸다는 사실은 차라리 안도가 되었다. 굳이 한국무용이 아니었대도 벌어졌을 일이니까.

희원은 또다시 솟구치는 뜨거움을 식히려는 듯 아이스크림을 크게 파서 입에 넣었다.

"그럼 강희주 씨도 피해자다. 그렇죠?"

"……."

"아니다. 우리 서지환 씨가 제일 큰 피해자네."

뜨거운 속으로 차가운 것을 밀어 넣는 시간 동안, 두 사람은 많은 이야기를 나누었다. 그녀는 그림자처럼 그의 이야기를 들었고, 그는 고해성사를 하듯 지나간 모든 일을 덤덤하게 털어놓았다. 처음 있는 일이었다.

"아아, 이거 언제 다 먹지 했는데 벌써 다 먹었어. 살찌는 소리가 메아리치는 것 같아."

희원은 괜한 무안함에 아이스크림 통의 바닥을 긁었다. 지환은 그런 그녀를 물끄러미 바라보았고, 그녀의 부산한 행동을 응시했다.

긁어도 퍼 올릴 아이스크림이 남아 있질 않자 희원은 통을 내렸다. 생각의 정리를 마친 것처럼, 고개를 들어 그를 바라보았다.

"지금부터 서지환 씨와의 단독 인터뷰를 시작하겠습니다."

들고 있던 숟가락을 마이크 삼고, 그녀는 취재 현장의 기자처럼 허리를 곧게 폈다. 지환은 눈썹을 추켜올렸다.

"서지환 씨, 현재의 심경은 어떻습니까? 한 말씀 부탁드립니다."

숟가락을 지환의 턱 끝 아래에 가져다 대며 그녀는 물었다. 장난치는 순간이라고 하기엔 지나치게 진지한 면이 없지 않았다.

지환은 입을 꾹 다문 채 흠, 낮게 숨을 내쉬었다. 그러자 재치 있는 기자처럼 희원은 다시 숟가락을 거둬 갔다.

"서지환 씨. 편하게 말씀 주십시오. 희원방송국에 특종을 제보해주셨는데요. 지금 심경이 어떻습니까?"

······웃음이 터진다. 지환은 피식 웃다가 그녀의 찌그러지는 얼굴을 보고 이내 표정을 수습했다. 어물쩍 넘어간다면 불같이 성내는 아내의 구박이 날아올 것만 같았다.

"속이 시원합니다. 아주 후련하네요."

"오, 좋은데요?"

답변이 마음에 드는지 아내는 눈을 빛낸다.

"희원방송국을 찾아주시고, 털어놓기 힘든 심경 고백을 해주신 점을 감사히 생각합니다. 앞으로도 특종이 생긴다면 희원방송국을 찾아주실 생각이신가요?"

아내의 질문이 이어진다. 지환은 고개를 끄덕였다.

"특종이건 특종이 아니건 아주 작은 일도 전부 다 제보해드리겠습니다."

"어? 지금 서지환 씨께서 대단히 중요한 공약을 하셨는데요. 희원방송국에 무엇이건 제보를 해주시겠다고 합니다. 대박 특종입니다!"

그는 결국 참지 못하고 웃음을 터트렸다. 그러자 웃지 말고 침착하라며 그녀가 허벅지를 때린다.

"저기요, 인터뷰 중에 너무 크게 웃으시면 곤란해요. 이 부분은 편집."

"아아, 네. 죄송합니다. 리포터가 너무 미인이라 제가 정신을 좀 놨네요."

"그렇게 작업 멘트 하시면 제가 놀랄 것 같죠? 천만에. 그런 소리 많이 들어요. 사는 게 피곤하답니다."

"애인은 있으신가요?"

"결혼했어요."

"아아, 아쉽네요. 제 이상형인데."

지환은 안타깝다는 표정을 지으며 희원에게 조금 다가갔다.

"남편분이 굉장한 매력을 가지고 계신 것 같네요. 이런 미인을 얻은 걸 보니."

"개차반이에요. 사기 결혼 당했죠."

개, 개차반…….

"사기 결혼이라니. 좀 더 자세히 말씀 주시죠. 제가 이래 봬도 검사입니다, 리포터님."

"휴, 말도 마세요. 제 남편은 무슨 남자가 그렇게 사연이 많은지, 아주 눈물 없이는 볼 수가 없는 남자랍니다."

"아아. 사연이 많은 남자라. 그거 되게 위험한데요."

"뭐, 어쩌겠어요. 팔자려니 해야죠."

희원이 체념했던 듯 어깨를 으쓱 올려 보이자 지환은 귀엽다는 듯 입꼬리만 살짝 올리는 미소를 지었다.

"많이 좋아하시나 봐요. 남편분을."

"네. 콱, 내다 버리고 싶은데 과감하고 능숙한 부분이 있어서 참기로 했죠."

결국 또다시 웃음이 터지고 만다. 지환은 고개를 꺾고 한참이나 웃었다.

"아뇨. 이보세요. 제가 지금 인터뷰를 하러 왔는데, 왜 저한테 질문을 하시는 거죠? 지금은 서지환 씨를 취재하는 시간인데."

"녹화 중지. 녹화 중지. 인터뷰 더 이상 불가합니다."

응? 왜?

희원이 숟가락을 들고 뚱한 표정을 짓자 지환은 그녀의 손에 있는 숟가락을 가져갔다. 그러곤 아이스크림 통에 툭, 던져버렸다.

"안 되겠다. 침실로 가자."

"아, 왜 이래. 나 아직 할 말 안 끝났는데."

"과감하고 능숙하기라도 해야 버림 안 받을 것 같아서. 부인이 나 버리면 어떡해. 가자. 당장 들어가자."

지환은 벌떡 일어나더니 희원의 손을 끌었다. 기가 차다는 듯 희원은 그를 올려다보았다.

"와, 뻔뻔한 것 좀 봐. 지 과거 여친 이야기하다가 이러고 싶어?"

"싹 다 잊게 해줄게. 자신 있습니다."

"허! 누굴 바보로 아나! 내가 꼬부랑 할머니가 되어도 절대 못 잊지! 암! 절대! 절대로!"

지환은 성큼 다가와 그녀를 들어 올렸다. 불에 달군 듯 잔뜩 열이 오른 눈빛으로 그를 바라보던 희원은 눈을 가늘게 떴다.

"이봐요, 서지환 씨. 세상에 나 같은 와이프가 어디 있냐? 전 여친 이야기도 들어줘, 전 여친 남편이 해코지해도 참아줘, 다 이해해줘."

"암요. 암요. 그렇게 생각합니다."

침실 문을 열었다.

"신파야? 둘이 영화 찍니? 검사님하고 참고인으로 만나서, 하, 내가 진짜, 하."

"네네. 염치가 없습니다."

"너 이러려고 검사 했지. 말해봐. 이런 큰 그림을 그려놓고 검사님 된 거지? 그래서 공부 열심히 한 거지? 이 악물고."

"오해입니다. 검사는 그전에 되었죠."

침대로 걸어갔다. 발로 문을 닫고, 팔꿈치로 불을 껐다.

"하, 열 받아. 아, 열 받아. 당분간 잠도 못 자게 생겼어. 아아, 열 받아."

"열 받을 땐 남편의 사랑을 듬뿍 받아야 열도 식고……."

"시끄러! 너 때문에 열 받은 건데 자꾸 떠들래? 조용히 안 해?"

"넵."

조심스럽게 그녀를 눕혔다. 수면등의 불빛만 은은하게 침대를 비추는 시간. 눈꼬리를 잔뜩 올린 채 만렙이 된 와이프를 침대에 눕혀놓고 보니 약간 위축되는 면이 없지 않아 있지만, 지환은 정신 승리를 하기로 한다.

그래. 나는 과감하고 능숙하다. 침착해라. 그 어느 때보다 과감하고 능숙해야 한다.

"뭐. 뭐 어쩌라고? 뭐 어쩌려고 눕혔는데?"

"불편하시면 일어나셔도 됩니다."

아아. 안 된다. 지금의 와이프는 정말이지 너무 무섭다.

지환이 흠칫하며 약간 뒤로 물러서는 자세를 보이자 희원은 가만히 그를 바라보다가 몸을 뒤척였다. 시선은, 벽에 걸어둔 결혼사진으로 향했다.

"뭔가 차츰차츰 가까워지는 것 같아. 서지환 씨하고 나."

그녀가 바라보고 있는 사진을, 그도 바라보았다.

"생각해보면 우리는 연애 기간도 없었고, 서로에 대해 아는 게 별로 없었잖아요."

……그랬지. 서로를 알아가는 과정을 뺀 채 결혼을 하게 되었지. 아는 거라곤 이름과 나이, 하는 일과 서로에게 바라는 점 정도.

"지금도 그래. 좋아하는 일과 잘 아는 일은 전혀 다른 거니까. 서지환 씨와 나는 서로 마음을 열었지만 여전히 서로에 대해 모르는 게 많고."

아는 것보다 모르는 것이 더 많은 나의 배우자. 확신보단 추측이 많은, 배우자의 성격과 지난 삶.

……그녀는 시선을 돌려 그를 바라보았다. 일평생을 함께하는, 부부란 무엇인가.

"자꾸자꾸 벗자. 우리, 겹겹이 싸인 진짜 내 모습을 자꾸 보여주자고요. 한 꺼풀, 한 꺼풀."

모든 순간을 청춘의 남녀로 서 있을 순 없겠지. 뜨거웠던, 간절했던 마음은 팔팔 끓는 세월 속에 증발해버릴지도 모른다.

"다 말해줘서 고마워, 서지환 씨. 쉬운 일 아니란 거 알아요. 이젠 정말로 편해졌으면 좋겠어."

때마다 어깨를 내어줄래요. 다소 식어버린 내 손을 잡아줄래요.

"그리고 나한테 더 잘해. 알겠어? 서지환 씨?"

부르튼 내 입술에 온기를 불어줘요. 메마른 내 눈빛을 따뜻하게 바라봐줘요.

"지금도 물론 잘하지만, 더 잘해. 더 열심히."

"네. 부인. 알겠습니다."

"좋았어. 그 대답만 믿고 살 거예요. 나는."

그럼 나는 다시 태어나듯 깨어나 당신을 사랑할 테니. 흘러간 오늘을 떠올리며 당신의 허리를 끌어안을 테니.

……지환은 그녀의 곁에 눕고 팔을 뻗었다.

"이리 와."

희원은 곁에 누운 지환의 품을 파고들었고, 지환은 그런 그녀를 안고 이내 입을 맞추었다.

그의 벌어진 입술이 그녀의 입술을 삼킨다. 시간이 흐르는 줄도 모르고, 서로는 서로에게 모든 감각의 끝을 세웠다. 그의 따뜻한 손이 등으로 파고들자 그녀는 저도 모르게 약간 몸을 들어 그의 손을 편하게 받아주었다.

잠시 입술을 떼며 눈을 바라보았다. 그러자 그녀가 웃으며 중얼거린다.

"아아, 오늘 무슨 일이 있었는지 기억이 날 것도 같고 아닌 것도 같고."

"무슨 소리 하는 거야. 아직 시작도 안 했는데. 벌써 잊으면 어떡해."

……부부가 됩니다. 서로의 모난 부분은 서로가 깎아내고, 서로의 둥근 부분은 서로가 닮아가며,

"과감하고 능숙한 남편 도착했습니다."

"오늘 제게 무슨 일이 있었던 거죠?"

사랑해요.

"어떡해. 나, 벌써 기억이 하나도 안 나."

사랑, 해요.

· · ✦ ✦ ✦ ✦ · ·

이튿날. 차민규의 정식 조사일에 맞춰 검찰청 앞은 인산인해였다. 며칠째 소란스러운 검찰청 앞은 흔하게 볼 수 있는 풍경이라, 그 안에서 일하는 사람들은 덤덤하게 대응했다. 포토 라인을 갖추고 기자들은 장비를 세우고 열을 맞춰 기다렸다.

차량이 들어서고 차민규가 낮은 자세로 등장했다. 처음 겪는 취재진의 열기에 그는 잔뜩 위축되었다. 수갑이 채워진 두 손을 헝겊으로 둘둘 말고, 그는 조금이라도 얼굴을 더 가리려고 애를 썼다.

나이를 먹을 만큼 먹은 어른이 되었지만, 포토 라인을 지나는 동안 감당 못 할 만큼의 두려움이 밀려와 울컥울컥 눈물이 올라왔다. 미친 듯이 밀려드는 취재 열기를 뚫고 차민규는 안으로 들어섰다. 단 한 마디도 떼지 않았다. 변호사의 지시대로, 그는 움직였다.

또다시 지환과 마주한 차민규는 눈만 들어 지환을 바라보았다. 변호사를 대동한 차민규는 지환의 옆에 수북하게 쌓인 자료 더미를 바라보다가 입술을 꽉 깨물었다.

저만큼의 죄를 안고, 그것들을 전부 다 해명할 수 있을까. 곁에 앉은 변호사가 아무리 날고 기어도 그런 일은 벌어지지 않을 것만 같았다. 이미 혐의 인정을 하라는 백인호의 지시가 있었고. 변호사는 자신을 위해 움직이는 것이 아닌, 백인호의 요청대로 사건을 처리할 테니까.

……긴 조사 시간이 흐른다. 차민규는 내내 고개만 숙인 채 단한 마디도 입을 떼지 않았다. 지환과 변호사 사이에 여러 대화가 오고 가고, 날카로운 질문과 적절한 방어의 대답이 지나갔다.

"잠시 쉬었다 하시죠."

차민규의 변호인은 시계를 들여다보았다. 지환 역시 힐끔, 시계를 바라보고는 고개를 끄덕였다.

"10분만 쉬겠습니다."

"저, 검사님. 잠깐 대화 좀 나눌 수 있겠습니까?"

……차민규가 고개를 들었다. 일어서려던 지환은 다시 의자에 앉았다.

"지금 뭐 하시는 겁니까. 왜 이러시는 거예요."

당황한 변호사는 낮은 목소리로 다그치듯 차민규에게 말을 건넸다. 그러나, 차민규의 시선이 그곳에 없다.

"조용한 공간을 원하십니까?"

지환은 묵고 늘어졌다. 차민규에게 어떤 심리적 변화가 생겼다면 반드시 도출해야 한다.

"함께 있겠습니다. 무조건. 독대는 안 됩니다."

변호인이 강하게 나가보지만 차민규는 고개를 가로저었다.

"검사님과 간단하게 이야기를 좀 나누고 싶습니다. 단둘이."

"안 됩니다. 안 된다니까요? 둘이 대화를 나……."

"잠시 자리 좀 비워주시죠."

지환은 턱 끝을 들며 변호인을 바라보았다. 난처함을 예감한 듯 변호인은 턱을 문질렀고, 한참을 고민하다가, 자리에서 일어섰다. 뒤에 앉아 있던 다른 변호사들도 일어섰다.

"거참, 이래도 되는 건지."

차민규가 이해되지 않는다는 듯 중얼거리며 변호인이 사라지자 차민규는 입술만 잘근잘근 깨물다가 고개를 다시 들었다.

"저, 검사님."

"네."

"저는 이미 틀린 거지요?"

"판결은 법원에서 합니다. 제게는 권한이 없습니다."

"……."

"편하게 말씀하세요."

백인호가 면회를 왔다 간 뒤로 차민규는 생각이 많아졌다. 알량하게 붙잡고 있었던, 백인호를 향한 믿음이 와장창 깨져버렸다.

혼자 죽기는 싫었다. 어차피 버린 인생이라면, 나 혼자 죽을 수는 없다는 생각만이 맴돌았다.

"성실하게 조사받겠습니다."

차민규의 느닷없는 발언에 지환의 손끝이 움찔한다. 어딘가 모르게 텅 빈, 그의 음성은 지금 상황을 체념한 것만 같았다.

"검사님, 지금 저 되게 무섭거든요? 눈앞이 캄캄하고 정말 죽고 싶은 심정인데, 백인호 이 개새끼가 날 버렸어요."

이를 아드득 가는 소리가 조사실을 울린다.

"내가 그런 개새끼를 지켜줘야 하는 이유가 있습니까? 없죠? 검사님이 대충 생각해봐도 없죠?"

"사실에 입각한 진술만 하면 됩니다."

"돈? 돈 준답니다. 돈 좋죠. 몇 년 감방에서 썩고 나오면 죽을 때까지 못 만져볼 돈을 준다는데. 저 돈 좋아요. 세상에 돈 싫어하는 놈 있습니까?"

하, 차민규는 실소했다. 세상과 단절된 채 며칠을 살다 보니, 어쩐지 모든 게 시시해져버렸다.

"세상 사람들이 나더러 나쁜 놈, 죽일 놈 하며 손가락질하는데, 저 잘못한 거 알지만 백인호가 시키는 대로 한 죄밖에 없어요. 내가 뭘 그렇게 잘못했는데."

……억울함이 그득 담긴 음성.

"남 좋은 일만 시키고, 평생 그 새끼 밑에서 개처럼 일했는데. 그렇게 살아서 내가 뭐 얻은 게 하나라도 있는 줄 알아요? 없어요. 없다고."

"……."

"그 새끼는 잘못 생각한 거야. 나 아쉬운 거 없어요. 어차피 망한 인생, 잃을 게 있어야 무서운 거 아니겠습니까? 그 새끼 혼자 떵떵거리고 사는 꼴을 내가 감방에서 어떻게 봅니까?"

차민규는 상체를 책상 쪽으로 기울였다. 눈에는 독기가 가득했다.

"그 새끼한테 할 수 있는 모든 벌을 다 주세요. 내가 다 불어버릴 테니까."

"침착하세요, 차민규 씨. 보복성 진술은 신빙성이 떨어질 수 있습니다. 증거를 바탕으로 이야기하죠."

"증거? 내가 증거야. 내가 가진 게 다 증거야. 뭐부터 깔까요, 예?"

지환은 날이 서 있는 차민규의 눈을 응시하다가, 천천히 반대편의 서류를 들었다. 그러곤 서류의 다음 장을 넘겼다.

"이미 김복재 씨의 진술은 확보한 상황입니다. 이제라도 마음 돌린 것은 차민규 씨를 위해서도 나름 긍정적 신호인 것만 알아두세요."

"아…… 김복재 이 개새끼……. 결국……."

이미 모든 정황을 확보했다는 지환의 말을 들은 차민규는 실성한 듯 웃었다. 툭, 하고 마음에서 가지고 있던 모든 끈이 잘려 나가는 기분이 들었다.

"뭐, 그래요. 복재 그 자식이라고 다르겠습니까? 나하고 똑같은 마음이겠지."

"……."

"사람은요, 검사님. 절대로 혼자 못 죽어요."

……끝이 보인다.

"그게 사람이에요."

* * * ◆ ◆ ◆ * * *

이른 아침 운동을 마친 희원은 간단하게 몸을 풀고 스트레칭을 했다. 어제 아이스크림을 퍼먹었으니 부지런히 지방을 태워야 한다. 평소 문제가 많았던 허리 치료를 위해 한의원도 다녀오고, 모처럼 자신과의 시간을 보내는 것에 그녀는 나름 만족했다.

그래. 이렇게 쉬어 가는 때도 있어야 한다.

"여보세요?"

그때, 한 통의 전화가 걸려 왔다. 세계무용축제 사무실의 전화였다.

― 아아, 희원 씨! 접니다! 사무장입니다!

"네. 안녕하세요."

수건으로 이마를 닦으며 희원은 소파에 앉았다. 들뜬 사무장의 목소리와는 달리 그녀의 목소리는 차분했다.

― 하이고, 요즘 어떻게 지내셨어요. 네? 잘 지내셨어요?

"잘 지냈겠어요?"

― 아…… 예. 하하, 그렇죠. 제가 또 괜한 인사를 건네서.

"무슨 일이세요, 사무장님께서 직접 전화를 다 주시고."

희원은 다리를 꼬며 앉았다. 목소리만 들어도 속이 부글부글 끓었다. 간절함을 쥔 채 걸음 했던 자신을 앞에 두고 비타민을 챙겨 먹던 사무장이 언뜻 비릿 눈에 선했다.

무대가 취소된 건 별수 없다는 사무장의 말은 이해했지만 마주 앉아 있는 동안 내내 보여준, 무례했던 사무장의 태도는 이해할 수 없었다.

― 아아, 다름이 아니라요, 희원 씨. 동영상 잘 봤습니다! 국위 선양 하셨더라고요!

"아, 그거요. 네."

― 저희 쪽에 희원 씨 무대 관련 문의가 엄청 들어와요. 이게, 하

루에 처내기가 힘들 정도로 쏟아집니다. 알고 계십니까?

"아뇨. 몰랐는데요. 그래요?"

— 예예! 아주 난리예요, 저희 사무실이 아주 그냥. 희원 씨 일 처리하는 데 하루가 다 갑니다! 하하하하!

사무장이 웃으니 그녀도 따라 웃었다. 감정은 실리지 않은, 영혼 없는 웃음이었다.

— 해서 말인데요. 동영상을 보신 시장님께서 직접 저희 쪽에 전화를 다 주셔가지고.

희원은 잠시 긴장했다.

— 축제에 왜 한국무용이 빠졌냐고, 아주 노발대발하셨어요. 당장 넣으라고. 예? 골든타임에. 한국무용 따악!

그녀는 주먹을 말아 쥐었다.

— 잘됐지 뭡니까? 제가 그날 희원 씨 보내고 아주 속이 상해서 며칠 잠도 잘 못 잤어요! 이게 이렇게 잘됐지 뭡니까, 희원 씨!

"……."

— 여보세요? 희원 씨?

"네네. 듣고 있어요."

— 이제라도 지난 일은 다 잊어주시고 무대 다시 한 번 준비하는 걸로 합시다. 저희가 예산 투입을 팍팍 쏟…….

"저기요, 사무장님."

— 예, 희원 씨!

사무장은 내내 싱글벙글이었다. 그녀가 수화기 너머 방방 뛰며 좋아하고 있을 모습을 상상한 게 분명했다. 희원은 웃었다.

"죄송한데요, 저 그 무대 안 하려고요."

— ······예?

"안 한다고요. 공연."

— ······예에? 아니, 아니 왜요?

사무장의 목소리에 지진이 나고, 희원은 편안하게 소파에 등을 기댔다.

"필요 없어요. 오라면 오고, 가라면 가는 거 질색이거든요."

— 아······ 저기, 희원 씨. 희원 씨. 제가 미안합니다. 예? 제가 생각이 짧았어요.

"네네. 알겠고, 저는 안 합니다."

— 희원 씨! 지금 어디 계십니까! 제가 지금 그리 가겠습니다!

"오셔도 소용없고 저 이미 다른 스케줄 생겨서 못 하니까 그렇게 아세요. 저도 어쩔 수 없네요, 사무장님."

그녀는 우아하게 앉아 커피를 마셨다. 오라면 오고, 가라면 가는 사람이 되어버린 공연자들에 대한 인식 개선이 필요한 때였다.

"이만 끊을게요."

— 희원 씨! 여보세요! 희원 씨!

· · ✦ ✦ ✦ ✦ ✦ · ·

"글쎄 이렇게 찾아오셔도 소용없다니까요? 저 그 무대 안 해요, 사무장님."

"아아, 희원 씨. 희원 씨. 이러지 말고 우리 얘기 좀 해요. 서로,

예? 마음의 문을 열고."

"제가 왜 사무장님한테 마음의 문을 열어요, 마음의 문을 닫게
한 사람이 사무장님인데."

어이가 없네. 희원은 중얼거리며 탄식했다.

전화를 끊자마자 사무장은 그녀의 집 앞으로 득달같이 찾아왔
다. 문전 박대는 할 수 없어 집 앞 카페에서 사무장을 만났다. 대차
게 거절당하고 찾아온 까닭일까, 사무장은 나라 잃은 표정을 하고
있었다.

"이제 와서 말하는 거지만 희원 씨. 제 마음은 그런 게 아니었어
요. 희원 씨를 보내고 제가 얼마나 속이 상했는지 아십니까?"

"그러니까요. 그걸 왜 이제 와서 말씀하세요, 사무장님."

"제가 정말 속이 상해서, 하유, 말도 마십시오. 진심입니다. 이게
제 진심이에요, 희원 씨."

"사무장님의 진심은 제가 그날 아침에 사무장님 사무실에서 충
분히 확인한 것 같은데요."

"아…… 뭔가 희원 씨 오해가…… 있으셨던 것……."

"아아. 오해요."

오해라. 희원은 고개를 가볍게 끄덕였다. 홍삼 한 팩, 비타민을
입안에 털어 넣으며 눈길 한 번 주지 않고 해고 통보를 하던 그날
의 사무장이 떠올랐다.

"그래요, 사무장님. 오해일 수 있죠. 아주 깊은 오해. 풀고 싶지
않고 가슴에 남겨두고 내내 곱씹고 싶은 깊은 오해."

"아아아…… 희원 씨……. 아……."

사무장은 말꼬리를 흐렸다. 마주 앉은 희원이 이야기를 들으려고도 하지 않고 차가운 태도로 일관하자 머리가 어질어질했다. 하지만 무슨 일이 있어도 그녀를 섭외해야 한다. 무슨 일이 있어도. 무슨 일이 있어도!

"희원 씨. 저, 희원 씨."

"이름 닳겠어요. 네, 사무장님. 말씀하세요."

그녀는 말해보라며 시원하게 커피를 삼켰다. 사무장은 손수건을 들어 정수리에 맺힌 땀을 닦았다.

"저 좀 살려주십시오, 희원 씨."

……희원은 커피를 마시던 손을 멈췄다.

"집에 고등학교 2학년짜리 아들놈하고 이제 막 대학교 입학한 딸이 있습니다. 살려주십시오, 희원 씨."

"사무장님, 제가 무슨 힘이 있다고 사무장님을 살려요. 저한테 왜 이러세요."

납작 엎드린 자세로 사무장이 살려달라 말하자 희원은 자세를 고쳐 앉으며 허리를 폈다. 그는 처량한 표정을 지었다.

"제가 희원 씨에게 무슨 억하심정이 있어서 그렇게 매몰차게 굴었겠습니까? 위에서 안 된다고 하니 딱 잘라내려고 독하게 한 거였죠. 별거 없습니다, 희원 씨."

그녀는 사무장의 얼굴을 바라보았다. 사무장은 목이 타는 듯 찬물을 벌컥벌컥 삼키며 말을 이었다.

"뭐…… 솔직하게 말씀드리자면 희원 씨는 이번 공연에 참여 안 해도 워낙 미래가 창창하니까. 공연 하나 취소됐다고 희원 씨가 못 먹고 못 살겠나, 그건 아닐 테니 그냥 저도 편하게 생각했습니다."

"……."

"희원 씨는 이번 공연 아니라도 미래가 있지만, 저는 여기서 잘리면 미래가 없어요. 희원 씨."

"뭐, 좋아요. 사무장님께서 하시는 말씀이 아까보단 훨씬 듣기 편하네요."

"아…… 그렇습니까. 다행입니다."

혼자만 여름인 듯 땀이 비 오듯 쏟아져, 사무장은 연신 손수건으로 땀을 닦았다. 자잘한 얼음만 남아버린 컵을 몇 번째 들었다가 놓았다를 반복하며 긴장한 표정을 풀지 못했다. 희원은 그런 사무장을 빤히 바라보다가, 입술을 열었다.

"입장 이해 못 한 거 아닙니다. 그때도 사무장님과 사무실 직원들의 입장을 이해했기 때문에 별말 못 하고 돌아선 거예요."

"아…… 그러셨습니까."

"공연 취소될 수 있죠. 그럴 수 있어요. 그런데 사무장님."

"예, 희원 씨."

"무대에 서는 사람들도 감정 있습니다. 필요에 의해 쓰이고 버려진대도, 우린 다 사람이에요."

사무장은 입술을 굳게 닫았다. 희원은 표정을 굳혔다.

"공연계에서 목소리 좀 낸다는 저도 이렇게 자괴감 들었는데, 하물며 그렇지 않은 다른 분들은 어떻겠어요. 누구도 그들을 그렇게 만들 자격은 없죠."

그때, 갈 길을 잃고 찾아갔을 때 따뜻한 위로 한마디 받았더라면. 어쩔 수 없음을 함께 안타까워하는, 눈빛 한 번 마주했더라면 이렇게까지 이를 갈지는 않았을 거라고.

"말씀대로 고작 공연 하나 취소당했을 뿐인데 제가 세상에서 가장 쓸모없는 사람처럼 여겨졌거든요."

"……무슨 말씀이신지, 잘 알겠습니다."

"……."

"앞으로는 그런 일 없도록 주의, 또 주의하겠습니다. 희원 씨."

사무장은 자신의 과실을 인정했다. 타협할 수 있는 위치가 아니라는 것을 방패 삼아, 그들의 마음을 헤아려볼 생각도 하지 못한 채 자신의 입장만 주입시킨 날들에 대한 성찰.

"희원 씨. 저도 이번 일을 겪고 나니 깨닫는 바가 많습니다. 결국 돕고 도움받는 일인데 말이에요."

"공연 취소된 인원이 저 포함 몇 명이죠?"

"단체 공연 및 한국 공연 기획 연출자를 포함하면 86명 정도 됩니다."

"전원 복귀인가요?"

"……예? 아…… 예! 예예! 그렇습니다!"

사무장은 눈을 번쩍 뜨며 고개를 미친 듯이 끄덕였다. 경황이 없어 전원 복귀까지는 아직 생각을 못 했지만 희원이 복귀를 한다면 응당 그들도 다시 돌아와야 할 것이다.

"그럼 전원 복귀를 조건으로 생각해볼게요."

"아이고오오! 희원 씨이이이이이!"

사무장은 어깨춤이라도 출 표정으로 기쁨의 소리를 내질렀다.

쉿! 희원은 주변을 살펴보며 조용히 하라고 손짓했다.

"아직 마음 결정한 거 아니고요. 생각해보겠다고요, 사무장님."

"그게 어딥니까! 어이고, 감사합니다! 감사합니다, 희원 씨!"

"저 진짜 섭섭했어요. 아세요? 제가 사무장님 때문에 밤에 잠도 못 잤다고요."

"하, 제가 한 명도 빠짐없이 전원 복귀시키겠습니다. 감사합니다! 감사합니다, 희원 씨!"

주변 시선도 무시한 채 사무장은 연신 머리를 조아렸다. 희원은 그런 사무장을 바라보다가 피식, 웃음을 터트리고 말았다.

"계약서 가지고 오셨어요?"

"물론이죠! 여기 있습니다!"

사무장은 황급히 가방을 열어 그녀의 계약서를 꺼냈다. 동시에 만년필도 꺼내 들었다. 하지만 희원은 계약서를 보지 않은 채 돌돌 말아 쥐더니 일어섰다. 사무장의 얼굴이 따라 올라온다.

"계약서 검토가 좀 필요해서요. 계약서를 봐주시겠다는 전문가가 가까이에 계셔서."

"아…… 검토, 전문가, 예예. 얼마든지요. 예예."

"끝나면 연락드릴게요."

희원은 계약서 검토를 해줄 전문가를 떠올렸다. 세상 가장 든든한, 나의 조력자를.

＊＊＊◆◆◆＊＊＊

— 국민인권당 백인호 의원…… 혐의 관련 기자회견

— 백인호 의원 혐의 강한 부정…… 반박 증거 확보

백인호 의원이 속한 국민인권당의 당 대변인과 원내 대변인은 종일 바쁘게 움직였다. 검찰 조사를 전면 부인하고 나선 백인호 의원이 그와 관련된 반박 자료를 공개하겠다며 기자회견을 열었다.

자신의 정치생명을 겨냥한 표적 수사이다, 이번 사건과 무관하다는 주장을 뒷받침할 여러 증거를 확보했다, 라고 말하며 백인호는 대단한 자신감을 내보였다. 백인호의 언론 플레이가 거칠어지고 대담해질수록 검찰 쪽은 침묵했다.

"의원님, 오늘 초청된 기자 명단입니다."

"줘봐."

기자회견 시간을 기다리던 백인호는 기자 명단이 적힌 종이를 바라보았다. 거물급 인사의 사건인 만큼 그 수는 압도적으로 많았다.

주요 방송사, 신문사의 명단을 ↑신식으로 확인하며 백인호는 고개를 끄덕였다. 평소 호의적인 기사를 내어주던 기자들의 이름도 확인할 수 있었다.

"질문 먼저 받아. 당황하지 않게."

"예, 의원님."

"미제출 질문은 답하지 않겠다고 전해."

"예. 알겠습니다, 의원님."

두 시간 후 기자회견이 시작될 예정이다. 백인호는 일찌감치 도착한 대기실에 앉아 호흡을 가라앉혔다. 그러다가 무엇을 떠올렸는지 피식, 헛웃음을 흘렸다.

……검찰 쪽 모두는 백인호가 차민규의 희생을 딛고 일어설 것이라 예상했다. 하지만 백인호가 생각하고 있는, 그가 밟고 일어설 상대는 차민규가 아니었다.

"어린 새끼들 같으니라고."

서지환이었다.

· · ·◆◆◆◆· · ·

"백인호 의원은 기자회견장에 도착했습니까?"

"예. 30분 전에 도착했다고 합니다."

지환은 최금호 계장을 통해 백인호의 현재 위치를 파악했다. 호기로운 자세로 백인호는 꿋꿋하게 자신의 혐의를 전면 부인하며 검찰 조사에 대한 불신, 적폐를 드러냈다.

당최 무슨 패를 거머쥐고 저토록 큰소리로 언론 플레이를 하고 있는지는 모르겠으나 어차피 그건 살아남기 위한 '수단'에 불과했다.

백인호가 어떤 수를 가지고 나와도 흔들리지 않을 만큼, 검찰은 아직 세상에 공개하지 않은 확실한 증거를 확보한 상태였다. 그러니 기다리면 된다. 수풀에 몸을 가린 채 적이 가까이 오기만을 기다리면 되는 일이었다.

"그럼 이제 슬슬 가볼까요?"

"예, 검사님."

지환은 시계를 들여다보고는 자리에서 일어섰다. 가까이 서 있던 수사관들은 지환이 일어서자 각자 나갈 차비를 마쳤다. 재킷을 입고 단추를 잠근 지환은 수사관들을 바라보며 씩 웃었다.

……올해가 다 가도록 치밀하게 준비해온 시간.

"검사님, 어지간한 기자들도 전부 기자회견장으로 이동했을 테니 한산하겠네요."

"그러니 아주 좋은 상황입니다."

지환은 책상을 돌아 나왔고, 수사관들과 함께 사무실을 빠져나왔다. 백인호 의원의 기자회견이 예정된 터라 검찰청 앞도 한산했다. 준비된 차량에 올라탄 지환은 심호흡을 했다.

"자, 출발합시다."

"예. 검사님."

백인호의 집으로 가는 길이었다.

· · ·◆◆◆◆· · ·

"캬, 으리으리합니다. 이게 집이란 말이죠?"

차에서 내린 최금호 계장은 엄청난 규모의 대저택에 말을 잃었다. 자택을 둘러싼 높은 담장은 성벽처럼 여겨졌다. 촘촘하게 늘어선 CCTV는 약간의 사각지대도 허용하지 않을 것처럼 보였다.

"저, 그런데 말입니다. 검사님."

최금호 계장은 다소 긴장했는지 손을 비비며 말했다.

"지금 이 상황이 차민규와 백인호의 합작품이면 어떡합니까?"

차민규는 백인호의 자택에 숨겨져 있는 다량의 금괴 위치를 실토했다. 사안이 막중했지만 지환은 아직 수색영장을 발부받지 못한 상황이었다. 법원은 신중에 신중을 기하고 있었다.

"만약에 들이닥쳤는데 금괴 없으면, 이거 어떻게 해야 하는지 눈앞이 캄캄한데요."

중얼거리며 최금호 계장은 힐끔 지환을 바라보았다. 지금이라도 멈춰야 하는 건 아닌가, 더 신중할 필요가 있지 않을까.

자택 안에 금괴가 발견되지 않을 경우 검사 개인의 '실수'로 치부되지 않을 것이다. 진위를 모두 가리기도 전에 백인호에게 날개를 달아주는 꼴이 될지도 모른다.

검찰의 명예는 추락할 것이고, 그 모든 책임은 여기 있는 사람들이 나눠 가져야 할 것이다. 이곳에 있지 않은 자들의 미래도, 장담할 수가 없다.

"검사님."

"우린 지금 가택침입 하는 거 아닙니다. 염려 마세요, 계장님."

지환은 높다란 담장을 덤덤하게 바라보다가 시선을 내렸다. 반들반들한, 두껍고 육중한 대문으로 시선을 옮긴 그는 가만히 바라보다가 걸음을 떼었고 벨을 눌렀다.

♬♪♬♬♩ ♬♪♬♬♩

요란한 벨소리는 오래가지 않고 금방 꺼졌다. 띠이이이이익─커다란 소리와 함께 현관문이 열렸다.

"누구냐고도 안 물어보는데요, 안에서. 이거 좀 이상하지 않습니까?"

최금호 계장은 더욱 수상하다는 듯 목소리를 낮췄다. 어서 들어오라고 열린 문. 지환은 손 뼘만큼 벌어진 현관문 안을 바라보며 입술을 열었다.

"차민규의 증언만 믿고 온 건 아닙니다. 안심하세요."

이곳엔 강희주가 있다.

"참고인 강희주의 협조를 받았고, 지금 우리는 초대받은 겁니다."

같은 시각. 백인호의 기자회견이 시작되었다.

· · ✦✦◆◆✦✦ · ·

"어서 오세요."

집 안으로 들어서자 백인호의 아내 강희주가 그들을 맞이했다. 꽤나 많은 사람들이 올 것을 예상했는지, 현관 앞엔 미리 꺼내놓은 슬리퍼가 상당히 많았다

지환은 신발을 벗고 안으로 들어섰다. 참고인으로 검사실에서 만난 것도 모자라, 강희주가 살고 있는 집까지 오게 되다니.

……최악의 인연임은, 어쩔 도리가 없었다.

"서지환 검사입니다."

지환은 패용증을 꺼내 보이며 그녀에게 묵례했다. 뒤로 들어선 최금호 계장은 눈으로 보고도 믿을 수 없는지, 내부 인테리어를 찬찬히 훑으며 입을 멍하니 벌렸다. 희주는 차례대로 들어오는 사람

들이 안으로 들어설 수 있도록 조금 더 뒤로 물러났다.

"입주 직원들은 개별적으로 딸린 공간에 모여 있습니다. 이곳엔 아무도 없으니 편하게 수색하세요."

희주는 남편을 피해 며칠 집에 들어오지 않았다고 했다. 남편의 기자회견이 시작되었음을, 그녀도 알고 있었다.

"서재가 어딥니까?"

차민규에게 진술 받은 대로 지환은 백인호 의원의 서재부터 찾았다. 함께 들어온 수사관들은 각자의 영역으로 퍼졌고, 희주와 지환이 남았다.

"따라오세요."

희주는 지환을 바라보다가 돌아섰다. 한참이나 걸어가고, 계단을 올라가니 백인호의 서재가 나온다.

그녀는 먼저 들어갔다. 지환은 그녀의 뒷모습을 바라보다가 안으로 들어섰다. 텅 빈 책상, 그 뒤로 빼곡하게 책이 꽂힌 책장이 있었고, 훑어보기엔 이상한 기운을 느낄 수 없었다.

……차민규와 강희주를 믿고 시작한 일. 지금은 도리 없이 그녀를 믿어야만 하는 일.

"아직 금괴가 남아 있는지 확신은 할 수 없어요."

그녀의 목소리에 그는 걸음을 멈추었다. 희주는 그가 걸음을 멈추자 손을 뻗었고, 책장 어디쯤을 가리켰다.

"비밀번호는 모릅니다."

"알겠습니다."

지환은 그녀가 가리키는 곳을 향했다. 빽빽하게 꽂힌 책을 바라보다가 지환은 책장 사이사이를 두드렸다. 뒤가 막혔음이 여실한 묵직한 소리. 조금씩 공간을 이동하며 책장을 두드리다 보니, 약간은 다른 가벼운 소리가 난다.

지환은 돌아보며 희주를 바라보았다. 희주는 긍정하듯 고개를 두어 번 끄덕였다. 책장을 매만지던 지환은 힘주어 책장을 눌렀고, 우르르릉…… 소리와 함께 책장이 움직였다.

보기보다 쉽게 책장이 돌아간다. 그러곤 그 뒤로 비밀의 문이 모습을 드러냈다. 아래층에 있는 특별 수사관을 호출한 지환은 그가 비밀의 문을 열 때까지 잠시 기다렸다. 여러 숫자를 조합하던 수사관은 멈췄다.

"열었습니다."

쿵, 소리와 함께 문이 열린다. 지환은 장갑을 낀 채로 문의 손잡이를 돌렸다.

"허……."

함께 따라와 내부를 들여다본 최금호 계장은 탄식했다. 희주는 눈을 동그랗게 뜬 채로 입을 가렸다. 백인호의 엘도라도를 찾은 것이다.

지환은 마른 주먹을 쥐었고 느리게, 입술을 열었다.

"기자회견장에 대기 중인 수사팀에 연락하시고 체포하세요."

……이런 순간을 두고, 세상이 지어준 말이 있다.

"네. 검사님."

끝났다.

"제가 도와드릴 건 없나요?"

수사관들이 각자의 일을 하며 바쁘게 움직일 때, 멈춰 서 골똘히 생각에 잠긴 지환의 곁으로 희주가 다가왔다.

그녀의 삶은 이미 엉망진창이 되어버렸다. 지환은 모든 걸 내걸고 용기를 내준 희주를 힐끔 바라보았다.

"그동안 어디서 지냈는데."

끼고 있던 흰 장갑을 벗었다.

"그냥, 이곳저곳에서 지냈어요. 형사님들이 따라다녀주셔서, 안전하게 있었어요."

"괜찮겠나?"

"뭐가요?"

"이렇게 다 풀어헤쳐도, 괜찮겠냐고."

단언컨대 백인호만 가라앉지는 않을 것이다. 부부의 연이었으니 그녀 역시 함께 가라앉으리라. 원했던 결혼이 아니었음이 만천하에 드러난대도 잠깐의 동정 여론이 따라다닐 뿐, 세상은 그녀를 지켜주지 못할 것이다.

남은 생, 여자로서의 삶도 평범한 인간의 삶으로도, 돌아가지 못할 것이다.

"웃기죠. 그런데 마음이 한결 편해요."

희주는 말갛게 웃으며 말했다. 버릇처럼 머리를 쓸어 넘겼다.

"벗어날 방법이 있었다는 것만으로도 위안이 돼요. 남은 건 제가 감당해야 할 몫이니까, 괜찮아요."

"……."

"적어도 이번엔 내가 원하고, 그래서 내가 선택한 일이니까. 후회 없어요."

벗은 장갑만 매만지며 그녀의 이야기를 듣던 지환은 고개를 들었다. 그녀를 바라보아야 하나, 말아야 하나, 그런 사소한 일로 잠시 고민하고 있을 때,

"내 말을 믿어줘서 고마워요. 그걸로 됐어요."

"……."

"아, 맞다. 조금 전에 제가 확인한 일이 있는데."

희주는 주머니에서 작은 USB를 꺼내 주었다. 지환은 그녀의 손을 내려다보았다.

"제 일을 봐주던 매니저 오빠, 혹시 기억하세요?"

"……말해."

그의 머릿속에 선명하게 자리 잡는 얼굴 하나. 떠올리며 살지는 않았지만, 잊지도 않았다.

"얼마 전에 자살을 했어요."

"자살?"

"네. 그런데 어딘가 석연치 않은 부분이 있어서 그 동생분을 만나 몇 가지 물어봤는데, 오늘 연락이 왔어요."

매니저의 동생은 전화를 걸어왔고, 격양된 목소리로 알려주었다. 형의 카드 내역을 확인했는데 죽기 며칠 전 서울엘 올라갔더라. 기차표를 끊었고, 기차역에서 택시를 탔는데.

“택시 회사에 전화를 걸어 영수증으로 주소지 추적을 해봤는데, 최종 목적지가 이곳, 우리 집이었다고 해요.”

“……아.”

“매니저 오빠가 죽기 전에 제 남편을 만난 것 같아요.”

그와 그녀의 눈빛 사이로 같은 생각, 같은 기운이 흐른다. 희주는 그에게 건네준 USB를 바라보았다.

“집 안에 설치된 CCTV 확인해봤는데 그 날짜 기록이 전부 삭제됐더라고요. 딱 한 대 남아 있어서 담아놨어요.”

죽은 매니저가 집 안으로 들어서는 장면이 찍힌, 단 하나의 동영상.

“아무래도 수사가 급하게 종결된 걸 봐선 사건을 덮어준 관계자들이 많을 거예요.”

“…….”

“그리고 매니저 오빠가 유서를 남겼다는데 아무리 봐도 친필이 아니거든요. 제가 가지고 있던 매니저 오빠 글씨가 있어요. 같이 담았으니까 확인해보세요.”

이젠 정말 끝인 것 같다. 그녀는, 그녀가 할 수 있는 모든 일을 했다.

“그래.”

“…….”

“가서 확인할게.”

그는 그녀가 건네준 USB를 힘껏 쥐었다. 지금의 것들을 알려주기 위해 강희주, 그녀가 건너온 시간을 가늠해보며 지환은 처음으로 그녀 앞에서 표정을 풀었다.

디이이잉, 디이이잉, 때마침 지환의 재킷 안에서 진동이 울린다.

"잠깐 실례."

지환은 걸려 온 전화를 받았다.

"여보세요. 아아, 나야."

희주는 지환이 전화를 받자 잠시 고개를 돌렸다가 다시 지환을 바라보았다. 지금까지와는 다른 목소리, 다른 표정.

"지금 집이야? 뭐 하고 있었어?"

입가에 슬그머니 걸리는 미소까지.

"밥은 먹었어? 별일은 없었고?"

희주는 입을 멍하니 벌렸다. 이 집에 들어서는 순간부터 온몸에 가시를 잔뜩 박아두었던 그가, 순식간에 가시를 뽑아내었다.

"아, 희원아. 오빠 지금 일하는 중인데, 밖이거든."

걸려 온 아내의 전화를 받는 그의 모습에 일순 눈물이 날 것 같았다. 희주는 자신의 팔을 꽉 붙잡으며 입술을 꾹 깨물었다.

지환은 길게 통화할 생각은 없는지 일하는 중이라고 말했다. 언뜻언뜻, 그의 아내 목소리가 들렸다.

— 아아, 일하는 중이구나. 그럼 남은 시간도 열일해요.

"그래. 저녁 먼저 먹어."

— 알았어, 내 걱정은 말고.

희주는 통화 소리를 들으며 빙그레 미소 지었다. 모든 것이 제자리로 돌아가는 것만 같아, 한없이 가슴이 일렁였다.

"그래요. 끝나고 다시 전화하겠습니다, 부인."

그는 전화를 끊었다. 종료 버튼을 누르는 그 순간마저, 그는 따뜻한 시선을 했다.

……잠시 침묵이 흘렀다.

"고마워요."

그녀는 문득 이런 말을 했다.

"고마워요. 진심으로."

고마워요. 나 없이도 잘 살아줘서. 내가 떠난 빈자리를, 잘 채우고 살아줘서.

"앞으로도 내내 행복했으면 좋겠어요. 서로 믿고 의지하고, 그렇게 살아요."

잠깐의 틈도 여유도 내게 주지 않아서, 보란 듯이 잘 살아줘서, 그래서, 헛된 욕심 같은 건 부리지 않게 만들어줘서.

"그래. 이런 말, 어떻게 들릴지는 나도 잘 모르겠지만."

……이번엔 그가 말했다.

"너도 잘 지내라. 편안하게. 지금이라도 다 털고, 편안하게."

잘 지냈으면 좋겠다. 어두웠던, 무거웠던 지난날들 같은 건 잊어버려. 그 시간 안에 내가 있다면 나 먼저 잊어버려. 처음부터 없었던 일처럼 날려버려. 앞으로의 너는 지금의 너로 완연한 인생을 살아.

"검사님. 준비 다 됐습니다."

"아아, 네. 철수하죠."

수사관이 와서 귀띔하자 지환은 고개를 끄덕였다. 그러곤 고개를 비틀어 그녀를 바라보았다. 그녀가 내어준 USB를 손에 쥐고, 그는 아주 희미한, 아주 흐린 미소를 지었다.

"간다."

그녀는 선연한 웃음으로 대꾸했다.

……망설임을 모르고 달려가게 하던, 내 어린 날의 사람이 사라진다.

"네. 안녕히 가세요."

이제 더는 돌아보지 않을 수 있게 되었다.

· * * * ◆ ◆ ◆ * * ·

백인호가 기자회견장으로 들어서자 카메라 셔터 세례가 쏟아진다. 자신을 향하는 수많은 눈길에 익숙한 백인호는 진중한 걸음으로 걷다가 멈춰 섰다.

카메라에 들어온 빨간 빛이 일제히 그를 향한다. 그는 일련의 절차를 모두 생략한 채 준비한 반박문을 펼쳤다.

"존경하는 국민 여러분. 여러분의 참된 일꾼, 백인호입니다."

백인호의 뒤로 그를 지지하는 여러 국회의원들이 늘어섰다. 검은 정장, 타이를 하지 않고 윗 단추를 풀어 입은 셔츠. 간밤 잠을 설쳤음을 알리는 거뭇해진 턱수염. 모든 것은 연출되었고, 그는 계산된 수순을 밟으며 목소리에 힘을 실었다.

"정의가 살아 숨 쉬는 대한민국에서, 있어서는 안 되는 일이 벌어졌습니다.

찰칵, 찰칵.

"대한민국 국민의 일원으로, 또한 국민의 부름을 받아 국회의원이 되어 지금껏 국민 여러분의 손과 발을 자처한 일꾼, 저 백인호에게 검찰은 증명되지 않은 거짓으로 저의 위신을 깎아내리고 있습니다."

찰칵, 찰칵. 카메라 셔터음만 간간이 들린다.

"금괴 밀수 혐의로 구속된 차민규는 저의 친척이 맞습니다. 하지만 저 백인호는 단언컨대 차민규의 혐의와 단 1퍼센트도 엮인 바가 없음을 호소하는 바입니다."

백인호는 반박문을 바라보던 시선을 들었다.

"국민 여러분! 제가 누구입니까! 백인호입니다! 하늘을 우러러 단 한 점의 부끄러움도 모른 채 여기까지 왔습니다. 당을 위해서! 나라를 위해서! 또한 우리 국민 여러분을 위해서 피를 토하는 심정으로 지금 이 자리에 섰습니다!"

그는 억울함을 호소하는 눈길로 기자들을 찬찬히 살폈다.

"이 추악하고 더러운 음모의 시발점을 확보했습니다! 바로 여기! 그 증거들을 모아 여러분 앞에 백인호가 섰습니다!

백인호는 들고 있던 종이를 높게 들어 올렸다.

"중앙지검 검찰청에 소속된 검사가 개인적인 양심을 품고 치밀하게 계산, 계획하여 저를 함정에 빠트렸습니다! 차마 입에 담기 어려운 불미스러운 일을 들키자 권력을 남용하며 일을 벌인 것입니다!"

"자세히 말씀 주십시오!"

"그게 누구입니까!"

촤르르르르, 한 다발의 셔터음이 장내를 훑고 지나간다.

"이미 한참 전에 수사 종결 지시를 받고도 조직 내에서도 알지 못하게 비밀스럽게 수사를 진행하며 함정을 파고, 교묘하게 저를 끼워 맞추며 백인호의 추락을 기대한 중앙지검의 검사에게 죄를 물어야 합니다!"

"그게 누구입니까! 원한의 이유는 무엇입니까!"

"증거는 무엇입니까! 어떤 증거를 확보하셨습니까!"

백인호는 질문이 쇄도하자 팔을 내렸다. 모쪼록 질의응답이란 쥐고 펴는 타이밍이 중요했다.

분위기가 한껏 고조되었을 때. 모두가 자신의 말을 진실이라 믿을 수 있을 만큼 분위기를 끌고 갔을 때. 한 번에 터트려야 한다.

"저는 모든 일에 대한 책임을 통감하며 홀로 안고 가려고 했지만 그렇게 되지 못했습니다. 심려를 끼쳐드려 국민 여러분께 대단히 송구스럽습니다. 국민 여러분께서 보내주시는 믿음에 보답하며! 저 백인호는 끝까지 부패한 검찰의 함정에서 사력을 다해 벗어날 것입니다!"

바로 지금이다.

"지금부터 저의 결백을 입증할 증거를 보여드리겠습니다!"

백인호는 돌아섰고, 설치된 화면을 응시했다. 이제 곧 동영상이 시작될 것이며 그곳엔 서지환과 강희주가 서 있을 것이다.

둘이 연인이었다는 증거는 죽은 전 매니저에게 확보했고, 강희주가 의도적으로 그의 아내 권희원에게 접근한 내역 또한 쉽게 얻을 수 있었다.

"백인호 씨."

그때였다. 뒷문으로 들어선 몇 명의 형사들이 그를 둘러쌌다. 동영상이 시작되기만을 기다리던 백인호는 뒤를 돌아보았다.

"뭡니까."

"백인호 씨, 당신을 밀수 가담 혐의, 불법 정치자금 조성 혐의 등으로 긴급체포합니다."

"뭐야!"

백인호가 놀라 뒷걸음을 걸으며 큰소리를 치자 기자들은 자리에서 일어섰다. 대기 중이던 백인호의 지지자들이 벌 떼처럼 몰려들며 그를 에워싼다. 기자들은 미친 듯이 사진을 찍어댔고, 장내는 순식간에 아수라장이 되었다.

"체포해!"

형사들은 날렵하게 움직이며 백인호를 붙잡았다.

"저항하지 않으면 수갑은 채우지 않겠습니다."

완강하게 저항하던 백인호는 차츰 순순히 멈춰 섰다. 긴급체포였고 형사는 체포 전 고지를 순순히 마쳤다. 모든 상황은 생중계가 되어 전 포털 사이트의 헤드라인을 장식했다.

"국민 여러분! 이것은 음모입니다! 속지 마십시오! 저 백인호는 국민 여러분의 곁으로 다시 돌아오겠습니다! 반드시! 반드시!"

백인호는 형사들에게 좌우 팔을 포박당한 채 걸어가며 끝까지 목소리를 높였다. 이미 꺼진 마이크를 붙잡고 소리치며, 그는 적들에게 포박되어 가는 장수처럼 행동했다.

기자회견장에서 체포된 국회의원이라. 흔한 일은 아니었다.

❖ ❖ ❖ ❖ ❖ ❖ ❖ ❖

긴 하루가 지나가고 어두운 그림자가 발끝에 매달릴 때 지환은 집으로 들어섰다.

세상은 점점 시끄러워져만 가는데, 그의 마음은 점점 고요해져 갔다. 집이 가까워질수록 눈빛은 옅어졌고 걸음을 옮길수록 그림자는 가벼워졌다. 현관 앞에 도착할 때쯤엔 지녔던 생각들이 차츰 사라지고 단 하나의 생각만이 자리했다.

"어? 왔어요?"

……아내가 보고 싶다.

"서지환 씨 생각보다 일찍 왔네?"

나의 아내가, 보고 싶었다.

쿵, 문이 닫히고 지환은 현관 앞에 섰다. 몸을 풀던 중이었는지 거실에 요가 매트를 깔아두고 있던 그녀는 현관 앞까지 달려 나와 웃는다.

"와, 이게 얼마 만에 일찍 퇴근한 남편이야?"

"일찍 퇴근했다고 말하기엔 벌써 10시인데. 미안한 마음이 큽니다, 부인."

"괜찮아요. 내겐 오후 6시 정도로밖에 안 느껴지니까. 나 사실 늦잠 잤거든."

어서 들어오라며 그녀가 서류 가방을 이끈다. 지환은 구두를 벗고 안으로 들어서며 집 안의 풍경을 바라보았다.

"운동하고 있었어?"

"아? 운동? 아, 응응. 몸 좀 풀고 있었지."

요가 매트 옆에 가져다 둔 물통 하나, 블루투스 스피커 하나.

밤이 깊은 줄도 모르고 연습에 매진하는 아내가 기특하기도 하고, 한편으로는 그런 그녀가 고대하던 공연이 취소되었다는 생각에 속이 쓰리기도 하다. 지환은 그녀의 젖은 머리칼을 쓸어내리며 거실로 향했다.

"서지환 씨, 일은 잘했어?"

"이제 시작이야."

"아…… 이제 시작이구나. 그 말 너무 슬프다."

왜인지 그녀는 시종일관 웃는 얼굴을 하고 있다. 지환은 서류 가방을 내리며 비스듬히 고개를 꺾고 그녀를 바라보았다. 아닌 척하려고 해도 은연중 말아 올라가는 입꼬리가, 감정 같은 건 속일 줄 모르는 그녀의 정직한 성격을 알려주었다.

"부인 오늘 좋은 일 있었구나?"

"어라? 어떻게 알았지?"

그녀가 휙 돌아서며 눈을 동그랗게 뜬다. 그는 머플러를 풀며 웃었다.

"다 아는 수가 있습니다. 제가 부인에 대해서 모르는 게 어디 있겠습니까?"

"와, 검사 남편 무섭네. 무서워."

벌써 알았단 말이죠? 희원은 소파에 앉으며 중얼거렸다. 얼굴에 '나 오늘 좋은 일 있었어요'라고 큼지막하게 써놓고는 영문도 모르는 아내라니. 지환은 소파에 따라 앉았다.

"무슨 일인데? 남편도 좀 함께 즐거워보자."

"나, 공연 다시 하기로 했어."

"엇, 진짜? 세계무용축제 다시 하는 거야?"

"응. 안 하려고 했는데 사무장님이 집 앞까지 찾아와 사정사정하는 바람에. 하는 수 없이 대인배인 내가 넘어가주기로 했죠."

그것도 전원 복직. 그녀는 브이 자를 그려 보이며 활짝 웃었다.

"이여어어어, 권희원. 살아 있네."

지환이 따라 웃자 희원은 비로소 꾹꾹 참아놓았던 웃음을 터트렸다. 아, 오늘 이 말을 하고 싶어서 얼마나 남편을 기다렸는지.

"서지환 씨 기다리다가 병날 뻔했어. 얼마나 기다렸는데. 나 계약서 검토도 해줘야 해요."

"알았어. 다 해줄게. 해주는 건 그렇다 치고, 오빠라던 호칭은 내팽개치고 또 서지환 씨야? 요즘 계속 서지환 씨라고 하네?"

"아…… 그냥 서지환 씨라고 하면 안 돼? 난 이게 좋은데."

지환이 눈썹을 추켜올리자 희원은 어깨를 으쓱 올려 보였다. 요지는 이러했다. 마트에서 식품을 고르다가 '오빠!'라고 불렀는데 앞에 있던 네 명의 남자가 뒤를 돌아보더라고. 정작 당신만 뒤를 돌아보지 않더라.

"난 조금 더 특별한 호칭을 원한다고요. 열 명이면 열 명이 돌아보는 호칭 말고."

"아, 너무 거리감 있는 호칭인데."

"사랑스럽게 부르면 되지. 서지환 씨이이이이이. 이렇게."

희원이 눈꼬리를 둥글게 휘며 예쁘장한 목소리로 이름을 부르자 지환은 맥없이 고개를 끄덕이고 말았다.

……오가던 웃음도 그치고, 잠시 말이 끊긴 자리.

"오늘 백인호 의원 자택에 수색 다녀왔어."

"아? 그래?"

"아까 당신 전화했을 때, 거기 있었거든."

"아아, 그랬구나."

희원은 다소 놀란 음성을 했다. 그가 백인호 의원의 자택에 다녀왔음에 놀란 것이 아니라, 처음으로 그가 자신의 이야기를 먼저 꺼낸 사실에 놀란 것이다.

"강희주가 우리 쪽에 협조를 해줘서 문제없이 다녀왔어."

"아아, 그랬구나. 잘됐네요. 안 그래도 뉴스 봤어. 잡혀가던데?"

묻지 않았음에도.

"잡았지. 자택에서 밀수 금괴를 다량으로 발견했거든."

그는 밖에서 있었던, 사실은 그녀가 몰라도 괜찮을 이야기를 먼저 꺼냈다. 원래의 그라면 말해주지 않을 이야기를.

"강희주 씨, 만났겠네?"

"응. 만났어."

"매듭은 잘 지었어요?"

"지었지. 잘."

지환은 고개를 들어 그녀를 바라보았다. 매듭. 아내의 입 밖으로 나온 단어가 신중했던 까닭에 그도 신중히 답했다.

"잘 지내라고 해서, 알겠다고 했어."

"그분은 괜찮은 거예요?"

"뭐, 강희주도 혐의가 없는 것은 아니지만 본인 스스로도 처벌을 원하니, 그건 법이 공정하게 심판해줄 거고."

"……."

"편안해 보이더라."

"아…… 그래요. 그거 잘됐네."

희원은 고개를 끄덕끄덕, 느리게 움직이며 중얼거렸다. 생각할수록 밉고, 생각할수록 괘씸했지만, 생각할수록 가엽기도 했다.

"몇 번 더 조사 차원에서 우리 쪽으로 출석해야 해. 그땐 다른 검사가 담당이 될 거야. 어차피 내 선에서 더 할 일은 없을 것 같고."

지환은 '강희주와 더는 엮일 일이 없겠다'는 것을 암시했다. 염려 말라는 것처럼, 그녀의 손을 붙잡았다.

"이해해줘서 고맙다. 내가 이 말을 못 한 것 같아서."

"잘 모르겠어. 그냥, 서지환 씨의 입장해서 생각해보니까 날 속이려던 것도 아니고, 내게 거짓말을 한 적도 없고."

희원은 지환의 어깨에 슬며시 기댔다.

……타인의 깊은 상처를 완벽하게 이해한다는 것은 불가능에 가까운 일이다. 가늠한다는 것 역시 오만이다.

"그냥 서지환 씨는 나의 어떤 부분을 지켜주고 싶었던 거구나. 알고 나면 고통스러울 나의 어떤 부분을 지켜주고 싶었구나, 그런 생각이 들었어."

그러나 나는 당신을 사랑한다. 그 모든 절차를 생략할 수 있을 만큼.

"내 생각이 맞을 테고. 그치? 서지환 씨?"

희원은 그의 어깨에 기대 있다가, 스르륵 무릎을 베고 누웠다. 밤을 지새워도 끄떡없을 것 같았던 에너지는 어디로 가고, 그의 어깨에 기대어 있자니 묵직한 피곤이 내려앉았다.

"뭐야, 나 갑자기 졸려."

"졸려? 늦잠 잤다며."

"솔직히 요즘 계속 잠을 설쳤다고요. 곁에 누가 없어서."

아, 졸리다. 희원은 눈을 뜨고 있기도 번거롭다는 것처럼 스르륵 눈을 감았다. 아직 옷도 갈아입지 못한 지환은 그런 그녀를 내려다보다가 중얼거렸다.

"뭐야, 벌써 자? 진짜 자려고?"

"아 몰라. 귀찮아. 나 그냥 잘래."

"들어가서 편하게 자. 나 아직 옷도 못 갈아입었는데."

"그냥 이렇게 자면 안 돼? 나 지금 자세 딱 잡았는데?"

그녀는 일어날 생각이 없다는 것처럼 꼬물꼬물거리더니 완벽하게 자리를 잡았다. 지환은 상체만 움직여 슈트 재킷을 벗고는 타이를 조금 느슨하게 풀었다.

"그래, 그럼 자. 나 이제 안 움직일게."

"나 이러고 자면 서지환 씨는 앉아서 자려고?"

"난 그냥 너 자는 거 보고 있을게. 푹 자, 꿈에서 야하게 놀아줘."

피식, 그녀가 웃는다.

"아아, 야한 남편이랑 사는 거 너무 힘들다. 꿈도 마음대로 못 꾸네. 아아아아."

"웃기지 마. 그게 니 마음이잖아."

"……묵비권을 행사하겠어요."

* * * ◆ ◆ ◆ * *

새벽 2시나 되었을까. 희원이 잠이 들고 난 한참 후, 지환은 그녀를 침대에 옮겨주고는 소파에 앉아 노트북을 들여다보았다.

몸은 집으로 돌아왔지만 끝없이 쏟아지는 일은 그를 잠들 수 없게 했다. 일하는 동안 몇 번 침실 문을 열고 그녀가 자는 모습을 확인했는데 정말 누가 업어 가도 모르게 생겼더라.

딸깍딸깍, 간혹 마우스를 움직이는 소리만 들려오는 거실. 난데없이 침실 문이 열리는 소리에 지환은 고개를 들었다.

"뭐야, 왜 깼어?"

그녀가 눈을 반쯤 뜨고 좀비처럼 비틀비틀 걸어온다. 목적지를 보니 자신의 무릎 쪽이다.

"서지환 씨는 안 자?"

지환은 황급히 무릎 위에 올려두었던 노트북을 치우며 그녀를 맞이했다. 풀썩 쓰러지듯 희원이 무릎 위에 엎드린다.

"왜 안 자, 서지환 씨는 안 졸려?"

"아아, 이제 자려고 했지. 이제 자야지."

……거짓말. 두 시간 뒤에 다시 나가려고 했으면서.

"남편 기다리다가 지쳤어어……. 왜 안 들어와아……."

"누가 업어 가도 모르게 자던데."

"중간중간 계속 깼다고요오……. 살 맞대고 자고 싶은데에……."

261 ◆

희원은 잠꼬대를 하듯 느리게 대꾸하며 그의 무릎을 꽉 안았다. 지환은 상체를 내려 노트북 전원을 껐다.

"꿈에서 남편이랑 잘 놀았어? 놀고 깬 거야, 놀고 싶어서 깬 거야."

"어후, 진짜 드럽게 야하다. 그런 거 말고는 나한테 할 말이 없니?"

"없지. 이 시간에, 이 상황에, 내가 권희원한테 할 말이 이런 거 말고 더 있겠어?"

"서지환 씨, 오늘 또 새벽에 나가?"

"……아니. 오늘은 아침에. 정상적으로 출근."

"아아, 좋다. 좋네요, 아주."

계획이 급하게 수정된다. 지환은 새벽에 도착해 처리하려고 했던 모든 일들을 빠르게 수정했다. 자신의 무릎을 꽁꽁 싸매고 누워 있는 아내에게, 두 시간 뒤에 나가려고 했다는 말은 차마 떨어지지 않았다.

"들어가자. 나도 좀 눕게."

"아아…… 걸을 힘도 없어……."

뭐 해? 어서 날 안아. 희원은 그러한 뉘앙스를 풍기며 몸을 비틀었다. 안아 들어달라는 의사가 분명한 희원을 바라보다가 지환은 쌀가마니를 들고 일어서듯 웅차, 그녀를 들고 일어섰다. 추욱 그녀가 늘어진다.

"왕년에 쌀 배달 좀 해보셨나 봐요, 서지환 씨."

"술 취한 권희원을 몇 번 집으로 배달해보기는 했지."

"그러니까. 그게 문제야. 내가 술에 취했으면 호텔로 갈 일이지,

지 사무실로 데려가는 꼰대가 어디 있냐?"

"어? 이제 본심이야? 그때 그랬어야 했나?"

그녀는 처음 맞선을 본 날, 검찰청 사무실에서 재운 일을 여전히 못마땅해하는 게 분명했다. 지환이 침대에 눕히자 희원은 꿍얼거리며 눈을 슬금 떴다.

"사람이 도덕책이어도 정도가 있지, 와, 눈을 떴는데 검사 사무실이야. 내 심정이 어땠겠어요?"

응? 응? 그것도 호텔 바에서 마셨는데. 거기 남는 방이 몇 갠 줄 알아? 수십 개야, 수십 개. 그 방을 다 지나치고 검사실까지 가는 당신은 도덕책…….

"그때 할아버님께 전화만 안 왔어도 우리의 역사가 조금 더 빠를 수는 있었지."

그가 슬금슬금 그녀의 잠옷 단추를 끌러 내리며 중얼거리자 희원은 낮은 한숨을 내쉬었다.

"아, 그냥 자면 안 돼? 오늘은 귀찮은데."

"꼬셔놓고 발 빼기 있어? 괴롭히기 싫어서 거실에 유배당해 있던 나를 여기로 끌고 온 건 당신이야."

"아아…… 귀찮은데…….'

"팔 좀 들어봐."

"네."

희원은 잠옷을 빼기에 적당한 수준으로 팔을 들었다. 눈도 못 뜨고 있으면서, 말은 잘 듣는다.

……살과 살이 붙고, 엉킨다. 지환은 완벽하게 잠에서 깨어나지

않은 희원을 내려다보다가, 천천히 입을 맞추었다. 흔한 입맞춤이고, 익숙해 마지않는 온기지만 하루하루, 순간순간 다른 의미가 부여되었다.

그의 입술은 입술로부터, 귓불을 지나, 쇄골을, 어깨를, 지나갔다. 어딘가는 정중했고, 어딘가는 무모했다. 서로에게 집중한 시간 동안엔 피곤도 사라졌고 잡념도 사라졌다.

그의 입술이 살갗을 간지럽힐 때마다 그녀의 입술 사이로 연약한 신음이 터져 흘렀다. 굵어지는 그의 숨소리와, 불규칙한 그녀의 숨소리가 공간을 잠식했다.

"서지환 씨하고 있는 순간은 다 좋아. 그냥, 다 좋아."

희원은 꿈을 꾸듯 중얼거렸다.

……사랑. 나를 귀찮게 하는, 나를 번거롭게 하는 모든 접촉에 편안함을 느끼는 기이한 경험이다. 온기, 맞닿음, 그것은 보통의 말로 설명할 수 없는 짜릿하고 감동스러운 경험이다.

"서지환 씨는 너무 귀찮은데, 그래서 너무 좋아."

불편함의 감사함을 알게 하는, 사랑이란 이토록 황당하고, 생각하면 할수록 논리적일 수 없는 일이다. 그래서 멋지고, 그래서 아찔하다.

"더 직설적이고, 더 구체적으로 말해줬으면 좋겠어."

"아아, 더 직설적으로?"

너와 나는 빠질 수밖에 없다. 눈이 멀었으니까.

"과감하고 능숙한 서지환 씨를 완전 좋아해요."

귀를, 닫았으니까.

— 긴급! 강희주, 백인호와의 결혼생활 폭로 '지옥이었다'

— 강희주, 검찰 측 고백 희롱, 폭행, 감금으로 이어진 '결혼'

— 검찰, 증거는 모두 확보…… 기소·소추 확대 암시

— 백인호 불법 정치자금, 금고 밀수 등 혐의 12개 추가

백인호의 구속영장 실질 심사가 진행되는 동안, 그는 검찰청에 불구속 입건되었다. 48시간 내에 영장이 발부되어야 그를 구속 수사할 수 있는 상황. 백인호는 끝까지 자신의 무죄를 주장하며 자신의 정치생명을 끝내려는 집단의 '음모'로 방향을 틀었다.

지환이 단독으로 꾸민 보복성 수사라고 하기엔 이미 때를 놓쳤고, 멀리 와버렸다. 게다가 강희주가 터트린 사생활 폭로는 다른 모든 것을 덮을 만큼 치명적이었다. 밀수 금괴를 앞다투어 다루던 언론들도 일제히 강희주의 폭로 건으로 기사를 바꾸었고, 국민들은 일제히 분노했다.

어지간한 일에 놀라지 않고, 어떤 상황에서도 사람 아래 머리를 숙이는 일 없던 백인호지만, 지금 그는 두려웠다.

"아, 왔어?"

작은 조사실에 초조하게 앉아 있던 백인호는 문이 열리자 안색을 바꾸며 일어섰다. 목소리는 전에 없이 다정했다.

"앉아. 앉아, 앉아. 오느라 수고 많았어."

다름 아닌 자신의 와이프, 희주의 등장이었다. 그녀는 책상 맞은편 의자에 앉았고 백인호는 그녀가 앉자 자신도 따라 앉았다. 희주는 입을 열었다.

"시간 없어요. 할 말 있으면 빨리 해요."

그녀는 모든 인터뷰, 언론의 질문을 피하지 않았다. 백인호의 아내라는 이유로 발생한 몇몇 개의 혐의 또한 순순히 인정했다.

아내의 텅 빈 음성을 듣던 백인호는 입가에 억지 미소를 달았다. 지금은 그녀를 붙잡지 않으면 달리 방도가 없었다.

"당신, 왜 그랬어. 왜 그런 말도 안 되는 조사를 받은 거야."

백인호는 한숨을 내쉬며 미간을 문질렀다.

"왜 그랬냐는 질문은 너무 늦은 것 같은데요. 당신도 안전하지는 않을 거라고 난 분명 경고했고."

"경고……! 경……고라니. 당신이 무슨 나한테, 나한테 경고를…… 했다고 그래."

치솟는 분노를 억지로 누르느라 백인호의 말은 현저히 느려지고, 때마다 고비를 넘겼다. 바르르 떨리는 입술만 보아도 그가 얼마나 화를 삭이고 있는지 훤히 보인다. 희주는 실소했다.

"걱정할 것 없어요. 난 단 하나의 사건도 지어내거나 부풀리지 않을 테니까. 있었던 일들만 그대로 세상에 보여줄 테니까."

"……희주야."

희주야. 그 낯설고 어색한 음성 앞에 희주는 눈을 크게 떴다. 목덜미로 차가운 기운이 스쳐 지나가니 소름이 돋았다.

"희주야. 이러지 마라. 응?"

결혼 전에도, 결혼 후에도, 남편의 입을 통해 단 한 번도 들어본 적 없는 자신의 이름.

"안다. 다 안다. 하지만 지금 니가 나를 배신하면 어떻게 되겠니. 응? 이건 둘 다 죽자는 거야. 너는 살 수 있을 것 같아? 천만에. 아니거든."

"……."

"국민들은 이런 자극적인 기사를 원하고 영웅의 몰락을 즐겨 보지만 남은 니 인생도 생각해야지. 지금은 니가 이렇게 나설 때가 아니야. 알잖아, 지금 어떤 상황인지."

그녀는 물을 한 모금 삼켰다.

"니가 나를 괴롭히지 않아도 나 지금 충분히 괴롭다. 정신이 하나도 없다고. 니가 보태지 않아도 내가 갈 길이 멀어. 희주야, 멈춰라."

"멈추라고요?"

"그래. 멈춰. 이렇게 하면 안 돼. 니가 언론을 모르고 정치를 몰라서 그래. 지금은 세상이 다 너의 말을 들어주고 있는 것 같지만 이거 금방 잊혀. 그때 가면 어떤 일이 벌어질지 아무도 몰라."

어떤 일이 벌어질지, 아무도 모른다.

"끝까지 날 협박하는 거예요?"

"협박이라니. 아니다, 아니야. 그저 내가 네게 미안한 일이 많다는 걸 이제 깨달은 것뿐이야. 내가 그동안 미안했어."

백인호는 희주의 손을 끌어다가 잡았다. 흠칫, 놀란 희주의 손이 그의 손바닥 아래에서 미세하게 떨려왔다. 그런 낌새를 느낀 백인호는 더욱 아내의 손을 힘주어 붙잡았다.

"우리 함께 헤쳐 나가자. 내가 여기서 나가면 당신한테 잘할게. 평생 잘할게."

"이미 늦었다고요."

"아냐. 아직 방법은 있어. 검찰 쪽의 압력을 받았다고 해."

"뭐라……고……?"

희주는 손을 빼보려고 하지만 백인호는 다른 손을 마저 포개어 그녀의 오른손을 잡았다.

"서지환을 팔아. 그럼 모든 게 끝나. 아무렴 당신, 나하고 산 세월이 얼마인데 아직도 그 자식 편을 들고 싶은 건 아니겠지."

백인호는 말했다. 옛 연인이었던 검사의 회유에 못 이겨 일을 도모했다고. 남편이자 국회의원인 백인호는 그런 사람이 아니라고.

"국민들이 이해해줄 거다. 당신의 상황, 당신의 마음을 다 이해해줄 거야. 남편이 살고 봐야지. 그렇잖아, 희주야."

"이거 놔요."

희주는 있는 힘껏 손을 뺐다. 그러곤 백인호를 흘겨보다가 가방을 열어 서류 봉투를 꺼냈다. 그게 뭐냐는 표정을 짓고 있는 백인호의 앞으로, 서류를 밀었다.

"이혼 서류예요. 난 이미 처리했으니 가급적 빠른 시일 내에 처리해줘요."

"야! 너……!"

호칭은 급격하게 변한다. 희주는 매서운 눈매를 했다.

"난 당신한테 이거 주러 온 거니까 헛소리 말아요. 이제 앞으로 당신 얼굴 직접 볼 일은 없을 테니까. 마지막이라는 걸 알려주려고 온 거라고."

"야, 너. 이게 진짜. 잘 먹고 잘 살게 해줬더니 나를 이딴 식으로 배신해? 야! 나 백인호야!"

"알아. 누가 모른댔어?"

"허…….."

희주는 일어섰다. 끝까지 자신밖에 모르는 백인호를 바라보다가, 그녀는 작게 혀를 찼다. 조사실에 홀로 앉아 있는 그를 대면하고 있자니, 이렇게 한심하고 초라하고 보잘것없는 사내를 나는 왜 그렇게 두려워만 했었나, 스스로 서글퍼졌다.

"강희주, 너 내가 가만 안 둬. 알겠어? 너 이대로 가면 내가 가만히 안 둔다고!"

그녀는 가방을 들었다.

"이혼? 이혼 같은 소리 하고 있네! 내가 널 놔줄 것 같아? 내가 너 혼자 살겠다고 도망치는 걸, 내가 두고 볼 것 같아?"

"해주기 싫으면 말아. 법대로 해, 그러면."

"이게 진짜 미쳤나. 야, 너 앉아. 앉으라고 했……!"

촤라락! 그녀는 반쯤 마시고 곁에 둔 물컵을 들어 그의 얼굴에 뿌렸다. 꿈에도 상상하지 못한 장면이 눈앞에 펼쳐지자 백인호는 혼이 빠진 얼굴을 한 채 입을 크게 벌렸다. 굵은 숨을 연거푸 내쉬더니, 그는 물이 뚝뚝 떨어지는 안경을 벗었다.

"너, 미쳤어. 너 지금 제정신 아니야."

"아니."

"……."

"당신에게 물을 뿌린 걸 보니 이제야 나는 제정신인 것 같아."

희주는 조사실을 나섰다. 으아아아악! 장렬하게 내지르는 비명이 조사실을 가득 울렸다.

* * * ◆ ◆ ◆ * * *

오랜만에 연습실로 향하던 희원은 지환의 사무실 앞에 잠깐 들러 도시락을 전해주었다. 일전에 가져다준 도시락은 먹을 시간이 없어서 못 먹었다 하니, 그게 마음에 걸려 이번엔 점심 도시락으로 가져다준 거다. 안에 계신 분들과 나눠 먹으라고 제법 많이 쌌다.

— 고맙습니다 부인. 잘 먹을게 ♡.♡

지환에게 도착한 메시지를 확인한 희원은 웃음을 터뜨렸다. 부부는 하루하루가 지날수록 부쩍 가까워져갔다. 함께인 시간이 혼자인 시간보다 훨씬 편안했다.

말이 끊긴 시간이 어색하지 않았고, 상대가 나를 어떻게 생각하고 있을지 고민하지 않아도 되었다. 누군가와 같은 공간을 사용한다는 것은 상상했던 것보다 이로운 일이 많았다. 적어도 그녀와 그에게는 그러했다.

"……아."

차로 돌아가던 희원은 걸음을 멈추며 나직한 탄식을 터트렸다. 주변을 의식한 까닭인지 스카프로 얼굴을 가리고 챙이 넓은 모자를 썼지만, 앞에 선 여자의 깊은 눈매는 여전했다.

"강희주 씨……."

희원이 중얼거리듯 이름을 부르자 가만히 서 있던 여자는 천천히 모자를 벗고, 입가를 가렸던 스카프를 아래로 내렸다. 그러곤 고개를 떨구며 인사했다.

"안녕하세요. 권희원 씨."

두 여자는 모두 예감했다. 마지막 숙제를 해야 하는 시간이 돌아왔음을.

． ． ◆ ◆ ◆ ◆ ◆ ． ．

"잘 지내셨어요, 상희수 씨?"

강희주 씨, 우리 얘기 좀 해요.

"네. 희원 씨도 잘 지냈나요?"

그래요, 권희원 씨. 우리 이야기 나눠요.

두 여자는 검찰청 근처 카페를 찾았다. 이야기를 하자고 청한 것은 희원이 먼저였고, 기다렸다는 듯이 고개를 끄덕인 쪽은 희주였다.

"뉴스…… 봤어요. 요즘 힘드시겠던데."

"아아, 괜찮아요. 어차피 한 번은 지나가야 하는 일이라서요."

따뜻한 커피를 시켜두고 서로 마주 앉은 두 여자는, 많은 염려가 묻어 있는 인사부터 나누었다.

타인의 시선을 받아 좋을 게 없는 상황. 희주는 사람들을 등지고 앉았고, 아무도 그들에게 시선을 주지 않았다.

"강희주 씨와 나, 원래 이렇게 만나면 안 되는 건데. 그렇죠?"

희주는 고개를 수그렸다. 남편의 얼굴에 물을 뿌릴 때 묻어나던 온갖 것의 차가움은 어느새 날아가버리고,

"서지환 씨…… 아니, 오빠한테 전후 사정 다 들었어요. 강희주 씨가 왜 제게 다가왔는지. 두 사람 어떤 사이였는지, 어떻게 끝났는지."

지은 죄가 많은, 입이 열 개라도 할 말이 남아 있지 않은 여자가 되어버렸다.

"죄송……합니다. 제가 그땐 정말 제정신이 아니어서…….."

"……."

"변명처럼 들리겠지만 정말 나쁜 의도는 없었어요. 그냥 두 사람 잘 지내는 모습을…… 가까이서 보고 싶었어요."

아니다. 이것도 아니야. 이런 말도 하면 안 되는 거야.

희주는 뱉은 말을 취소하려는 것처럼 손을 내저었다.

"그저 제 잘못입니다. 무슨 일이 있어도 그러면 안 되는 거였는데, 죄송합니다. 잘못했습니다."

"아뇨. 아뇨. 강희주 씨에게 그런 이야기 듣자고 말하는 건 아니에요. 그런 건 이미 내 안에서 정리가 되었으니까."

정리가, 되었다. 희주는 의미심장한 그녀의 말에 다시금 시선을 들었다. 행여나 자신 때문에 두 사람의 관계가 틀어지거나, 어그러진 건 아닌가 심장은 쿵, 하고 내려앉았다.

"오빠가 이미 잘 설명해줬으니 걱정 말아요. 난 내 남편 믿으니까."

하지만 금세 괜한 기우였다는 것을 알게 되었다. 희원의 눈빛은 한바탕 몰아치던 폭풍우가 지나간, 쩍쩍 갈라지던 가뭄이 끝난.

남편을 신뢰하는 아내의 눈빛이란, 이런 거였나.

"그동안 힘드셨겠어요."

그녀의 말에 희주는 마른 주먹을 쥐었다. 순식간에 역류한 뜨거움은 울대를 가득 막았다.

"같은 여자 대 여자로, 느낀 게 많아요. 강희주 씨가 그 시절에 왜 그런 선택을 했는지에 대해서도."

"……."

"남편을 둘러싸고 벌어진 일이라 마음을 진정시키는 게 어려웠지만 뭐, 얻는 게 있다면 잃는 것도 있는 법이니까."

희원은 말했다. 많은 것들이 제자리를 찾았고, 나의 남편은 기회가 없어 털어내지 못했던 과거의 짐을 덜었다고.

"우리 부부는 이번 일로 더 돈독해졌어요."

남편은 아내의 무한한 믿음을 보았고, 타인을 믿는 것만큼 어리석은 게 없다고 생각했던 신념을 박살냈다. 아내는 쉽게 동요하지 않는 법을 알았고, '나'만을 생각하던 시선에서 벗어나 '너'를 들여다보는 방법을 배웠다.

"살며 끼워야 할 수많은 단추들을 두고, 첫 번째 단추를 끼워 맞춘 기분? 아니, 두 번째 정도의 단추를 끼워낸 기분?"

아직 무수히 많은 단추가 남았지만 슬기롭게 초반의 단추를 해결한 것 같다고. 그러니까. 그러니까, 당신.

"강희주 씨 스스로 너무 자책은 하지 말았으면 좋겠어요. 제가 잘 알진 못하지만 해결해야 할 일들이 많은 것 같은데, 그중 우리 부부가 관련된 일은 없었으면 해요."

다 비워도 괜찮다고.

……말이 끊긴 자리로 희주의 미안함이 쌓여간다. 고개를 숙인 채 그녀의 이야기를 듣고만 있던 희주는 만감이 교차하는 시선을 들었다.

위기를 기회로 삼는 그녀가 너무나 어른스럽게 느껴져, 마주 앉은 희원이 무척이나 크게 느껴졌다. 당당해서 절로 빛이 나는 그 얼굴을, 자꾸만 바라보고 싶게 되었다.

"다신 볼 일 없었으면 해요. 강희주 씨가 무사히 지금의 어려움을 지나칠 수 있도록 조용히 바라고 있을게요."

"저도…… 언젠가는 희원 씨처럼 살 수 있을까요?"

"……네?"

희원은 눈을 동그랗게 떴다. 이제야 자신을 바로 보는 강희주의 시선에서 공허함이 느껴졌다.

"저도 살다 보면…… 언젠간 희원 씨처럼 살 수 있을까 해서요. 당당하게. 빛이 나게."

"아……."

"저는 쓸모없는 인간이 되어버리고 말았어요. 그런 소리를 너무 많이 듣고 살았거든요."

희주는 머리를 쓸어 넘기며 중얼거렸다. 마음은 고장이 나는 줄도 모르는 사이 망가져버렸다. 자존감은 바닥으로 떨어지고 만 것이다.

"강희주 씨."

"……네."

"당신은 당신을 그렇게 말하는 사람들에게 인정받으려고 태어난 게 아녜요. 누군가에게 쓸모 있자고 태어난 것도 아니고."

"……."

"당신은 조금 더 당신다울 필요가 있어요. 귀 닫고 당신한테 집중해요. 어차피 인생은 마이웨이니까."

나에게, 집중해라. 나의 삶에. 오늘보다 더 나을 내일의 행복 앞에.

……나에게 집중해본 적이 언제였던가. 언제나 쫓기듯 살고 타인의 시선을 두려워하며 살았던 내가, 나를 위한 시간을 보내본 적이 있기나 했었나. 희주는 저도 모르게 고개를 끄덕였다. 진심으로 그녀 말에 동의했다.

"그리고 이건 여담인데, 정말 내 입으로 하고 싶지 않은 말이긴 한데 강희주 씨, 당신 예뻐. 매력적이고."

당신, 예쁘다. 희원은 그런 말을 했다.

강희주, 당신은 예쁜 여자라고. 진심으로 그렇게 생각했다. 얼굴뿐만이 아니라 모든 것을 자신의 탓으로만 돌리며 살아온 그, 어리석은 마음까지.

"그러니까 남들이 뭐라 하건 말건 하고 싶은 대로 하면서 살아요. 세상에 내가 보내는 하루보다 더 값진 것은 없으니까."

희원은 자리에서 천천히 일어섰다. 함께 들어왔지만 함께 나갈자신은 없었다. 불확실한 인생을 사는 것이 느껴지는 강희주의 얼굴을 한참이나 바라보다가, 희원은 웃었다.

"그럼 먼저 갈게요."

"저, 희원 씨."

"네."

희원이 코트를 여미며 대답하자 그녀가 처음으로 웃는다. 눈꼬리를 둥글게 휘며 환히 웃으니 당신 참 순수하게 웃는구나, 희원은그런 생각이 들었다.

"단어가 빈약하긴 한데, 고마워요."

"그런 마음도 지워요. 싹 다. 전부. 날 잊어요, 레드 썬!"

희원이 손가락을 부딪치며 대꾸하자 그녀는 더욱 밝게 웃었다. 나로 살아가는 법을 희원에게 배운 것만 같아, 어쩐지 용기가 나는하루였다.

"잘 가요. 희원 씨."

◆ ◆ ◆ ◆ ◆ ◆ ◆ ◆ ◆

"야야, 지금 같은 환란의 시대에 이 무슨 선비 같은 문화생활이란 말이냐? 나 지금 내가 좀 어색하다."

"내 말이. 범죄 영상만 들여다보다가 이런 고퀄리티 무대를 라이브로 보려니 되게 설레고, 좀 그렇다?"

바야흐로 오늘은 희원의 공연이 있는 날. 정치면이 어떻건 말건 세계무용축제는 순조롭게 진행되고 있었고, 그중 가장 하이라이트 날짜, 시간대에 희원의 무대가 배정되었다.

다행히 늦은 시간에 무대가 시작되어 지환의 검사 동료들은 일전의 바람대로 그녀의 무대를 볼 수 있게 되었다. 이런 문화 공연 관람이 어색하다며, 동료들은 주변을 자꾸만 기웃거렸다. 여길 보아도 저길 보아도 넥타이 부대는 자신들뿐이다.

"서검, 우리 넥타이 좀 뺄까? 우리 주변으로만 검은 기운이 솟는 것 같지 않냐?"

누구랄 것 없이 검은 슈트, 검은 코트, 검은 가죽 장갑에 검은 서류 가방. 본인들이 본인들을 보아도 저승사자들이 모여 있는 것처럼 우중충하다.

"우리 주변에 사람이 없다. 여기랑 너무 못 어울리는 것 같은데? 지금 어떤 느낌이냐면 약간 꼰대 깁딘 같은……."

도둑이 제 발 저리는 거지. 다들 가족 단위로, 혹은 친구들끼리, 혹은 커플이 나란히 붙어 즐거운 표정으로 공연을 즐기고 있는 것과는 달리 검사 동료들은 도저히 순간을 즐기지 못했다. 지환은 피식 웃었다.

"야야, 다 내가 겪은 거야. 괜찮아. 처음엔 나도 좀 민망했는데 아무도 우리 신경 안 써."

"아무도 우리 신경 안 쓰는 거 아는데, 내가 신경이 쓰여……."

"제수씨 공연은 언제 해? 아, 빨리 보고 싶은데. 제수씨 부분만 동영상 녹화해도 되지?"

"야, 함부로 촬영하고 함부로 배포하지 마. 전속사 퍼블리시티권 있다. 우리 제수씨는 민법의 보호를 받는 사람이야. 재산권적 측면을 지켜줘야지."

"뭐라는 거야. 그러는 윤검, 너는 왜 동영상 준비하고 있는 건데?"

"난 우리 제수씨의 홍보를 위하여 사용할 절대적, 깨끗한 목적을 지니고 있지."

"이 자식이 진짜……. 나, 나는 뭐 더러운 곳에 쓰냐?"

"야야, 됐고, 여기까지 와서 싸워 너네는. 시끄럽게 굴지 말고 조용히 기다려. 조금 있으면 우리 와이프 나와."

지환은 동료들의 으르렁거림을 잠재우며 무대에 시선을 주었다. 이 얼마나 학수고대해온 시간인가, 말도 많고 탈도 많았던 축제의 현장. 지환은 여전히 투덕거리는 동료들을 찢어놓다가 무대를 가리켰다.

"어, 우리 부인 나온다."

"어디, 어디."

"오오오……."

싸우던 것도 잊고 금세 목을 길게 빼고 앞을 바라본다. 동료들이 기린처럼 목을 쭉 빼며 앞을 바라보고 있는 사이, 커피를 사 오겠다고 자리를 떠났던 정윤이 다가왔다.

"뭐야? 시작해?"

"빨리 와. 저기 지금 제수씨 나왔어."

후룩. 커피를 삼키며 정윤은 동료들의 손끝을 따라 앞을 바라보았다. 뜨겁고 고소한 커피 냄새가 풍긴다. 카페인의 유혹이 아찔한 동료 한 명이 정윤을 바라보았다.

"차검, 내 커피는?"

"꿈에서 마셔. 발품 안 판 자들은 이 순간을 즐길 권한이 없어."

후룩. 정윤은 커피를 삼키며 미소 지었다.

"역시, 추운 날 공연은 뜨거운 커피와 함께. 그리고 작은 쿠키 하나. 이것이 참된 즐거움이지."

"차검, 넌 먹으러 왔냐……."

"시끄러워. 나만의 방식이야."

동료들이 서로 으르렁거리건 말건 지환의 눈은 이미 먼발치 희원에게 고정되어 있고, 하트가 남발한다.

여전히 춥고 쌀쌀한 날씨, 그녀는 눈이 부시도록 희고 반짝이는 한복을 입고 무대에 섰다. 희원의 동영상이 화제였던 까닭인지 평소보다 많은 사람들이 북적였고, 취재 열기 또한 뜨거웠다.

"……꼈다."

지환은 무대 옆으로 설치된 전광판에 그녀가 끼고 있는 반지가 잡히자 조용히 중얼거렸다. 그러자 용케 그 소리를 알아들은 동료들은 슬금슬금 그에게서 멀어졌다.

"드러워서 서검 옆에 못 서 있겠네. 양심 고백이냐?"

"제수씨 공연 시작하는데 방귀가 웬 말이야. 속 안 좋아? 긴장했어?"

남들이 뭐라 하건 말건. 억울한 누명을 쓰건 말건. 지환은 희원의 손가락에 자리한 가락지를 바라보며 내내 미소만 지었다.

눈처럼 새하얗고 눈부신 그녀가 무대 중앙에 섰다.

"와아아아아아!"

오매불망 그녀를 기다려온 대중들의 큰 함성이 그녀를 맞이했다. 오늘의 그녀는, 어쩐지 추워 보이지 않았다.

◆ ◆ ◆ ◆ ◆ ◆ ◆ ◆ ◆

희원의 단독 공연은 몹시도 훌륭했다. 많은 움직임이 없어도, 충분히 설명되었다.

움직일 때마다 치맛자락에서 퍼지는 화려한 보석 빛이 황홀했다. 그녀가 회전하면 풍성한 치맛자락이 접시처럼 둥글게 퍼졌다. 온갖 것의 반짝임에 둘러싸여 춤을 추는 그녀는 마치, 이 세상 사람이 아닌 것만 같았다.

"너무 감동적이었어. 아직도 가슴이 두근두근해."

정윤은 충격적인 소감을 발표했다. 간신히 드러난 목선, 간간이 손목 정도나 보이던, 그 겹겹이 싸인 한복의 자태에도 순간순간 아찔함이 다녀갔다. 감춘 것에서 오는 은은한 고혹함.

"여태껏 한복이 그런 옷인 줄도 몰랐고, 한국무용이 그런 건 줄은 더 몰랐고. 오늘 희원이 때문에 좋은 경험 했네."

정윤은 감탄에 감탄을 마지않았다.

"잘 봐주셨다니 좋네요. 오늘 관객 호응도 좋아서 진짜 기뻤어요."

"진짜 박수가 절로 나더라. 호응을 하지 않을 수가 있어야지. 정말 오늘부로 나는 네 팬이야."

"아, 정말요?"

"응. 난 앞으로 너에게 많이 질척거릴 거고, 많이 귀찮게 할 거야. 난 좋아하면 못 참거든."

희원은 정윤의 느닷없는 고백에 웃음을 터트렸다.

공연 뒤를 정리하고, 한바탕 정신이 없었다. 정신없이 사인 세례가 쏟아지고 사진 요청이 쏟아져, 결국 다 해주지 못하고 돌아서야 했다. 이렇게까지 환대를 받아본 건 처음이었다고. 희원은 무척 즐거워했다.

"동료분들께도 식사 대접해야 하는데 먼저 가서 좀 아쉬워."

"그러게. 다들 일이 바빠서 복귀했지. 원래 다 같이 먹으려고 했는데, 사무실에 갑자기 일이 좀 생겨서."

백인호의 영장이 발부되었다. 구속 수사가 가능해졌다는 통보에 동료들은 일제히 사무실로 발길을 돌렸다.

"두 분도 사무실 가봐야 하는 거 아니에요? 괜히 나 때문에 못 간 거 아니야?"

"우린 내일부터 빡세게 하면 돼. 다들 맡은 업무가 다르니까 괜찮아 오늘은. 사실 너무 늦어서 지금은 대기밖에 할 게 없어."

지환을 대신해서 정윤이 괜찮다고 말하며 희원의 염려를 덜었다. 저녁 식사를 위해 이동한 장소는 공연장 근처 갈빗집. 그새 그녀를 알아본 사람들이 몇 차례 사진을 찍어달라 요청하고, 그래서 분주했다.

희원은 혼이 쏙 빠진 것처럼 보였다. 지환은 그녀를 바라보다가 잘 익은 고기 한 점을 들었다.

"자, 부인. 아 해. 밥은 먹어야지."

"아아."

희원이 그의 말을 따라 자그만 입술을 벌리자 정윤은 고개를 돌리고 맥주를 벌컥벌컥 삼켰다. 아아, 서지환 꼴 보기 싫어. 하지만 희원이 맛있게 먹는 건 너무 좋아.

"고기 너무 맛있다. 나 이제 식사 집중!"

내내 자신의 기사와 동영상 링크, 반응을 확인하던 희원이 휴대폰을 내렸다. 비로소 정신없던 자리가 정리되는 것 같아, 지환은 부지런히 희원의 접시에 고기를 내려주었다.

"나 말고 정윤 언니도 좀 챙겨줘요."

"뭘 더 챙겨. 쟤 좀 봐. 너 한 점 먹을 때 쟤 네 점씩 먹는데."

"희원아, 난 신경 쓰지 마. 내 입은 내가 신경 쓴단다."

앙, 하고 정윤이 고기를 먹는다. 저렇게 말랐는데, 어디로 다 들어가는 걸까. 먹성이 좋기는 정말 좋다.

"서검. 고기 좀 빨리 구워. 불판에 익은 고기가 없잖아. 떨어지지 않게 구우란 말이야."

"야, 인간적으로 니가 너무 빨리 먹는다는 생각은 안 하냐? 소고기는 앞뒤만 익으면 먹는 건데, 그게 이렇게 금방 사라지는 건 문제가 있어."

"말미잘 같은 게 고기도 하나 못 구워? 내놔! 내가 구워서 내가 먹을 거야!"

어후, 감질나. 정윤은 지환이 들고 있는 집게를 뺏어 갔다. 결국은 이런 식이다. 정윤은 남이 구워주는 고기를 기다리지 못해 늘 자신이 굽곤 했다.

"아, 이제 맥주 한잔 마시네."

선뜻, 기쁘게, 정윤에게 집게를 넘겨준 지환은 급하게 맥주잔을 들었다. 집게를 가져간 정윤은 불판에 집중한 눈매를 선보이며 육즙이 좔좔 흐르는 고기를 맛깔스럽게 구워냈다. 지가 구워 지가 먹겠다더니 잘 구운 고기 한 점을 희원의 접시에.

"좀 먹어. 그렇게 공연하고 보충해야지. 왜 이렇게 깨작거려?"

"저 열심히 먹고 있는데요, 언니."

"더 먹어. 이 세상 고기를 다 먹어 치울 것처럼 덤비란 말이야."

"네."

그러곤 자기 입에 앙, 고기를 문다. 그러곤 끝이 조금 타버린 고기 한 점을 지환의 접시에 내동댕이쳤다.

"서검, 그거 니 무라."

"……치졸하기가 이루 말할 수 없다."

정윤이 은연중 사투리를 쓰자 지환은 끝이 타버린 고기를 먹으며 현수를 떠올렸다. 짜식, 팔 부러진 거 나으면 술 한잔하자더니 연락도 없고. 바쁜가?

"허어."

지환은 버릇처럼 휴대폰을 확인하고는 눈을 크게 떴다. 그 부산한 음성과 행동에 고기를 굽던 정윤이 바라본다.

"뭔데 이렇게 놀라?"

"현수 전화 왔었는데?"

"······하지 마. 이따가 해, 이따가."

현수? 희원은 낯선 이름에 눈을 동그랗게 떴다. 잠시 후 지환이 다시 휴대폰을 보며 놀란다.

"엇, 다시 전화 온다."

봐봐. 지환이 휴대폰을 들고 정윤에게 보여준다. '남현수'라고 적힌 휴대폰 속 발신자 이름을 확인한 정윤은 오만상을 찌푸렸다.

"아, 밥맛 떨어지게. 걔는 왜 자꾸 전화를 해······."

"여보세요."

지환이 전화를 받자 정윤은 입을 꾹 다물었다. 희원이 영문 모르는 눈빛을 하자 정윤은 입만 벙긋거렸다.

"아아, 현수냐? 그래, 나다."

전, 남, 편.

"나? 와이프 오늘 공연 있어서 그거 끝나고 저녁 먹으려고 왔지. 넌 어디냐?"

아아······ 언니 전남편분이요?

응. 내 전남편. 말미잘 동생 말미잘.

"아? 그래? 여기 가깝네? 밥 먹었냐?"

― 먹었겠습니까, 아직 식전입니다. 형님은 어디십니까?

지환은 정윤을 바라보았다. 대화의 흐름이 '이리 올래?'로 흘러가는 것을 느낀 정윤은 눈을 내리깔고 짐짓 모르는 척 고기만 구워댔다. 희원은 불판을 바라보다가 고개를 들어 정윤을 바라보았다.

저, 언니.

응? 나? 나 왜?

"현수야, 여기 공연장 사거리 큰 고깃집. 그럼 이리 올래?"

— 아, 제가 지금 가도 됩니까? 형수님 뵙고 싶긴 한데. 인사도 드릴 겸.

언니, 고기 다 타요…….

아…… 아! 고기 탄다! 미안!

"와도 돼. 와도 되는데, 현수야. 여기 차검도 있어."

— …….

현수가 당황했는지 말이 없다. 빤한 반응을 느꼈는지 정윤은 입술을 댓발 내밀었다.

— 갑니다. 5분 정도 걸리겠네요. 지금 신호 걸려서.

"아아, 그래. 와라. 고기 더 시켜놓을게."

지환은 전화를 끊었다. 희원과 정윤을 힐끔 바라본 지환은 설명하지 않아도 알겠지? 하는 표정을 지었다.

"온댄다. 뭐, 차검, 괜찮지?"

"나? 나 완전 괜찮지 나는 정말 완선 퍼펙트하게 괜찮지. 걔가 뭐라고 내가 안 괜찮아?"

"아아. 그럼 됐다. 고기를 좀 더 시켜야겠다."

지환은 희원에게 간략하게 현수를 설명했다. 희원은 어쩐지 반가운 인물일 것 같아 기대에 찬 눈빛을 했다. 정윤이 완강하게 거부하지 않았음을, 희원도 느낀 거다.

"그럼 일단 먹던 고기를 더 시키……."

"야, 서검. 고기 내가 시킬게. 메뉴판 줘봐."

정윤은 느닷없이 메뉴판을 가져가 훑더니, 벨을 눌렀다.

"우리 갈빗살 그만 먹을게요. 한우 생갈비 주세요. 불도 다시 갈아주고, 불판도 갈아주고."

"아, 몇인 분이나……."

"먹다 지쳐 그만 시킬 때까지 끊이지 않게 주세요. 고기 먹는 하마가 한 마리 올 거니까 시작부터 넉넉하게 주세요."

"네? 아, 네. 알겠습니다."

직원은 사라졌다. 정윤은 바싹 타버린 고기를 우르르르, 지환의 앞 접시에 덜며 멍청하게 웃었다.

"고기가 다 탔어. 먹어, 서검."

"아오……."

"희원아, 우린 생갈비 오면 생갈비 먹자. 언니가 사줄게."

지환은 오만상을 찌푸렸다. 잠시 후, 현수가 도착했다.

· · · ✦ ✦ ✦ ✦ ✦ · · ·

"와, 좋은 거 드시고 계셨네요. 한우 생갈비라니."

희원을 향해 깍듯하게 인사를 한 현수는 자리에 앉았다. 정윤에게 대충 '왔다'라고 인사를 했다.

"야, 한우 생갈비는 나도 지금 처음 영접하는 거야. 너 온다니까 차검……."

으어어어어. 지환은 말꼬리를 흐리며 묵직한 신음을 터트렸다. 정윤의 뾰족한 하이힐 굽이 발가락을 내리찍은 것이다.

"예? 형님 지금 뭐라고 하셨습니까?"

"아니야……. 너나 많이 먹어……."

우린 호주산 먹고 있었지만…… 넌…… 한우 먹어…….

지이이이익— 불판에 한우 생갈비가 들어오자 남다른 때깔을 자랑한다. 네 사람은 뭐에 홀린 듯 불판을 내려다보았다. 아아, 방금 전까지 고기 먹었는데, 격하게 고기가 당긴다. 한우니까.

"여긴 어쩐 일?"

고기를 구우며 정윤이 툭, 묻자 현수는 생갈비에 영혼을 판 듯한 얼굴을 하며 답했다.

"공연장 근처 소매치기 단속 나왔다가 형수님 공연하셨다는 거 보고 형님께 전화했지. 아, 근데 이거 1인분에 얼마입니까?"

현수는 한우 생갈비에 영혼을 팔아넘긴 것이 분명했다.

"현수야, 먹기 전에 가격은 보지 마. 목구멍으로 안 넘어갈지도 몰라."

지환은 사악한 가격을 사전 경고했다. 정윤은 먹기 좋게 잘랐고, 불판 위에 고기를 휘적거렸다.

"먹어, 빨리. 이건 먹는 사람이 임자야. 눈치 보지 말고 먹어."

은연중 불판 위 고기를 현수가 앉아 있는 방향으로 밀어주는 것 같은 건, 느낌 탓이겠지?

"그럼 일단 먹겠습니다. 출출하네요."

"많이 드세요."

"예, 형님. 형님도 드십시오."

현수는 젓가락을 들었다. 정윤은 바짝 긴장한 얼굴로 굽지 않은 고기를 더 들었다. 그녀는 전남편의 먹성을 알고 있었다.

"여기! 고기 더 빨리 줘요!"

그는 잘 먹고, 많이 먹고, 그래서 좋았다. 옛날 옛적의 일이긴 하지만.

· · ◆◆◆◆◆ · ·

"으어, 배 터진다. 정신없이 먹었네."

얼마나 거침없이 먹었을까. 현수는 뒤로 등을 기대며 더는 못 먹겠다고 고개를 저었다. 지환은 얼빠진 표정으로 현수를 바라보았다.

"사람 맞냐? 그게 다 들어가?"

"매 현장에서 컵라면만 먹고 샌드위치나 먹다가 오랜만에 기름칠하니 미친 듯이 들어가네요."

어우, 잘 먹었다. 현수가 중얼거리자 정윤은 새침하게 눈매를 내리깔고는 입을 열었다.

"조금 더 먹지그래? 많이 죽었네, 남현수?"

"야야, 나도 사람이다. 거의 혼자 다 먹었는데 뭘 더 먹노. 그리고 나도 전 같지 않다. 많이 못 먹는다."

"이게…… 많이 죽은 거냐……?"

허우. 지환은 혀를 내둘렀다.

"진짜 잘 드시네요. 보기 좋아요."

희원도 현수의 먹성에 적잖이 놀랐는지 웃었다. 그가 더 못 먹어

안타까운 건 정윤뿐인 것 같았다.

"니는 좀 먹었나?"

"허, 빨리도 물어본다."

현수가 정윤에게 묻자 정윤은 허, 탄식하며 중얼거렸다. 지가 언제부터 날 챙겼다고.

"원래 고기 굽는 사람이 제일 많이 먹어. 신경 *끄셔*. 배 터져 죽겠으니까."

"아아, 맞나. 그럼 됐고."

현수는 물을 시원하게 마시고 잔을 내렸다. 지환은 기다렸다는 듯 녀석의 잔에 술을 채웠다.

"야야, 이제 한잔해."

"어우, 좋죠. 형수님, 제가 한잔 드리겠습니다."

현수는 두 손으로 희원에게 술을 따랐다. 슬금, 정윤의 잔이 비었다는 것을 보고 술병을 흔들었다.

"니, 마시나."

"줘야 마시지, 없는데 뭘 *끼셔*."

"받아봐라, 그럼."

정윤이 턱을 괴고 다른 쪽으로 시선을 주며 잔만 들어 보이자 현수도 편안하게 한 손으로 그녀의 잔을 채웠다.

희원에게 술을 따를 때와는 사뭇 다른 현수의 행동. 지환은 그런 녀석을 바라보다가, 희원의 귓가로 얼굴을 가까이 대었다.

"조금만 있다가 우린 먼저 나가자."

응. 알았어. 희원이 고개를 두어 번 *끄덕*이자 지환은 그녀의 머리를 쓸어내렸다.

"사람 넷이 모였는데 둘이 귓속말하면, 남은 둘은 어쩌라는 거야?"

정윤이 지환을 바라보며 눈꼬리를 사납게 치켜올린다.

"서러우면 니들 둘이서 귓속말해."

지환이 아무렇지 않게 받아치자 정윤과 현수, 둘 다 정색한다.

"형님, 농담이라도 그렇게 끔찍한 소리는 하지 마십쇼."

"야! 내가 할 소리를 니가 왜 해? 이게 진짜! 누가 너한테 귓속말하고 싶대?"

불같이 화를 내더니 정윤이 희원의 방향으로 어깨를 기울인다. 본능적으로 어깨를 내리며 희원이 귀를 내어주자 정윤은 그녀 귓가에 대고 속삭였다. 아니, 사실은 너무 커서 다 들렸다.

"희원아, 나 쟤네 둘 다 싫어."

"그냥 우리한테 말해. 애꿎은 우리 부인 고만 괴롭히지 말고."

흥. 지환이 코웃음을 치며 현수와 건배를 하며 술을 마시자 정윤은 희원과 건배를 했다.

"희원아, 저런 말미잘이랑 살지 마. 니가 너무 아까워. 이혼해."

풉! 술을 마시던 지환이 뿜는다.

"야! 너 진짜! 말 함부로 한다! 우린 이혼 사유가 없어, 사유가!"

"왜 없어? 재판상 이혼 원인 제840조, 6항. 기타 혼인을 계속하기 어려운 중한 사유가 있을 때. 가능하지."

"그 중한 사유가 없다고."

"왜 없어? 넌 말미잘인데."

정윤은 희원의 어깨를 가볍게 둘렀다. 예쁜 동생 머리를 어루만지듯이 마구 쓰다듬으니 희원은 얌전히 정윤의 품에 꼭 안겼다.

"나 이 언니 너무 좋아."

"희원아, 이혼해. 언니랑 같이 살자. 언니가 매일 삼시 세끼 소갈비 먹여줄게."

"아아아…… 이거 너무 매력적인 제안인데요."

"부이이이이인!"

정윤과 희원이 꼭 끌어안자 지환은 두 눈을 부릅떴다. 현수는 아직도 저러고 논다는 표정을 지으며 저도 모르게 웃음을 터트렸다. 묘하게 어울리는, 네 사람이었다.

• • ◆◆◆◆ • •

"두 분 왜 헤어진 거래요? 서지환 씨는 알아? 이런 거 물어봐도 될까?"

적당한 타이밍을 봐서, 저당한 핑계를 대고 지환은 희원의 손을 잡으며 일어섰다. 부들부들 떨리는 손으로 생갈비 값까지 치르고 나오니 또다시 밥값은 빚이 되었지만 누굴 탓하겠나, 이게 다 내 탓이다. 지환은 더욱 열심히 일하리라 다짐하며 희원을 바라보았다.

"나만 느낀 거야? 정윤 언니랑 남 형사님 묘하게 서로 잘 챙겨주던데. 서로 툴툴거리긴 하지만 그게 본심은 아닌 것 같고."

부인께선 현수와 정윤의 과거가 내심 궁금한 모양이다. 이를 갈며 헤어진 것처럼은 보이지 않아서, 당연히 궁금했을 거다.

"사실 나도 잘은 몰라. 어느 날 툭, 하고 차겁한데 통보받았거든."

"아…… 그래요?"

서겁. 나 이혼해.

"시작부터 시끄럽긴 했어. 두 사람 잘 살 수 있을까 걱정이 되기는 했는데 뭐, 그렇게 됐지."

그냥, 그렇게 됐어.

"아…… 그렇구나."

희원은 중얼거리며 고개를 천천히 끄덕였다.

집으로 돌아온 두 사람은 씻고 나와 아일랜드 식탁 앞에 서서 와인을 한잔 더 하고 있었다. 공연을 마치고 오면 언제나 녹초가 되던 그녀였지만 오늘은 더욱 힘이 차오르는 것 같았다. 아아, 소고기란 이런 존재였나.

"두 사람 소개해준 게 서지환 씨라며. 마음이 좀 그랬겠다."

"뭐? 누가 그래. 내가 소개해줬다고?"

지환은 생기가 감도는 희원의 얼굴을 반하듯 바라보다가 금세 정색했다. 희원은 와인을 홀짝거리다가 시선을 들었다.

"정윤 언니가 그러던데? 서지환 씨가 소개해줬다고?"

"허. 어이가 없네. 소개해달라고 지가 나를 졸라놓고. 내가 무슨?"

"에? 정말?"

희원이 몰랐다는 듯 고개를 갸우뚱하자 지환은 고개를 절레절레 저었다.

"첫눈에 반한 상대를 만났다는 둥 운명의 상대를 만났다는 둥. 하도 졸라대서 식사 자리 한번 마련해준 게 다야."

"아아, 그랬군요."

전말을 알았다는 듯 희원이 웃자 지환은 그녀가 들고 있는 와인 잔에 자신의 잔을 가볍게 가져다 대었다. 쨍— 영롱한 소리가 순식간에 공간을 가르고 사라진다.

"오늘 진짜 멋있더라, 당신."

"뭘 또 새삼스레. 와줘서 고마워요."

"진짜로. 그 안에 있는 사람들이 우리 부인만 쳐다보고, 우리 부인한테 박수 치고, 감동받고."

그녀에게 시선을 주다가, 지환은 천천히 주변을 둘러보았다. 모두는 숨을 죽인 채 물처럼 흐르는 공연에 시선을 고정했다. 그들이 각자 지닌 표정만 보아도 이 얼마나 아름다운 공연인지, 알 수 있었다.

"자랑스럽습니다, 부인."

"저도 성황리에 공연 마무리할 수 있어서, 기뻐요. 그리고 서지환 씨에게 고맙고요."

지환은 그녀를 바라보다가 아일랜드 테이블을 돌아 나왔다. 가까이 다가가자 그녀가 빙긋 웃으며 와인을 마신다.

아일랜드 식탁을 등지고 서서, 그녀는 팔꿈치로 아일랜드 식탁에 기댄 채 비스듬히 상체를 기울였다. 와인을 홀짝거리며 바라보는데 묘하게 섹시하다.

"우리 부인, 원래 이렇게 섹시했나?"

"내가 뭘? 내가 뭘 어쨌는데?"

"바라만 봐도 섹시하네."

"쳇, 언제는 삶이라더니? 내가 그날 이후로 삶을 얼마나 많이 검색했는 줄 알아?"

"아아, 삶."

홀짝. 그녀가 와인을 마시며 시선을 준다. 지환은 그런 아내의 얼굴을 바라보다가, 섬세한 손길로 그녀의 턱을 잡았다.

입술이 내려온다는 것을 알아챈 그녀가 자세 그대로 굳은 채 눈을 감는다. 지환은 무대 위에서 빛이 나던 무용수 권희원이 아닌, 한 침대를 쓰는 부인 권희원을 만난 것에 약간은 안도했다.

"무대 위에 있는 너는 너무 멀고 아찔해. 가끔 내가 불안할 만큼."

잠시 입술을 떼며 그가 말하자, 희원은 그의 입술로 자신의 입술을 먼저 가져다 대며 속삭였다.

"서지환 씨는 한시도 긴장 풀지 마. 난 당신의 불안함이 좋으니까."

처음보다 뜨거운 입맞춤이 다녀간다. 적당한 긴장감과 호흡을 나누는 완벽한 부부가 되어가는 중, 서로는 생각했다.

"내가 살다가 정신줄 놓고 미치거든 너 때문에 가슴 졸여서 그런 줄 알면 돼."

……사랑하는 게, 사랑받는 게 제일 쉬웠던 어린 나이를 지나간다. 둘은 곧 하나라는 억지 같은 공식을, 우리는 직접 경험으로 깨달아간다.

"미쳐도 안아줄게. 도망 안 가고 안아줄게, 걱정 마요."

순간이 지겨워 고개를 돌려도 등은 돌리지 말아요. 결국 내가 살아야 하는 모든 이유가, 당신에게 있을 수 있도록.

・ ✦✦✦✦✦ ・

"배 안 부르나?"

"나? 나는 뭐, 아직 괜찮은데?"

북적이던 사람들도 하나둘 떠나가는 시간. 아직 그 고깃집, 그 자리에 앉아 정윤은 젓가락을 움직였다. 쉴 새 없이 젓가락을 움직이고 있지만 가만히 들여다보면,

반찬으로 딸려 나온 콩나물무침의 콩나물 한 줄기, 소복하게 담긴 김치 사이사이에 묻어 있는 부추 한 가닥, 동치미 국물 한 입. 묵무침 위로 뿌려놓은 양념장의 작은 당근 조각 골라 먹기. 다 식어버린 된장찌개 속 두부를 조각으로 내어 눈곱만큼 파먹기.

누가 봐도 그녀는 배가 부른 거다. 현수는 그런 그녀의 의미 없는 젓가락질을 말없이 바라보았다. 술이나 홀짝거리며, 그도 시간의 어디쯤을 헤매기는 마찬가지였다.

"남 형사 어머님……은 잘 지내셔?"

"누구, 우리 엄마?"

"……."

정윤은 다시금 동치미 국물을 헤집었다. 현수는 그녀의 손을 바라보다가 입술을 열었다.

"똑같지 뭐 있나. 잘 있다."

"농사는 아직도 지으셔? 허리 아프셨잖아. 접으셨지?"

"접긴, 아직도 한다. 예전만치는 못 하지만."

"아, 아직도 농사지으신다고?"

정윤은 젓가락을 내리며 현수를 바라보았다. 그는 홀짝, 술잔을 기울었다.

"어머님 말려야 하는 거 아냐? 그러다가 통증이 더 심해지면 어쩌려고."

"안 그래도 그것 때문에 숱하게 싸웠다. 말려도 안 듣는다."

"허……."

정윤은 낮게 탄식했다. 현수는 퍽퍽한 시골 살림을 홀로 꾸려 나가는 억척스러운 엄마를 떠올렸다.

"시간이, 안 간단다."

아버지가 돌아가시고 난 뒤, 어머니는 더욱 농사에 매달렸다.

"엄마가 나한테 '현수야, 내 참말로 시간이 안 간다. 이거라도 안 하믄 하루가 너무 긴데 우짜노.' 하시는데 할 말이 없어가."

"아……."

정윤은 의미심장한 탄식을 터트리며 고개를 주억거렸다.

시간이 멈춘 느낌. 세상이 나만 빼고 흘러가는 느낌. 1분 1초가 제자리걸음을 하는 것만 같은,

"그럼 할 수 없네. 뭐, 조금씩 움직이시는 것도 나쁘진 않아. 무리하지 않으시게 잘 살펴드려."

나도 알고 있는. 너도 알아버린.

"그래. 알았다."

시간이, 멈춘 느낌.

……다시 말이 끊긴다. 현수는 몇 번이고 입술을 움직이다가 말고, 움직이다가, 말았다. 그런 그의 얼굴을 힐끔 훔쳐본 정윤은 먼

저 입술을 열었다.

"우리 부모님 잘 지내셔. 건강하시고, 여전히 고집스럽고."

"아아. 그래."

……맞다. 현수는 자신의 질문을 눈치채고 먼저 답해준 정윤의 말끝에 중얼거렸다. 정윤은 어깨를 으쓱 올려 보였다.

"자주 찾아뵙진 않아. 시간도 없고, 서로 뭐, 무소식이 희소식이다 하고 있어."

"니가 그러면 쓰나. 자주 찾아뵙고 해야지."

현수의 타박에 정윤은 피식 웃음을 흘렸다.

"나 같은 딸 뭐가 이쁘겠어."

"틀렸다. 니 얼마나 아끼시는데."

"……."

술김일까. 그의 말은 어딘가 모르게 슬펐다. 한때는, 가족이라 불렸던 사람들. 어머님, 장인어른, 장모님.

"에이, 술맛 떨어진다. 괜히 집 이야기 꺼냈네. 미안, 남 형사."

마음보다 먼저 배운 호칭. 부트는 호징만큼 가까워지지 못했던, 남으로 시작한 가족.

정윤은 턱을 괴며 먼발치를 바라보았다. 둘만 남은 시간이 오래되었지만 어쩐지 둘 중 누구도 이만 일어나자는 말은 떨어지지 않는다. 불판은 이미 식어버렸는데. 시간은 이미, 이슥해져버렸는데.

"남 형사. 우리 그때, 진짜 어렸다. 그렇지?"

"지금도 어리다. 철이 없고."

몇 년 전 이야기지만 왜 이렇게 아득한 걸까. 사랑에 미쳐서 결혼을 서둘렀던 지난날이 마치 전생의 이야기처럼 멀게 느껴졌다. 그때도 난 어른이라 믿었는데. 한 가정을 이루며 살기에 충분한 성인이라 믿었는데.

"저, 죄송합니다, 손님. 이제 저희 영업시간이 끝나서요."

"아아. 죄송합니다. 이제 나갈게요."

……시답잖은 생각은 급히 밀려난다. 다가온 직원의 이야기에 정윤은 서둘러 일어났다. 그녀가 코트를 집어 들며 가방을 들자 현수도 따라 일어섰다.

"아까 서검이 계산했던데. 그 후로 먹은 것만 계산하면 되겠다. 계산서 어디 있지?"

"남은 계산도 이미 다 했다. 그냥 나가면 된다."

"아, 빠르네. 남 형사."

계산서를 찾아 두리번거리던 정윤은 피식 웃고 말았다. 현수는 오래된 가죽점퍼 주머니에 손을 넣고 앞장섰다. 밖을 나서니 이미 간판 불이 꺼져 있고, 그제야 얼마나 오랜 시간 동안 가게에 머물렀는지 깨달을 수 있었다.

……그래. 함께 있으면 시간 가는 줄 몰랐지. 얼굴만 봐도 웃음이 났지.

"어후, 코트에 냄새 장난 아니야. 지금 내 몸에서 고기 굽고 있는 것 같아."

그런 때도, 있었지.

"이거, 혹시 먹나."

현수는 손바닥을 펴며 정윤에게 내밀었다. 가게 계산대 앞에 놓인 박하사탕이다. 작은 바구니에 담겨 있던, 집어 먹으며 여러 사람의 손이 닿았을 사탕.

평소의 정윤이라면 이런 걸 나더러 먹으라 가져왔냐고 질색하며 화를 내겠지만, 이미 와그작와그작 박하사탕을 씹어 먹고 있는 전 남편을 바라보고 있자니,

"그래, 나도 사탕 줘. 잘됐다. 입가심하고 싶었는데."

사탕 하나 받아먹는다고 죽을 일이냐, 주면 먹으면 그만인 일이지, 하며 집어 먹게 되었다. 넌 이런 거 아무렇지 않게 먹으니까. 그런 네가 이상한 게 아니고, 우린 조금 다를 뿐이니까.

"하, 춥다. 남 형사, 택시 부를 거지?"

"택시는 무슨 택시. 버스 탈 거다. 니는 택시 타나."

"아, 어. 택시 탈 거야. 그럼 여기서 찢어지자."

……조금 다를 뿐이라는 걸, 조금만 더 일찍 알았다면 우리, 다른 선택을 할 수 있었을까.

"갈게, 남 형사."

정윤은 짧게 웃어 보이다가 먼저 길음을 떼었다. 그가 건네준 박하사탕이 입안에서 달게 굴러다녔다.

"차검."

"……응?"

몇 걸음을 걸어가던 정윤은 돌아보았다. 현수는 가죽점퍼 주머니에 여전히 손을 집어넣은 채.

"택시 번호 잘 보고 타라. 아는 길로 가는지 잘 보고. 가는 동안 정신 차리고 딴짓 마라이."

"별걱정을 다."

정윤은 피식 웃으며 어색하게 손을 흔들었다. 잘 가, 다음에 또
봐. 이런 인사는 어울리지 않았다.

"진짜 갈게."

그래. 우리에겐 이런 인사가 어울렸다. 다음이 없는 인사. 오늘이
영영 끝이래도 할 말 없는 인사.

"그래, 가라."

안녕은 안녕이라는 말로 그 책임과 소명을 다해야 했다. 서로의
지친 발걸음이 무거워지지 않게.

· · ✦ ✦ ✦ ✦ · · ·

— '검찰' 강희주 USB 공개, 백인호의 충격적인 두 얼굴
— 백인호 불법 정치자금 명단······ 여야 침묵 속 '긴장'
— 윤명국 지검장 구속, 검찰청 새바람 부나

백인호는 구속되었다. 검찰 측이 착실하게 모아온 증거와 자택
에서 압수한 밀수 금괴로 국민은 충격에 빠졌다.

음모론을 제기하는 자들과 비난을 쏟아내는 자들 사이의 입씨름
이 한창일 때, 검찰은 강희주의 녹음 파일을 세상에 공개했다. 모든
혐의가 잊힐 만큼 충격적인 내용 앞에 백인호에 대한 국민들의 감
정은 혐오로 바뀌었다.

하루하루 쏟아져 나오는 백인호의 추가 혐의.

— [속보] 강희주 전 매니저 임광호 자살 사건 재조사

— [속보] 임광호 자살 아니다, 백인호의 혐의 추가 검찰 쪽 '증거 확보'

오늘은 살인 교사 혐의까지 추가되었다. 죽은 임광호의 유서에서 발견된 필체가 백인호의 비서실장 필체와 일치한다는 조사 결과로 비서실장이 긴급체포되며 물꼬를 텄다. 아비규환이었다.

"저기! 백인호다!"

검찰청 앞으로 백인호가 들어서자 모여 있던 취재진과 구경꾼들 사이에 소란이 커져갔다. 포승줄에 묶인 채 포토 라인에 선 백인호는 며칠 사이 수염이 덥수룩하게 자란 얼굴을 하고는 시선을 내렸다.

"혐의를 모두 인정하십니까! 심경은 어떠신지요!"

"오늘 추가적으로 검찰이 발표한 살인 교사 혐의에 대해 한 말씀 부탁드립니다!"

누군가의 음모론이라고 악다구니를 쓰기엔 이미 너무 멀리 왔다. 둘러싼 모든 혐의를 부정하기엔, 검찰 쪽인 내민 증거가 너무나도 확실했다.

"임광호 씨 살인 교사 혐의를 인정하십니까? 그렇다면 교사 이유는 무엇입니까!"

"한 말씀 부탁드립니다!"

백인호는 입을 꽉 다물었다. 어서 이 잔인한 시간이 흘러가길 바랐다. 헐벗은 채 서 있는 것처럼 수치스러워 단 한 마디도 입을 뗄 수가 없었다.

적어도 성실히 조사를 받겠다는 말 정도는 해야 하는데 생각에나 머물 뿐, 입 밖으로 튀어나오지 않았다.

"자, 이만 들어가겠습니다."

백인호가 입을 열 기미가 보이지 않자 동행 중인 수사관이 취재진들을 향해 뒤로 물러서라 말했다. 하지만 취재 열기는 쉽게 사라지지 않고, 백인호는 수사관들과 함께 힘없는 걸음을 떼었다. 그때였다.

"야, 이 몹쓸 놈아!"

누군가 백인호에게 날달걀을 던졌다. 정확하게 머리에 맞은 백인호의 이마로 깨진 달걀이 범벅된다. 놀란 수사관들은 달걀을 투척한 사람을 찾고자 달려갔고, 그사이 날달걀이 하나 더 날아들었다.

"이 천하의 나쁜 놈아! 지옥불에나 떨어져라!"

이번엔 그의 어깨로 날아든 날달걀. 수사관들은 다급히 백인호를 둘러싼 채 걸음을 조속히 움직였다. 날달걀을 투척한 사람은 중년의 남성으로, 신분은 알 수 없었다.

취재진은 현재 상황을 생생하게 담기 위해 바삐 움직였다. 경호인력이 중년의 남성을 막아서지만 중년의 남성은 미친 듯이 소리질렀다.

"내가 너 같은 놈을 지지했다! 이런 파렴치한 놈아! 감옥에서 썩어라, 영원히!"

"어허, 소란 피우지 마세요!"

"천벌을 받아라! 이 나쁜 새끼야! 천하의 빌어먹을 놈아아아!"

비릿하고 끈적거리는 날달걀이 줄줄 흘러내리지만 백인호는 닭을 의지조차 남아 있질 않았다.

사내의 외침을 뒤로하며 백인호는 수사관들과 함께 검찰청 안으로 들어섰다. 수사관이 다가와 대충 휴지로 얼굴을 닦아준다. 꽉 다문 입가가 파르르 떨렸지만, 백인호는 아무것도 할 수 없었다.

"대충 닦인 것 같습니다. 가시죠."

정성이라고는 조금도 느껴지지 않는 손길로 얼굴을 대충 닦아낸 수사관이 다시 가잖다. 백인호는 감았던 눈을 뜨며 그들이 이끄는 대로 걸음을 옮겼다. 그러다가, 지환을 발견했다.

조금 멀리 서서 자신을 바라보고 있는 지환을 향해 시선을 옮긴 백인호는 잠시 우뚝 멈춰 섰다. 두 사내의 시선이 엉킨다.

지환은 백인호를 조금의 동정심도 없는 눈길로 바라보았다. 하늘 높은 줄 모르고 날아오르던 어느 정치인의 이야기가 끝나는 날. 뒤로 숨긴 수많은 희생이 수면 위로 떠오르는 날.

"가시죠."

백인호는 수사관의 재촉에 다시 걸음을 옮겼다. 그러다가 다시 멈춰 선 백인호는 지환에게서 시선을 떼지 못했다.

"가셔야 합니다. 어서요."

……차마 뗄 수 없는 걸음을 딛는 것처럼 백인호는 느리게, 툭툭 떨어지는 걸음을 옮겼다. 지환은 배웅을 나선 사람처럼 먼발치에 서서 어느 정치인의 말로를 지켜보았다.

영영 세상과 단절할 것만 같은 뒷모습을 한 채 백인호는 묵묵히 수사관들과 함께 멀어졌다. 마지막 모습이었다.

안아주고 싶어

"하리야! 어서 와!"

오랜만에 지환과 희원의 집으로 하리가 놀러 왔다.

"숭모, 숭모오오!"

"우와, 하리야. 그새 키 컸어? 하리 더 컸는데?"

희원은 신발을 벗고 들어서는 하리를 바라보며 눈을 크게 떴다. 분명 함께 살 때보다 아이는 자란 것이 분명했다. 함께 들어선 하리의 부모님, 그중 지환의 형은 웃으며 말했다.

"하리가 무섭게 큽니다. 어제오늘이 다른 것 같아요."

"아주버님, 하리가 그때 봤을 때 하고 또 다른 것 같아요."

"헤헤, 숭모, 하리는 키 컸어여. 집에서도 맹날 맹날 키를 재가지고, 어, 어, 하리 키를 엄마가 벽에다가 그려줘여."

아침에 눈 뜨면 키를 재는 곳에 가서 서 있는 게 아이의 첫 일과란다. 자라는 몸이 아이도 신기한지, 눈을 뜨자마자 키를 재달라고 매일 졸라서 엄마는 가끔 곤욕을 치른다고.

"우아, 우리 하리 좀 안아볼까?"

지환이 하리를 안아 올리자 하리가 까륵까륵 웃음을 터트린다. 귀찮을 정도로 지환이 볼에 뽀뽀 세례를 퍼부어도 그저 좋단다.

"잘 오셨어요, 형수님. 형도 잘 왔고."

"그래. 초대 고맙다."

모처럼 만난 네 사람은 따뜻한 인사를 주고받았다. 가족의 시간이었다.

* * * ◆ ◆ ◆ * * *

"하리는 정말 너무 예쁜 것 같아요, 아주버님."

조카님께 조금이라도 더 많은 사랑을 받기 위해 그 앞에서 애를 쓰는 지환을 바라보다가, 희원은 하리에게 시선을 옮겼다.

검은 바둑알을 넣어놓은 것만 같은 동그랗고 검은 눈동자가 연신 지환을 따른다. 호기심이 잔뜩 묻어 있고, 금방이라도 웃음을 터트릴 준비가 되어 있어 보이는 아이의 눈빛과 표정. 바라보고 있자니 아이가 짓고 있는 표정을 저도 모르게 따라 하게 된다.

"어쩜 저렇게 예쁘죠? 닳을까 봐 쳐다보기도 아까워요."

희원은 입가에 미소를 걸어둔 채 중얼거렸다. 지환의 형, 희원의 아주버님 지석은 차를 한 입 마시고는 희원을 바라보았다. 고맙게도 희원은 하리를 진심으로 예뻐했다.

"사실 하리 태어나기 전까지 아이를 좋아하는 성격이 아니었습니다. 오히려 좀 아이가 어렵다고 해야 할까요, 그랬는데."

"아아. 정말요?"

"네. 저보단 지환이가 더 어린아이들을 어려워했고요."

"아? 진짜요? 전혀 그렇게 보이지 않는데요?"

희원은 의외라는 듯 지석을 바라보며 눈을 동그랗게 떴다. 지환
과 지석, 형제는 하리에게 유난히 살갑고 다정다감해서 아이를 좋
아하는구나, 했다. 게다가 지금 거실 바닥에 누워 개헤엄을 치듯 팔
다리를 파닥거리며 아이 앞에서 쇼를 하고 있는 지환을 바라보고
있자니,

아이를 어려워한다? 저 사람이?

"전혀 상상이 안 되는데요. 지환 씨가 아이를 어려워하다뇨."

말도 안 돼. 저렇게 좋아하는데?

"들으셨겠지만 어머니가 지환이를 낳다가 돌아가셔서."

"……아."

"아이에 대한 막연한 두려움이 좀 있었죠. 우리 형제에게."

"아…….."

희원은 긴 탄식을 터트렸다. 그녀의 낮고 진한 탄식은 아이의 터
진 웃음소리와 맞물려 어느 틈에 흩어진다. 지석은 편안한 시선으
로 말을 이었다.

"집안 분위기가 무거웠어요. 자랄 땐 둘 다 내성적이었고, 뭔가를
표현하거나 부모의 사랑을 받는 게 좀 어색하다고 할까, 그랬죠."

"그랬겠네요. 네, 그랬겠어요."

조카의 웃음을 따라 환히 웃는 지환의 얼굴이, 아내의 시선에 서

글프게 담긴다.

"아버지는 아들을 얻었지만 아내를 잃었고, 뭘 아는 건지 지환이는 크면서도 아버지를 어려워했어요."

아들을 얻는 가운데 아내를 잃었다. 아내를 닮은 아들의 눈매와 입매를 바라볼수록 아버지의 마음 한편은 고통스러웠을지 모른다.

가족이 모여 웃는다는 것은 상상도 해보지 못했다. 불행한 가정은 아니었지만, 화목한 가정도 아니었다.

"저도 그렇고 지환이도 그렇고, 그래서 사실은 결혼을 해도 아이를 가져야겠단 생각이 없었죠. 저도 아내가 절대적으로 원하지 않았다면 아마, 낳지 않았을 겁니다."

"네……. 이해합니다……."

"하리가 태어나면서 집안 분위기가 많이 바뀌었어요. 아버지도 그렇고, 할아버지도 그렇고, 지환이도 그렇고."

희원은 말을 길게 잇지 못했다. 감히 이해한다고 말해도 되는 것인가, 잠시 그런 생각마저 들었다.

"제수씨가 식구가 되면서 더 많이 바뀌었죠. 늘 고맙게 생각합니다."

"제가 뭘 한 게 있나요, 저는 아직……."

희원이 당황함에 민망한 표정을 지으며 말꼬리를 흐리자 지석은 손을 내저었다. 제수씨의 존재만으로 집안의 분위기가 더욱 화목해졌다고.

"두 사람은 아직 자녀 계획 없죠?"

"저희요? 아…… 네……. 저희는 아직……."

희원은 말꼬리를 흐렸다. 쇼윈도 결혼을 택할 때 가장 서로의 합이 잘 맞았던 부분 중 하나, 자녀를 원하지 않는다는 것에 있었다. 그녀는 아이를 낳고 싶지 않은 이유로 경력 단절을 꼽았고, 지환은 깊게 이해해주었다.

"결혼할 때 아이를 낳고 싶지 않다는 말에 서로 동의했었거든요. 저는 무용을 더 못 하게 될 것 같은 두려움이 있었고, 그리고 보니 지환 씨는……."

그러는 지환은 왜 아이를 갖지 않겠다고 했는지, 이유를 듣지 못했는데.

"그냥 결혼 욕심이 없듯 아이 욕심이 없구나, 했어요. 지환 씨가 아이를 원하지 않는 이유를 듣지 못해서."

……두려웠구나. 상처가 깊었구나.

"일종의 트라우마처럼 남았을 겁니다. 아이를 갖는 일은 생각보다 많은 용기가 필요한 일일 테고."

당신은, 그랬구나.

"뭐, 본인이 낳을 수 있는 일이라면 좀 덜하겠죠? 그런데 제수씨가 낳아야 하니까, 더 무서울 거예요. 저도 그랬으니까."

"네……."

지석은 찻잔을 내렸다. 어쩐지 어깨가 좁아진 희원을 바라보다가 지석은 상체를 앞으로 내밀며 톡톡, 테이블을 두드렸다.

"괜찮아요, 제수씨. 둘 다 아이 생각 없으면 지금처럼 지내도 나쁘지 않다고 생각해요."

……그녀는 생각이 많아진다.

"물론 자식이란 태어나는 순간부터 너무 많은 기쁨을 주지만 모르고 살아도 행복하지 않은 건 아니니까. 그것과는 또 다른 행복도 많으니까."

경력 단절이 두려운 아내는, 아내를 잃을지도 모른다는 두려움을 가진 남편을 먹먹하게 바라보았다.

"아주버님."

"네, 제수씨."

"저는 지환 씨를 정말 행복하게 해주고 싶어요."

지석은 희원을 긴 시선으로 바라보았다. 짧은 말이지만 자신의 동생에게 어떤 마음을 가지고 있는지, 너무나도 잘 느껴졌다.

"제가 할 수 있는 모든 걸 다 해서 지환 씨의 다친 마음을 낫게 해주고 싶어요."

"제수씨하고 지환이, 지금처럼 살았으면 좋겠습니다. 딱, 지금처럼만."

희원은 지석에게 시선을 옮겼다.

"언제나 감사합니다, 아주버님."

"제가 제수씨께 드리고 싶은 인사입니다."

남편의 형은 두 사람 잘하고 있다고, 지금처럼 살면 되는 거라고, 소리 없이 응원해주었다.

"그리고 저는 제수씨 편입니다. 언제나."

"와, 진짜 든든한데요."

"지환이 말 안 들으면 전화 주세요. 당장 해결해드릴 테니."

"네. 아주버님."

희원은 고개를 끄덕였다. 살며 열어보지 않을 것만 같던 어떠한 문을 활짝 열어버린 느낌이 들었다. 우리가 진짜로 알아야만 하는, 부부의 문이.

· · ◆◆◆◆ · ·

"하리 잘 잤어? 굿모닝."

지환은 눈을 비비며 방에서 나오는 하리에게 아침 인사를 건넸다. 헤헤. 삼촌의 인사를 웃음으로 받아낸 하리가 꼬물꼬물 다가와 발돋움을 하며 말을 한다.

"삼촌 뽀뽀."

하리가 뽀뽀, 하며 입술을 오므리자 지환은 황급히 허리를 수그리며 아이에게 볼을 가져다 댔다. 아아, 맞다. 그렇지. 하리는 눈을 뜨면 아침 인사로 뽀뽀를 건넸으니까.

"그럼 삼촌도 하리한테 인사해야지."

조카님의 황송한 아침 인사에 지환도 볼 뽀뽀를 건넸다. 아주 소소한 아침의 풍경이지만 이 작은 행동 하나가, 하루를 싱그럽게 시작할 수 있도록 도와주는 역할을 하곤 했다. 가족의 유대감을 높여주는 무척 좋은 습관이라고. 지환은 생각했다.

"아아? 하리 일어났어요?"

거실에 있던 희원이 부산한 소리를 듣고 달려온다. 헤헤. 하리는 여지없이 희원을 향해 발돋움을 했고, 희원 역시 자연스럽게 아이와 아침 인사를 나누었다.

"우리 하리 잘 잤어요?"

"네에, 숭모. 하늘이도 잘 잤어여."

"아아. 그래에? 다행이다."

세계무용축제가 성공리에 끝나고 시간적 여유가 생긴 희원은 하루만 하리를 재워도 되겠냐고 물었다. 지환의 형과 형수는 흔쾌히 허락했고, 하리는 지금 두 사람의 집에서 눈을 떴다. 화장실을 가겠다며 하리가 걸음을 옮기자 희원은 아이의 뒷모습을 바라보다가, 입을 열었다.

"하리 방을 그대로 두길 잘한 것 같아요. 치우자니 좀 허전할 것 같아서 그대로 뒀는데."

"그러게. 요긴하게 쓰이네."

"그건 그렇고, 서지환 씨 출근 안 해?"

"아아. 해야지. 그런데 오늘따라 출근 되게 하기 싫다."

"언제는 좋아서 출근한 것처럼. 갚을 빚을 좀 생각하시죠?"

"아…… 서둘러 출근해야겠다……."

지환은 아내의 말에 바로 수긍하며 출근을 서둘렀다. 제길, 먹다가 생긴 빚은 갚을 만하면 새롭게 탄생하고 갚을 만하면 새롭게 탄생했다. 허리가 휜다.

"그럼 당신, 오늘은 집에 있을 거야?"

"응. 하리하고 하루 종일 놀 거야. 생각만 해도 너무 좋네요."

희원이 방금 갈아 만든 녹즙을 건네며 웃자 지환은 부드럽게 미소 지었다. 아이를 예뻐하는 것과 함께 있어준다는 것이 전혀 다른 의미라는 걸 지환은 잘 알고 있었다. 어찌 보면 피 한 방울 섞이지 않은 자신의 조카를 진심으로 아껴주는 아내란, 여러모로 고마운 일이었다.

"그럼 다녀오겠습니다, 부인."

"네네. 오늘 하루도 힘내세요, 서방님."

지환이 출근을 하겠다며 현관 앞으로 걸어가자 하리가 종종종 걸어 나온다. 과장된 몸짓을 하며 하리에게 출근 보고를 하던 지환은 상체를 일으키더니 희원의 허리를 감았다.

"아아, 부인. 출근 인사 합시다."

"⋯⋯응? 뭔 인사?"

남편의 낯선 행동, 낯선 말 앞에 희원은 눈을 동그랗게 뜨다가 이내 웃음을 터트렸다. 아아. 하리가 뒤에 있으니 뽀뽀를 해야 한다는 말인 것이다.

"그렇죠. 출근 인사 해야죠."

힐끔 돌아보니 하리가 기대에 찬 눈빛으로 바라보고 있다. 지환은 희원의 허리를 가볍게 감고 끌었다. 망설이는 일 없이 두 사람의 입술은 맞닿았다.

⋯⋯맞아. 그랬지. 집도 사람도 낯설던 결혼의 시작 어느 즈음에, 하리를 만나 기습적으로 입을 맞추게 되었지. 마음도 의지도 없이 마네킹에 입을 맞추듯, 그 어떤 경건한 의식을 치르듯 매일 아침 매일 밤, 입을 맞추었다.

그런데 참 이상하다. 그때도 지금도 같은 입술 같은 온기인데 이렇게 다를 수가 있을까. 내 안의 피가 달구어지고 뜨겁게 흐르는 것이 느껴진다. 맞닿은 입술을 떼고 싶지 않을 정도로. 온종일 당신과 입을 맞추고 싶을 정도로.

"이제 그마안. 이제 그마아안."

쪽, 하고 끝나야 하는 출근 인사가 끝나지 않자 기다리던 하리가 그만하란다.

"그마아아안. 그마아아안."

적당히 하란다.

"그케 오래 하면 안 대여어어. 그마아아안."

지환과 희원은 아쉽게 떨어졌다. 하리가 다가와 희원의 치맛자락을 흔들며 그만하라고 고개를 가로젓는다.

"그만할까? 하리야, 삼촌 이제 숙모랑 뽀뽀 그만해?"

"오늘은 그마아아안. 아까도 많이 했자나. 지겨워, 지겨워. 그마아아안."

사랑 전도사 하리가 그만하라는 지경에 이르렀으니, 지환과 희원은 서로 민망하게 바라보다가 웃음을 터트렸다. 집이 떠내려갈 듯한 웃음소리였다.

"하리야, 삼촌 좀 아쉬운데 숙모랑 인사 조금만 더 하면 안 될까?"

"안 돼애애에! 그마아아아안!"

놀라운 변화, 놀라운 사랑이었다.

· · ✦✦✦✦✦ · ·

"그나저나 이번 명절에 다들 뭐 하십니까?"

지환의 사무실. 떡을 조금 가져왔다는 정윤이 도착하자 최금호 계장과 지환은 커피를 뽑아 왔다. 최 계장의 입에서 '명절' 이야기가 나오자 정윤은 대번 미간을 일그러트렸다.

"대체 그따위 날은 누가 만든 거예요. 없어져야 해, 명절 같은 거."

"동의."

지환이 동의한다고 말하자 최 계장은 웃었다.

"하긴 그래요. 돈은 돈대로 억수로 들고 명절 끝나면 며칠씩 야근하는 날보다 더 피곤합니다."

돌아온 싱글의 정윤이나 종가의 지환이나, 명절이 고달프긴 매한가지인 듯했다.

"저는 뭐, 그냥 집에서 혼자 쉬려고요. 여행도 알아봤는데 어후, 남은 비행기 티켓이 없어."

"좋겠다……."

좋겠다……. 지환의 입술 사이로 진심이 터져 나온다. 최 계장은 말랑말랑한 떡을 집어 들며 지환을 바라보았다.

"검사님 댁은 명절에 친인척분들 많이 모이시죠?"

"말도 마세요. 지금은 좀 나아졌지, 저 어릴 땐 진짜 심각할 정도로 많이 오셨다가 가시곤 했습니다."

"세뱃돈 두둑하게 준비하셔야겠습니다?"

"……누굴 위한 명절인지 정말 모르겠네요."

에효. 지환이 한숨을 쉬자 정윤은 입술을 삐죽거렸다.

"야, 서검. 말은 똑바로 해야지. 명절에 고달픈 건 네가 아니라 희원이 아니야?"

"그러니까. 제사나 이런 건 참여 안 하는데 명절은 피할 수가 없다 보니."

"일반 가정집도 힘든데 종가의 명절이라니. 나 같으면 너랑 절대 결혼 안 했어."

"그런 걱정은 마라, 차검."

"……."

"무슨 일이 있어도 내가 너랑 안 해……."

"야! 죽을래?"

허, 정윤이 기분 나쁘다는 듯 떡을 우걱우걱 먹는다. 그 모습에 오만 정이 떨어진다는 듯 지환이 혀를 끌끌 찼다.

"서 검사님, 이번 명절에 가시면 2세 계획은 없느냐, 언제 애를 낳을 것이냐, 질문이 쇄도할 겁니다."

"와…… 소름 돋았어요, 최 계장님. 나에게 벌어질 일은 아니지만 듣는 것만으로도 정말 끔찍해."

정윤이 학을 뗀다. 흠, 지환은 낮게 한숨을 쉬었다.

"손이 귀한 집안이니 또 오죽하겠습니까? 각오 단단히 하고 가셔야겠는데요."

"뭐…… 형이라도 아들을 낳았으면 좀 덜할 텐데, 아무래도 가면 그런 이야기, 꼭 듣겠죠?"

"그런데 검사님, 정말 아이 생각은 없으십니까?"

"네, 계장님. 저희는 둘 다 생각이 없는 쪽이라."

지환은 망설임 없이 답했다. 아이 생각이 없는 건 희원도 마찬가지였고, 그 이야기는 결혼하기 전 깨끗하게 마무리를 지은 뒤 단

한 번도 서로 대화해본 적 없는 부분이었다.

"아아. 그렇습니까. 검사님? 하긴 요즘은 아이 없는 부부도 많더라고요."

"맞아요, 계장님. 아이 문제야말로 타인이 참견할 수 없는 일이죠. 부부가 알아서 해야 하는 거고요."

정윤이 열정적으로 거들며 지환의 뜻을 지지한다.

"그래, 서검. 둘이 행복하게 살아. 그렇게 살면 안 될 건 없잖아? 난 이 부부 의견에 적극 찬성."

"찬성도 좋고 뭐도 좋은데, 떡 좀 다 먹고 말해. 입에서 콩가루 튀잖아, 제발 좀."

지환은 어깨에 묻은 콩가루를 털어내는 시늉을 했다. 물론 묻지는 않았다.

"이게 진짜! 지 편 들어줘도 난리야! 콩가루 좀 튀면 어때서! 아오 씨! 퉤퉤퉤! 나 갈 거야!"

정윤은 성질난다며 휙 뒤돌더니 사무실을 나가버렸다. 쿵. 문을 닫고 나가자 최 계장은 닫힌 문을 바라보다가 중얼거렸다.

"아아, 차 검사님 또 화나셨네요."

"그게 아니라 떡을 다 먹어서 간 겁니다."

"아…… 그렇군요."

최 계장은 텅 빈 떡 상자를 바라보다가 웃음을 터트렸다. 분위기를 환기하려는 듯 손뼉을 치며 지환은 힘 있게 말했다.

"자, 떡도 먹었겠다, 오늘도 찰떡 호흡을 자랑해봅시다, 계장님."

"예. 검사님."

환상적인 콤비의 하루가 시작되었다.

· · ✦ ✦ ✦ ✦ · · ·

"지난번 검사 때보다 혈압이 더 높습니다. 검사를 받아보시죠."

"혈압이 높다고?"

"예, 어르신. 심지어 맥압 차가 점점 커져요. 자세한 진단은 검사 후에 가능하겠습니다."

병원을 찾은 희원의 할아버지 권난섭 선생은 주치의의 소견에 흠, 하고 짧은 한숨을 내쉬었다. 주치의는 권 선생의 차트를 바라보다가 다시 고개를 들었다.

"오신 김에 검사 받으세요."

"오늘은 그냥 가고, 나중에 다시 오지요."

권 선생의 대꾸에 주치의는 눈에 힘을 주었다.

"일전에도 그냥 가시지 않으셨습니까? 혈압이 높다고 당장 크게 문제가 있는 거 아니겠지만 주의하셔야 합니다, 어르신."

검사를 받아보라는, 벌써 몇 번째 권고인지 모르겠다.

"이대로 방치하다가 중대 질병이 따를 수도 있어요, 어르신."

"젊은 사람이 노인네 데려다가 겁주긴. 이보오, 내가 의사 양반 한테 그 말을 몇 년째 듣고 있어."

"대체 왜 검사를 안 받으시려는 겁니까? 그리 어려운 검사도 아닙니다."

"검사는 간단하겠지. 검사 도중 문제가 발견되면 치료가 복잡한 것 아니겠소?"

"치료가 필요하다면 당연히 치료 받으셔야죠. 수술이 필요하면 수술도 받으시고."

"수술 싫어."

"수술이 왜 싫으십니까? 가만히 누워만 계시면 되는데요?"

"그 가만히 누워 있는 게 싫다고, 이 사람아."

주치의의 잔소리가 익숙하다는 듯 권 선생은 자리에서 일어나 외투를 입었다.

"내 나이가 몇인데. 살 만치 살았으면 됐지, 뭐 얼마나 더 살아보겠다고 아등바등하겠는가?"

"……."

"병원 검사라는 게, 하다 보면 몰라도 되는 병까지 튀어나와 입원이니 수술이니, 싫소."

"별다른 이상이 없을 수도 있습니다, 어르신."

"내 몸이야 내가 잘 알지."

권 선생은 웃었다. 검은 두루마기 위로 흰 목도리를 칭칭 감으며, 권 선생은 주치의를 바라보았다.

주치의는 두통이 온다는 것처럼 관자놀이를 지그시 누르다가 눈을 떴다. 의사의 입장에서 권 선생과 같은 환자는 언제나 근심의 대상이었다.

"어르신. 이렇게 그냥 가실 거면 대체 병원은 왜 매번 오시는 겁니까?"

"내가 달리 병원을 찾는 게 아니고, 선생님께 정이 붙어 얼굴이

나 보려고 드나드는 거요. 자식들이 성화니 일부러 다니기도 하고."

휴, 주치의는 짧게 한숨을 내쉬었다. 내원하는 분들 중 연로하신 분들께선, 지금의 권 선생처럼 검사를 꺼려하는 분들이 많았다. 단순히 '검사'를 거부하는 것이 아니라 검사로 발견될 질병의 '치료'를 거부하셨다.

"다음엔 자녀분들하고 함께 오십시오."

"허어. 자식들한테 무슨 고자질을 하려고 데려오라 협박을 해?"

"어르신께서 말을 안 들으시니 자녀분들의 힘이라도 빌려야 하지 않겠습니까?"

"젊은 의사 선생님이 고약하구만."

"일단 약 처방해드릴 테니 약은 잘 드셔야 합니다."

"알겠소이다. 의사 양반 다음에 또 보려면 주는 약은 먹어야지."

콜록. 권 선생은 가보겠다는 인사와 함께 작은 오렌지주스병을 주머니에서 꺼내 주치의의 책상에 내렸다. 항상 올 때마다 작은 주스 한 병씩, 주머니에 넣어 오시곤 했다.

"우리 며느리가 손수 내린 주스요. 시승에서 파는 거랑 달라. 설탕 한 알도 안 들어갔으니 잡숫고 환자들 잘 보시오."

"어르신, 약주 끊으시고 싱겁게 드시고요. 좀 걸으세요, 복부 비만 줄이셔야 합니다."

"이 양반이 끝까지 잔소리네."

"조금이라도 몸이 이상 징후가 있으면 응급실이라도 반드시 내원하셔야 합니다. 아셨어요?"

"아, 음료수나 마시라니까 잔소리는! 알았어!"

주치의는 마음이 놓이지 않는다는 것처럼 바라보다가 주스병을 들었다. 꼭 마실 때까지 쳐다보고 계시니 병을 따서 단숨에 들이켰다. 그제야 웃으신다.

"다음에 또 주세요. 이거 은근 중독성 있어요."

입가를 닦으며 주치의가 말하자 권 선생은 껄껄 웃었다.

"알았어. 다음에 봅시다."

……다음에.

주치의와 환자는 항상 마지막 인사에 여운을 두었다.

다음에 또 봅시다.

권 선생에게는 함부로 기약할 수 없는, 누구에게나 쉽게 건네지 않는, 이를테면 숙제 같은 인사였다.

· · ✦ ✦ ✦ ✦ ✦ · ·

바야흐로 한국의 최대 명절, 설이 다가왔다. 희원은 지환과 함께 서씨 가문의 집성촌에 도착했다.

"휴, 되게 떨리네요."

결혼 후 첫 명절이나 다름없다. 서씨 가문의 법도에 따라 희원은 첫 명절이었던 추석을 친정에서 보냈으니까.

지환의 집안은 예로부터 첫 명절은 친정에서 지내도록 했다. 종가가 한참이나 낯설 며느리에 대한, 그리고 딸의 부재로 헛헛할 친정 부모님을 위한 배려였다.

"별거 없어. 긴장하지 않아도 돼."

"왜 긴장이 안 돼……. 나 실수할까 봐 엄청 떨리는데."

휘유. 희원은 눈썹을 추켜올리며 긴 한숨을 쉬었다. 지환이 괜찮다고 다독여보아도 소용없다. 말로만 듣고 TV에서나 보던 '시월드'에 대한 형체 없는 불안함이 엄습한 것이다.

"너무 잘하려고 애쓰지 마. 원래 하던 대로만 해."

"으으으…… 그래도 떨린다아아……."

아무리 똑똑한 사람이라고 해도 첫 명절을 지내는 며느리들은 혼이 쏙 빠지곤 했다. 낯선 사람들, 낯선 환경, 쉬어도 불편, 일해도 불편. 아무것도 알아서 할 수 없는 바보가 되는 기분이 들었으니까.

"괜찮아? 들어갈 수 있겠어? 조금 더 있을까?"

……차 안. 문 앞에서 한참이나 숨쉬기만 반복하던 희원은 지환의 질문에 그를 바라보았다. 한없이 자상한 표정을 짓고 자신의 손을 잡아주는 그를 보고 있자니, 없던 용기가 샘솟아 오른다.

"나, 잘한다는 말은 못 하겠지만 진짜 최선 다하고 올게."

"그냥 하던 대로 하라니까."

"아냐, 서지환 씨도 우리 부모님께 너무너무 잘하니까, 나도 잘하고 싶어."

부부의 생활이란, 일방적일 수 없다. 누가 먼저랄 것도 없다. 서로가 잘하면 잘할수록, 주변도 따라 돌아보게 되었으니까.

"갑시다. 나 준비 완료!"

희원은 씽긋 웃고는 차에서 내렸다. 가득 챙겨 온 명절 선물을 내리며, 희원은 굳게 닫힌 문을 바라보았다. 으으으, 떨린다. 으으으으으! 떨린다!

"새아가 어서 와. 먼 길 오느라 수고했어."

예상대로 많은 분들이 계시다.

"안녕하세요."

희원은 전투력 0퍼센트의 자세로 좁은 보폭의 걸음을 옮기며 연신 허리를 구부렸다.

"누구인가?"

"누구긴, 지환이 처잖아. 결혼식 때 안 봤어?"

"아아. 지환이 처. 그래, 지환이가 결혼을 했지. 잘 왔다, 어서 와라."

종갓집의 어마어마한 규모에 희원은 작게 입술을 벌렸다. 맞다, 결혼식 때 대형 관광버스를 두 대나 대절했었지. 식구가 많아 가족사진도 두 번에 나눠 찍었던 기억이 난다.

집에 돌아가기 전에 촌수나 다 외울 수 있을까 싶은 인원이 일제히 그녀를 바라본다. 희원은 얼빠진 얼굴을 했다.

"지환아, 밥은 먹었고?"

"네. 오는 길에 휴게소에 들러 간단하게 먹었습니다."

"그런 걸로 요기가 되나? 기다려라, 한 상 차려줄 테니 밥 먼저 먹자."

"인사 먼저 드릴게요. 안사람한테 소개해야 할 분들도 많으니."

지환은 희원의 손을 가볍게 잡고 두루두루 돌아다니며 인사를 했다.

"아아, 반갑소. 나는 그, 저, 그러니까, 지환이 할아버지의 동생이 우리 아버지요. 나는 차남이고, 이쪽은 내 아들."

"아…… 안녕하세요."

촌수란 본인들도 세기 어렵고, 듣는 희원도 어렵고, 이곳은 신세계다.

한참을 돌아다니며 인사를 하던 희원은 지환이 멈춰 서자 우뚝 멈춰 섰다. 지환도 어려운지 머뭇거리다가 희원을 힐끔 보고는 눈을 한번 질끈 감았다가 떴다. 그 순간, 희원은 많은 말을 듣지 않아도 알 수 있었다.

"대고모, 저희 왔습니다."

"그래. 왔냐?"

……대고모. 호칭부터 살벌한 기운이 흘러넘치는 백발의 할머니께서 힐끔, 시선을 주신다. 지환은 그녀를 대고모께 소개했다.

"대고모, 이쪽은 제 안사람입니다."

"그래. 네 결혼식 때 내가 가질 못해서 처음 보는구나."

희원은 저도 모르게 두 손을 공손히 모았다. 딱히 별말씀을 하지 않으시는데 주시는 눈길만으로 발끝이 저릿저릿하다. 작은 안경 너머 매서운 대고모의 눈빛이 얼굴을 뚫고 지나가는 것만 같다.

"잘 왔다."

"아, 네. 대고모님. 처, 처음 뵙겠습니다."

크고 작은 대소사를 관리하시는, 집안의 명절 문화를 만들어가시는, 지환의 할아버지의 누이이자 서씨 집안의 왕 어르신이었다. 한마디로 끝판왕이었다.

"희원아, 진짜 나 없이 괜찮겠어?"

그녀는 혼이 나갔다. 친척들과 간신히 인사를 마친 희원은 풀린 동공을 하고는 간신히 서 있었다. 지환이 그녀의 어깨를 흔들흔들하며 이리저리 살펴보지만,

"부인, 괜찮습니까?"

"여기는…… 어디……?"

역시나 그녀는 인사만으로도 진이 빠진 게 분명했다. 한참이나 흔들어도 넋이 나가 있던 희원의 눈에 번쩍하고 불이 인다. 이제야 현실로 돌아왔는지, 희원은 눈을 크게 떴다.

"아…… 서지환 씨, 이제 가야 하지?"

"어. 이제 가야 해. 해가 일찍 떨어지니까 이제 빨리 가야지."

지환은 집안 어르신들을 따라 선산으로 출발한다고 했다. 남자들은 명절이면 으레 선산을 돌보았고, 그 시간 동안 여자들은 음식을 마련했다.

봉분이 한두 개가 아니니 빨리 돌아오지는 못할 거라고 했다. 미치겠다. 이 낯선 곳에 혼자.

"나…… 살아남을 수 있는 거지? 그렇다고 말해줘. 어서."

희원이 연신 불안해하며 옷자락을 잡고 늘어지자 지환은 가만히 바라보다가 웃음을 터트렸다. 또 이렇게 긴장한 모습은 처음이다.

"수만 명 앞에서 공연도 하면서 왜 이렇게 떨어. 괜찮아."

"대고모님이 너무 무서워……."

"말투만 무서우시지 아니야. 형수님도 처음엔 그러셨어."

희원은 지환의 옷자락만 잡고 늘어지다가 어쩔 수 없음을 깨닫고는 놓았다. 지환이 늦으면 늦을수록 욕먹는 건 자신일 게 뻔하다.

"친척분들 기다리시겠다, 어서 가봐요. 내 걱정은 나만 할게."

"영 발길이 안 떨어지네. 최대한 빨리 끝내고 올게."

지환은 이리저리 바라보다가 희원의 손등에 입을 맞추고는 사라졌다. 긴 숨을 불어 내쉰 희원은 일단 마당으로 걸어갔다. 이미 음식을 준비하는 손길들이 분주하다.

"저…… 저는 뭐부터 할까요?"

"응? 글쎄. 잠깐만요."

지내오던 명절과는 전혀 다른 풍경. 멍청하게 서서 주위만 두리번거리고 있던 희원은 대고모님의 레이더에 딱 걸리고 만다.

"새아가, 이리 와라."

헐……. 지저스…….

대고모님의 묵직한 부름에 희원은 삐거덕거리는 발걸음을 옮겼다. 어후, 은색처럼 보이는 백발의 대고모님께선 소매를 걸어 올리신 채 마당 중심에 계셨다.

"전 부쳐본 적은 있고?"

"어…… 이렇게 많은 양은 사실……."

"다 그렇지. 여기 앉아봐라."

"네. 대고모님."

쫄따구는 말없이 대고모님 옆에 앉았다. 저절로 다소곳해진다. 이걸 다 누가 먹나 싶을 정도로, 재료는 엄청나게 쌓여 있었다.

"우리는 차례 때 음식 안 올린다. 이건 차례 지낼 음식이 아니고, 혼자 사시는 주변 불우 이웃들과 나누어 먹을 음식을 하는 거다."

"……네?"

희원이 반문하자 옆에 계시던 다른 분께서 설명을 해주신다. 뜻은 이러했다.

"우리 서씨 가문은 차례 때 아주 간단하게 떡국만 올리는 정도고, 지금 하는 음식들은 양껏 해서 주변 독거노인분들하고 어려운 이웃들에게 나눠주는 거예요."

"아…… 그렇군요……."

"응. 우리가 음식 해두면 이따가 관공서에서 사람들이 나올 거야. 많이 해놔야 많이 나눠드릴 수 있으니까 열심히 도와요."

와……. 희원은 뭐에 홀린 듯 고개를 끄덕였다. 서씨 가문은 예로부터 제사나 차례를 간소화했다. 상다리 휘어지는 차례상은 찾아볼 수 없었다. 대신 푸짐하게 음식을 만들어 어려운 이웃과 나누는, 무척이나 오랜 전통이라고 했다.

"제가 솜씨는 없지만 열심히 돕겠습니다. 좋은 일이네요."

"명절에 굶주린 이웃이 있으면 되겠나? 느린 손이라도 하나 보태면 더 많이 나눌 수 있겠지. 여기 앉아서 해봐라."

"네, 대고모님."

음식을 해야 하는 명확한 취지를 알고 나니 그녀의 마음이 한결 가벼워진다. 희원이 눈치껏 비닐장갑을 끼자 대고모님께서 다시 힐끔, 시선을 주신다. 어흐, 바라보실 때마다 몸이 저릿저릿한 기분이다.

"옷, 안 불편하겠냐?"

"아…… 저요? 그래도 첫 명절이고 해서 입어봤는데……."

그녀는 한복을 입고 있었다. 대고모님은 턱 끝으로 주변을 가리켰다.

"봐라, 너 말고 누가 한복 입었나. 뭐 이렇게 거추장스러운 걸 입었어."

대고모님도 한복 입고 계시잖아요…….

"저는 편해요. 괜찮습니다."

희원이 생글생글 웃자 대고모님은 그럴 리가 있겠느냐는 표정을 지으셨다.

"요즘 사람들 중에 한복 편하다는 사람 또 처음 보네. 눈치 보지 말고 가서 갈아입어. 쫄쫄이 바지 같은 거라도 입으면 덜 불편하겠지."

"정말 괜찮습니다. 불편하면 갈아입을게요."

쫄쫄이 바지보단…… 이게 편할 것 같아요……. 대고모님…….

"그럼 그러든지. 마음대로 하려무나."

잘 모르시겠지만…… 저…… 이거 입고 춤도 춰요…….

"한복이 원래 제 작업복이에요. 한복 입으면 어쩐지 자신감도 좀 올라가는 기분이고요. 갑옷 같다고나 할까요?"

"뭐라는 거냐? 갑옷 입고 나랑 싸우자는 거냐?"

"정말 편하다는 뜻입니다, 대고모님."

희원이 한복이 편하다며 웃자 대고모님은 대수롭지 않게 넘겼다. 그녀가 어디 사는 누구인지, 직업이 무언지, 그런 것 하나 관심

없으신 쿨한 분이셨다. 대고모님은 쟁반에 든 나물을 챙기시더니
툭, 하고 말을 뱉으셨다.

"곱구나."

"한복이요?"

"너 말이다. 너."

오옷. 예쁘다고 칭찬 받았다. 희원은 옆으로 몸을 슬쩍 기울이며
대고모님 귓가에 속삭이듯 말했다.

"대고모님도 고우세요."

"근데 왜 속삭이냐? 누가 들으면 안 되는 것처럼?"

"부끄러워서요."

"내가 고운 게 부끄럽냐?"

"아, 아뇨. 그런 게 아니라……."

희원이 머쓱하게 웃음을 터트리자 대고모님 입가에 실금 같은,
아주 옅은 미소가 걸렸다가 금세 사라졌다.

"웃음소리 한번 방정맞다."

"아, 죄송합니다! 제가 사실 긴장을 많이 해서요, 강약 조절이 안
되네요."

"긴장한 거 맞냐? 너 같은 애는 처음 본다. 잔말 말고 이거나 다
듬어라."

대고모님은 도라지가 수북한 통을 넘겨주셨다.

"어떻게 다듬을까요?"

"그냥 다듬어! 어떻게 다듬긴! 깨끗하게!"

버럭 하신다. 희원은 흠, 도라지를 바라보다가 손으로 가늘게 죽

찢었다.

"대고모님, 이렇게요?"

"니 마음대로 해라. 가늘기가 이루 말할 수 없어 명주실 같고 아주 좋구나. 볶아놓으면 머리카락보다 더 얇겠네."

친척분들이 웃으신다. 희원은 머리를 긁적이다가 다시 도전했다. 곁의 친척분께 도움을 받아 적당한 크기로 도라지를 손봤다.

"미숙한 건 알겠는데 조금 더 빨리 할 수는 없는 거냐? 올해 안에 도라지 손질 끝나기는 하냐?"

"죄송합니다! 더 빨리 하겠습니다!"

서씨 가문 명절의 시작. 불우 이웃 돕기의 현장이었다.

* * * ✦ ✦ ✦ * * *

― 이번 명절에도 집에 안 올 것 같아서 다녀간다. 음식 좀 넣어놓았으니 빠트리지 말고 먹어.

혼자 넝화관에 늘러 영화 관람을 하고 나온 정윤은 엄마에게 도착한 메시지를 확인하고는 눈을 동그랗게 떴다.

"어우, 하마터면 엄마랑 마주칠 뻔했네. 영화 보러 나오길 잘했다."

집 앞 영화관을 다녀오는 길이라, 그녀는 터벅터벅 걸음을 옮겨 집으로 향했다.

어느 순간부터 명절은 불편해졌다. 집에 친척들이 다녀가다 보니 마주치고 싶지 않았다. 그런 딸의 마음을 헤아리는 부모님도 명절에 다녀가란 말씀을 굳이 하지 않으셨다. 딸아이의 이혼이 친척들 사이에서 거론되는 게, 싫으신 거다.

"진짜 다녀가셨네."

집에 돌아온 정윤은 집 안을 휘휘 돌아보았다. 변한 게 없는 것 같지만 미세한 변화가 있는 집. 바닥이 깨끗해졌고, 물건이 가지런해졌다.

"히익. 이걸 누가 다 먹는다고 이렇게 많이 가져오셨어."

엄마는 잊지 않고 딸아이의 집에 들러 손수 해 오신 명절 음식을 냉장고에 넣어두셨다. 평소에도 잘 먹던 호박전, 육전,

"엄마표 나물이랑 산적 오랜만이네. 맛있겠다."

삼색 나물과 산적. 떡국과 잡채, 갈비찜과 손만두. 본가엔 주방을 봐주시는 분이 계시지만, 엄마는 딸아이가 먹을 음식은 꼭 직접 하셨다.

한눈에 봐도 엄마가 했다는 것이 느껴지는 익숙한 나물과 전을 바라보다가, 정윤은 냉장고를 닫았다. 받았다고 메시지를 넣을까 말까 하다가 관두기로 한다.

언제부턴가 메시지함엔 엄마의 일방적인 메시지만 있고 정윤의 답은 없다. 마음과는 달리 예전의 다정했던 모녀 관계로 돌아가기가, 정윤에겐 힘이 든 것이다.

"하…… 모르겠다…….."

털썩 소파에 앉은 정윤은 눈만 껌뻑껌뻑했다. 모처럼 긴 휴가가 주어졌는데 뭘 해야 하는지 모르겠다.

"명절엔 배달 음식도 쉬고, 나가서 할 것도 없고, 심심하네."

언제부턴가 외딴섬의 낙오자처럼 명절이 쓸쓸해졌다. 정윤은 의미 없이 리모컨을 들고 채널을 이리저리 돌리다가 전남편 현수를 떠올렸다.

"얘는 집에 내려갔나?"

흠, 가만히 휴대폰을 내려다보다가 고개를 돌려 저 멀리 냉장고를 응시했다. 혼자 먹기엔 너무 많은 양의 명절 음식을 떠올리다가, 정윤은 일어섰다.

"그래. 남아서 버리느니 누구라도 먹으면 좋겠지."

그녀는 무작정 냉장고 안에 들어 있는 음식을 쇼핑백에 챙겼다.

준비를 끝마친 뒤 정윤은 가볍게 집을 나섰다. 전남편이 있을지 없을지도 모르면서. 대신 먹어줄 사람이, 있는지 없는지도 모르면서.

· · ✦ ✦ ✦ ✦ ✦ · ·

"어라? 차 검사님!"

낯설이라 그럴까, 한산한 느낌의 경찰서는 사람도 적었다. 정윤은 쇼핑백을 들고 형사과로 향했다.

"양 형사님, 안녕하세요."

"아이고, 차 검사님. 오랜만에 뵙습니다!"

"네네. 늦었지만 새해 복 많이 받으세요."

정윤은 자신을 알아보는 전남편의 동료와 마주쳤다. 형사과에 들어가기가 무안했는데 이렇게 마주치다니. 잘됐다.

"형사님, 오늘 당직이세요?"

"예. 보시다시피."

명절엔 당직 근무로 순환되었다. 사건 사고란 명절이라고 피해 가지 않았으니까. 오히려 더 굵직한 사건들이 일어나기도 했다. 말도 많고 탈도 많은, 대한민국의 명절이다.

"고생이 많으십니다, 형사님. 집에도 못 가시고요."

"아유, 뭐, 하루 이틀입니까. 괜찮습니다. 오히려 시골 안 가도 된다고, 당직 서면 집사람은 좋아해요."

"아아, 그래요? 그럼 다행이라고 해야 할까요?"

정윤과 양 형사는 가감 없이 웃었다. 웃음 끝에 양 형사는 형사과 안을 가리켰다.

"남 형사 자리에 있습니다."

정윤의 마음에 쿵, 하고 작은 돌이 떨어진다.

"당직도 아닌 놈이 나와가지고 저러고 앉아 있네요."

"아, 네."

정윤이 머쓱하게 웃자 양 형사는 주머니에 손을 찔러 넣었다.

"그럼 검사님도 오셨으니 저는 밥 좀 먹고 오겠습니다."

"아, 아! 이거! 이거 음식인데!"

양 형사는 손을 저었다.

"집이 가까워서, 잠깐이라도 가봐야죠. 집사람이랑 애들이랑 먹으려고요."

"아…… 네. 다녀오세요. 제가 자리 지키고 있을게요."

"예예. 든든하네요. 다녀오겠습니다."

일부러 피해주는 건지 정말 밥을 먹으려고 하는 건지 양 형사가 사라진다. 형사과엔 남 형사만 남아 있는 상황.

정윤은 심호흡을 길게 하고는 형사과 안으로 들어섰다. 낯선 인기척에 PC를 들여다보던 현수가 눈만 들어 앞을 바라보더니 고개를 쭉 뺀다.

"어라? 뭐고."

"뭐긴. 그러는 남 형사는 뭐 하고 있었어?"

정윤이 빠르게 걸음을 옮기며 현수의 자리로 다가갔다. 급하게 그의 PC 모니터를 바라보니, 그는 지뢰게임을 하고 있었다.

"이걸 그렇게 열심히 하고 있었냐?"

"아아, 뭐, 거의 깰 뻔했는데 망했다."

지뢰를 밟은 현수는 허망하다는 듯 서둘러 게임을 껐다. 한적한 형사과 풍경, 흔한 일은 아니다.

"여 근처 지날 일 있었나?"

현수가 의자를 돌리며 묻자 정윤은 머뭇거리다가 쇼핑백을 들어 올렸다.

"밥, 먹었어?"

"……."

"안 먹었으면 밥 먹자고. 명절이니까."

정윤의 질문에 그는 말없이 그녀의 얼굴을 바라만 보았다. 그러다가 천천히 시선을 내려, 그녀가 들고 있는 쇼핑백을 바라보았다.

제법 묵직하게 보이는 쇼핑백은 들어 있는 내용물이 많다는 걸 알려주었다. 잠시 쇼핑백을 바라보던 현수는 얼굴색 하나 바꾸지 않고 입술을 열었다.

"······안 먹었다. 마침 배고팠는데, 잘됐네."

사실 그는 30분 전에 밥을 먹었다. 소화도 되기 전에 생긴, 그녀의 방문이었다.

· · ✦✦✦✦ · ·

대체 끝나긴 끝날까, 언제나 다 할 수 있을까 싶었던 양도 어느덧 줄어들더니 끝이 난다.

흐어. 희원은 찌릿찌릿 저려오는 허리를 두드리며 하늘을 올려보았다. 선산으로 떠난 서방님께선 아직 감감무소식이고, 곁을 돌아보니 내가 한 게 맞나 싶을 정도로 수북하게 쌓인 호박전이 맛깔스러운 자태를 자랑한다.

엄마가 해줘서 먹을 땐 몰랐지. 기름 냄새라는 게 이렇게 버거울 줄이야.

"대고모님, 안 피곤하세요?"

그나저나 걱정이 되는 건 자신이 아니라 곁의 대고모님이다. 젊은 사람도 팔이 빠지고 허리가 부러질 것 같은 시간 동안, 꼼짝도 않으시고 엄청난 양의 전을 부치셨으니까.

쫄따구의 스킬과는 비교도 할 수 없는 노오란 전의 때깔은 보기만 해도 군침이 돈다. 대고모님의 허리가 염려스러운 희원이 묻자 대고모님께선 별일 아니라는 듯 대꾸를 하셨다.

"나보단 네가 더 피곤해 보이는데. 가서 좀 쉬어라."

"괜찮습니다. 불우한 이웃들을 위해 힘쓰신다고 하니 더 열심히 하게 돼요."

"내 눈엔 지금 니가 불우하게 보이는데. 너부터 좀 도와야겠다."

"아, 아뇨. 저는 이제 얼마 안 남았어요. 대고모님 허리가 좀 아프실 것 같아서."

"사람이 같은 일을 반복하다 보면 버릇이 돼서 그냥저냥 하게 되는 거지. 내 걱정은 마라. 아직 꼬부라질 정도는 아니니까."

아…… 대단하시다…….

희원은 진정 경이롭다는 표정으로 대고모님을 바라보았다. 남들보다 더 많이, 더 빠르게 전을 부치면서도 허리 한 번 펴질 않으신다. 중간중간 해야 할 일들도 정해주시고 진행 상황도 확인하시면서.

"대단하신 것 같아요. 그런 생각이 들어요."

아무 일도 아닌 것처럼 보이지만, 대단한 일인 것이다.

"응? 뭐가? 나 말이냐?"

대고모님이 반문하자 희원은 네, 라고 말하며 고개를 끄덕였다. 연세가 연세이신 만큼 노동이 쉽지만은 않을 텐데.

"어쩜 이렇게 빠르게 부치세요? 저는 따라 하지도 못하겠어요. 좀 쉬다 하세요. 걱정돼요, 대고모님."

"글쎄 너나 그만해도 된다니까? 니가 가서 쉰다고 누가 뭐라 하냐? 너 빼곤 다 가서 쉬다 왔는데 왜 쉬라고 해도 안 쉬고 나를 들들 볶아? 난 괜찮은데?"

"제가 보기에 안 괜찮아서요. 허리 강녕하세요? 오른팔은 안녕하신지요?"

"허리는 강녕하고 오른팔도 안녕하다. 내가 지금 이걸 몇십 년째 하고 있는데 겨우 이걸로 안녕을 안 해?"

허으. 희원은 못 당하겠다는 것처럼 고개를 절레절레 저었다. 벌써 커다란 식용유 통이 몇 번째 갈렸는지도 모르겠다.

"대고모님이 안 쉬시니까 저도 덩달아 못 쉬겠어요."

"아깐 불우한 이웃 돕기라 더 열심히 한다더니?"

"……아, 조금 쉬었다가 해요, 대고모님. 저하고 같이 쉬어요."

"대체 내가 뭘 어쨌다고 자꾸 나를 걸고 넘어져? 너는 너고 나는 나지. 가서 쉬어, 나도 니가 부담스러워."

"같이 좀 쉬면 안 될까요? 제가 제일 막내인데, 어떻게 대고모님을 두고 혼자 쉬겠어요."

"이렇게 입씨름하는 동안 가서 식혜를 마셔도 한 동이는 마셨겠다. 가서 마셔. 마시고 제발 쉬어."

"대고모님 식혜 좀 가져다 드릴까요? 드실래요? 당 떨어지시죠?"

"그래. 당이 좀 떨어진다. 너 때문에."

옥신각신, 쫄따구와 왕고모님 사이에 입씨름이 오고 간다. 너나 쉬어라, 함께 쉬자, 말로만 서로 쉬라 마라 하며 부지런히 전을 부친다.

희원은 오기로 남아 마지막 호박을 잘랐다. 으아, 이것만 하면 정말 끝이긴 하다.

"첫 명절부터 무리 마라. 난 너더러 쉬라고 분명히 아까부터 노래를 불렀다."

"네네. 알아요. 눈치가 있어서 못 떠나는 것뿐이지, 대고모님 말씀은 잘 새겨들었으니까요."

"아까는 내가 어렵고 불편하다고 하지 않았냐?"

"아…… 그랬어요. 맞아요."

희원이 뒤집개를 들며 허리를 폈고 깔깔 웃자 대고모님은 어처구니없다는 듯 그녀를 바라보았다. 뭐 이런 애가 다 있냐는 표정을 지으신다.

"오늘 생각해보니 저는 붙임성이 좀 좋은 것 같아요. 그렇죠? 대고모님?"

"글쎄 모르겠다. 내가 붙임성이 없어서 붙임성 좋은 성격을 못 알아보겠는데."

희원은 다시 깔깔 웃음을 터트렸다. 뭐랄까, 대고모님과 대화를 계속 나누다 보니 어쩐지 친정에 계신 할아버지가 떠올랐다.

할아버지 손에 자랐으니 대고모님과의 대화도 어느덧 자연스럽게 익숙해지는 거다. 두 분, 성격도 묘하게 닮으셨다.

"저, 대고모님."

"그래. 안 불러도 나 여기 있다. 계속 니 얘기 듣고 있고."

"궁금한 게 있는데요. 왜 이렇게 열심히 하세요? 전 부칠 사람도 많은데."

대고모는 희원을 힐끔 바라보았다. 별 이상한 질문을 다 보겠다는 표정을 지었다.

"이게 내 일이다. 내 일."

"……일이요?"

"그래. 너도 집에 가면 니가 하는 일이 있을 거 아니냐? 난 이게 내 일이다."

희원은 하던 일을 멈추고 대고모님을 바라보았다. 비닐장갑도 끼지 않은 손으로 뜨거운 전을 자유자재로 만지며, 대고모님은 말을 이었다.

"열아홉에 시집을 가서 이날 이때까지 바깥일이라는 것을 해본 적이 없었지. 내가 유일하게 '일'이라고 칭하는 게 바로 명절 치르기야."

"아……."

대고모님의 시댁엔 남은 사람이 없어 명절을 치르지 않게 되었다고 한다. 몇 년 전부터는 친정의 일을 돕고 있다고.

"사람은 쓰임이 있어야 사는 거지. 어느 순간도 쓸모가 없으면 송장이나 마찬가지니 내가 내 쓰임을 다하려고 열심히 매달리는 거다."

"……."

"네가 바깥일을 하며 자긍심을 느끼는 것처럼 나도 내가 부친 전을 누군가 맛있게 먹는 것에 자긍심을 느끼니까 말이다."

희원은 멍하니 대고모님을 바라보았다. 아흔의 연세에도 어딘가의 쓰임을 희망하시는 것을 보며, 그녀는 내적 어딘가에서 에너지가 솟아나는 기분을 느꼈다.

"꼭 기억할게요. 사람은 쓰임이 있어야 한다는 말."

희원은 활짝 웃었다. 거창하지 않아도, 사소한 일에도 의미를 부여할 수 있는 내가 되기를 진심으로 바랐다.

"알았으면 전이나 뒤집어. 다 타잖아. 아무짝에도 쓸모없어서 내다 버리기 전에."

"아…… 아! 죄송합니다! 지금 뒤집습니다!"

희원은 정신을 놓았다가 다시 붙잡는 것처럼 눈을 크게 뜨며 전을 획획 뒤집었다. 오늘 처음 만난 집안의 쫄따구였지만, 대고모는 왜인지 희원이 예쁘게만 보였다.

"결혼한 지 얼마나 되었지?"

"아…… 1년이 좀 안 됐어요."

"애는 언제 낳으려고?"

희원은 전을 뒤집다가 다시 멈췄다. 드디어 아이에 대한 압박 질문이 시작되나 싶어, 희원이 머뭇거리며 말을 잇지 못하자 대고모님은 말을 이었다.

"안 생기는 거면 노력하고, 없이 살 생각이면 잘 생각하고."

"아…… 어…… 네……."

희원이 당황해서 말을 잇지 못하자 대고모님은 한참 만에야 허리를 폈다.

"뭐든지 급할 필요 없다. 한 사람과 사계절을 서너 번, 적어도 두어 번은 지내봐야 하는 거야."

희원은 입을 쩍 벌렸다. 아이가 급할 필요는 없다니. 종가의 시댁에 와서 이런 이야기를 들을 거라고는 상상도 하지 못했다.

"왜? 놀랐냐?"

"어…… 네……. 사실 뭐라고 답변을 해야 할지 몰라서 좀…… 망설였는데요……."

"……"

"종갓집이고 해서 아이 문제로 이야기 많이 들을 각오하고 왔거든요."

"자식은 대를 잇는 수단이 아니야. 자식은 우주야, 우주."

……지구 밖, 저 넓은 세상.

"내 자식의 눈은 화성이고, 코는 금성이고, 입은 목성이고, 머리는 태양이고."

살며 단 한 번도 접해보지 못한 신비한 세상을 만나는 일이란다.

"자식을 품는다는 건 우주를 품는 일인데 얼마나 많은 각오와 준비가 되어야겠냐? 또 얼마나 큰 사람이 되어야 우주를 품겠어. 생각을 해봐라."

"허…… 어…… 와아……."

"멋있게 살아. 즐겁게 살고. 준비가 되면 낳고, 아니면 신중하고, 겁은 태우지 말고."

"……아! 죄송합니다! 뒤집을게요!"

희원이 허둥지둥하자 대고모님은 피식, 웃음을 흘리셨다. 그녀의 첫 명절은 가히 지낼 만했다.

"대고모님."

"왜."

"저…… 지금 남편이 너무 보고 싶어요."

"지금 누구 놀리냐? 과부 20년째 지내고 있는 나한테 말이 너무 심하다?"

"마음 상하셨다면 죄송합니다. 그럼 마음 상하신 김에 저랑 지금 식혜 드시러 가실래요?"

"너나 먹어. 제발 부탁인데 가라. 내가 너 때문에 머리가 지끈지끈하다."

"그럼 조금만 더 부치다가 갈게요……."

"가라고! 가! 가라고 좀!"

쫄따구는 대고모님을 구워삶았다. 생존 본능이 탁월한 희원이었다.

· · ◆◆◆◆◆ · ·

남 형사, 어머님께 전화라도 한 통 드려. 명절인데 아들도 안 내려오고, 쓸쓸하시겠어.

정윤이 형사과를 다녀가고 난 뒤 한참이나, 현수는 잡무에 시달렸다. 그러다가 조금 시간이 남아 고개를 든 현수는 가만히 생각하다가 휴대폰을 집어 들었다. 단축번호를 눌러 집에 전화를 걸었다.

"여보세요."

— 여보세요? 현수냐?

엄마는 무심하게 전화를 받는다. 명절의 부산함을 어디서도 느낄 수 없는, 단출하고 적적한 분위였다.

"예, 접니다. 뭐 하고 계셔?"

— 뭐 허긴, TV 본다. 드라마 할 시간 아니냐?

"아아, 그래요. 식사는 하셨고?"

— 먹었지. 니는 문나.

"예. 먹었습니다. 지금 일하는 중이고."

현수는 말끝에 고개를 돌려 책상 위에 놓인 쇼핑백을 응시했다. 꾸역꾸역 먹었지만 양이 너무 많아 남아버린, 정윤이 가져온 명절 음식.

— 그래. 나라 지키는 일에 명절이 어데 있고 빨간 날이 어데 있노. 부지런히 일혀라. 끊자이.

"저, 엄마."

— 와?

현수는 미간을 문질렀다. 뱉어내기 껄끄러운 말을 하려는 것처럼 잠시 망설이더니, 그는 입을 열었다.

"못 가서, 죄송합니다."

— 뭔 소리를 하노. 됐다마, 치아라. 놀면서 못 오는 것도 아닌데 야가 와 이렇게 사람 간지럽게.

"쉴 때 갈게요."

— 그래라. 욕 봐라이. 끊자.

엄마의 전화가 뚝 끊기자 현수는 휴대폰을 내리며 의자에 등을 기댔다.

아들과 엄마는 투박하고 무뚝뚝한 성격마저 꼭 닮았다. 좀처럼 속을 드러내는 경우도 없고, 살갑게 마음을 어루만지는 경우도 없었다. 그래도, 이렇게 서로가 어렵고 불편하지는 않았는데.

엄마는 상처가 많을 아들을 피했고 아들은 그런 엄마를 피했다. 그저 가만히 두는 것. 서로가 서로를 위로하는 방식이었다.

"어? 이게 뭐냐?"

출출함에 배를 문지르며 어슬렁거리던 동료 형사가 귀신같은 촉을 달고 쇼핑백을 향해 돌진한다. 멍하니 넋을 놓고 있던 현수는 힐끔, 곁을 바라보았다.

"별거 아닙니다."

"어? 별게 아닌 게 아닌데? 먹을……."

현수는 홱, 쇼핑백을 낚아챘다. 아오, 이 형사과 형사 같은 놈. 명품 의류 쇼핑백에 담겨 있는데 내용물이 먹을 거란 걸 대체 어떻게 알았단 말이냐?

"신경 끄십시오. 내 건데."

"야, 이 치사한 놈아. 좀 나눠 먹자. 응? 배고파."

"국밥이라도 시켜 드십쇼. 왜 남의 물건에 이렇게 관심을 두고."

현수가 쇼핑백을 부스럭거리며 챙기자 허, 동료 형사는 눈을 크게 떴다.

"야, 먹을 거 가지고 치사하게 이러기야? 좀 줘봐! 보아하니 명절 음식 같은데!"

허, 진짜 귀신같다. 여기 있는 형사들, 너나 할 것 없이 명절 밥은 구경도 못 하는 신세다 보니 눈독 들일 만도 하다. 현수는 그럴수록 쇼핑백을 더욱 품에 끌어안았다.

"아, 나가요. 나갑시다. 내가 밥 살게."

"밥 산다고? 아니, 나 그거 조금만 먹으면 되는데."

"안 돼요! 이걸 누가 만든 건데! 나 혼자 먹을 거니까 눈독 들이지 맙시다. 예?"

"하…… 치사한 놈. 남 형사, 내가 너 이렇게 키웠냐? 실망이다, 이거."

"실망하셔도 할 수 없습니다. 나가요. 밥 산다니까?"

"누가 만들어준 건데? 애인? 여친? 썸녀?"

현수가 급히 가죽점퍼를 들고 자리에서 일어서자 동료 형사는 채근하기 시작했다. 차마 과거의 장모님께서 만드셨다는 말은 떨어지질 않아, 현수는 코웃음이나 치며 동료 형사를 끌었다.

"야, 양도 많은 것 같던데 조금 나눠 먹자. 나는 뭐 맨날 국밥이나 먹냐?"

"상해서 버려도 안 줍니다. 꿈 깨십쇼. 뷔페 가요, 뷔페."

"뭐? 뷔페? 진짜?"

현수가 더는 말을 잇지 않고 앞장서자 동료 형사는 눈을 크게 떴다. 뷔페라니? 진짜로? 남 형사 저 짠돌이가?

"야! 남 형사! 너 한식 뷔페 말하는 거지! 이 앞에 생긴 5,900원 짜리!"

"어? 잘 아네. 빨리 오십쇼. 아니면 혼자 갑니다."

"우씨……. 같이 가 인마!"

동료 형사는 허둥지둥 그의 뒤를 따랐다. 명절은 누구에게나 소란스럽지 않았다.

◆ ◆ ◆ ◆ ◆ ◆ ◆ ◆ ◆ ◆

"잘 있었는가? 꽤 추워 보이네만."

희원의 할아버지 권 선생은 명절 당일 홀로 집을 나섰다. 잠깐 들러볼 데가 있다고 서둘러 아침 일찍부터 걸음 한 장소는, 다름 아닌 아내가 잠들어 있는 곳.

"다녀간 지 며칠이나 됐다고 또 왔냐고 괄시하는 건 아니지? 그땐 아들도 있고 며느리도 있어서 내가 자네에게 이런저런 이야기를 못 해서."

차고 맑은 공기를 맞으며 권 선생은 집에서 마련해 온 커피 보온통을 열었다. 삐걱삐걱, 마찰음이 들린다.

"명절에 희원이가 없으니 집이 휑하구만. 아무도 없는 집 같고."

졸졸졸졸, 보온통 뚜껑에 커피를 따랐다. 김이 모락모락 올라오는 커피의 단내가 권 선생의 코를 간지럽힌다.

"자네가 먼저 갔을 때도 집이 이렇게 휑했나, 새삼스럽소."

아내가 평소 즐겨 찾던 믹스 커피를 내려다보던 권 선생은 아내의 묘에 조금씩 뿌렸다. 커피가 금세 스며들자 권 선생은 혀를 찼다.

"사람, 천천히 마셔야지. 커피가 이래 반가운가? 내가 반가워야지 원."

자그마한 뚜껑에 따랐던 커피는 금방 동이 난다. 권 선생은 다시 보온통에 들어 있는 커피를 털어내었고, 반대편에 뿌렸다.

이윽고 상한 잔디를 뽑고, 흙이 올라온 곳을 툭툭 눌러 평평하게 했다. 그러곤 아무렇게나 주변에 앉았다. 당일에 산소를 찾아온 사람들이 이곳저곳에서 자신들만의 시간을 보내고 있어, 권 선생은 잠시 눈길을 주었다.

가족들이 삼삼오오 모여 집에서 준비한 음식을 꺼내놓고 부산스럽게 움직인다. 희원의 집은 항상 하던 대로 며칠 전 이곳을 다녀갔다.

"그러고 보니 명절 당일에 찾아온 것은 처음인 것 같은데."

오늘 같은 날 혼자 있었으니 자네, 외로웠겠소. 사람들의 기척을 들으며 섭섭하기도 했겠소.

권 선생은 조금 남은 커피를 따라 한 입 삼켰다. 단내가 진동을 하는 믹스 커피, 1년에 두어 잔 마실까 싶은 커피의 맛을 보며 권 선생은 미간에 힘을 주었다.

"달구만. 자네가 왜 좋아했는지 이제 알겠어. 달달, 하니 속이 따뜻해지고. 소화도 되는 것 같고."

허허. 권 선생은 믹스 커피의 참맛을 이제야 알았다며 소리 내어 웃었다. 금방 그치고 마는 웃음의 끝은, 다소 공허했다.

"나도 갈 때가 됐나 보이."

툭 뱉어낸 말은 겸허했다.

"생각보다 오래 살았지. 자네도 없는데, 내 명줄이 이렇게 길 줄 누가 알았는가?"

권 선생은 하늘을 올려다보았다.

"갈 때까진 자식들에게 폐나 끼치지 않았으면 좋겠는데, 뜻대로 될까 잘 모르겠소."

남은 바람이 있다면 자식들에게 짐이 되는 끝은 아니었으면 좋겠다고. 모두가 호상이라 웃는, 그런 섭리 같은 안녕이 되었으면 좋겠다고.

권 선생은 고개를 내리며 아내의 묘를 바라보았다. 그러다가, 천천히 손을 내밀어 봉분을 어루만졌다.

"살아 있을 때 얼굴이나 실컷 만져볼걸. 사람이 이렇게 늙어도 미런해. 그래도 자네는 죽어서도 이렇게 곱고 부드러우니, 좋겠구면."

홀로 남은 남편은 떠난 아내가 그리웠다. 붙은 숨을 어쩌지 못해 살아내고는 있지만, 미련은 없었다.

"금방 갈게. 오랜만에 만나면 커피나 한잔합시다. 그때는 많이 마셔도 뭐라 안 할 테니."

손녀의 결혼도 보았고 행복한 모습도 보았고, 안심도 하였다. 권 선생은 홀가분하다는 눈빛으로 아내의 봉분을 쓰다듬다가, 이번엔 어깨를 두드리듯 툭툭 두드렸다.

"자네도 새해엔 비도 좀 덜 맞고 눈도 좀 덜 맞고, 잘 계시게. 춥 거나 덥지 말고."

혼자 살아온 시간보다 더 많은 시간을 함께했던 아내를 향해, 남 편은 새해 인사를 건넸다. 점심의 해가 오르기 전의 일이었다.

· · ◆◆◆◆◆ · ·

"희원이 출발하려면 아직 멀었겠지? 언제쯤 출발하려나?"

그녀의 아버지는 시계를 힐끔거리며 거실을 서성였다. 종가의 명절을 치르러 딸아이가 내려갔으니, 염려가 되는 것은 어쩔 수가 없었다.

"때 되면 오겠지요. 그 댁도 차례 지내고 상 치우고 하려면 시간 이 꽤 걸릴 텐데. 천천히 기다려요."

그녀의 어머니는 초조한 기색이 역력한 남편에게 덤덤히 말했 다. 딸아이 없이 보내는 첫 명절은 이루 말할 수 없이 휑하고 적막했다.

"음식은 다 한 거야? 내가 뭐 도와줄 건 없어?"

"다 했어. 지환이 좋아하는 찜도 해놓고 희원이 좋아하는 생선조림도 해놓고. 다 했지."

명절 전날 전을 부치는 엄마 옆에 앉아 맨손으로 후후 불며 전을 집어 먹던, 그런 딸아이의 모습은 아직 이토록 선연한데. 곁에 앉아 할아버지와 막걸리 한잔 나누어 마시며 바둑을 두던 딸아이의 소란스러운 웃음은 증발해버렸다.

지나칠 정도로 조용했던 명절 전날을 어찌어찌 보낸 희원의 부모님은 당일에나 올라오게 될 딸과 사위를 눈 빠지게 기다렸다. 아버지는 조급했고, 어머니는 표현하지 않았다.

"전화나 한 통 해볼까, 언제 출발하냐고?"

"아이고, 됐어요. 애들 마음 불편하게. 어련히 알아서 출발할까."

"아니, 너무 늦잖아. 설마 안 자고 가는 건 아니겠지?"

"아휴. 왜 이래 이 양반이? 못 자고 가면 할 수 없는 거지. 찍소리도 말고 가만히 있어요."

아버지가 극에 달한 초조함에 휴대폰을 들었다가 놨다가, 출발했는지 안 했는지의 궁금함에 잠시도 소파에 앉아 있지 못할 그때.

띡, 띡, 띡, 띡. 비밀번호를 누르는 소리가 들렸다.

"아버님 오셨나 보네."

그녀의 어머니 임정순 여사는 들려오는 기계음에 고개를 들었다. 들러볼 곳이 있다 하시며 이른 아침부터 밖을 나가실 때, 점심 전엔 돌아오겠다고 하셨으니 아버님께서 돌아오셨을 것이라. 그런데, 어쩐지 현관 앞이 소란스럽다.

"어머, 애들 왔나 봐."

임 여사는 두런두런 들리는 목소리가 예사롭지 않은 까닭에 눈을 동그랗게 떴다. 시계만 노려보던 아버지는 벌써 우다다다, 현관으로 달려 나간 뒤다.

"뭐야, 엄마 전화 왜 안 받아?"

딸아이다.

"어머님 아버님! 저희 왔습니다!"

사위도 왔다.

"뭐야! 니들 왜 벌써 와? 언제 출발했어?"

놀라 뛰어나온 엄마는 눈을 크게 뜨며 아이들을 반겼다. 이 와중에 한복을 곱게 차려입은 희원이 짐을 한가득 들고 들어오며 웃는다.

"우리 새벽에 차례 지내고 일찍 출발했어. 빨리빨리 친정 가서 점심 먹으라고, 엄청 빨리 가라 하시던데?"

"그래? 이렇게 빨리 와? 그 먼 데서?"

"가까이에 종친 분들이 많이 살고 계셔서 저희는 차례만 지내고 바로 출발했습니다. 저희뿐 아니라 대부분 일찍 출발했어요."

"어머나, 그랬구나. 어머나 세상에. 어머나, 어머나. 난 이렇게 일찍 올 줄 몰랐지."

사위의 설명에 엄마는 활짝 웃었다. 해가 넘어갈 때쯤에나 오겠다 싶었는데, 점심 전에 오다니.

"이건 다 뭐야?"

"이거? 이거 지환 씨네 댁에서 싸주신 거야. 며느리들 친정 올라 갈 때 원래 이렇게 다 싸주신대."

"세상에, 이게 다 뭐야?"

바리바리 싸 들고 온 비단 보자기에 싸여 있는 것들은 다름 아닌 명절 음식이다. 직접 찧어 만든 떡, 며칠 동안 바르고 말려 만든 한과, 약과, 약식 등등. 귀한 인연을 맺었다며 감사하다는 대고모님의 짤막한 손편지까지.

"허…… 어머나……. 이게, 어머나……. 어머나 세상에……."

엄마는 말을 잇지 못했다. 맛깔스럽고 정성스럽게 포장된 음식들은 마치 백화점에서 구매한 이바지 음식을 보고 있는 것만 같았다. 그릇부터 포장까지 예사롭지 않은.

"아유…… 엄마가 말을 못 하겠다. 이게 다, 세상에……. 감사해라……."

"엄마, 할아버지는?"

"아, 할아버지. 잠깐 어디 좀 가셨어. 이제 돌아오실 거야. 희원아, 엄마 전화 좀 연결해줘. 잘 받았다고 인사는 드려야지."

"알았어. 어차피 우리 도착했다고 연락도 드려야 해."

"그래. 이게 웬일이니, 정성이 말도 못 한다. 아이고야……."

엄마가 선물 앞에서 눈을 떼지 못하며 중얼거리는 때, 다시 익숙한 현관 기계음이 들렸다. 지환과 희원은 서로 마주 보며 웃었다. 문이 열리고, 할아버지는 그 어느 때처럼 무심히 들어오셨다.

"할아버지이!"

희원이 부르자 할아버지는 현관 앞에 우뚝 멈춰 섰다. 몇 시나 되었나, 혹시 내가 너무 늦었나 싶어 할아버지는 시계를 들여다보았다.

"언제 왔냐?"

"저희 방금요. 어딜 다녀오세요, 추운데."

희원이 손을 잡으며 어서 들어오셔라 끌자 할아버지는 못 이기는 척 신을 벗고 안으로 들어오셨다.

"할아버지, 세배 받으셔야죠. 어서 앉으세요."

"아아. 그래. 받아야지. 암면."

드디어 가족의 완성체가 되고,

"세뱃돈 두둑하시죠?"

"암면. 노인네 돈 쓸 일이 어디 있냐? 탈탈 털어 줄 테니 예쁘게 해봐라."

웃음이 퍼졌다. 적적했던 명절의 전날을 지나, 그 어느 때보다 풍성한 명절 당일을 맞이했다.

"오늘 자고 가나?"

"아, 그럼요. 자고 갈 겁니다. 아버님, 저하고 할아버님하고 오랜만에 약주 한잔하셔야죠."

"아하하하하! 좋지! 좋지! 아하! 좋지!"

이렇게 또 가족이 되어간다.

오빠가 간다

평화로웠던 명절을 지나고 일상으로 돌아왔다. 연애 기간을 건너뛰고 결혼으로 직행했던 두 사람은 지나가는 하루하루가 연애의 계절처럼 달콤하기만 했다. 해본 일보다 해보지 않은 일이 더 많아, 무엇을 함께해도 처음인 일이 대부분이었다.

"여행 갈래?"

"응? 여행?"

늦은 저녁을 먹고 소파에 앉은 시간. 뜬금없는 지환의 제안에 희원은 바라보던 잡지책에서 눈을 뗐다.

"웬 여행?"

"그냥. 당신하고 나 한 번도 여행 못 갔잖아. 신혼여행도 못 가고."

"아아, 그랬죠. 그땐 또 너무 바쁘고, 둘이 여행을 간다는 자체가 좀 부담스러웠으니까."

결혼 당시. 둘이서 여행을 떠나는 것은 상상도 할 수 없었다.

어딘가를 떠난다. 당신과 함께. 이제는 상상만으로도 벅차고 설레는 순간.

"음, 난 좋은데 서지환 씨가 시간이 돼?"

"뺄 수 있어. 멀리는 못 가고, 가까운 곳 정도야 뭐."

지환이 가능하다며 고개를 끄덕이자 그녀는 웃었다. 말로 뱉는 답보다 더 확실한 표현이었다.

"그럼 여행 계획 세워야겠다. 당장 실행에 옮겨야 되겠군요?"

좋아요. 떠납시다, 우리.

"당신이 잘 짜봐. 막히면 토스하고. 일단 당신이 하고 싶은 대로 전부."

잔뜩 기대에 부푼 눈빛을 바라보며 그가 웃자 희원은 흠, 하며 노트북을 들었다. 어디를 가지? 어디부터 갈까? 가보고 싶었던 그 수많은 곳 중 어디를 제일 먼저 당신과 함께해야 할까?

"당신 전화 온다."

"아, 잠깐만. 여보세요?"

희원은 팔만 뻗어 휴대폰을 잡았다. 지환은 그녀 무릎에 누워 보고 있던 수필집의 다음 장을 넘겼고,

"아아, 그래. 수연아 언니야."

— 응. 언니. 집이야? 통화 가능해?

"가능하지. 웬일이야, 결혼 준비는 잘하고 있어?"

친한 동생의 전화에 희원은 눈꼬리를 둥글게 휘었다. 그녀의 편안한 음성이 듣기 좋은 음악과도 같아, 지환은 숨을 깊게 내리쉬

었다.

"파티? 언제?"

— 이번 주 주말에요. 언니 시간 될까?

"아아. 이번 주 주말. 잠깐만 나 스케줄 좀 볼게."

희원은 달력을 보며 스케줄을 확인했다. 별다른 일정은 없다. 지환은 힐끔, 그녀의 얼굴을 올려보다가 수필집의 다음 장을 넘겼다.

"시간은 괜찮아. 그런데 무슨 파티?"

친한 동생의 요지는 이러했다. 결혼 전 파티를 하고 싶은데 친한 동료들과 제대로 흥청망청 놀고 싶단다. 희원은 웃음을 터트렸다.

"흥청망청 놀고 싶은 건 대체 어떻게 놀고 싶은 건데?"

뭐? 흥청망청? 지환의 귀가 점점 커진다. 수필집의 글씨가 조금씩 흐려져 간다.

— 언니, 언니가 알다시피 내가 뭐 놀 줄 아는 것도 아니고, 내 주변에 화끈하게 놀 줄 아는 사람들이 있는 것도 아니고. 말이 흥청망청이지 그냥 늦게까지 놀아보고 싶다는 말이야.

아아, 안 들린다. 안 들려. 지환은 숨소리도 죽인 채 아내의 통화 소리에 귀를 기울였다. 얼마나 개미 숨소리처럼 말하는지, 통화 소리가 잘 들리지 않는다.

— 생각해보니까 언니랑 나랑 밤늦게까지 놀아본 적이 한 번도 없잖아.

"아아. 그렇지. 내가 결혼 전엔 통금이 빡세서. 한 번도 없었지."

— 우리끼리 즐겁게 놀아요. 나 결혼하면 멀리 이사 가는데 또 언제 이런 시간이 있겠어.

희원은 안타까운 마음이 드는지 코끝을 찡긋거렸다. 남편의 직장을 따라 결혼 후 멀리 이사를 가야 하는 동료의 상황이 아쉬운 까닭이었다.

— 언니랑 마시는 낮술 지겨워. 언니 시간 빼줄 수 있어?

"물론이지. 언니는 이제 옛날의 권희원이 아니란다."

"옛날의 권희원 맞아. 옛날의 권희원이었으면 좋⋯⋯."

지환이 참지 못하고 껴들자 희원은 지환의 입을 막았다.

— 언니, 옆에서 형부가 뭐라고 하는 것 같은데?

"아니야. 좋은 취지라고 좋아하네."

내가 언제! 내 얼굴을 봐라! 좋아하는 얼굴인가!

— 아아, 정말? 역시 형부, 너무 멋있어.

"맞아. 우리 신랑 너무 멋있지. 그럼 그날 즐겁게 놀아보자. 시간 장소 나오면 알려줘."

지환은 눈꼬리를 사정없이 올렸다. 희원은 아예 손바닥으로 그의 얼굴을 가리며 남은 통화를 끝냈다. 희원이 휴대폰을 내리자 지환이 벌떡 일어선다.

"안 돼. 가지 마."

"얼씨구? 뭔 줄 알고 가지 말란 소리가 나와?"

그는 수필집을 닫았다.

"그런 거 아냐? 어? 막, 어? 여자들끼리 결혼 전에 모여서, 어? 막, 어?"

"말 좀 똑바로 해요. 막, 어, 그다음은 뭔데?"

"아니! 그러니까! 결혼한 유부녀가 어? 밤늦게까지! 어? 막, 그렇게! 어? 어?”

“말 좀 똑바로 하라니까? 유부녀가 뭐. 유부녀는 동료랑 결혼 전 축하 파티도 못 하나?”

“못 하지! 하면 안 되지!”

“왜?”

“……”

지환이 차마 머릿속에 엉켜드는 생각을 말로 뱉지 못하고 눈만 세모꼴로 뜨자 희원은 웃음을 터트렸다.

“어흐, 무슨 생각을 하는 거야. 수준 이하네요, 서지환 씨.”

“가서 수준 이하로 놀기만 해봐라. 어? 권희원. 수준 이하로 놀기 만 해.”

“그런 애들 아니거든? 그냥 우리끼리 시끌벅적한 곳에서 시끄럽 게 놀아보자는 거거든?”

희원이 소파에서 일어서자 지환은 그녀가 움직이는 동선대로 눈 길을 주었다. 뭔가 모르게 화가 나는데, 어느 지점을 집어 화를 내 야 하는지 잘 모르겠다.

“그러니까! 결혼 전에도 놀아본 적 없는 그 시끄러운 곳을 왜 결 혼하고 나서 가냐고 내 말은!”

“내가 정했니? 왜 나한테 그래? 불만 있으면 주최자한테 전화해 서 컴플레인 넣든가?”

“아오……”

물을 따라 마시는 희원을 바라보며 탄식하던 지환은 점점 더 세 모꼴로 눈꼬리를 올렸다.

"목적지! 시간! 동행자! 전부 보고해! 알았어, 몰랐어!"

"알았다! 알았다고!"

"치마 안 돼! 한복 입고 가!"

"아오, 진짜!"

"왜? 왜? 한복 좋다며? 좋다며? 좋다며?"

"시끄럽고 읽던 거나 마저 읽으시죠? 왜 이래 진짜 유치하게."

"유치? 유치?"

아오…… 지환은 메롱, 하며 혀를 길게 빼는 희원을 바라보다가 이번엔 눈을 가늘게 떴다. 아아. 물가에 내어놓는 아이처럼 그녀를 밖에 내어놓는 게 너무나도 싫고 불안하다.

"서지환 씨, 나 못 믿어? 나 못 믿는 거야 지금?"

"널 못 믿는 게 아니라 나랑 같은 염색체를 못 믿지."

"하…… 진짜……. 별걱정을 다해. 걱정 마시라고요. 우리끼리 잘 놀다 올 테니까."

흥얼흥얼 노래까지 부르며 희원이 다른 동료들과 통화를 시작한다. 별것 아닌 것처럼 굴더니 굉장히 들떠 보인다. 지환은 부글부글 끓어오르는 속내를 감추지 못하며 팔짱을 끼고 다리를 떨었다.

아. 싫다. 아! 싫다!

• • • ✦ ✦ ✦ ✦ ✦ • • •

"뭐야. 얼굴에 그런 건 왜 발라. 뭐 하려고 그런 걸 바르는 거지? 갑자기?"

"갑자기는 무슨 갑자기. 이거 수분크림이거든? 심지어 매일 바르거든?"

"……."

주말 당일. 저녁 약속이 잡혀 분주히 치장에 나선 희원의 뒤에 팔짱을 끼고 서서, 지환은 그녀를 바라보았다.

"뭐야 그거. 바르니까 갑자기 얼굴에서 빛이 나잖아."

"그러라고 바르는 겁니다, 서지환 씨."

"……그건 뭔데. 지금 뭐 바르는 건데. 갑자기 얼굴빛에 생기가 돌잖아."

"그러라고 바르는 거예요, 서지환 씨."

"그러니까 글쎄. 왜 갑자기 얼굴에서 빛이 나고 생기가 돌아야 하지? 왜?"

"아 자꾸 옆에서 시끄럽게 할 거야? 매일 하는 화장인데 서지환 씨야말로 오늘따라 왜 이래? 신경 쓰이니까 저리 가요!"

희원은 눈썹을 그리다 말고 휘휘 팔을 저었다. 아내의 불호령에 두어 걸음 옮기는 시늉을 하던 지환은 다시 돌아와 거울에 비치는 그녀를 관찰했다.

"눈썹 왜 그래. 없던 눈썹이 왜 갑자기 생겼어. 흐릿하고 불분명했잖아."

"생겨야 나가지. 그럼 눈썹도 없이 나가? 선명하고 분명해지라고 그리는 거야."

"그럼 그리는 김에 조금 더 거칠게 그릴 순 없어? 약간 터프하게."

"난 어떻게 그려도 사랑스러운 얼굴이라. 아! 시끄럽다니까?"

거울 속에서 아내의 눈빛이 번쩍한다. 흠칫 놀란 지환은 다시 두 어 걸음 도망치는 척하다가 돌아왔다. 엇, 아직도 노려보고 있다.

"안 돼. 눈에 색칠하지 마."

"이미 했어."

"안 돼. 멈춰."

"다 했어."

허. 빠르다. 손가락을 쓱쓱 몇 번 움직이니 눈매가 깊어지고 고 혹해진다.

시간이 갈수록 지환의 마음은 더욱더 불편해져갔다. 남편의 불 편한 심기를 아는지 모르는지, 희원은 반짝거리는 눈빛으로 진열 해놓은 립스틱을 하나하나 눈여겨보았다.

"흠, 오늘은 뭘 바를까. 레드? 아니면 약간 누드 톤으로 갈까?"

"지금 나한테 물어보는 거야? 그렇다면 블랙."

"아니. 나 혼잣말이야. 신경 꺼요."

"빨간 거 바르지 마라, 나 말했디."

부인. 그런데 말이야. 안 발라도 이미 붉잖아! 어쩔 건데!

"어허, 속눈썹 내버려둬. 괴롭히지 마."

"아니야. 올려줘야 눈이 더 커 보이지."

"고만 커도 돼. 더 커지면 비율적으로 맞지 않아."

"한껏 올려줘야 된다니…… 아, 안 나가요, 진짜? 아우, 성가셔!"

희원이 마스카라를 바르다 말고 버럭 소리를 지르자 지환은 눈 꼬리를 올렸다. 화장품이 하나하나 그녀 얼굴을 스칠수록 그녀는 놀라운 변신을 거듭했다. 순둥순둥하던 얼굴에 삶이 보이는 것도 같고. 한껏 커지고 고혹해진 눈매는 눈을 떼기 어려울 정도로 깊어졌다.

하…… 열 받는다.

"지금 그건 뭐 하는 건데?"

갑자기 브러시를 들더니 사정없이 턱 주변을 왔다 갔다 한다.

"턱 치는 거야. 갸름해 보이라고. 셰이딩."

응? 턱 치는 거라고?

"부인. 그 턱 내가 쳐줄까? 눈 뜨면 내일 아침이 될 수 있게?"

"죽을래 진짜?"

엇. 산만하게 턱 주변을 브러시로 왔다 갔다 하더니 내려놓는다. 뭔가 많이 한 것 같은데 메이크업은 빠르게 끝이 나고, 그녀는 다른 사람이 되어 앉아 있다.

"나 오늘 화장 괜찮아? 어때?"

지환은 희원의 질문에 흠, 숨을 내쉬며 가만히 그녀 얼굴을 응시하다가 입술을 열었다.

"당신 혹시, 주민등록증 사진도 화장하고 찍었어?"

"응? 민증? 당연하지. 당연히 화장하고 찍었지. 갑자기 그건 왜?"

"권희원 씨. 당신을 형법 제225조에 의거 주민등록증 위조 혐의로 긴급체포합……."

"야! 서지환! 이게 진짜!"

쿵. 아내를 공문서 위조 혐의로 방 안에 구금해두려던 지환은 앙칼진 목소리에 말꼬리를 흐렸다. 아아. 구금해둘 수 있는 절호의 찬

스였는데, 너무나 무서워서 실패했다.

"서지환 씨는 나 없는 동안 오늘 뭐 할 거야?"

"너 기다릴 거야. 하루 종일. 하염없이. 눈 빠지게."

"아, 진짜. 사람 부담스럽게 왜 이래요?"

"부담스러우라고 이러는 건데? 엄청 짐 되라고. 나 두고 발길 떨어지지 말라고."

"질척거리긴."

"내 전문이야. 알잖아."

대놓고 불만을 토로하니 희원은 그만 피식 웃음을 흘리고 말았다. 팔짱을 끼고 뒤에 서서 번쩍번쩍 레이저를 쏘는 듯한 눈빛을 하는 남편은 어쩐지 귀여웠다.

"향수는 무얼 뿌릴까?"

"향수 뿌릴 거면 이거 뿌려. 난 이게 좋더라."

"응? 뭐?"

웬일로 향수를 골라주자 희원은 시선을 돌려 그의 손길을 따라갔다.

"그건 서지환 씨 향수잖아! 남자 거를 내가 어떻게 뿌려!"

"왜? 안 돼? 언제 어디서나 나의 향기를 간직해줄 순 없겠어?"

"……당신이나 많이 뿌리세요."

향수는 포기해야겠다.

휴. 메이크업을 끝낸 희원은 머리를 손으로 빗어 묶듯이 들어 올렸다. 지환은 눈을 질끈 감았다가 떴다. 아, 옘병. 예쁘다.

"나 머리 묶을까? 그냥 세팅해서 풀어놓을까?"

"머리 땋아. 댕기 가져다줄게."

"아오, 진짜."

"내가 준 반지 하고 가. 가락지."

"그, 그 반지가 지금 어울리기나 해!"

희원이 획 돌아보며 노려보자 지환은 마른침을 삼켰다. 묶어도 예쁘고 풀어도 예쁜데, 너를 대체 어디에 내어놓는단 말이냐?

"결혼은 친구가 하는데 왜 당신이 이렇게 힘을 주고 나가?"

"무슨 힘을 줬다고 그래? 나 원래 이렇게 하고 다녀. 새삼스럽게?"

"……안 돼. 못 나가. 화장 지우고 수수하게. 다시."

"아아, 옷은 무얼 입나아?"

희원은 남편의 말을 콱 씹으며 일어나 드레스룸으로 걸어갔다. 졸졸졸졸 따라온다. 그 걸음이 귀여워 또다시 피식, 그녀의 입가로 웃음이 샌다.

"오랜만에 좀 과감하게 입어볼까? 나 요즘 너무 정숙했는데."

"장난치지 마. 이 방에서 한 걸음도 못 나가는 수가 있어."

"아, 진짜 왜 이래? 옛날 사람처럼?"

예, 옛날 사람…….

지환은 나이로 공격해오는 아내의 대꾸에 마음의 상처를 입었다. 하, 열 받는데 구체적으로 어떻게 말려야 하는지 모르겠다. 그러다가.

"거, 거짓말하지 마. 거짓말하는 거 알아. 장난인 거 다 알아."

지환은 희원이 꺼낸 옷을 보며 말을 더듬었다. 분명 바지가 존재

해야 할 것만 같은, 짧고 타이트한 원피스를 골라 든 것이다.

"내가 혹시나 해서 묻는 건데, 지금 그거 윗도리지?"

"아니? 원피스인데?"

"……"

희원은 원피스를 눈여겨보며 흠, 하고 숨을 뱉었다. 지환의 혈압이 급상승한다.

"안 돼. 침착해. 내려놔. 그런 건 입는 게 아니야. 그건 옷 아니야."

"옛날엔 이런 것도 잘 입었는데."

"그런 걸 입고 언제 돌아다녔는데. 누구 만났는데. 그 시절에 그런 걸 왜 입었는데 대체."

"이건 너무 춥겠다. 패스."

희원이 다시 옷장에 옷을 집어넣는다. 후, 짧은 시간 지환의 마음속으로 평화가 찾아온다. 하지만 그것도 잠시.

"……웃기려고 하지 마. 하나도 안 웃겨. 나 안 웃었어, 지금. 장난 아니야."

이번엔 그것보다 더 과격하게 생긴, 앞뒤로 실컷 파인, 번쩍번쩍하는 옷을 꺼내 든다. 어디가 앞이고 어디가 뒤인지 모르겠고. 어디도 앞이 아니었으면 좋겠는.

"……"

그렇다고 뒤라면 괜찮다는 뜻은 아니고!

지환이 한 대 맞은 것처럼 멍한 표정으로 옷을 바라보자 희원은 그만 참지 못하고 웃음을 터트렸다.

"아, 우리 남편, 왜 이렇게 따라다니면서 귀여운 척해?"

"빨리 옷장에 도로 집어넣어. 아니다, 내놔. 당장 가져다가 버리게."

"안 입어! 안 입는다고! 이런 걸 지금 이 날씨에 어떻게 입니?"

희원이 장난이었다며 웃는다.

"그렇지? 장난이지? 남편한테 장난치는 거지?"

지환이 씰룩씰룩거리며 따라 웃자 희원이 고개를 끄덕이며 따라 생글생글 웃는다. 그러더니 옷을 집어 든다.

"이거 입어야겠다. 이건 괜찮지?"

"……."

딱히 말릴 명분이 없는, 앞뒤 꽉 막힌 롱 원피스. 어딘가 모르게 과감한 의상인 것 같지만 명분을 찾기 힘든, 그런 원피스. 희원은 원피스를 살랑살랑 흔들며 웃었다.

"이거 당첨."

아오. 지환의 눈꼬리는 사정없이 올라갔다.

· · ◆◆◆◆◆ · ·

─ 재미있게 놀다 들어와요, 부인.

약속 장소에 도착할 때쯤, 지환에게 메시지가 온다. 희원은 내용이 뜻밖이라는 듯 눈을 동그랗게 떴다.

"으르렁댈 줄 알았는데 재밌게 놀다 오라고? 갑자기 왜 이래?"

그녀가 알겠다고 답변을 보내려는데, 이어서 메시지가 온다.

― 재미있게 놀고, 우리 9시 뉴스 함께 보자^^

"이 양반이 진짜. 지금 7시인데 9시 뉴스를 어떻게 같이 보냐? 말이 돼?"

희원이 농락당했다는 듯 눈꼬리를 가늘게 하며 답장을 보냈다.

― 서지환 씨 혼자 봐요. 난 뉴스 취미 없어서.

― 이따가 데리러 가도 될까?

이따가? 희원은 흠, 가만히 생각하다가 그러라고 답장을 보냈다.

― 서지환 씨가 데리러 와주면 나야 땡큐지. 그래요, 그럼.

― 그래. 그럼 9시 뉴스 보면서 그 앞에서 기다리고 있을게.

"진짜 이 사람이."

희원이 9시 뉴스 타령을 하자 이를 꽉 깨물고 있다가 웃었다. 그러곤 여유를 되찾은 손길로 메시지를 보냈다.

― 응. 알았어. 9시 뉴스 할 때 데리러 와.

그녀는 다음 메시지를 보내고 약속 장소로 들어갔다.

― 저녁 말고, 내일 아침 9시 뉴스.

흥. 메롱이다, 서지환.

* * ✦ ✦ ✦ ✦ * *

― 저녁 말고, 내일 아침 9시 뉴스.

"아, 이 사람이! 아침? 아치임?"

지환은 소파에 누워 있다가 벌떡 일어났다. 이, 이, 이, 정신 빠진 와이프의 메시지 좀 보소. 내일 아침까지 놀겠다는 말이냐? 지금?

"허, 참. 허, 참."

지환은 기가 차다는 듯 격한 숨을 내쉬다가 다리를 떨었다. 각자의 인생을 즐기며 살기로 했던 결혼 초반처럼, 느긋하게 그녀의 시간을 존중해주고 싶은데.

"뭐, 별일이야 있겠나."

그게 안 되잖아! 별일이고 나발이고! 존중이고 뭐건 간에 지금 그게 안 되잖아!

아오. 지환은 긴 탄식을 뱉었다. 현관문을 나서던 희원은 누가 봐도 결혼한 태가 없어 머리가 어지러울 지경이었다. 결혼반지를 끼고 나가는 것은 보았지만 그것만으로는 안심이 되질 않았다.

"요즘 세상이 어떤 세상인데. 어? 내가 맨날 보고 듣는 일이 어? 얼마나 무시무시한데 세상 물정도 모르고 말이야."

검사로 일을 하며 보고 듣는 일이란 게, 아름다울 리 없는 현실. 지환이 사는 세상엔 너무나도 험한 일이 많아서 그는 자꾸만 불안한 상상만 거듭했다.

얼마 전에 출소한 사기꾼도 떠오르고, 또 얼마 전에 출소한 강간 미수범도 떠오른다. 아직까지 검거되지 않은 못된 놈도, 떠올랐다.

"아, 왜 이래 서지환. 없어 보이게."

하. 하! 하!

지환은 이런 자신의 모습이 마음에 들지 않는다는 것처럼 팔짱을 끼고 다시 소파에 앉았다. 다리는 덜덜덜덜 계속 떨어댔다.

"……아, 뭐, 가서 기다리는 건 내 마음이니까."

그렇지. 언제까지고 기다리면 되는 거니까. 할 일도 없는데 근처 가서 서성일까. 지환은 차 키를 물끄러미 바라보다가 고개를 들었다.

옳거니. 지환은 후다닥 휴대폰을 들고 어디론가 전화를 걸었다. 내가 이 번호로 전화를 거는 날이 오게 될 줄이야.

― 뭡니까? 황금 같은 주말에.

역시나, 반갑지 않다는 목소리가 들려온다. 지환은 소파에 느런히 몸을 기댔다.

"황금 같은 주말에 너하고 볼일이 좀 생겨서."

― 볼일요? 나하고?

분하지만 당장은 떠오르는 상대가, 녀석밖엔 없었다.

"시간 괜찮으면 좀 봅시다. 술이나 한잔할 겸."

구언이었다.

· · ✦ ✦ ✦ ✦ ✦ · ·

"여기시 술을 마시사고요? 우리 둘이? 지금?"

끌려 나오듯 약속 장소로 걸음 한 구언은 지환을 한 번 바라보고, 술집 간판을 한 번 바라보고, 다시 지환을 바라보았다.

"여기 가본 적은 있고?"

"지금 가보려고. 문제 있나?"

"검사님이 이런 곳에서 술 마셔도 돼요?"

구언이 위아래로 지환을 훑으며 묻자 지환은 눈동자에 억울함을 가득 담았다.

"왜? 검사는 이런 곳에서 술 마시면 안 돼? 검사도 사람이야. 검사도 평범한 사람…….”

"아, 알았어요. 알았다고. 뭘 울먹거리기까지 해.”

지환이 볼멘소리를 하자 구언은 손사래를 쳤다. 시끄럽고 어두컴컴하고, 힙한 클럽 노래가 쾅쾅 울리는 것 빼고는 무슨 문제가 있겠느냐만.

구언은 미적거리며 영 못마땅한 표정으로 간판만 올려다보는 지환을 바라보다가 피식 웃음을 흘렸다.

"오호라. 지금 여기 희원이 있구나?”

"…….”

"오늘 아는 동생이 결혼 전 여자 동료들 모아서 파티한다고 들었는데, 여기구나?”

불안해서 왔구나? 감시하러 왔구나? 예쁜 와이프 누가 업어 갈까 봐 걱정돼서 왔구나?

"보기보다 엄청 의심 많이 하네요. 희원이를 뭐로 보고 이렇게 사사건건 감시를 합니까?”

"지금 누가 와이프를 의심했다고 그래?”

"당신.”

구언이 턱 끝을 들며 본인을 가리키자 지환은 고개를 옆으로 돌리며 헛기침을 뱉었다. 아아. 와이프의 뒤나 밟는 신세라니. 꼴사납다.

"와이프가 오늘 아주 삶 같은 얼굴을 하고 나갔단 말이지. 난 와이프를 못 믿는 게 아니라 와이프 주변을 떠돌 날파리들을 제거하러 왔다고."

"삵? 삵 같은 얼굴은 대체 뭐요?"

"있어. 들어가서 보면 알 거 아냐."

지환이 들어가자고 눈을 희번덕거리자 구언은 피식 웃으며 끼고 있던 가죽 장갑을 벗었다. 뭐, 요즘 들어 가장 핫한 술집이기도 하고 미혼 남녀들에게 썸을 탄생시키는 위대한 술집으로 유명세를 치르고 있으니.

"그럼 빨리 들어가요. 날파리가 날아들어도 수십 마리는 날아들었겠네."

"아, 내가 총을 빌려 와야 했는데."

"날파리들을 총으로 어떻게 쏩니까?"

"왜 내가 총으로 날파리를 쏠 거라고 확신하는 거지? 내 앞에 제거 대상 1호가 있는데."

"아오…… 진짜……."

구언은 지환과 옥신각신 다투며 술집 안으로 입성했다. 자연스럽게 걸음을 옮기는 구언을 바라보다가 지환은 물었다.

"자주 왔나 봐?"

"물론이죠. 핫하다니까요. 게다가 난 법적 미혼이고. 문제없죠."

"좋겠다……."

"뭐라고요? 좋겠다고? 어? 나 희원이한테 일러요?"

"잠 깬다. 잠 깬다, 라고 말했어. 내가 언제 좋겠다고 했어? 할 말 없게 생긴 주제에 사람 잡네."

두 사람은 한시도 쉴 줄 모르고 투닥거리며 계단을 밟았다. 문을 열기 직전부터 미세한 음악이 틈 사이로 흘러나오더니, 구언이 문을 열자 지붕이 내려앉을 것 같은 엄청난 소음이 지환을 맞이했다.

"허……."

지환은 상상했던 것보다 훨씬 큰 음악 소리에 입술을 멍하니 벌렸다.

"들어와요! 뭐 해!"

구언이 어서 오라 손짓하자 지환은 간신히 녀석의 행동만 알아보며 걸음을 옮겼다. 현란한 형광색 빛줄기 사이로, 엄청나게 많은 사람들이 오고 가고 있음을 확인한 지환은 혀를 내둘렀다.

"이봐! 유구무언! 여기서 대체 술을 어떻게 마셔!"

"뭐라고요? 안 들려요!"

"안에서 마신다고? 안에 어디!"

"아내가 어디 있냐고? 찾아봐야죠! 나라고 아나?"

"아나고? 살아 있는 아나고를 먹고 있다고? 붕장어?"

……어라? 맛있겠는데?

엄청난 소음에 전혀 대화가 통하지 않는다. 갑자기 분위기는 고요 속의 외침으로 변하고, 서로는 서로의 말을 알아듣지 못해 뚱한 표정을 지었다. 구언은 안 들린다는 표시로 귀를 막고 인상을 찌푸렸다.

"형! 룸 잡아요? 아니면 여기서 마셔? 어떻게 할까요!"

너…… 안 들린다며…….

"안에 들어가면 희원이 못 찾을 텐데! 어떡할래요!"

나는…… 들리겠냐……?

지환이 무슨 말을 하는지 모르겠다는 표정을 지으며 따라 귀를 막자 구언은 오만상을 찌푸리며 지환을 끌었다. 귓가에 대고 우렁차게 말한다.

"이제 어쩌자고!"

지환은 다짜고짜 고막에 음성을 집어넣는 구언의 행동에 흠칫 놀라 뒷걸음을 걸었다. 으어으. 저 자식의 입술이 귓불에 닿았다.

"죽여버릴 테다."

"뭐요? 죽치고 있자고? 여기?"

오케이! 구언은 지환의 말을 잘못 이해한 채 지환을 끌었다. 홱, 구언이 끌자 홱, 하고 지환이 튕겨낸다. 서로는 으르렁거리며 앞으로 나아갔다.

……그 사이.

"결혼 축하해!"

희원의 선창과 함께 작은 룸에선 그녀들만의 파티가 시작되었다. 고깔을 쓰고, 샴페인 잔을 들며, 오랜만에 함께하는 즐거움에 조금씩 빠져들기 시작했나.

"다들 고마워요! 와줘서 진짜 너무 고맙고요!"

밖에선 어떤 일이 벌어지고 있는 줄도 모른 채.

· · ◆◆◆◆◆ · ·

"아, 이제 좀 살겠네요. 밖은 너무 시끄러워서 정신이 없어요."

구언은 머플러를 끌러 테이블에 내려놓으며 이제 좀 살겠다는 표정을 지었다. 고막의 안전함을 위해 결국 룸으로 들어왔다.

"와, 어지러워."

지환은 미친 듯이 쿵쾅거리던 바깥의 소음을 떠올리며 격한 도리질을 했다. 대체 저 밖에서 아무렇지 않게 활보하며 공간을 즐기는 자들은 어떻게 그리도 태연할 수 있는 걸까. 고막을 스테인리스로 만들었나. 어떻게 그럴 수가 있지.

"뭐 하고 서 있어요? 앉아요."

"아직도 귀가 멍멍해."

지환은 손바닥으로 귀를 툭툭 치며 자리에 앉았다. 구언은 심드렁한 표정으로 메뉴판을 들었다.

"일단 뭐라도 좀 시켜봅시다. 뭐 마실 거예요? 안주는 내가 고르면 되겠고."

"……."

"이번엔 형이 사는 거죠? 형이 불렀으니까."

언제는 내가…… 안 샀냐……?

"이번에, 라는 단어가 되게 거슬리는데. 이번에도, 아닌가?"

"아. 그런가? 뭐, 그렇다고 치고."

흠. 이거 좋겠네. 이거 어때요? 구언이 메뉴판을 보다가 어느 한 곳에 멈추더니 보여준다. 지환은 대강 주문하라며 고개를 작게 끄덕였다. 메뉴 선정이 끝난 뒤 한차례 테이블 세팅이 이루어지고 적당한 안주와 술이 깔렸다.

"아, 여기 오랜만인데 형이랑 오게 될 줄은 몰랐네요."

빈 잔에 술을 따르며 구언이 피식 웃는다. 살다 살다 그녀의 남편과 단둘이 술을 마시게 될 줄이야.

"희원이 어디 있나 전화해볼까요?"

"굉장히 좋은 생각이라고 생각해. 지금 여기 있는지도 사실 잘 모르겠거든."

아내의 묘연한 행방에 내내 심기 불편한 채로 앉아 있던 지환이 덥석 반긴다. 구언은 어서 전화해보라고 손짓하는 지환을 바라보다가 희원에게 전화를 걸었다. 휴대폰을 곁에 두고 있었는지 금세 받는다.

— 오! 이게 누구셔? 유구무언!

"벌써 취했냐?"

유구무언이라는 별명은 희원이 취했을 때나 들을 수 있는 건데, 오랜만에 듣는다.

— 아니야, 아니야! 우리 이제 막 파티 시작했어! 여기 분위기 진짜 좋아!

진짜로 신이 난 모양인지 그녀 목소리가 하이 톤이다. 지환은 마치 취조실에 앉아 조사를 하는 상황처럼 잔뜩 굳은 얼굴을 하고는 구언을 바라보았다. 정확하게는 구언과 통화를 하고 있는 희원의 상태를 주시했다.

"그래. 즐겁게 놀아. 애들한테 안부 전해주고."

— 알았어! 너 근데 무슨 일 생겨서 전화한 건 아니지?

"일은 무슨. 나도 술 한잔하려고 나왔어. 놀아라!"

— 알았어! 끊어!

통화는 싱겁게 끝이 난다. 구언은 휴대폰을 주머니에 넣으며 입술을 열었다.

"여기 있네요. 여기 어딘가에."

"아아. 그래."

지환은 고개를 가볍게 끄덕였다. 이곳 어딘가에 함께 있다는 것만으로, 마음은 위로가 되었다. 구언은 술잔을 지환에게 건네며 시선을 들었다.

"희원이 지금 어디 있는지 정확하게 알아서 알려줘요?"

"됐어. 여기 어딘가에 있으면 된 거지. 한잔하자고."

지환은 구언에게 건네받은 술잔을 들었다. 이곳에 들어올 때보다 차분해진 지환의 모습에 구언은 고개를 비스듬히 꺾었다. 당장이라도 찾아서 잡아먹을 것처럼 눈에 불을 켜고 있더니.

"솔직하게 말해봐요. 주말 밤에 혼자 있기 심심해서 나 불러낸 거죠. 희원이는 핑계고."

"무, 무슨 그런 황당한 소리를 하는 건지 모르겠네."

"나한테 관심 있어요? 나 좋아해요?"

"아니야! 그럴 리가 없잖아!"

"강한 부정이 좀 의심스러운데? 나한테 호감 생겼어요? 만나다 보니 꽤 괜찮아요?"

"……."

지환은 구언과 건배를 하려고 내밀던 잔을 회수하며 벌컥, 한입에 털었다. 뭔가 되게 황당한 소리를 들은 것 같은데 심장은 자꾸 뜨끔, 뜨끔했다. 술잔을 내린 지환은 가볍게 입가를 닦았다.

"뭐, 언젠가 적의 적은 아군이라고 했던 말이 생각나서."

"아하. 적의 적은 아군. 그럼 우리의 공통 적은 누구죠? 희원이?"

"……말이 그렇게 되나."

지환이 얼버무리듯 중얼거리자 구언은 고개를 뒤로 꺾으며 웃었다. 두 사람의 결혼 생활은 자극이 될 만큼 행복해 보였고, 바라보는 것만으로 단맛이 나는 것 같았다. 구언은 그를 따라 술잔을 비워내며 웃음을 갈무리했다.

"지금에 와서 하는 말이지만 내가 왜 그렇게, 그때의 희원이를 싱겁게 포기했는지 알아요?"

"글쎄."

"희원이가 어떤 남자를 좋아하는지 알겠더라고요. 나와는 전혀 다른 사람이었어."

지환은 말의 의미를 모르겠다는 듯한 눈빛을 했다. 구언은 씩, 웃었다.

"엄격하게 자라서 자유로운 삶을 원한다고 말했지만, 사실 희원이는 누구보다 정돈된 삶을 좋아하는 사람이란 걸 알았어요."

"……아."

구언은 말했다. 그녀는 누군가 자유롭게 살아라, 놓아주어도 그러지 못할 사람이었다고.

"나는 실제로도 자유롭게 사는 사람이고, 계획이란 게 없어요. 그런 부분이 희원이에게 잘 어필될 거라 생각했는데, 아니었던 거지."

"……."

"형처럼 어딘가 정돈되어 있고 안정적인 자세로 삶에 임하는 사람을, 희원이는 원했던 거예요. 그걸 알겠더라고요."

"몰라서 하는 말인 것 같은데 나 그렇게 안정적인 사람 아니야. 불규칙하고, 심적으로 상당히 불안정하고."

"미리 완벽함을 갖춘 사람보다, 서로 만나 완벽해질 수 있는 관계가 난 더 멋지다고 생각하는데. 아닌가요?"

"번지르르하긴. 사람 솔깃하게."

"자유를 원한다고 말했지만 정작 자유로운 사람은 버거운 거야. 희원이는 누구보다 고여 사는 사람이니까."

"자꾸 듣다 보니까 난 좀 틀에 박히고 고지식하다는 것 같은데. 내가 지금 꼬여서 그렇게 들리는 건가?"

"검사님이라 그런가, 듣기 좋게 포장해도 허를 찌르네. 부정은 못 하겠네요."

"허를 찌른 게 아니라 뼈를 때렸잖아 지금."

지환이 눈을 치켜뜨자 구언은 뻔뻔한 표정을 지으며 빈 잔에 술을 따랐다.

······한때는 한 여자를 두고, 신경전이 오고 가던 사이.

"쇼윈도로 만났지만 두루두루 귀감이 되는 부부가 되길 바랍니다."

지금은 그녀라는 공통분모를 빼고서라도, 함께 마주 앉아 술잔을 기울일 수 있는 사이. 구언은 별 탈 없이 마음을 접어주었고, 지환은 시원하게 녀석의 마음을 존중해주었다. 쉬운 관계는 아니었다.

"희원이 때문 아니더라도 종종 만나서 한잔할까."

"아하, 저야 좋죠. 술값만 내주신다면."

"나보다 잘 버는 게 대체 왜 이렇게 술값 타령이야. 월급쟁이 빤한 거 알면서?"

"형이잖아요. 억울하면 나한테 형이라고 하든가."

"……마셔. 빚을 내서라도 술값을 낼 테니까."

지환과 구언은 잔을 부딪치고 가볍게 비웠다. 이쯤 해서 우리, 친구라고 해도 될까. 서로는 그런 생각을 했다.

        · · ✦✦✦✦✦ · ·

시간은 얼마나 흘렀을까.

— 이제 나 데리러 와도 될 것 같아. 오면 전화해요.

예상했던 것보다 빠르게 그녀의 술자리가 끝이 나는 것 같았다. 구언과 주거니 받거니 술을 마시던 지환은 희원에게 메시지를 받고 화장실을 향했다. 여기 있었다고 하면 그녀는 뭐라고 할까, 생각하다 보니 괜스레 웃음이 난다.

"금 조용해졌네. 쉬어 가는 시간인가."

손을 씻고 나오는데 드럽게 쿵쿵거리던 노래가 조금 잦아들었다. 어우, 이제 좀 살겠다. 지환은 한결 조용해진 공간을 걸으며 이마를 짚었다.

별생각 없이 주변으로 시선을 주고 다시 앞으로 시선을 돌리던 지환은 자리에 우뚝 멈췄다. 다시 고개를 돌려보니 저쯤, 희원이 서 있다.

"뭐야, 저기 있잖아."

지환은 단번에 그녀를 알아보았다. 그녀 역시 친구들과 화장실을 다녀오는 길인지 통로 중간에 서 있다. 누군가와 이야기를 하고 있는데, 사진을 찍어주는 걸 보니 팬을 만난 모양이다. 그는 저도 모르게 미소를 지었다.

"유명인이네, 유명인."

제법 그녀를 알아보는 사람들이 많다. 세계적인 토크쇼 동영상이 공개되고 눈 돌아가는 조회수를 찍고 난 뒤, 그녀의 위상은 어제오늘이 달랐다. 자신을 알아보며 반기는 눈길들이 나쁘지 않은지 희원은 연신 웃으며 사진을 찍어주고 있었다. 지환은 팔짱을 낀채 아내를 먼발치서 바라보았다.

나도…… 가서 한 장 찍어달라고 할까…….

멀리서 바라보고 있자니 그녀는 모두의 연인 같은 느낌이다. 아득했고, 범접하기 어려운 타인 같았다. 한 사내의 아내로만 살기엔 그녀 인생이 조금 아깝다는 느낌마저 들었다.

홀로 서 있어도 부족함 없이 빛났고 주변의 공간을 지배했다. 지금의 그녀는 늦은 밤 자신의 무릎 위에 누워 잠을 청하는, 늘어진 티셔츠의 주인공이라고는 다소 믿기 어려웠다.

아내를 바라보고 있다기보다 유명인을 바라보는 느낌으로 지환이 그녀를 주시하고 있을 때 찰칵, 옆에서 카메라 셔터음이 들렸다. 가까이에 서 있던 지환은 힐끔 곁을 바라보았다.

줌을 당겨 그녀를 촬영하고 있던 사내는 연거푸 촬영 버튼을 누르며 그녀의 얼굴을 휴대폰에 담았다. 지환의 시선이 자신의 휴대폰에 있음을 느낀 사내는 지환에게 시선을 옮겼다.

아예 대놓고 자신의 휴대폰 액정을 들여다보고 있으니, 사내는 약간 지환과 거리를 두듯 걸음을 옆으로 비켰다. 그러더니 다른 뜻은 없다는 것처럼 말을 한다.

"오해하지 마세요. 저기 서 있는 저 여자분 엄청 유명한 사람이에요."

"……아아. 네."

지환은 건성으로 고개를 끄덕거리며 다시 사내의 휴대폰에 시선을 주었다. 두어 걸음 멀어진 것이 무색하게, 바짝 붙었다.

"지금 제가 일반인 도촬하는 거 아니고요, 저분 무용하는 분이에요. 도촬 아니라고요."

"저는 아무 말도 안 했습니다만?"

"아니 하도 뚫어지게 보시길래 오해하나 싶어서요."

"됐고, 조금 더 줌을 당겨봐요. 얼굴이 잘 안 보이잖습니까."

"……예? 아, 네."

사내는 지환의 권유에 조금 더 줌을 당겼다. 그녀 주변으로 사람이 점점 더 많아지고, 그녀는 더욱 활짝 웃으며 모여든 사람들과 사진을 찍어주기에 여념이 없다.

"가셔서 사진 한 장 찍으시지 왜 이렇게 멀리서 찍으십니까?"

"사람이 많잖아요. 조금 있다가 가서 부탁하려고요."

"아아. 그럼 줌을 조금 더 당겨봐요."

"이게 다 당긴 거예요."

찰칵, 찰칵. 사내가 연신 셔터를 누르며 사진을 찍는다. 지환은 흡족한 시선으로 바라보다가 되었다는 듯 고개를 끄덕였다.

"사진 좀 건졌습니까?"

"네. 얼추 몇 장 건진 것 같네요."

"잘됐군요."

사내가 찍은 사진을 바라보며 잘 나온 사진을 거르자 지환은 씩 웃었다. 갑자기 나타나 질척거리는 지환을 바라보다가, 사내는 희원에게 시선을 옮기며 입술을 열었다.

"그쪽도 저분 팬이세요?"

"네네. 팬입니다."

"그럼 사진 찍으세요. 이런 기회 흔치 않은데."

"아, 사진은 괜찮습니다."

괜찮아. 나는 매일매일 4D로 보거든.

공연한 자신감을 보이며 지환이 거들먹거리지만 희원에게 시선을 빼앗긴 사내는 관심이 없다. 희원이 쳇바퀴 선물 받은 다람쥐처럼 웃자 사내는 저도 모르게 미소를 지으며 말했다. 사랑에 빠진 얼굴이다.

"예쁘지 않아요? 저분."

"아, 네. 예쁘네요."

"너무 예쁜 것 같아요. 혼자만 막 빛이 나고, 어우, 막, 어우, 실물이 더 엄청나네요."

조명을 받아서일까. 그녀는 집을 나설 때보다 훨씬 더 매력적인 얼굴이 되었다.

그토록 화장에 공을 들이더니, 성공했네. 지환은 그런 생각을 하며 피식 웃었다. 희원에게 영혼을 조공한 얼굴로 사내는 하트를 쏟아냈다.

"저분한테 가서 진지하게 번호 달라고 하면 안 주겠죠? 그건 좀 오버겠죠?"

"오버 정도가 아니라 그랬다간 잡혀갑니다."

잡혀간다고 하니 사내가 힐끔 지환을 바라본다. 무슨 헛소리냐는 듯한 표정이다.

"겨우 번호 물어보는데 잡혀가요? 누구한테요?"

"누구긴. 나한테."

"……예? 댁한테요?"

사내가 영문을 모르겠다는 것처럼 지환을 위아래로 훑는다. 니가 뭔데 날 잡아가냐는 듯한 표정을 짓고 있던 사내는 아하, 이제야 알겠다는 듯 코웃음을 흘렸다.

"뭐, 그런 거예요? 그쪽이 저분 사생팬? 삼촌팬인가?"

"남편인데."

"아아. 남편. 남……."

남…….

사내가 말꼬리를 흐리며 흐리멍덩해진 눈으로 바라보자 지환은 자신의 옷을 툭툭 털었다. 홀로 남겨진 구언은 이 양반이 대체 왜 안 오나, 홀로 술잔을 기울이고 있었고.

"가셔서 사진 한 장 찍으시죠. 우리 와이프 이제 곧 집에 갈 시간인데."

"아…… 네……."

"따라와요."

지환은 온갖 멋짐을 발끝에 신고 그녀를 향해 돌진하듯 걸어갔다. 자신의 아내에게 영혼을 조공한 사내를 뒤에 매달고.

"부인!"

"……어? 뭐야! 벌써 왔어?"

사진을 찍어주던 희원이 돌아보며 눈을 동그랗게 뜬다. '부인'이라고 하자 둥글게 둥글게 모여 있던 사람들 중 남자 절반이 떨어져 나간다. 그녀의 유명세만큼 기혼이라는 정보는 널리 널리 전파되지 않았음이 심각하게 안타까운 지환이다.

흥, 지환은 더욱더 눈에 불을 켜며 그녀 가까이에 다가섰다. 약간의 취기가 있는 까닭 때문인지, 그녀는 평소보다 더욱 과격하게 그를 반겼다.

"언제 왔어어어어. 지금 온 거야?"

"차차 설명하고 일단 이분 사진 좀 찍어드려. 팬이래."

지환이 뒤를 돌자 가까이서 그녀의 실물을 영접한 사내가 황송하다는 듯 서 있다. 희원은 두 번째 쳇바퀴 선물을 받은 다람쥐처럼 웃었다.

"안녕하세요. 어서 오세요, 찍어드릴게요."

"어…… 그럼…… 좀…… 네……."

사내가 쭈뼛거리며 다가서자 지환이 휴대폰을 받아 들고 사진을 찍어주었다. 슬금슬금 지환의 뒤로 사람들이 줄을 선다.

"사진 잘 간직하시고 번호는 따지 맙시다."

"네. 덕분에 사진 잘 찍었습니다."

지환의 엄포에 고개를 끄덕이며 사내가 사라지고, 공간은 다시 포토존이 되어버렸다. 그녀의 사생팬이자 성공한 덕후. 피리 부는 남편이었다.

· · ✦✦✦✦ · ·

"아이고 삭신이야…… . 안 쑤시는 곳이 없네…… ."

지환과 함께 귀가한 희원은 앓는 소리를 끙끙 내었다. 남편을 따라 구언과도 만나고, 그곳에서도 가볍게 술잔을 기울이다가 집으로 나선 것이다.

지하 주차장에 도착한 두 사람은 나란히 뒷좌석에서 내렸다. 눈을 뜨는 둥 마는 둥, 희원은 급격하게 밀려오는 피곤에 비틀거렸다.

"아아…… 피곤해…… . 몸이 마음을 따라주질 않아…… ."

"취했어?"

"아니, 취하진 않았는데 너무 피곤해. 늦게까지 노는 건 생각보다 힘든 일이었어."

밤 문화에 익숙하지 않은 그녀는 생각처럼 늦게까지 놀 수 없는 체력에 탄식했다.

그녀뿐만이 아니었다. 그녀의 동료들도 마찬가지였다. 오늘 밤을 불태워보자! 시작엔 의욕적이었지만 시간이 지날수록 하나둘 지쳐 나가 떨어졌다.

"다들 앉아서 옛날 같지 않다고 얼마나 한탄했는지 알아?"

"매일 춤추고 운동하면서 그렇게 힘들어?"

"아, 그거랑은 또 다르네. 나중엔 진이 다 빠져서 다 같이 말을 잃었어.”

멍하니 정신줄을 놓는 동료들이 속출하기 시작했단다. 오늘이 마지막인 것처럼 놀고 싶었지만, 내일도 살아야 한다는 것을 아는 나이가 되어버렸다고.

에휴. 희원은 비틀비틀 걸음을 옮기며 긴 한숨을 내쉬었다.

“업어줄까?”

“아? 진짜?”

기껏해야 지하 주차장에서 엘리베이터를 타는 일만 남았는데, 업어주겠단다. 거절 모르는 희원이 눈을 반짝 빛내자 지환은 앞으로 조금 걸어가 한쪽 무릎을 굽혀 앉았다.

“업혀봐. 업어줄게.”

“아, 뭐, 걸어가도 되긴 하는데. 업혀 갈 정도는 아닌데.”

“그럼 걸어가든가.”

“아, 아! 업혀! 업혀! 지금 업힌다고!”

희원이 일어서려는 지환을 억지로 앉히며 주변을 둘러보더니, 풀썩 그의 등에 안겼다.

“잠깐만, 너 지금 치마 입었잖아.”

“늘어나, 늘어나. 엄청 잘 늘어나.”

희원을 들어 올리던 지환은 그녀가 입고 있는 코트가 잘 내려왔나 확인하고는 걸음을 옮기기 시작했다.

이 유치하고 닭살스러운 애정 행각에 본인도 민망한지 뒤에 매달린 그녀가 웃는다. 지환은 엘리베이터 버튼을 누르며 힐끔 고개를 돌렸다.

"왜 웃어?"

"그냥. 나이 먹고 이게 뭐 하는 짓인가 싶어서."

줄줄줄 그녀가 내려가는 느낌에 지환이 훌쩍 그녀를 반동으로 올렸다. 몇 층이나 내려오나, 엘리베이터 층수를 확인하며 지환도 웃었다.

"그래. 나도 내가 나이 먹고 이런 짓 가능할 거라고는 생각 안 했으니까."

"우리 좀 유치한 것 같아. 안 그래요?"

띵동, 엘리베이터가 도착하고 문이 열린다. 붙어 있는 거울로 한 몸이 된 두 사람이 비친다.

엘리베이터에 올라선 지환은 비스듬하게 서며, 거울에 희원이 보일 수 있도록 했다. 코알라 새끼처럼 자신에게 매달려 거울을 들여다보는 희원을 응시하다가 지환은 미소 지었다.

집으로 올라가는 짧은 순간 거울에 반사되는 서로에게 시선을 고정한 채, 두 사람은 뜻이 같은 웃음만 주고받았다.

내 얼굴을 바라보듯 네 얼굴을 바라보다가, 집 앞에 내려서는 그녀가 그의 손을 대신하여 비밀번호를 눌렀다.

"아아, 다 왔다아."

바깥에서 머물다가 들어온 자들만이 알 수 있다는, 역시나 세상에서 제일 편한 우리 집이 등장한다.

희원이 매달린 채 신발을 벗어 현관에 툭툭 떨군다. 지환은 그녀를 업은 채로 거실에 들어서 소파에 내려주었다. 약간은 아쉽다는 듯 희원이 올려보자 지환은 허리를 두드렸다.

"흐어, 부러질 뻔했네."

"아오. 그렇게 부실해서야 되겠어?"

희원이 입술을 삐죽거리자 지환은 일부러 허리를 두드리던 움직임을 멈췄다. 즐거운 에너지를 몽땅 쏟고 집으로 돌아온 그녀는 축, 늘어진 모습을 하고는 소파에 드러누웠다.

"대체 그 안에서 뭘 어떻게 하고 놀았는데 녹초가 되었어?"

"엄청났죠. 다들 그렇게 모인 건 오랜만이었으니까."

희원이 힘들지만 모처럼 즐거웠다고 말하며 웃자 지환은 재킷을 벗으며 소파에 앉았다. 그녀가 꼬물거리며 곁으로 다가오더니 무릎에 착, 하고 달라붙어 눕는다. 이젠 자동 반사다.

"……행복해."

그녀에게 무릎을 내어주고 다정하게 머리를 쓸어 넘겨주던 지환은 손길을 멈칫, 했다. 문득 그녀의 입 밖으로 튀어나온 말은 맥락이 없었지만 그래서 더욱 깊게 다가왔다.

"행복해. 그냥 순간순간 갑자기 막 행복해. 설레고, 웃음이 나."

중얼거리던 그녀가 눈을 뜨며 위를 올려다본다. 지환은 고개를 더 내리며 그녀와 시선을 맞췄다.

"남편. 내일 하루 종일 우리 뭐 할까?"

"글쎄, 부인 하고 싶은 걸 해야지. 뭐 하고 싶은 거 있어?"

"음. 나는요, 내일 하루 종일 침대와 한 몸이 되고 싶어. 지금 너무 힘들거든."

"나랑 한 몸이 되어야지 무슨 소리 하는 거야."

"아, 몰라. 힘들어. 그냥 하루 종일 누워서 남편이 끓여주는 라면이나 먹고 뒹굴거리고 싶어."

……부부니까 할 수 있는 편안한 내일을 꿈꾼다. 그녀의 소박한 상상에 지환은 웃음을 터트렸다.

"그래, 그럼. 그렇게 해."

"날이 추우니까……. 이불 밖은 위험하단 말이야……."

희원이 편하다는 것처럼 몸을 뒤척이며 느리게 말하자 지환은 고개를 조금 더 내려 그녀 이마에 입을 맞추었다. 이윽고 입으로, 목덜미로 내려가던 그는 귓가에 나직하게 속삭였다.

"맞아. 이불 밖은 위험해."

"……."

"그런데 아마, 이불 속은 더 위험할 거야."

희원은 그만 웃음을 터트리고 말았다.

· · · ◆◆◆◆ · · ·

"날씨 좋─다!"

입국 수속을 마친 지환은 공항을 빠져나오며 하늘을 올려다보았다. 자그마한 캐리어를 끌고 따라 나오던 희원은 그가 바라보는 하늘을 따라 바라보았다. 마치 PC 모니터 속 바탕화면처럼 파란 하늘에 하얀 구름.

"남편, 하늘이 너무 예뻐."

"그러니까 말이야. 예술인데?"

두 사람은 움직이는 것도 잊고 한참이나 하늘을 응시했다. 고개만 들면 마주할 수 있는 하늘이지만 이렇듯 높고 푸른, 선명하고 쨍한 날씨는 채감하기에 오랜만이라.

코끝을 스치는, 약간은 낯선 이국땅의 냄새. 한국 땅에선 좀처럼 보기 힘든, 그림 같은 꽃과 나무. 퍽퍽한 기색 하나 없이 느릿한 몸짓에서 여유가 흐르는, 현지 사람들의 모습.

"남편. 하늘 구경은 이제 그만하고 슬슬 갈까?"

"아아, 그럽시다. 가야지."

두 사람은 괌에 도착했다. 뒤늦은 신혼여행을 떠나기로 결심한 뒤, 사전에 입을 맞춰보기라도 한 것처럼 이곳을 함께 선택했다.

그녀는 홀로 빚어낸 기억 속에 그를 초대하고 싶었고, 그는 함께 해주지 못해 못내 미안했던 마음을 씻고 싶었다.

"희원아, 일단 렌트부터 하자. 저쪽으로 가볼까?"

"저쪽으로 가면 돼? 어떻게 알아?"

"왜 몰라? 저쪽이지. 따라오시죠."

지환이 대번 길을 찾자 희원은 당황하며 그의 얼굴을 올려다보았다. 낯선 곳에 떨어지면 조금 헤맬 줄 알았더니 오히려 앞장서서 귀신같이 길을 찾는다. 엇, 미심쩍은 표정으로 따라 걷다 보니 정말 렌터카 상담소가 나온다.

"서지환 씨. 괌에 처음 온 것 맞아?"

"무슨 뚱딴지같은 소리야. 처음이라니까."

"그런데 어떻게 이렇게 한 번에 길을 찾아? 이건 무슨 조화야?"

"버스 타는 사람들 빼고는 다 이쪽으로 걷잖아. 그럼 이쪽에 뭐가 있다는 거지."

"아……."

아…… 눈썰미 대단하다…….

희원은 렌터카 사무실 안으로 들어서는 지환의 뒷모습에 눈을 빛냈다. '검사'라는 직업을 가지고 있다는 사실을 빼면, 평상시 남편은 어딘가 약간 모자란 것 같은 포스를 풍기곤 했다.

뉴스를 보다가 가끔 관련 법규를 버릇처럼 중얼중얼거릴 때 빼고는 뭐랄까, 우리 남편 정말 검사 맞나 싶을 정도로 허점투성이였으니까.

"우리 남편 정말 검사 맞나 봐. 다시 봤어."

타고난 길치인 희원이 옆에 바투 서서 눈을 빛내자 지환은 여권을 꺼내 들다가 피식 웃었다. 길 좀 찾았다고 직업까지 인정해주겠단다.

하긴, 내비게이션 없이는 친정도 운전해서 찾아가지 못할 천하의 길치인 희원이 보기엔 대단할지도 모르지.

"봤지. 남편이 이렇게 똑똑하다. 평소엔 내가 감추고 사는 거야. 당신이 나의 똑똑함을 부담스러워할까 봐."

"앞으론 감출 거면 적당히 감춰. 뇌가 해맑아도 너무 해맑은 것처럼 굴지 말고."

"……."

지환은 희원의 일침에 입술을 꾹 닫으며 상담 의자에 앉았다. 복잡한 절차는 아니었고, 상담사의 안내에 따라 지환은 계약서를 작성했다.

사인하라는 곳에 사인하고 건넬 줄 알았더니 들고 신중하게 읽는다. 희원은 팔짱을 끼고 그의 뒤에 섰다.

"계약서에 뭐라고 적혀 있는지 알고 보는 거야?"

"알려고 보는 거야."

"……진짜 무슨 말인지 보면 알아?"

"허, 이 여자 좀 보게. 남편의 영어 실력을 뭐로 보고. 당연히 읽을 줄 알지, 이 사람아."

"진짜? 정말? 이걸 다?"

오오. 희원은 2차로 놀랐다는 표정을 지었다. 아주 깨알 같은 글씨로 자잘하게 적힌 영어 계약서를 꼼꼼하게 훑으며, 전부 이해했단다. 지환은 눈빛이 변한 희원을 힐끔 올려 보다가 조용히 중얼거렸다.

"읽을 줄은 아는데 말할 줄은 몰라. 내가 바로 주입식 교육의 산물이지."

기다리던 상담사에게 문제없겠다며 계약서를 건넨다. 희원은 그의 뒤에 서서 크게 웃었다. 상담사는 지환이 건넨 종이를 툭툭 치며 정리하고 복사하다가 두 사람을 번갈아 바라보았다.

"신혼여행인가요?"

"네. 그렇습니다."

지환이 그렇다고 말하자 상담사는 눈썹을 크게 추켜올렸다가 내리며 아주 좋다는 표정을 지었다.

"이곳에서 멋진 추억을 만들길 바랍니다. 두 사람의 앞날에 축복이 있기를."

"감사합니다. 돌아오는 날 또 뵙죠."

끝으로 지환에게 차 키를 건네주며 상담사가 축언을 전하자 지환은 화답했다. 두 사람은 차량이 있는 곳으로 걸어가 남은 일정 동안 발이 되어줄 차량에 올라탔다.

"희원아, 이제 갈까? 일단 숙소로 가자."

"오케이, 콜!"

이것저것 차량 버튼을 확인한 지환이 차량의 뚜껑을 열자 희원의 입이 쩍 벌어진다.

"여, 열린다! 뚜껑이 열린다아아아!"

희원은 저도 모르게 소리치며 두 팔을 하늘 위로 올렸다. 쭈욱 뻗은 두 팔이 하늘과 맞닿을 것만 같아, 희원은 환호성을 질렀다.

화창한 날씨, 친절한 사람들. 얼굴을 스치고 가는 보드라운 바람. 시야를 가로막는 것은 아무것도 없고, 도로 위는 막히는 일 없이 한산하다. 이제 막 시작하는 신혼부부들을 반기는 이곳의 모든 것은 달콤하게 여겨졌다.

"가는 동안 노래 틀어줄까?"

"아, 좋지! 너무 좋지! 비림 진싸 너무 시원해!"

함께하는 여행이지만 나보다는 그대가 더 많이 행복하고 예쁜 추억을 담아 갈 수 있게 노력해야겠다고, 서로는 그런 생각을 했다.

남들보다 늦은 신혼여행인 만큼, 조금 더 특별하고 행복한 기억이 될 수 있길. 이 순간 두 사람은 마음속으로 기도했다.

부부의 길

엄마. 아이를 낳는다는 건 어떤 일이야?

"애들은 잘 도착했나 모르겠네."

희원의 어머니 임정순 여사는 중얼거리며 시아버님의 서재를 열고 들어갔다. 청소를 할 요량으로 들어선 임 여사는 시계를 힐끗 바라보았다.

딸아이는 일 때문에 밀려 갈 수 없었던 신혼여행을 난데없이 가게 되었다며, 얼마 전에 집엘 혼자 찾아왔다. 언제나 끊임없이 대화를 나누던 엄마와 딸은, 오랜만에 둘만의 시간을 가지며 소소하거나, 혹은 깊은 속내를 털어놓았다.

이런저런 이야기를 두런두런 나누다가 여전히 아이를 낳고 싶지 않느냐 조심히 묻자,

아이 문제는 정말로 잘 모르겠어, 엄마.

딸아이는 눈을 내리깐 채 조용히 답했다.

그래. 어려운 일이다. 너무 깊게 생각하지 말아라. 엄마는 딸아이의 어깨를 다독였다. 비록 원하는 답은 아니었지만 이제 막 결혼을 시작한 아이들에게 어떠한 자극도 주고 싶지 않았다.

"그래도 예전엔 뚝 잘라 안 낳겠다더니, 잘 모르겠다는 걸 봐서는 조금 마음이 움직인 모양이네."

임 여사는 중얼거리며 피식 혼자 웃었다. 결혼, 임신, 이런 이야기만 나와도 입에 거품을 물며 눈에 불을 켜고 거부하던 딸아이의 지난 모습이 엊그제 같은데.

엄마. 나도 내 마음을 잘 모르겠어. 뭘 원하는 건지 자꾸 바뀌어. 엄마는 나를 낳고 한 번도 후회한 적, 없었어?

아직은 완벽하게 해갈되지 않은 고민과 염려를 눈동자에 가득 담고, 딸아이는 물어왔다.

그냥 내 인생을 살걸 그랬다고 후회한 적, 엄마는 정말 없었어?

아이가 무엇을 고민하는지, 무엇을 어려워하는지 누구보다 잘 알고 있는 엄마는 아이가 뱉은 질문의 끝에 조용히 아이의 손을 잡았다.

그러곤 언제가 써두었던 편지를 봉투에 넣어 건넸다. 신혼여행지에 가서 쓰라고 얼마간의 비상금을 함께 넣어주며, 편지 또한 그곳에 가서 열어보라고.

"이제라도 신혼여행을 가고. 내 기분이 다 좋네."

임 여사는 잠깐 아이들 생각을 하다가 빙긋 웃었다. 하루하루, 서툰 방식이나마 가족의 울타리를 만들어가는 딸아이의 눈빛이 변하고 있음을 느낀 엄마는 두 사람의 사소한 변화를 무척이나 반겼다.

처음보다 더 많이, 서로에게 조금씩 더 의지하고 있다는 것을 느끼며 엄마는 더 바랄 것이 없다고, 그렇게 생각했다.

"그나저나 아버님은 어딜 가셨지. 요즘 출타가 잦으신데, 말씀도 없으시고."

임 여사는 책 사이사이의 먼지를 털어냈다. 요즘 시아버님의 바깥나들이가 평소보다 더 잦아, 오늘도 아버님의 서재는 텅 비어 있다.

혈압이 들쑥날쑥한 시아버님의 책상에 손녀 희원이가 선물해드린 혈압기가 놓여 있다. 마른 수건으로 혈압기 위를 닦아낸 임 여사는 수순대로 아버님 책상 아래 휴지통을 비우고, 책상 위를 정리했다.

별생각 없이 돌아서 나가려는데, 돌아서는 시선 사이로 커튼 뒤 검은 봉지가 눈에 들어온다. 감춰두려 했으나 커튼이 움직이며 조금 형체가 드러났음이 분명한 봉지.

임 여사는 봉지를 들었다. 묶인 것을 조심히 풀어 안을 들여다본 임 여사는 입술을 멍하니 벌렸다.

"……이게 뭐야."

아…… 임 여사는 한동안 눈을 깜빡깜빡거리다가, 뒤로 휘청거렸다. 자신이 매일 아침마다 아버님께 물과 함께 챙겨드린 약이 들어 있던 것이다.

덜덜덜 떨리는 손으로 안을 헤집어 약 봉투를 보니 두어 달 전 처방 받은 날짜가 적힌 약부터, 최근 것까지 들어 있다.

드신 척하고는 드시지 않은 것이 분명하다. 검은 봉지를 붙잡은 그대로 임 여사는 바닥에 주저앉았다.

"아이고…… 아버님……."

임 여사는 두 눈을 질끈 감았다.

* · ✦ ✦ ✦ ✦ ✦ · ·

바다가 바로 보이는, 일전에 그녀가 홀로 지냈던 숙소에 들어온 두 사람은 간단하게 짐을 풀고 호텔 이곳저곳을 누볐다.

"여기서 사진 찍으니까 진짜 배경이 예술이었어."

"아아. 그랬겠네."

희원이 멈춰 서며 미리 와봤던 곳을 소개하자 지환은 느릿한 시선으로 공간을 두리번거렸다.

마치 기시감을 느끼듯 공간은 눈에 익었다. 그녀의 SNS로 눈여겨보았던 장소들을 실제로 보게 된 지환은 남다른 반가움에 웃음이 터졌다. 도둑처럼 그녀의 사진을 염탐할 때만 해도, 이곳에 함께 서 있게 될 거라고는 상상하지 못했는데 말이다.

"희원아, 사진 같이 찍을까?"

"좋지. 이리 와봐요."

거짓말처럼 함께 있다. 그녀가 홀로 서 있던 공간에, 내가 있다.

지환은 만감이 교차하는 느낌에 가만히 아내의 허리를 끌어당겼다. 희원이 익숙한 구도로 휴대폰을 들자 얼굴을 가까이 대며, 지환은 그녀와 사진을 찍었다.

이렇게 차근차근 모든 공간을 돌아다니면서 그녀가 홀로 빚어낸 기억 속에 들어가고 싶어졌다. 사진을 찍고 난 후 지환과 희원은 약속이나 한 듯 손을 붙잡았다.

"이번엔 저쪽으로 가볼래요?"

"좋지. 저긴 뭔데?"

"저쪽으로 가면 분수대가 나와. 동전 던지면서 소원도 빌고 그 래."

"아아, 거기."

그래. 거기. 아주 잘 알지.

지원은 희원이 끄는 대로 고분고분 발길을 옮기며 분수대를 떠올렸다. 그때 그녀의 SNS 속, 분수대 앞에 서서 동전을 던진 사진 아래 이런 글귀가 적혀 있었다.

― 동전을 던지며 나는 빌었다. 이 또한 지나가리라.

"여기야. 여기 분수대. 예쁘죠?"

……이 또한 지나가리라.

"그래, 예쁘다. 여기였구나."

혹시 그거 아니. 그때 그, 너의 짧은 문구가 내 마음을 밟고 가더라.

"이곳에 동전을 던지며 소원을 빌면 소원이 이루어진대요."

"아아, 그래."

너의 인생에서 내가 끝나고 말기를, 지나가고 말기를 너는 얼마나 원하고 바랐니. 자그마한 동전 하나에 온 마음을 실어 던지며, 제발 피해 갈 수 있기를. 제발 고요해질 수 있기를.

"우리 온 김에 동전 던지면서 소원 빌어볼까? 남편, 동전 가진 것 있어?"

"잠깐만. 있을 거야."

그때가 이렇게나 선명하다. 그것이 참 감사해, 새삼스럽지. 결국 너는 그때를 지나치고, 바람대로 무사히 지나왔고, 우리는 완전히 새로운 사람들이 되어 이곳에 함께 있게 됐음을.

"아아. 있다. 여기."

"우리 같이 던질래요?"

"그럽시다, 부인."

지환은 빙그레 웃으며 아내에게 동전 하나를 건넸다. 아내는 마치 신께 닿는 수단처럼 가만히 동전을 손에 쥐고 눈을 감는다.

지환은 그 모습을 물끄러미 바라보았다. 중얼중얼 조용히 속삭이며 소원을 빈 그녀는 다시 눈을 뜨고 동전을 던졌다. 풍덩, 동전은 약간의 출렁임을 끝으로 가라앉았다.

"내가 있잖아요, 여기서 처음에 빈 소원이 뭔 줄 알아?"

"……아니."

"이 또한 지나가리라. 이렇게 빌었었어."

지환이 모른 척하자 희원이 솔직하게 답하며 웃는다.

"그땐 정말 막막했거든요. 서지환이라는 사람에게서 벗어날 수 있을까, 내가 할 수 있을까, 무섭다. 이런 생각 하면서 그래도 벗어나야 한다면 도와달라고 빌었어."

"지금은, 뭐라고 빌었는데?"

"알고 싶어요?"

희원이 고개를 돌리며 바라본다. 맞춰보라는 것처럼 눈을 빛낸다. 지환은 동전 하나를 쥐고 가만히 서 있다가 멀리 던졌다.

풍당, 그가 던진 동전도 고요히 가라앉는다. 잠시 분수대를 말없이 바라보던 지환은 희원에게 시선을 돌리며 입술을 열었다.

"말해봐. 뭐라고 빌었는지."

"이제는 지나가지 말라고 빌었어."

"……."

"더 바라는 거 없으니 지금처럼 지낼 수 있게 해달라고 빌었어. 사람 참 간사하죠, 손바닥 뒤집듯이 소원이 변해."

희원이 민망하다는 듯 웃으며 말하자 지환은 엷은 웃음을 지으며 답을 대신했다. 다음 장소로 이동할까, 지환이 그녀에게 턱 끝으로 방향을 가리키자 그녀가 밉지 않게 눈꼬리를 올린다.

"서지환 씨는 말 안 해줄 거야? 치사하게?"

"뭘?"

"동전 던지면서 뭐라고 빌었는지 말 안 해줘?"

"아아. 그거."

그는 그녀의 손을 잡았다. 함께 오른발을 내디뎠고, 다음 발을 나란히 했다.

"제 아내가 뭐라고 빌건 간에 이루어지게 해주세요. 라고 했어."

둘 사이를 비추는 조명은 어찌나 화려한지, 깊은 밤은 무색하기만 했다. 지금 이 순간, 세상에 더 아름다운 것은 무엇인가.

"그게 내 소원이야."

감히 없을 것만 같았다.

• • • ◆ ◆ ◆ • •

　밤에 취하고 빛깔 좋은 칵테일을 몇 잔 나눠 마신 두 사람은 객실로 올라왔다. 차례대로 씻고 나온 두 사람은 밤바람이 부는 테라스에 앉아 바다를 향해 시선을 주며 맥주를 마셨다.

　이런 이야기를 해본 적이 있었나, 싶은 미래에 대한 이야기가 오고 갔고. 가정을 위해 서로가 노력해야 하는 일, 우리에게 현재 부족한 일에 대해 진지한 대화가 진행되었다. 언제나 웃음만 주고받던 두 사람에게 처음 있는 일이었다.

　"미래를 위해 돈을 열심히 모아야겠어. 난 그런 일에 젬병인데, 남편이 맡아서 관리할래?"

　"그런 쪽으로는 내가 좀 더 꼼꼼할 것 같다. 내가 할게."

　"구체적으로 어떻게?"

　"일단 목표 금액 협의하고 무리하지 않는 선에서 저축을 좀 늘려야겠지. 당신 수입이 일정하지 않으니까 고정 수입 위주로 해봅시다."

　"그러게요, 난 수입이 일정하지 않아서 미래를 계획하기가 힘들어."

　"괜찮아. 남편이 벌잖아."

　"빚이나 갚아."

　"넵. 하, 밥값은 갚아도 갚아도 자꾸 늘어나는 것 같은데 이거. 느낌 탓인가?"

　그가 단박에 대답하자 희원이 웃는다. 어딘가 정돈되지 않고 유연한 희원의 삶에 비해, 미래 계획까지 가능한 지환의 삶은 상당히 대조적이었다. 계산과 계획에 능력 없는 그녀에 비해, 그는 탁월했다.

"그럼 난 뭘 할까요? 서지환 씨가 우리의 미래 계획을 세우는 동안 난 뭘 맡아서 하지?"

"내가 너무 신중해서 선택하지 못하는 일들을 당신이 바로바로 처리해주잖아. 그 정도 역할이면 훌륭하지."

"그럴까? 그럼 난 그거면 될까? 그건 자신 있거든."

간혹은 너무 신중해서 선택을 하지 못하는 지환의 성격과는 달리, 희원은 시원하게 선택했다. 후회도 드물고, 실패하는 경우도 드물었다. 이만하면 완벽한 호흡을 자랑하는 거라며 서로는 마주 보고 웃었다.

"참, 나 엄마가 여행 가서 쓰라고 용돈 줬다?"

"장모님이?"

지환이 맥주를 삼키며 묻자 희원은 고개를 끄덕였다. 엄마가 써준 편지도 읽었지만, 어쩐지 그녀는 말이 떨어지질 않았다.

"감사해서 어쩌지. 장모님 선물 좋은 거 사가지고 가야겠다."

"내일은 쇼핑해. 가족 선물도 좀 사고."

"그래. 내친김에 18불 넥타이 산 곳도 데려가줘. 한 무더기 사다가 동료들 좀 나눠주게."

……이런저런 이야기를 하다 보니 느낌엔 완연한 부부 같다. 이제 막 친해지고 이제 막 알아가는 사이가 아니라, 우리는 모든 것을 완벽하게 공개해버린 듯한 느낌.

비어버린 맥주캔을 쥐고 지환이 테라스 밖 바다를 물끄러미 바라본다. 검은 바다는 철썩거리는 소리만 내어줄 뿐, 사방이 컴컴한 까닭에 모습을 드러내지 않았다. 외려 소리만 들려오는 지금이 분위기를 더 차분하게 만들어주었다. 희원은 정면에 시선을 고정한 지환의 얼굴을 물끄러미 응시했다.

"누차 말하지만 그렇게 처다본다고 닳지 않아. 난 얼굴에 철판을 깔았거든."

"이곳에 남편이랑 같이 있으니까, 기분이 이상해. 나 혼자 여기 앉아서 밤바다 바라봤었는데."

"여기 앉아서 바다 보면서 내 생각, 했어?"

"……했죠."

그녀의 솔직한 대답이 마음에 든다는 것처럼 지환이 흘깃 바라보며 흔연한 미소를 짓자 희원은 그의 어깨에 얼굴을 기댔다.

"잊고 싶어서 도망쳐 왔는데, 잘 안 됐어. 실패하고 돌아갔지 뭐."

"그런데 왜 나 안 받아줬어, 처음에."

"약 올라서. 고생 좀 해보라고."

"거짓말 좀 해라, 이럴 땐. 사람이 뭐 이렇게까지 솔직하냐?"

"그게 제 매력이랍니다."

그녀가 소리 내어 웃자 지환은 그녀의 손을 꽉 잡으며 고개를 돌렸다. 불시에, 예고 없이, 그는 그녀의 입술을 삼키듯 입술을 맞댔다. 검은 바다의 소리는 아주 일정하게 밀려오고, 다시금 사라지고,

"안으로 들어갈까?"

그가 다정하게 물으며 어깨를 감싸 안는다. 조금 더 공격적인 태도로 그가 희원의 목덜미에 입술을 파묻자 그녀는 눈을 감았다가 떴다.

"아아. 그래요, 좋아. 다 좋은데."

희원이 좋다고 말하자 그는 그녀를 일으켰다.

"있잖아, 남편. 나 오늘 좀 위험한 날인데."

"나도 위험해, 지금. 잔뜩 화가 났거든."

침대까지 가는 길고 꽤 멀고, 그의 행동은 과감해졌다. 희원은 아찔해지는 정신을 붙잡으며 다시 입술을 열었다.

"아니, 그게 아니라 나 진짜 위험한 날이라고."

"……무슨 말이야."

침대 매트리스에 무릎이 꺾인 희원이 뒤로 넘어간다. 포개지듯 침대로 넘어진 두 사람의 얼굴이 가까워지고, 비로소 시선이 닿았다.

……다시금 선택의 기로에 선다.

"들은 그대로야. 오늘 위험한 날이라, 서지환 씨 선택해야 해."

우리는 어떤 부부가 될 것인가.

"남편, 어떡할까?"

그녀는 묻지 않고 넘어갈 수 없는 질문에 닿았다. 그리고 그에게 넘겨주었다.

"우리 피임, 할까요?"

피할 수 없는 숙제였다.

열린 문틈으로 바람이 들어온다. 바다의 소리가 조금은 아득하게 밀려온다.

침대에 포개진 두 사람은 가만히 숨죽인 채 서로를 바라보았다. 그러다가, 먼저 입술을 연 쪽은 희원이었다.

"우리 어떡할까? 날짜가 조금 위험한데."

"……아, 미안. 내가 너무 말이 없었지."

지환은 이제야 정신이 든다는 것처럼 몸을 일으켰다. 그가 조금 비켜서 침대에 걸터앉자 희원은 따라 상체를 일으켜 앉았다. 둘 사이를 뜨겁게 달구던 분위기는 삽시간에 내려앉고,

"괜찮아, 서지환 씨. 난 그냥 남편의 의견을 듣고 싶었던 것뿐이야."

조금은 모른 척하고 싶었던, 약간은 미루고 싶었던 이야기를 공간 사이에 두었다.

"괜찮아. 그렇게 심각한 표정으로 고민하지 않아도 된다니까."

그녀가 달래듯 스르륵 몸을 밀며 다가와 무릎에 눕는다. 지환은 가만히 그녀를 내려다보았다.

"당신은 어떤데."

그녀의 머리칼을 가만히 쓸며, 이번엔 그가 물었다. 절대적으로 아이는 낳을 생각이 없다던 아내였으니까, 물으나 마나 싶은 질문이긴 했지만 어쩐지 지금 그녀의 분위기는 묘한 구석이 있었다.

"솔직하게 말하면."

"⋯⋯."

"잘 모르겠어."

잘 모르겠어. 그녀는 뜻밖의 말을 꺼내 그를 당황하게 만들었다. 자세가 불편한지 조금 몸을 뒤척이다가, 그녀는 다시 말을 이었다.

"있잖아요, 사실 내가 왜 그렇게까지 아이를 낳기 싫다고 말했을까 생각해봤어."

"지금 하는 일을 못 하게 될까 봐 그런 거지."

"아니야. 무용은 아이를 낳고도 얼마든지 할 수 있어. 남편이 뜻을 합쳐 도와준다면."

경력 단절은 꺼내놓기 쉬운 변명에 불과했다. 남들을 이해시킬 수 있는, 가장 강력한 무기였으니까.

"생각해보니 처음부터 그저 난 집안 어른들께 결혼과 임신을 권유받는 게 싫었던 것 같아."

처음엔 종용당하는 것이 싫었다. 반항심과 오기가 동반되었다. 내 할아버지가, 내 부모님이 원하는 대로는 살아주지 않을 거라고, 마음이 거부했다.

"그런 마음이었던 것 같아. 나는 할아버지와 달라요. 나는 엄마랑 달라. 나는 평범한 사람들과 달라도 많이 달라. 절대로 똑같이 살지 않을 거야, 이런 마음."

비혼이 나의 뜻이며 신념이라고 우겼지만 사실은, 살아보라는 대로 살고 싶지 않았을 뿐이다. 나는 특별하니까.

"누구보다 내가 특별한 줄 알고 살았는데, 그래서 남들과는 다른 아주 멋진 인생이 기다리고 있는 줄 알았는데, 알고 보니 난 지극히 평범했던 거죠."

"당신 특별해. 얼마나 특별한 사람인데."

"특별한 내가 특별하게 사는 게 아니라, 평범한 나를 특별하게 만들어주는 사람이랑 다들 그렇게 살아가는 건가 봐."

결혼을 하고 보니 조금 더 넓은 세상이 보이기 시작했다고, 그녀는 말했다. 때가 되면 자연스럽게 모든 것이 순리대로 흘러갈 거라고 말하던 엄마의 잔소리는 예언과도 같았다.

"엄마가 그때 내게 했던 말 중 틀린 말이 하나도 없어. 요즘 생각하다 보면 소름이 끼친다니까."

아, 맞다. 희원은 주머니에서 편지를 꺼냈다. 지환에게 보여주려는 듯 조심스럽게 펼치며, 그녀는 약간의 미소를 머금었다.

"엄마가 나한테 써준 편지인데, 남편도 보여주고 싶어."

"보여줘."

희원이 편지를 내밀자 지환은 단숨에 읽었다. 읽는 동안 고요했던 눈빛은 점차 일렁이더니, 다 읽고 난 후엔 복잡해 보였다. 희원은 지환의 손에 있는 편지를 다시 가져가 눈으로 읽으며, 입술을 열었다.

"결혼한 뒤로 꿈은 자꾸 바뀌고, 좋거나 싫은 것들도 변하고, 이상향으로 생각했던 내 미래도 자꾸 변해."

희원아. 엄마야.

우리 딸에게 언젠가 이야기를 해주고 싶은 게 있어서 깊은 밤 몇 자 적어본다.

"어쩌면 엄마도 나와 같은 생각에서 출발하고, 아이를 낳고 살아가는 많은 사람들이 나와 같은 생각을 거쳐서 흘러간 건 아닐까, 그런 생각이 들었어."

　나이가 들면 저절로 알게 되는 것들이 몇 가지 있는데, 그중 하나가 따뜻함의 감사함이란다. 따뜻함은 절대로 노력 없이 만들 수 없고, 또 멈추면 유지할 수 없어. 그것이 공간의 온도이건 사람의 온기이건 간에 말이야. 따뜻함이란 삶의 근간이자 노동의 이유, 사람이 함께 사는 절대적이고 지배적인 이유란다.

　"내가 지금 하고 있는 생각이 특별한 게 아니라, 누구나 한 번쯤은 해본 생각인 것 같아서. 뭐랄까, 난 굉장히 평범하게 잘 살아가고 있구나, 안심도 됐고."

　누군가에게 따뜻한 네가 되어라. 네가 나누어준 따뜻함을 안고 다시 네게 군불이 되어 돌아올 그런 사람을 만나라. 내 것도 네 것도 아닌 따뜻함에 함께임을 기억할, 그런 사람을 만나고 되어라.

　"있잖아, 남편."

　"그래, 말해."

　"우리 따뜻하게 살자. 몸도 마음도 따뜻하게."

　그렇게 심신이 따뜻해지면 기댄 마음 사이로 둥근 세상이 마침내 열리는데,

　"아이 문제는 이제, 남편에게 맡길게. 난 내 운명에 맡기기로 했으니까."

　딸아. 그게 바로 네 아이요, 네가 사랑하는 사람의 아이란다.

· · ✦ ✦ ✦ ◆ ✦ ✦ · ·

"저, 계장님."

"예. 검사님."

꿀 같았던 여행을 끝으로 지환과 희원은 다시 일상에 복귀했다. 책상에 앉아 잠시 생각에 잠겼던 지환이 부르자 최금호 계장이 고개를 돌리며 바라본다.

"계장님. 결혼 생활 행복하십니까?"

"……예?"

예? 최 계장은 그게 무슨 뜬금없는 소리냐, 하는 표정을 지으며 지환을 바라보았다.

"검사님 결혼 생활이 행복하시다고요?"

"아뇨. 행복하시냐고요."

"아아. 질문입니까?"

"네. 그렇습니다."

지환이 깍지 낀 손으로 턱을 받치며 당장 답을 내어놓으라는 식의 표정을 짓자 최 계장은 자리에서 일어섰다. 커피를 들고 느릿느릿 다가오더니, 얼굴을 빤히 바라본다.

"검사님. 지난 오랜 시간 동안 단 한 번도 궁금해본 적 없던 제 결혼 생활이 갑자기 왜 궁금하십니까?"

"질문은 제가 했습니다. 답 좀 해주십시오."

"그런 건 신혼 때나 오고 가는 질문입니다. 검사님께나 어울리는 질문이라는 뜻이지요."

"하…… 야박해. 알겠습니다. 이거 드세요."

지환이 눈을 가늘게 뜨며 최 계장을 바라보다가 서랍을 열어 쿠키 봉투를 꺼냈다. 아침에 정윤이 두고 간 쿠키를 바라본 최 계장은 그제야 만족스럽다는 표정을 지었다.

"이왕 검사님께서 주시는 거니 잘 먹겠습니다. 커피를 맨입으로 마시려니 입이 껄끄러워서요."

"저는 지금 계장님이 껄끄럽습니다. 빨리 답변 주십시오."

지환이 어서어서 답을 내어놓으라는 듯 책상에 똑똑 노크를 하자 최 계장은 쿠키 봉투를 뜯었다. 이미 훌쩍 커버린 아이들과 아내. 최 계장은 평범한 직장인이자 집안의 가장이었다.

"딱히 행복할 것도 없고, 딱히 불행할 것도 없습니다. 답변이 되었습니까?"

"행복할 것도 없고, 불행할 것도 없다……."

"집사람과 얼굴만 마주 봐도 웃음 나던 시간은 지난 것 같고. 앉아서 하는 얘기의 8할 이상은 아이들 이야기다 보니 요즘 말로 꿀 떨어진다는 세월은 오래전에 졸업했지요."

"졸업……."

"바쁘다 보니 대화할 시간도 없어요. 며칠씩 말다운 말 한 마디 주고받기 어려울 때도 있고요."

"뭔가 쓸쓸한데요. 가장 가까운 사람과 말 한 마디 주고받기 어려운 일상이라니."

"검사님. 인생의 장르가 항상 로맨스일 수는 없습니다. 지나다 보면 다큐도 나오고, 미스터리도 나오고, 판타지도 나오고, 별별 장르가 다 나오니까요."

최 계장은 커피를 한 입 삼키며 말을 이었다.

"집사람이 이제는 제 피부처럼 여겨지다 보니 말을 섞지 않아도 말을 섞고 있는 것 같을 때도 있습니다."

"아아."

나의 피부 같은 사람이라. 지환은 최 계장의 표현을 곱씹다가 고개를 느리게 끄덕였다.

"만약에 자식을 낳게 된다면 아내에게 소홀하게 될까요? 혹은 인생이 완전히 바뀐다거나……."

최 계장은 우적우적 쿠키를 씹다가 꿀꺽 삼키며 지환을 바라보았다. 이제야 지환의 질문을 알아듣겠다는 표정을 지었다.

"이건 설명이 안 됩니다. 누구 말을 들을 것도 없어요. 그냥 해보세요."

"……예? 해보라고요?"

"예. 해보세요, 검사님. 죽을 때까지 그 궁금증은 안 풀립니다. 직접 겪어보지 않으면 말이죠."

"지금 삶이 만족스럽고 행복한데 더 나은 삶을 기대할 수 있을까요?"

"음. 검사님."

"……."

"지금 얻은 것도 언젠간 잃는 법입니다."

영원히 쥐고 있는 무형의 것은 없는 법이라…….

"쥐고 있는 것에 집착하거나 매달리지 마십시오. 우리가 지금의 삶을 알고 과거를 살아온 건 아니지 않겠습니까?"

"아…… 좋은데요, 계장님."

어느덧 미지근해진 커피를 털어 마시더니, 최 계장이 쓰레기를 휴지통에 버린다.

"매일매일 행복하다고는 말 못 하겠습니다. 하지만 매일매일 행복하기만 한 사람이 얼마나 되겠습니까? 혼자 있으면 웃을 일 없을 때에도 집사람 때문에 웃고, 자식 한번 생각하며 웃는 거죠."

"내 아이를 잘 키울 수 있을까요, 자신이 없습니다."

"아아. 검사님 그건 염려 마십시오. 자식은 검사님이 키우는 게 아닙니다."

"예? 그럼 누가?"

"돈이 키우거든요. 그러니까 열심히 버세요."

"아…… 명언이다……."

최 계장이 명언을 날리며 자리로 돌아가자 지환은 하…… 한숨을 내쉬며 고개를 들었다. 머리로 생각하면 조금도 진전이 없는 문제.

"차검은 퇴근했나. 물어볼 게 있는데."

"차 검사님이요? 아까 퇴근하셨습니다."

"아, 그래요?"

혼잣말을 듣고 정윤의 행방을 알려주는 최 계장의 답변에 지환은 씩 웃었다. 그러나 이내 웃음을 지워버렸다.

"듣기에 검사님 사모님 만나러 가신다는 것 같던데."

"……제 와이프 말입니까?"

"네. 검사님."

"하…… 차겸 진짜……."

간다면 간다고 말이나 해주고 가지, 치사하게 혼자 가? 그것도 남의 와이프를 만나러?

지환은 의자에 머리를 기대며 한숨을 푸우우우우 내쉬었다. 지금이라도 정윤의 뒤를 쫓아가서 희원과 함께하고 싶지만 쌓여 있는 서류 더미를 보자니 언감생심 꿈도 꿀 수 없다. 제길, 매번 이래. 현실은 시궁창이야.

"저는 지금 진심으로 퇴근하고 싶습니다. 계장님."

"저도 그렇습니다. 하지만 힘내세요."

아! 퇴근하고 싶다!

· * * ◆ * * ·

함께 저녁을 먹자고, 이번엔 희원이 먼저 정윤에게 연락을 했다.

끝내지 못한 일이 조금 남았지만 정윤은 눈썹을 휘날리며 약속 장소로 출발했다. 괜찮아. 어차피 일은 내일도 쌓일 텐데, 조금 더 쌓인다고 깔려 죽진 않을 테니까.

"이렇게 따로 만날 친구가 생겨서 너무 좋다. 진짜 너무 좋은데?"

"저도 좋은데요? 퇴근하고 친한 친구랑 도란도란 저녁 먹고 수다 떠는 거 진짜 해보고 싶었는데."

"못 해봤어? 왜? 자기도 나처럼 친구가 없어?"

정윤이 의외라는 듯 눈을 동그랗게 뜨며 묻자 희원은 웃었다.

"친구들이 어울려 놀 땐 제가 통금이 있어서 못 해봤고, 이제 제가 시간이 좀 되니 다들 결혼을 일찍 해서 아이들 때문에 쉽게 못 나오더라고요."

"아아, 그렇구나. 그래, 그렇겠다. 결혼한 친구들은 그게 좀 크지."

쉽게 이해했다는 듯 정윤은 고개를 끄덕였다. 커트머리가 무척이나 잘 어울리는 정윤은 얼마 전 미용실을 다녀왔는지 조금 더 짧아진 머리를 하고 있었다. 큼직큼직한 이목구비가 짧은 머리와 더해져 더 부각되는 것처럼 느껴졌다.

"팍팍 좀 먹어. 항상 볼 때마다 느끼는 거지만 넌 너무 깨작거려. 마음에 안 들어."

"어우, 언니. 저 진짜 최선을 다해서 먹고 있다고요. 그리고 저 살이 금방 붙는 체질이라 살찌면 빼기 힘들어요."

"아아. 하긴, 무용하려면 다이어트는 필수지? 몸매 관리."

"네. 몸이 무거워지면 다치기도 쉬워요. 무릎이 남아나질 않으니까."

식단 관리는 필수라고, 하루를 많이 먹으면 이틀은 조절해야 한다는 희원의 덤덤한 말끝에 정윤은 미간을 슬쩍 찌푸렸다. 그녀를 바라보고 있자니 왜일까, 세상엔 거저 얻어지는 것이 없다는 말이 떠올랐다.

"어때, 요즘은 행복해? 서검이랑?"

더는 많이 먹으라 권하지 않으며 정윤이 음식을 덜어 자신의 접시로 가져간다. 행복하냐고 물어오는 정윤의 질문에 희원은 물을 마셨다.

"좋아요. 모든 게 다."

"그래, 좋다니 다행이네. 처음 두 사람 결혼식 갔을 때만 해도 이 결혼 괜찮을까 반신반의했는데."

"왜요?"

"그냥. 원래 뭐 눈엔 뭐만 보이는 법이거든. 내가 이혼하고 나니까 세상 사람들 다 아름답게 안 보이는 거지."

말끝에 정윤이 호탕하게 웃는다. 희원은 약간 머뭇거리다가, 용기를 내어 입술을 열었다.

"저, 언니. 이런 질문 실례인 줄은 아는데요."

"왜 이혼했냐고?"

"……네."

"흠, 이건 좀 어렵다. 솔직하게 말하면 나도 잘 모르거든."

응? 모른다고? 이번엔 희원이 눈을 동그랗게 뜨자 흠, 정윤은 테이블에 턱을 괴며 창밖으로 시선을 주었다.

"모르겠어. 지금은 잘 생각이 안 나. 뭔가 견딜 수 없을 만큼 결혼 생활이 힘들고 어렵고 했던 것 같은데, 밖으로 꺼내놓을 만한 이유를 못 찾겠어."

"아…… 희미하게 무슨 말인지 알 것 같아요."

부부만의 사정, 이야기. 희원은 고개를 작게 끄덕였다. 정윤은 여전히 창밖을 바라보고 있다.

"뭐에 막 홀린 듯이 빠졌거든. 대책도 없고 눈이 멀었다는 게 무슨 말인지 알 것도 같고, 정신 차려보니 내가 결혼을 했더라고."

정윤은 말했다. 쫓아다닌 것도, 프러포즈를 한 것도, 잡음이 많던 결혼을 서두른 것도 모두 다 본인이었다고.

"남 형사님의 어디가 그렇게 좋았어요? 그건 기억이 나요?"

"아아. 그건 확실하게 기억나지."

먼 곳으로 시선을 주고 있던 정윤이 뭐를 떠올렸는지 웃는다. 아마도 처음, 전남편에게 빠져버렸던 날을 떠올린 게 분명하리라.

"어쩌다가 둘이 남았는데 휴대폰만 보더라. 뭘 그렇게 봐요? 이렇게 물었는데."

'남 형사님, 뭘 그렇게 봐요?'

'아아. 야동 봅니다.'

"……그 순간 결혼해야겠다 했지."

야동 보는 이 남자와 결혼해야겠다. 그녀는 그런 생각을 하며 주먹을 말아 쥐었다고 한다. 얼굴색 하나 변하지 않고 야동을 본다고 하니 가슴이 쿵쿵 뛰더라. 야한 남자인 것 같아 더 마음에 들었다고 한다. 야구 동영상이었다는 건 후에 알았지만.

희원은 어처구니없는 에피소드에 웃음을 터트렸다. 희원이 웃자 정윤도 따라 웃는다.

"너무 웃겨, 야동 본다고 해서 결혼을 결심했다뇨."

"섹시했어. 얼마나 섹시했는데. 지금은 신물이 넘어올 것 같은 그 거지 같은 남방 패션도 얼마나 멋있게 보이던지. 에효. 눈이 멀었어, 눈이 멀었어."

정윤은 고개를 절레절레 저었다. 다시 그날로 돌아간다면 다른 선택을 할 수 있지 않을까, 가끔은 그런 생각을 한다고 말했다.

"아, 그리고 하나 더 있다. 이게 좀 결정적인 사건이었는데."

"뭔데요?"

"내가 좀 힘든 날이었어. 남 형사네 집에 놀러 갔는데 라면을 끓여주더라고."

"말로만 듣던 우리 집에서 라면 먹고 갈래? 이건 가요?"

"뭐, 내가 찾아간 쪽이니 그런 분위기는 아니었지만 하여튼 먹을 게 라면밖에 없다며 끓여줬는데."

라면이 바글바글 끓어오르는 양은 냄비 앞에 서서, 그가 자꾸 뭔가를 중얼거리더라. 대체 뭘 저렇게 중얼중얼거리는가 싶어서 귀 기울여 들어봤더니,

"남 형사가 라면을 끓이면서 초를 세고 있는 거야. '30, 29, 28, 27……' 이러면서."

그때만 생각하면, 가슴이 저릿하다.

14, 13, 12, 11, 10……

"그렇게 한참 가스 불 앞에 서서 초를 세는 거야."

3, 2, 1.

정윤아, 라면 다 됐다. 와서 먹어라.

"3, 2, 1. 되니까 가스 불을 끄더라. 이게 무슨 말인지 알아?"

"……그럼요. 알죠."

"그 30초가 나에겐 영원의 시간 같았어. 그날의 기분은 말로 좀 표현하기 힘든 것 같아."

라면 하나도 허투루 끓여서 먹이고 싶지 않았던 그의 마음. 대충 익었다 싶어 가스 불을 끄고 내어주는 게 아니라, 이왕이면 가장 맛있게 끓여서 먹이고 싶었던 그의 마음.

"라면을 그렇게 정성스럽게 끓이는 남자 처음 봤어. 본인이 먹을 라면이었으면 그렇게 끓이지 않았을 사람인데. 불 앞에 서서 초를 세고 있는 뒷모습을 보는데 그냥 뭐랄까, 마음이 너무…….."

결심이 섰다. 아아. 이런 당신이라면 결혼해도 되겠다. 이런 당신이라면, 정말이지 결혼해도 되겠다.

"그랬지. 그날 남 형사한테 프러포즈했어. 결혼하자고."

"언니답네요."

"그래. 생각해보니 좋은 날도 있었다. 좋은 날도 있었지. 그런데 결혼은 현실이더라."

서로 너무 다르다는 것을 알았지만 크게 문제 삼고 싶지 않았다. 누군가는 상대에게 맞춰야 한다는 것도 알았지만 어련히 알아서 잘되겠거니, 모른 척했다.

너무 좋아서 막연히 괜찮을 거라고 미뤄둔 일들이 결국 쌓이고 고여갔다. 극복이, 되지 않았다.

"태어날 때부터 가족이어도 갈등이 있는데, 하물며 오랜 세월 타인으로 살았던 사람과 가족이 된다는 건 정말 어려운 일인 것 같아."

"맞아요. 저도 요즘 그런 생각 많이 해요."

"가족계획은 있어? 아이는 안 낳기로 한 거지?"

"아, 그게요."

희원이 잠시 뜸을 들이며 말을 멈추자 정윤은 젓가락질을 멈췄다. 이번엔 희원의 시선이 창밖으로 향한다. 그날, 신혼여행의 밤 중에,

아이 문제는 당신에게 맡기겠다던 아내의 이야기를 끝으로 남편
은 답을 내어주었다.

"언니, 저랑 오빠는 부딪쳐보기로 했어요."

"응? 뭐를? 뭘 부딪쳐?"

"음. 뭐랄까, 앞으로 남은 우리 운명에?"

희원아, 네가 좋다면 나도 좋다.

"오빠랑 저는 지금보다 더 완벽한 가정을 이루고 싶어졌어요. 그
냥 자연스럽게, 그렇게 됐어요."

"아…… 어머, 이건 또 상상 못 한 전개네. 그래? 난 어느 쪽이건
사실 다 찬성이야. 부부 일은 부부가 알아서."

"네. 그렇게 살기로 했어요. 물 흐르듯이, 자연스럽게."

희원은 귓가에 스며들고 가슴으로 내려앉은 그의 이야기를 떠올
려 머리에 새기며, 조용히 웃었다.

마음의 크기와는 별개로 겁이 많고, 변하는 환경이 두려웠던 부
부는 마치 한 몸처럼 인생의 다음 계단을 걸어 올라갔다. 미리 겁
은 내지 않기로 했다.

네가 좋다면, 나도 좋아.

우리는 어떤 시간을 만나도, 함께라면 두렵지 않을 테니까.

· · ✦ ✦ ✦ ✦ ✦ · · ·

"남편, 이리 와봐."

"왜?"

"글쎄 와보시라니까요?"

한가한 주말 점심. 소파에 누워 TV를 보던 지환은 아내의 부름에 몸을 일으켰다. 뭔지는 모르겠지만 뭔가 필요한 모양이다.

이젠 아내의 음성만으로 대강 대화의 내용을 선별할 지경이 된 지환은 예감했다. 지금 아내의 상냥한 음성은,

"불렀어? 왜?"

"나 있지, 배고파."

심부름이다.

"그래? 뭐 시켜 먹을까? 그런데 밥 먹은 지가 얼마 안 된 걸로 아는데."

"세간의 배꼽시계와 나의 배꼽시계를 동일 선상에 놓지 말아줄래? 출출해, 아침 좀 덜 먹었잖아."

"아아. 그랬나? 한 그릇 다 비워서 포식하신 줄 알았습니다."

"……."

"그래. 뭐 시켜 먹자. 뭐 먹고 싶은데?"

"배달 음식은 좀 부담스럽고, 라면."

응? 라면? 지환은 예상 밖의 메뉴에 눈을 치켜떴다.

"당신 웬일로 라면이 먹고 싶어? 잘 안 찾아 먹더니."

"아니, 뭐, 그냥. 안 먹은 지 오래돼서 그런가, 갑자기 먹고 싶어졌어."

"그래. 라면 정도야 얼마든지 끓여주지. 내가 또 기깔나게 끓이거든. 주 종목이야."

지환은 강한 자신감을 보이며 침대에서 일어섰다. 온종일 침대

지박령처럼 누워 있던 희원은 배시시 웃으며 그가 나가는 걸음을 따라 소파로 걸어 나갔다.

정윤이 남 형사에게 반했던 라면 끓이는 뒷모습이 자꾸 기억에 남아 몇 번이고 곱씹게 되었다. 그러다가 지환이 라면을 끓이는 모습이 보고 싶어졌다. 사실은 라면이 먹고 싶은 게 아니라, 라면 끓이는 모습이 보고 싶다는 게 더 정확한 심경의 표현일 것이다.

"어디 보자……. 라면이 뭐가 있나……. 뭘 끓여다가 바쳐야 잘 끓였다고 칭찬을 받으려나……."

저장 음식을 이것저것 넣어둔 공간 앞에 서서 지환이 라면을 고른다. 팔을 긁적긁적하며 무릎을 굽혀 앉았다가 일어서며 위에 있는 공간까지 두루두루 살핀다.

"부인, 선호하는 라면이 있으신지요?"

"음. 글쎄요."

희원은 쿠션을 안고 소파에 누웠다. 그의 뒷모습을 바라보며, 정윤이 했던 말들을 되감기했다. 바라본 뒷모습이란 이런 모습이었을까.

"그럼 짜장 라면? 주말엔 남편이 요리사라는 슬로건을 남겨주었지."

"아니 나 국물 라면."

"그럼 오동통한 건 어때."

"음, 오늘은 안 당긴다. 다른 거."

"매운 녀석도 있다."

"음……. 매운 거 좋은데?"

"오케이. 당첨."

지환이 라면을 꺼내 든다. 하나를 꺼내 들고는 멈칫, 하더니 뒤를 돌아본다. 감상에 젖은 눈빛으로 지환의 뒷모습을 바라보던 희원은 예고 없이 돌아선 지환의 행동에 몸을 뒤척였다.

"내가 혹시나 해서 물어보는 건데, 하나? 두 개?"

"하나면 될 것 같아."

"오케이."

흥얼흥얼거리며 양은 냄비를 찾아 올린다. 설명서에 적힌 그대로 정양의 정수기 물을 받아 붓더니 가스 불에 올린다.

"부인. 달걀은 넣어드릴까요?"

"좋죠."

"풀어볼까? 그냥 넣을까?"

"풀어줘. 휘휘 저어서."

"오케이."

냉장고에서 달걀을 꺼낸다.

"푹 익혀? 아니면 꼬들꼬들하게?"

"푹 익혀주면 좋겠어."

"난 꼬들꼬들하게 먹는데 다르구나. 알겠습니다."

취향 존중이란 게 이런 걸까. 라면 한 봉지를 들고 꽤나 많은 질문이 쏟아진다.

"김치는 배추? 총각? 뭐가 좋겠어? 둘 다 줄까?"

"남편 뜻대로."

"그럼 둘 다 먹어봐."

귀찮거나 성가실 리 없는 희원은 고분고분 그의 질문에 답을 했다. 자꾸만 정윤의 마음이 전달되는 것만 같아, 중간중간 웃음이 샜다.

김치를 덜어서 접시에 척척 담는다. 와중에 달걀을 풀어두는데, 손목 스냅이 예사롭지 않다.

"이리 와서 있어요. 불 앞에 있지 말고."

"거의 다 됐어. 파 넣어줄까? 후추? 뭐 더 첨가하고 싶은 건 없어?"

"응. 없어."

마음은 부족함 없이 꽉꽉 행복으로 가득 찬다. 라면 하나도 정성스럽게 끓여 주더라던 정윤의 그 마음은, 사실 눈물겨울 만큼 행복했던 거였다.

"딱 10초만 더 있다가 끄자. 거의 다 된 것 같으니까."

시간이 다 되었는지 불을 끄고 다시 물어온다. 냄비째 먹을래? 그릇에 담아줄까?

식탁에 앉은 희원은 그가 차려준 라면 한 끼를 받아 들고는 지환을 올려다보았다. 마치 식당의 메인 메뉴를 선보이는 셰프의 자부심처럼, 그는 허리춤에 두 손을 올리고는 턱 끝으로 어서 먹어보라 권유했다.

"얼른 먹어. 더 있으면 완전 면이 풀어지겠어."

"……고마워요."

"고맙긴. 싱겁거나 짜면 말하고. 뜨거운 물 옆에 뒀으니까 짜면 물 부어서 먹어."

희원은 고개를 끄덕이며 라면을 들어 올렸다. 자꾸 기분이 몽글몽글해지는 게, 그가 사랑스러워 견딜 수가 없었다.

"나 있잖아, 정말 결혼 너무 잘한 것 같아."

"고작 라면 하나를 끓여줬다고 평소에 듣지 못하는 말까지 듣는 거야?"

"그러니까. 남편이 라면을 이렇게 잘 끓이는 줄 오늘 처음 알았네."

그래, 사랑이 별거냐. 언제고 내 사람에게 맞출 준비가 되어 있다면 그게 바로 사랑이지. 볕이 따뜻한 어느 날, 그대가 끓여준 라면 한 그릇에 감동받을 수 있다면 그게 사랑이지 별거 있겠느냐.

희원은 라면을 감아올려 맛있게 먹기 시작했다. 그 앞에 앉아, 그는 딴짓을 하는 일 없이 라면을 먹는 그녀의 얼굴을 바라보았다.

간간이 말을 걸어주고, 간간이 물을 따라주었다. 서로는 누군가와 가족이 되는 방법을 모른다고 했지만 누구보다 잘 알고 있었다. 실은 그랬던 것이다.

❖ ❖ ❖ ❖ ❖ ❖ ❖

"형, 인터뷰는 몇 시에 있지?"

후, 후…… 리허설을 마치고 돌아온 구언은 호흡을 정리하며 매니저에게 물었다. 오래전부터 계획되어 있던 해외 공연에 나선 그는 바쁜 일정을 소화하고 있었다.

"바로 해도 돼. 너 좀 정리되면 한 10분 뒤에 들어오라고 할게.

지금 대기 중이야."

"알았어."

일정이 촉박하니 인터뷰는 중간중간 쉴 틈 없이 진행되었다. 그 중엔 영향력 있는 잡지사도 있었고, 방송 채널 인터뷰도 포함되어 있었다.

구언은 물을 마시며 땀을 닦았다. 격하게 몸을 움직이고 난 뒤 급격한 몸의 변화를, 그는 좋아했다. 온몸 구석구석이 뜨거웠고 풀리는 느낌이 있었다. 어느 한곳으로 치중되지 않고 피가 순환하는 느낌.

구언은 자신의 몸속에서 일어나고 있는 변화에 집중하며 숨을 차분하게 했다. 인터뷰하러 온 업체를 만나겠다며 매니저가 사라지고 대기실에 혼자 남은 구언은 남은 물을 다 마셨다.

"아, 물이 없나. 아직 부족한데."

생수가 떨어졌음을 확인한 구언은 주변을 두리번거리다가 일어섰다. 옆 대기실에 가서 물을 좀 얻어 와야겠다.

"어느 대기실로 가서 물을 얻어야 될까나……."

구언은 대기실 문을 열고 나서 두리번거렸다. 아아, 저쪽으로 가면 되겠다.

조용한 대기실 복도를 따라 단정하게 걸음을 옮기고 있는데, 코너 뒤에서 들려오는 발걸음 소리가 예사롭지 않게 들려온다. 구언은 왜인지 상대가 궁금해져 구두 소리에 귀를 기울였다.

대기실이 수두룩한 이곳에, 저런 구두와 어울릴 만한 의상을 입었을 사람이 예상되지 않았다. 저벅, 저벅, 조금씩 가까워지는 구두

소리가 코너를 돌고 모습을 드러낸다.

"……어?"

구언은 걷다가 대번에 놀라며 멈췄다.

"Hey."

상대는 놀라는 기색 없이 멈춰 서며 손을 들고 인사를 건네 왔다. 마치 당신을 찾으러 왔다는 것처럼. 당신을 만나기 위해 처음부터 이곳에 걸음 했다는 것처럼.

바로 데니스 한이다.

"대표님이 여긴 어떻게?"

구언이 묻자 인사하기 위해 올렸던 손을 내리며 데니스 한 주혁은 웃었다. 여전히 푹 들어가는 보조개는 가지가지 매력적이다.

"당신의 공연 동영상을 보고 찾아왔지."

"제 공연을 봤단 말입니까?"

"뭐, 이제라도 봤으니 다행이지 않겠나?"

"제 공연 동영상은 왜요? 갑자기?"

"당신을 스카우트하려고."

"……예?"

주혁은 떨떠름한 표정을 지으며 입술을 멍하니 벌리는 구언을 바라보며 손에 든 계약서를 흔들었다.

"한 침대를 쓴 사이인데 그렇게 쉽게 잊을 수 있겠나. 찾아봤는데 당신 너무 매력적이었어."

"멘트 왜 이렇게 위험하게 치세요. 수위 조절 좀 하시죠, 듣기 아찔한데."

"대화 좀 나눕시다. 당신도 시간 없고 나도 없고. 간결하고 강렬하게."

"아아, 근데 제가 인터뷰가 잡혀서 곧."

"그 인터뷰 나야. 내가 신청했어."

"……허."

"스카우트하러 오는데 그 정도 예의도 격식도 없이 찾아오겠어? 아무리 내가 당신과 한 침대를 썼다고 해도……."

"그, 그만! 그만! 말 좀 깨끗하고 청량하게 합시다! 소름 끼쳐 죽겠네!"

"시간 좀 내주시죠, 유구언 씨."

구언은 이마를 짚으며 웃음을 터트렸다. 지금 이 순간 무용수로서,

"뭐, 네. 알겠습니다. 어차피 잡힌 인터뷰 시간이고, 대표님이었다니 놀랍긴 하지만 저도 대화를 거절할 이유는 없죠."

"파격적인 제안과 조건을 가지고 왔으니, 들어나 보라고."

심장이 뛰지 않는다면 거짓말이었다.

◆ ◆ ◆ ◆ ◆ ◆ ◆ ◆ ◆

지환아, 희원이 할아버지가 약을 안 드셔. 내가 너무 놀랐는데 어디다 말할 곳이 없어서 말이야.

장모님의 전화를 받은 지환은 그녀의 본가로 총알처럼 튀어 왔다. 느닷없는 손녀사위의 잔소리에 놀란 희원의 할아버지 권 선생

은 당황한 기색을 보였다.

"할아버지, 왜 처방 받은 약을 안 드십니까. 놀라서 달려왔습니다."

"네 장모가 그러더냐? 내가 약을 안 먹는다고?"

"뭐, 신고인 인적 사항을 보호하고 싶지만 너무 유력해서 숨길 수가 없네요."

"그게 뭐 대수라고 하던 일까지 내팽개치고 달려와?"

"아아. 염려 마십시오, 일은 끝내고 왔습니다."

"……감동이 좀 식네그려."

"사실은 일 팽개치고 왔습니다. 걱정하실까 봐 거짓말한 겁니다."

"사람 들었다 났다 하는 건 어디서 배워 왔는가? 우리 손녀도 이렇게 꼬셨나?"

"아, 뭐."

지환이 머쓱하게 웃자 권 선생이 작은 안경 너머로 바라본다. 아, 이야기의 흐름이 딴 길로 샜다는 것을 인지한 지환은 다시 정색했다. 녀석의 표정이 바뀌자 권 선생이 손사래를 친다.

"잔소리할 거면 나가. 나가서 밥이나 먹어."

"밥이 넘어가겠습니까? 할아버님이 약을 안 드시는데요."

"에미가 LA갈비 준비했던데."

"아, 밥 두 공기는 너끈하게 먹겠……."

하, 자꾸 딴 길로 샌다. 지환은 다시 독하게 마음을 먹고 강한 눈빛을 했다. 그러자 권 선생이 미간을 일그러뜨린다.

"어디 노인네 앞에서 눈에 힘을 줘? 힘 있다고 자랑하나?"

"아닙니다. 어딜 봐서 제가 눈에 힘을 줬다고 그러세요."

지환이 흠칫, 하며 흐리멍덩하게 눈을 뜨자 권 선생이 쯧쯧 혀를 차며 다시 책으로 시선을 돌리신다.

"쯧쯧, 느글느글하게 넘어가는 것 좀 보게. 저렇게 우리 손녀를 구워삶았구만."

"저 희원이 남자친구 아니고 할아버님 손녀사위입니다. 그만 미워하셔도 되잖아요."

"시끄러워! 너 때문에 희원이 못 보고 사니 눈에 가시가 돋치는 것 같아 죽겠어!"

"언제는 결혼하라고 노래를 부르셨다던데?"

"……아, 그거야 이렇게 진짜 갈 줄 몰랐으니까 했던 얘기고."

손녀가 눈에 밟혀 어지간히 섭섭하신 모양이다. 지환은 볼멘소리를 했다.

"잘 부탁하신다고, 너희끼리 잘 살면 그만이라고 하셨던 할아버님 이야기가 귓가에 아직도 선연한데, 섭섭합니다."

"섭섭하라고 하는 얘길세. 살다 보니 화딱지가 나서."

"소심하시네요."

"지금 뭐라고 했냐?"

"아, 아닙니다."

흐어, 어렵다.

잔소리를 하려고 들어왔다가 도리어 쩔쩔매며, 지환은 잠시 숨을 죽였다. 느릿한 손길로 책장을 넘기는 할아버지의 표정은 지극히 태연했다.

"약이 독해서 위도 쓰리고 머리도 아프고, 영 나한테 안 맞는 것 같아서 끊었다."

"그러다가 더 큰일이 날 수 있습니다."

"운명인 게지. 거슬러봐야 얼마나 버티겠다고."

"오래오래 건강하셔야죠. 희원이 봐서라도 이러시면 안 되는 것 아니십니까."

"널 봐서 건강하라는 말은 안 나오는 모양이다."

"저는 세트입니다. 희원이하고 세트예요. 이심전심."

LA갈비 굽는 냄새가 스멀스멀 들어온다. 지환은 킁킁거리며 배를 문질렀다.

"할아버님. 손녀사위 배곯고 있는데, 어떻게 안 되겠습니까?"

"가서 밥 먹으라니까? 누가 너를 말리냐?"

"이야기 매듭지어야 나가죠. 안 그러면 한 발자국도 안 갈 겁니다."

"그러든가. 굶어봐야 니 배고프지 내 배고픈 것 아니니까."

……약간 대고모님이 떠오르는데, 느낌 탓인가.

지환은 오버랩 되는 서씨 집안의 대고모님을 떠올리며 마른침을 삼켰다. 이미 고목처럼 뿌리가 깊은 어른을 설득한다는 것은, 무척 어려운 일이었다.

"저는 할아버님이 건강하게 오래오래 사셨으면 좋겠습니다."

"내일모레 골골대진 않을 테니 걱정 마라."

"저희 아이도 보셔야죠. 건강하셔야 저희 아이도 보고, 세뱃돈도

주시고, 낚시도 가르쳐주시고 하지 않으시겠습니까?"

처음으로 책장을 넘기던 권 선생의 손길이 멈칫한다. 작은 안경 너머 눈빛이 번쩍인다.

"아이? 안 낳는다더니? 벌써 가진 게야? 벌써?"

"아. 물론 미래형 이야기이긴 한데요."

"······나가. 이 방에서 당장 나가."

"안 낳겠다는 생각은 고쳐먹었습니다. 진짜로 고쳤다니까요."

권 선생이 빤히 바라보다가 코웃음을 친다. 흐흥, 흐으응, 권 선생이 피식피식 웃으니 긍정적으로 받아들인 지환도 따라 웃었다.

아아. 이제 좀 말이 통하나 싶어 지환은 마음을 놓았다. 하지만 어림없는 일이었다.

"웃기는 소리 하지 말고 나가. 내가 우리 손녀를 모르는 게 아니야. 걔가 하루아침에 생각을 고쳐먹을 위인이 아닌데, 당장 입바른 소리 하지 말고 썩 나가서 LA갈비를 먹든 불란서갈비를 먹든 니 마음······."

"진짜입니다. 정말이에요, 할아버님."

권 선생의 눈빛이 점점 더 흉악해지고 날카로워진다. 지환은 위축되지 않고 진심을 눈빛에 담으려 노력했다.

"나 약 안 먹는 거, 희원이도 아나?"

"모릅니다. 알면 어후, 감당되시겠습니까?"

"이 구간은 좀 마음에 드는구먼. 입 좀 무겁게 해. 쪼로록 가서 일러바치지 말고."

"희원이는 좀 무서우신 모양이죠?"

"……나가. 어서. 에미 갈비 다 구웠겠다."

불리한 질문엔 대꾸를 안 하신다. 책장을 넘기는 속도가 빨라지는 것을 보니, 이제 글자가 눈에 들어오지 않으신 것 같다. 지환은 애써 시선을 외면하시는 할아버님을 바라보다가 일어섰다.

"저희가 올바른 가정을 만들고 예쁘게 사는 모습, 할아버님께서 오래오래 지켜봐주셨으면 좋겠습니다. 진심으로요."

"크흠."

괜한 헛기침을 하며 권 선생이 대꾸를 미룬다. 손녀의 결혼을 끝으로 책임져야 할 많은 것들을 끝냈다고 생각해 헛헛했던 요즘. 자꾸만 속이 텅 빈 것 같고, 삶의 의욕이 사라지던 요즘.

"다음에 병원 가실 땐 저랑 같이 가요. 저 그럼 장모님 식사 준비 도우러 나가보겠습니다. 식사 준비 끝나면 모시러 올게요."

"……낚시는 배울 생각이 있고?"

걸음을 나서려던 지환은 휙 뒤로 돌아섰다. 여전히 책장을 넘기는 권 선생을 바라보다가, 지환은 빙그레 웃었다.

"그럼요. 바둑도 배우고 싶습니다."

"뭐, 희원이를 닮은 애가 있다면 예쁘기는 하겠네."

"저도 껴주세요."

"가서 상 차려. 노인네 굶기면 벌 받는다."

"옙! 다 되면 다시 오겠습니다!"

지환은 보폭이 큰 걸음으로 밖을 나섰다. 쿵, 문이 닫히자 책장을 넘기던 권 선생은 고개를 들었다. 발칙할 만큼 싹싹하고 할 말 다 하는 손녀사위를 떠올리며 권 선생은 피식 웃었다.

"거짓말이기만 해봐라. 아주 요절을 내줄 테다."

피식 새어 나온 웃음은 쉽게 그치지 않았다. 꿈에나 볼 수 있을까 싶었던 그림을 볼 수 있을 것만 같아, 오래된 심장에 뜨거운 피가 몰려드는 것만 같았다. 눈에 넣어도 아프지 않은, 내 손녀의 화목한 가정을.

완벽에 대하여

다음에 병원 갈 일이 있거든 연락합세. 안 그래도 의사 양반이 보호자 데려오라고 난리니까.

"약을 잘 드셔야 할 텐데. 설득이 되었나."

지환은 집을 나서기 전 들었던 할아버님의 이야기에 조금 마음을 놓았다. 얼마나 마음이 헛헛하셨다면 그럴까, 조금 더 자주 아내와 찾아뵈어야겠다고 그는 생각했다. 지환은 집 앞에 도착했고, 엘리베이터에 몸을 실었을 때,

"여보세요, 네. 저 지환입니다."

— 그래, 나다.

대고모님께 전화가 걸려 왔다. 안 그래도 할아버님을 만나 뵙고 오며 묘하게 닮은 대고모님 생각을 했었는데. 반가움에 지환은 웃으며 인사를 건넸다.

"네. 잘 지내셨어요? 대모고님."

— 그래. 보내준 선물은 잘 받았다. 뭘 그렇게 바리바리 보냈어.

엘리베이터 문이 열리고, 그는 현관 앞에 섰다. 괌을 다녀오며 희원이 이것저것 골라 온 선물을 대고모님께로 택배 보냈는데, 받아 보신 모양이다.

"제가 고른 것 아닙니다. 집사람이 해서."

— 안다. 내 평생 너한테 뭘 받아본 적이 없어서 당연히 알지.

"죄송합니다. 더 잘했어야 하는데요."

비밀번호를 누르고 열린 문틈으로 그가 들어섰다. 이제 막 씻고 나왔는지 머리에 수건을 올린 희원이 쪼르르 나오며 그를 반긴다. 통화 중인 것을 본 희원이 누구? 눈으로 묻자, 대고모님. 하고 그는 알려주었다.

— 아무튼 잘 받았다고 네 처에게 알려줘라.

"네. 대고모님."

아아. 하며 희원이 옆에 붙어 섰다. 지환은 가방을 내리며 그녀의 허리를 감았다.

— 내 다른 것은 아니고, 김치를 좀 담그려는데 말이다.

"네? 김치요? 김장요?"

— 김장은 무슨, 지금 철이 어느 때인데 김장을 운운해. 헌 김치 말고 새 김치 담그는 거지.

"아…… 네, 대고모님."

김치를 담근다. 왠지 다음 말을 알 것 같아 지환은 그녀를 어두운 시선으로 바라보았다.

허, 나 김치 담그러 가야 해? 희원이 눈을 동그랗게 떴다.

― 너도 알다시피 우리 종가만의 비법 양념으로 김치를 해야 시원하고 맛있게 담그는 거다. 너희도 가정을 이뤘으니 우리 서씨 집안 김치 비법은 알아둬야지.

"아…… 예, 대고모님."

― 날짜가 언제냐면 말이다.

대고모님은 김치 담그는 날짜를 알려주었다. 지환이 달력을 들고 살펴보자 주말이지만 희원이 공연 전체 리허설이 잡힌 날이다.

이, 이, 이날 나 공연 리허설 날인데. 희원의 동공에 지진이 인다. 지환은 마른침을 꿀꺽 삼켰다.

― 그날 전부 와서 거들고 김치 나눠 가지고, 또 여러 종류를 해서 찬찬히 알려줄 테니…….

"저, 대고모님."

― 왜?

"그날 집사람이 공연 연습이…… 있어서요."

― 공연? 연습?

아아. 공연이 있다고 할걸. 괜히 연습이라고 말했나. 지환은 말실수를 했다 싶은 얼굴로 머리를 긁적였다. 민망하면 나오는 자동 포즈다.

― 그래서?

"아…… 그게, 집사람이 못 갈 것 같아서……요……."

희원은 나 죽었소, 하는 표정을 지었다. 지환은 사고가 정지한 눈빛을 하며 멍하게 희원을 바라보았다.

― 그게 무슨 대수냐? 누가 네 처를 부르라고 했냐?

"……예?"

— 니가 와라.

"……예? 저요?"

지환이 저요? 물으며 더 황당한 표정을 짓자 희원은 도저히 영문을 모르겠다는 눈빛을 했다. 뭐가 어떻게 흘러가는 건지 모르겠다.

— 둘 중 누구라도 알면 된 거지. 꼭 네 처가 와야 하는 법은 없으니까, 니가 와라. 너는 주말에 쉴 것 아니냐?

"아…… 예……. 그렇기는 한데……."

— 양념 만드는 거야 적어 가면 되고. 굳이 적지 않아도 검사 일정도 하면 눈대중으로 읽고 외우겠지. 니가 와라.

"아…… 네……."

— 니가 힘도 세고 네 처보단 니가 더 제격인 것 같다. 걔는 비리비리해서 김치나 담그겠냐? 그럼 나는 그렇게 알고 있겠다.

"아…… 알겠습니다……. 네……."

대고모님은 일방적으로 전화를 끊었다. 희원은 옆에 서서 궁금해 죽겠다는 표정을 지었다.

"뭐라셔? 나 못 간다고 뭐라 하셔? 어? 어? 뭐라 하셔?"

"아니 그게 아니라, 나 오래. 혼자."

"……혼자?"

"김치 담그는 거 보고 배워 가래. 내가 힘도 좋아서 내가 더 제격인 것 같다고 하시네."

웃음을 참아보려고 해도 웃음이 터진다. 희원이 황당하다는 듯 마구잡이로 웃어젖히자 지환은 하…… 한숨을 내쉬며 하늘을 올려

보았다.

"다들 나만 미워하는 것 같은데, 느낌 탓인가?"

"힘내. 남편. 심심한 위로를 보내요."

"위로가 안 돼. 엄청 많이 담근단 말이야."

"서씨 집안 김치니까 서씨 사람이 배워야지. 대고모님 정말 짱이다."

손이 크다 못해 동네 사람들을 다 먹이고 남을 만큼의 김치를 담그시는 대고모님을 알기에.

"하……."

지환은 연거푸 한숨을 내쉬었다. 결혼 생활, 어렵다. 아! 어렵다!

· · ◆ ◆ ◆ ◆ ◆ · ·

"얘들아, 꼭 이런 잡다하고 불쾌한 일을 도모하는 것에 나를 포함시켜야겠어? 굳이? 굳이?"

너무나도 많은 일이 벌어졌던 긴 겨울이 지나가고 봄이 왔다. 바라만 보아도 시선이 포근해지는 봄의 풍경 한가운데 서 있던 희원은 툴툴거리며 다가오는 정윤을 향해 손을 흔들었다.

"언니! 잘 왔어요! 와줘서 고마워요!"

"왔냐?"

흰 셔츠에 타이를 매던 지환이 바라보며 아는 척을 하자 정윤은 답 대신 눈을 흘겼다. 그러다가 다시 희원에게 시선을 돌리며 활짝 웃었다.

"어머, 희원아, 너무 예쁜데? 너무너무 예쁜데?"

"아아. 진짜요? 저 좀 괜찮아요?"

"차검, 사람을 지우개로 지워도 유분수지 난 왜 없는 사람 취급해?"

"왜긴 왜야, 조만간 내가 너를 없애버릴 거니까."

쿵. 지환은 정윤이 쌀쌀맞게 대꾸하자 입을 꽉 다물었다. 희원의 곁에 가깝게 다가서서 예쁘다, 예쁘다, 연신 칭찬하는 정윤을 바라보다가 지환은 타이를 마무리했다. 거울이 없으니 영, 잘하고 있는 건지 모르겠다.

"희원아, 드레스 네가 직접 고른 거야? 센스 터지네."

"이거 진짜 몇 날 며칠 골랐는지 몰라요. 언니한테 보낸 링크 중에 하나거든요, 이 드레스."

"거기 두 사람, 미안한데 나 넥타이 잘 했는지 좀 봐줄래?"

"봄날의 여신이 따로 없다, 진짜 잘 어울려. 너무 예뻐, 희원아."

"역시 우리 정윤 언니밖에 없네, 잘 어울리는 거지 확신이 없었는데, 고마워요."

"저기, 애들아? 나 넥타이 잘 했는지 좀 봐……."

"닥쳐! 어디서 하찮은 소품 주제에 말을 걸고 난리야! 넌 니가 알아서 해! 넥타이 하나도 혼자 못 만지냐?"

……쿵. 정윤의 앙칼진 소리에 지환은 다시 입을 헙, 다물었다. 희원이 곁눈질로 보더니 괜찮다, 잘 맸다며 눈을 찡긋거리곤 오케이 사인을 보내준다.

아내한테 칭찬받았다며 금세 멍청한 표정으로 웃는 지환을 바라보다가 정윤은 오만상을 찌푸렸다.

"아오, 열 받아. 아오, 서지환 저 말미잘 생각하면 열 받아 죽겠어."

"차검. 침착해. 동료의 셀프 웨딩 촬영에 동반된 것이 그렇게도 기분 나빠?"

"누가 그게 기분 나쁘대? 그리고 난 너의 동료로 온 게 아니라 희원이 언니 자격으로 온 거거든!"

"언니 자격으로 오셨다는 분께서 어찌 그렇게 분노 대잔치 중이신지? 이 좋은 날에?"

"나만 불렀어야지! 나만! 왜 나를 불러놓고 쓸데없는 니 말미잘 동생을 또 불렀느냔 말이야!"

말미잘 동생? 지환은 잔뜩 약이 오른 정윤의 말에 가만히 생각하다가 아아, 이해했다는 듯 고개를 끄덕였다.

오늘은 지환과 희원의 셀프 웨딩 촬영식이 있는 날. 도움을 요청했더니 정윤이 쾌히 시간을 빼주더라. 거기까진 문제가 없었다.

"너무한 거 아니야? 날 불렀으면 걔를 부르지 말아야지. 왜 날 불러놓고 걔를 불러? 죽을래?

"허, 차검, 니가 모르고 온 것처럼 말하니 굉장히 당황스러운데."

지환은 정윤의 볼멘소리에 당황한 듯 턱을 문질렀다. 이곳에 현수가 오기로 한 것이 마음에 들지 않는 모양이다. 뭐, 좋다. 싫을 수도 있지. 싫을 수도 있는데.

"차검. 내가 분명히 남 형사도 올 거라고. 처음에 너에게 선택권을 준 것으로 기억하는데? 아닌가?"

정윤이 희원을 바라보다 흠칫, 놀란 표정을 짓는다. 저, 저, 말미잘 같은 게 희원이 앞에서 헛소리를 해댄다. 야! 니가 그렇게 말하면 내가 남 형사 보러 온 것 같잖아!

"됐어! 한 입 가지고 두말하기 싫어서 왔다! 어쩔래! 너 왜 자꾸 걔랑 나를 세트로 엮는 건데? 어?"

"분명히 저는 사전에 설명드렸고 듣고도 오신 쪽은 차정윤 검사님인 것으로 제가 알고 있……."

"희원아, 사진은 여기서 찍는 거야? 아니면 이동할 거야?"

불리한 진술이 계속되자 정윤은 지환의 말허리를 자르며 희원에게 시선을 돌렸다. 희원이 약간 미소를 머금은 얼굴로 웃고 있다.

……다 틀렸어. 희원이는 분명 남 형사를 보러 왔다고 생각할 거야. 아아아아. 망했어. 망했다고. 들통나버렸어.

"저희 여기서 일단 찍어도 될 것 같아요. 볕도 좋아서 이곳 마음에 들어요."

"그래. 멀리 가지 말자. 중요한 건 사람이지 배경이 아니거든 배경이 단출할수록 인물이 잘 나와. 언니가 좋은 카메라도 가지고 왔다. 볼래?"

정윤은 가방에서 카메라를 꺼내 희원에게 자랑하기 시작했다. 빨리 지금 이 상황을 종료해야 한다. 희원의 머릿속에서 남 형사, 세 글자를 지워야 한다.

"……한 거야. 이게 진짜 최신식인데 나 몇 번 안 썼어. 내가 이걸로 오늘 예쁘게 찍어줄게."

"정말요? 하, 감사해요. 언니. 안 그래도 막막했는데, 언니 진짜 최고다."

"그렇지? 나밖에 없지? 나만 한 사람이 없지?"

"네. 언니밖에 없어요. 그런데 남 형사님은 언제 오신대요?"

……응. 망한 거지.

정윤은 잠시 하늘을 올려다보았다. 저 말미잘 같은 서지환이 뭘 알고 있는지 모르겠지만, 자꾸만 음흉하게 웃는 희원의 얼굴도 뭔가를 알고 있는 것만 같아 영, 마음이 불편해진다.

아아아. 마음 하나 속일 줄 모르는 이 어리석은 영혼이여. 정윤은 탄식하며 고개를 내렸다.

"그런데 언니, 언니 오늘 정말 예뻐요. 막 데이트하러 나온 분위기예요."

"희원아, 난 원래 예뻐."

"차겸, 남 형사 만난다고 힘 좀 주고 나왔나 봐."

"……어어. 맞아. 힘 좀 줬어. 이제 됐냐?"

이것들이…… 단체로 사람을 놀려먹고 있어…….

정윤이 끝내 항복하듯 두 손을 들며 순순히 자백하자 희원과 지환은 웃음을 터트렸다. 마음 한 조각 없이 찍었던 휘황찬란했던 결혼사진을 대신해, 소소하나마 마음이 담긴 사진을 남기고 싶다며 두 사람은 셀프 웨딩 촬영을 하기로 했다.

이 볕 좋은 아름다운 날에, 그보다 더 아름다운 모습을 한 채 연신 웃고 있는 두 사람을 보고 있자니,

"에효, 그래, 좋을 때다. 좋을 때."

에라, 나도 모르겠다. 정윤도 그만 두 사람을 따라 웃어버리고

말았다. 아무렴 어떠냐. 누가 오건 누구를 보러 왔건 간에 두 사람을 축하해주고 싶은 마음은 변함이 없는걸.

"아아, 저기 현수 온다."

지환이 중얼거리자 한참이나 웃던 정윤은 웃음을 뚝 그쳤다. 언제 해맑은 표정을 짓고 있었냐는 것처럼 쌩한 표정을 지으며 괜한 카메라만 만지작거렸다.

"여어! 남 형사!"

지환이 손을 흔들자 터벅터벅 현수가 걸어온다. 정윤의 마음속으로 쿵, 쿵, 쿵, 쿵, 그의 발자국 소리가 찍히는 것만 같다.

"형수님, 제가 좀 늦었습니다. 길이 막혀가."

"아녜요, 남 형사님. 저희 아직 시작도 안 했는데요. 일찍 와주셔서 감사합니다."

"왔냐?"

"야, 형수님 오늘 정말 아름다우십니다. 눈이 부신데요."

"인사를 하면…… 인사 좀…… 받아줄래……?"

"형님은 뭐 한다고 멋을 부렸습니까? 그래봐야 소품인데."

인사를 건네니 힐끗, 바라보는 무심한 시선과 박대가 이어진다. 픕. 뒤에 서 있던 정윤이 웃자 현수는 지환에게서 시선을 돌리며 정윤을 바라보았다.

"왔나. 일찍 왔네."

"그래. 일찍 왔다."

정윤이 짧게 대꾸하며 인사를 받자 현수는 큼, 헛기침을 하며 시선을 돌렸다. 희원은 고개를 비스듬히 꺾으며 빙그레 미소 지었다.

"와, 오늘 남 형사님 너무 멋있는데요?"

"아아. 맞습니까. 형님이 사진 찍어야 하니 멋 좀 부리고 오라고 해서."

현수가 민망한지 머리를 긁적거린다. 정윤은 현수의 뒷모습을 위아래로 훑더니 눈을 가늘게 떴다.

"세상에, 이 옷은 아직 안 돌아가시고 삶을 연명하고 계셨네? 상견례 때도 입어, 가족 행사 때마다 입어, 단벌 신사도 요즘 너 같은 단벌 신사가 어딨냐?"

"왜 시비고. 좋은 날에. 기분 나쁘게."

"기분이 나쁜 게 아니라 성격이 안 좋은 거겠지. 흥."

"시비 좀 걸지 마라이. 멋만 있구만."

현수가 옷을 툭툭 털며 무심하게 대꾸하자 정윤은 고개를 홱 돌렸다.

"누가 멋이 없대? 내가 옷을 얼마나 많이 사다 줬는데 어쩜 한 번을 안 입고. 혹시 다 가져다 버렸니? 응? 헌 옷 수거함에 넣었어? 아니면 중고 시장에 내다 팔았냐?"

"미안한데 있잖아, 너네 두 사람 싸울 거면 미리 말해. 난 우리 와이프랑 저기 가서 셀카라도 찍고 있을 테니까."

지환이 냉랭해지는 기운을 느끼며 중재에 나서자 으르렁거리며 바라보던 현수와 정윤은 조금씩 떨어져 걸었다. 희원은 지환을 바라보다가 소리 없는 웃음을 터트렸다.

아아. 오늘 촬영 잘할 수 있을까.

"사진 빨리 찍자. 빨리 찍고 우리 맛있는 거 먹으러 가자."

"네, 언니!"

이, 엄청나게 살벌한 이혼 부부와 함께.

• • ✦ ✦ ✦ ✦ ✦ • •

"자자! 웃어! 웃으라고! 더 활짝! 더더더더!"

흐어.

"더더더더! 야! 말미잘! 똑바로 안 해? 더 웃으라고 더더더
더!"

흐어어.

지환은 계속되는 정윤의 미소 요구에 입꼬리를 씰룩씰룩거렸다.
장시간 웃는 일에 낯선 입가가 파르르르 경련을 일으키며, 지금 뭐
하는 짓거리냐고 항의를 해오는 것만 같다. 기가 막힐 정도의 예술
사진을 찍어주겠다는 정윤의 말을 믿는 게 아니었다.

"더더! 자! 좋아! 지금 좋아! 지금 그대로 유지! 유지 유지!"

그냥, 모델이 개고생을 하면 된다는 말이었다.

"야! 말미잘! 더 웃으라고! 리프팅 하는 것처럼 끌어올려!"

시끄러! 이게 최선이야! 입꼬리가 동공이랑 만나게 생겼잖아!

지환은 계속되는 정윤의 '더더더더' 신호에 있는 힘껏 웃다가 자
세를 바르게 하며 섰다. 혼신의 힘을 다해 웃고 있던 희원도 따라
멈추며 허리를 두드렸다.

"야, 차검. 너 누구 죽일 일 있어? 뭘 어떻게 더 웃으라는 거야?"

"언니. 저 입에 쥐난 것 같아요."

"허, 애들이 뭘 모르네. 야야야, 좋은 사진은 거저 나오는 줄 알아? 니들이 잘 웃어야 잘 나오는 거야."

정윤은 그들의 고통에도 아랑곳하지 않고 조금 전에 찍은 사진을 돌려 보았다. 음. 지금도 좋긴 한데 더 좋은 사진이 나올 수도 있을 거라는 희망은 자꾸자꾸 생겨났다.

"두 사람, 어차피 금방 끝나. 순간은 잠깐이고 사진은 영원하지. 그러니까 더 웃어봐. 할 수 있어."

"허⋯⋯."

괜찮아. 내가 웃는 거 아니니까.

정윤은 그런 생각을 하며 다시 촬영에 돌입했다. 희원이 지환의 팔을 툭툭 친다. 어서 협조하고 빨리 끝내자고.

"야, 너는 괜찮냐?"

지환이 곁에서 반사판을 들고 서 있는 현수를 바라보며 묻자 현수는 무척이나 굳은 표정으로 중얼거렸다.

"저는 이미 팔에 감각이 없습니다. 신경 끄세요."

"야! 너네 소품들! 똑바로 해! 우리 희원이가 얼마나 예쁘게 나오는지는 너희 손에 달렸어!"

드레스 자락을 매만지던 희원은 고개를 들었다. 언니⋯⋯ 저⋯⋯ 그만 예쁘고 싶어요⋯⋯.

"남 형사 반사판! 반사판 똑바로 들어! 모델 얼굴에 빛이 안 나잖아, 빛이!"

"하, 미치겠네. 알았다! 알았다고!"

현수는 이를 꽉 깨물며 반사판을 다시 들었다. 뭔가 화기애애해야 할 것만 같은 셀프 웨딩 촬영 현장이 그 어느 때보다 강압적인 분위기 속에서 진행된다.

"야, 남 형사. 쟤 왜 저렇게 열 올리냐? 남의 웨딩 촬영에 와서."

"원래 뭐든 시키면 저런 모습입니다. 뭘 시키면 안 됩니다."

"아…… 그러냐……. 몰랐다……."

맡은 바 소임에 허점을 허용치 않는 정윤의 성격이 빛을 발하는 순간. 최고의 사진 한 장을 건지기 위해 정윤은 잔디밭에 드러눕고, 바위를 밟고 올라서는 투혼을 아끼지 않았다.

"웃어! 웃으라고 이것들아! 반사판! 밥값 해라!"

"밥값이라니. 밥 아직 안 샀거든! 나 아직 식전이거든!"

"……후불이야! 똑바로 해 반사판!"

지나가는 사람들이 힐끗힐끗 구경하며 스쳐 간다. 희원은 이를 꽉 깨물고 웃었다. 잘못했다간 정윤 언니에게 험한 말이 날아올 것만 같았다.

……그렇게 얼마나 시간이 흘렀을까.

"자, 좀 된 것 같아."

"같아, 가 아니라 되었다, 로 말해줘."

웃는 것만으로 탈진할 지경이 되어버린 지환은 헉, 헉, 밭은 숨을 내쉬며 정윤을 바라보았다. 지환만의 문제가 아니다. 희원도 간절한 눈빛을 담아 정윤을 바라보았다.

"흠, 잠깐만. 사진 좀 보고. 건질 게 있는지 좀 봐야겠어."

"수천 장을 찍은 것 같은데……. 설마 하나가 없겠나 싶은데……."

"없을 수도 있지. 내 마음에 안 들 수도 있잖아."

아니 우리 사진인데…… 왜 니 마음에 들어야 하는데…….

지환은 마지막 말을 꿀꺽 삼켰다. 지금 정윤의 심기를 어지럽혔다간 1,000장 정도 더 찍을 수도 있다는 위기감이 든 것이다.

반사판 사정도 마찬가지였다. 영혼을 탈곡시킨 표정으로 간신히 반사판을 내리며, 현수는 정윤을 바라보았다.

마치 영원의 시간을 거치는 것 같은 사진 검열의 시간이 흐른다. 세 사람은 저 멀리 서서 정윤을 오래도록 응시했다. 편안하게 잔디밭에 털썩 주저앉아서 사진을 보는 정윤의 표정은 아직 한 장도 못 건졌다, 하는 심각한 표정이라 세 사람의 마음을 불안하게 했다.

"뭐, 이 정도면 된 것 같기도 해."

"감사합니다! 감사합니다!"

지환의 입에서 방언 터지듯 감사의 인사가 튀어나온다. 세 사람은 서로를 부둥켜안고 환호했다.

정윤은 카메라를 내리며 뭐 저런 것들이 다 있느냐는 표정을 지었다. 지들 잘 나오라고 생고생하며 찍어줬더니.

"가자. 이제 그만 철수."

"야, 우리 단체 사진 하나 찍어야지, 차검."

"됐어. 난 사진 별로."

"형님, 됐습니다. 두 분 많이 찍었으면 우리는 그냥……."

단체 사진 찍자니까 정윤과 현수가 질색한다.

"왜요, 우리 기념인데 한 장만 찍어요. 네?"

"아……."

"아······."

희원이 찍자며 거들자 차마 반항이 어려운 정윤과 현수의 입에서 탄식이 흐른다.

"뭐, 그래. 한 장 정도. 괜찮겠지."

정윤은 버텨봐야 희원을 이길 수 없단 걸 예감하고는 카메라 타이머를 맞추기 시작했다. 남 형사 나부랭이와 사진 한 장 남기고 싶지 않지만 뭐, 어쩌겠나.

적당한 구도를 잡고 카메라를 고정시킨 정윤은 세 사람에게 다가갔다. 현수. 지환. 희원. 정윤. 이렇게 나란히 서서 사진을 찍었다. 찰칵. 촬영음이 끝나자 정윤은 걸어가 사진을 확인하고는 오만상을 찌푸렸다.

"야! 반사판! 안 웃냐? 험악하게 이럴 거야?"

"하······ 뭐고······. 그냥 찍으면 되는 거지."

"남 형사님. 한 장만 우리 웃으면서 찍어요."

"예. 형수님. 최선을 다해보겠습니다."

희원이 부탁하자 이번에도 단번에 수락한다. 정윤은 부글부글 끓어오르는 눈빛으로 현수를 바라보다가 다시 타이머를 장착했다.

"야, 니들도 좀 다정하게 해주면 안 되겠냐? 무슨 양가 부모님 모시고 찍는 것도 아니고."

"맞아요. 양쪽에 서서 어색하게 있지 말고요. 네?"

자연스럽게 찍자고. 희원이 애원하듯 바라보자 머뭇거리던 현수가 슬금슬금 게걸음을 걸어 정윤에게 다가간다.

어, 어, 어, 온다. 정윤은 현수가 다가오는 것을 느끼고는 옆으로 고개를 홱, 돌렸다. 또다시 쿵쿵쿵쿵 하며 현수의 발걸음이 가슴속에 도장을 찍는다.

"이 정도면 되겠습니까? 형수님?"

"음, 좀 아쉬운데요. 일단 찍어볼게요."

헤어진 남녀에게 더 이상의 살가움은 버거우리라. 생각한 희원은 좁아진 두 사람의 간격에 만족하기로 한다.

"그럼 찍을게."

정윤이 리모컨을 누르자 카메라에 빨간 불빛이 들어온다. 불빛은 조금씩 반짝반짝하며 촬영 임박을 알려오고,

"실례 좀 하자."

"응?"

현수는 정윤의 어깨를 감싸 안았다. 느닷없는 현수의 목소리에 정윤은 현수를 바라보았고, 찰칵.

그 순간 사진이 찍혔다. 희원과 지환이 돌아보기 전 재빨리 팔을 내린 현수가 아무 일 없었다는 듯 멀뚱멀뚱 서 있자 정윤은 입을 쩍 벌렸다.

뭐, 뭐, 뭐 한 거야, 지금? 나한테 팔 올렸어? 남 형사? 너 지금?

"야, 차검. 가서 사진 확인해봐. 또 찍어?"

"……어? 아, 어어어. 잠깐만."

넋이 나간 얼굴로 정윤이 잔디밭을 걷는다. 카메라를 들어 올리는 손이 조금 떨린다.

"아아, 됐네. 이만하면 됐어."

"차검. 봐봐. 우리도 보자. 나랑 우리 와이프도 보여……."

"시, 싫어! 나중에 봐! 보내줄게!"

"……그래라. 뭔 말만 하면 승질이야, 저건. 무섭게."

정윤은 화들짝 놀라 카메라를 내렸다. 순간 사진을 확인한 정윤의 가슴속엔 자꾸만 심장이 쿵쿵쿵쿵 하며 발자국을 찍었다. 사진은 너무나도 멋지게 잘 나왔다.

"자! 밥 먹으러 갑시다! 다들 수고 많았어! 도와줘서 고맙다!"

"두 분 정말 감사합니다! 밥 먹으러 가요 우리! 맛있는 거 먹어요!"

아무에게도 보여주지 않고, 이 사진은 혼자만 간직하고 싶어질 정도로.

· · ◆◆◆◆◆ · ·

"입 주변 근육이 전부 없어진 기분이야. 밥을 씹기도 힘들다."

"나도 나도, 나도 입이 너무 아파."

네 사람은 근처 식당으로 이동했다. 사진을 찍는 동안 얼마나 웃었는지 음식을 씹어 삼키기도 힘이 든다.

"저는 젓가락질이 안 됩니다."

현수는 팔이 덜덜덜덜 떨려 젓가락질이 힘들단다. 이 모든 상황의 원흉. 정윤은 아까부터 약간 넋이 빠진 얼굴이다.

"니들만 힘들었어? 나도 카메라 들고 찍느라 온몸이 쑤시거든?"

툴툴거리는 말과는 달리 목소리가 나근나근하다. 지환과 희원은 약간 달라진 정윤의 분위기에 서로 어깨를 으쓱, 올려 보였고 현수는 묵묵히 밥을 먹었다.

"두 사람 때문에 오늘 수월하게 찍었다. 고마워."

지환은 두 사람이 아니었으면 시도도 하지 못했을 거라고, 감사의 인사를 전했다. 결혼식에 사진이 필요하다는 이유 하나로 찍어 놓았던 웨딩 사진.

서로 바라만 보아도 숨이 턱턱 막히고, 살갗이라도 닿을 때면 소스라치게 놀라 몸이 딱딱하게 굳었던 그때 그 시절.

"살다 보니 좀 아쉽더라고. 그때 잘 찍을걸. 그땐 그냥 증거물 남긴다는 심정이었는데."

"맞아요. 집에 있는 사진을 바꾸고 싶었어요. 보다 보니까 마음이 없었다는 게 사진 속에서 느껴지더라고요."

두 사람은 시간이 지날수록 안타까웠다고 한다. 일평생 단 한 번밖에 없을 귀한 사진을 사무적으로 찍어놓았음에 후회했다고.

"그래. 사진이 중요한 건 아니지만 두 사람 충분히 그럴 수 있어."

정윤은 느리게 고개를 끄덕이며 중얼거렸다.

문득 자신의 웨딩 사진이 떠올랐다. 우린 누구보다 행복하게 찍었거든. 세상 그 누구보다 더, 행복하게.

"최선 다해서 찍었으니까 예쁘게 출력해서 액자로 해놔. 마음에 안 들면 다시 찍으면 되지."

그럼 뭐 해. 마음이란 결국 변하기 마련이고, 사진은 결국 아무런 힘도 가지지 못하는데.

"우리 술 한잔할까? 밥만 먹고 헤어지긴 좀 아쉬운데."

"좋죠. 언니 술 시켜드릴까요? 남 형사님 괜찮으세요?"

"저는 좋습니다, 형수님. 안 그래도 목이 좀 말랐거든요."

예컨대 이런 건 축복인 것 같아. 보고 싶은 사람이 있다는 것. 듣고 싶은 말이 있다는 것.

"사장님! 여기 술 한 병만 주세요!"

"네!"

보고 싶은 사람에게, 듣고 싶은 말을 듣는 것.

지금 두 사람이 그렇게 보여. 존재하기 힘든 축복을 만나, 나와는 다른 세계로 이동한 사람들같이. 세상엔 완벽한 0의 관계도, 완벽한 100의 관계도 없음을 알고 있지만 말이야.

"으으. 술병 보니까 새삼 기운이 난다. 좋은데?"

……미련한 생각.

정윤은 떠오르는 생각들을 모두 지우며 활짝 웃었다. 그래, 이런 생각 같은 건 오래 해봐야 아무 소용 없는 법이다. 타인의 삶은 타인의 삶일 뿐, 나의 삶이 될 순 없는 거니까.

"자, 우리 오랜만인데 건배하자."

정윤이 술잔을 들자 세 사람은 따라 들었다. 여전히 말이 없는 현수, 그리고 테이블 아래로 손을 맞잡은 희원과 지환까지.

"좋은 날, 오래오래 행복합시다."

정윤의 인사와 함께 네 사람은 술을 마셨다. 희원은 술을 마시려다가 고개를 갸우뚱하더니 다시 멈칫, 하고는 숨을 내쉬었다. 그러곤 다시 술잔에 입을 가져다 대려는데,

"우웩!"

거친 소리와 함께 입을 틀어막고는 눈을 동그랗게 떴다. 술을 마시던 세 사람은 일순 행동을 멈췄다.

"아, 죄송해요. 갑자기 술 냄새가 너무 지독…… 우웩!"

우우우웍! 희원은 피가 역류하는 것 같은 소리와 함께 자리에서 우당탕 일어섰다. 그 길로 화장실로 달려가는 희원의 뒷모습을 바라보던 세 사람은 입을 쩍 벌렸다.

"……뭐고. 형님. 지금 이, 이, 이거, 이거 뭐고……?"

"뭐, 뭐냐. 아니겠지? 아니, 맞나? 맞겠지? 아니, 아닌가? 맞나?"

"야, 서겸! 빠, 빨리 따라가봐! 멍충아!"

"어어어! 알겠다, 알겠다!"

지환이 벌떡 일어나 빛의 속도로 달려간다. 정윤은 화장실로 달려가는 지환의 뒷모습을 바라보다가 그런 생각을 했다.

……세상엔 완벽한 0의 관계도, 완벽한 100의 관계도 없다고 여겼는데 말이야.

"저기, 남 형사."

"아. 아아. 그래. 말해라."

오늘 문득, 그런 생각이 들었어. 어쩌면 당신들은 100의 관계가 될지도 모르겠다고.

정윤은 멍한 눈빛을 하다가 입술을 열었다. 화장실 밖엔 손톱을 깨물며 초조하게 앞을 서성이는 남편이 있고,

"희원이, 임신했나 봐."

화장실 안엔 변기통을 붙잡고 밀려 나오는 헛구역질에 두 눈을 질끈 감은, 아내가 있었다. 봄의 일이었다.

작고 기다란 검사기 위로 선명한 두 줄이 비친다. 희원은 그대로 시간이 정지한 것처럼 가만히 들여다보다가 고개를 들었다. 기쁘다거나 행복하다고 단정 지어 말할 수 없는 복잡한 감정이 해일처럼 밀려들고, 희원은 저도 모르게 긴 한숨을 불어 내쉬었다.

……임신을 했다. 아무리 들여다보고 또 들여다보아도 선명한 두 줄은 변함이 없고, 이것이 무엇을 의미하는지는 잘 알고 있었지만 아무것도 현실로 와닿지 않았다. 엄마가 된다. 내가. 내가?

테스트기를 들여다보고 있을수록 심장은 쿵쿵 뛰었다. 이유를 알지 못하는 불안함이 엄습하기 시작했다.

약간 현실 부정을 하고 있는 것도 같고, 꿈을 꾸고 있는 것처럼 멍한 기분이기도 하다. 앞으로 얼마간, 아니, 다소 긴 시간 동안 하지 못할 일상의 일들이 스친다.

"하…… 이제 어쩌지……."

남편과 마주 앉아 하루를 정리하며 한두 캔씩 맥주를 비워내던 시간도 사라질 것이고, 삶과 같았던 무용과도 뭐, 두말할 것도 없이 당분간 안녕 해야 할 것이다. 듣던 대로라면 기분은 하루에도 열두 번씩 널뛰기를 할 것이고, 급변하는 몸을 바라보며 슬프기도 할 것이다.

이, 임신중독증이 오면 어떡하지? 내가 태교를 잘 못 하면 어떡하지? 아기가 건강하게 태어날 수 있을까? 지금부터 이제, 뭘 어떡해야 하는 거지?

출산 후 살이 안 빠지면 어떡해? 산후 우울증이 오면 어떡하지? 신혼은 충분히 즐겼던가? 둘만의 시간이 더는 아쉽지 않을 자신이 있는가?

"하, 미치겠다. 어지러워."

희원은 머릿속에서 미친 듯이 불어나는 생각을 감당하지 못해 벌떡 일어섰다. 드라마나 영화에서 보면 임신했음을 알고 난 뒤, 주인공들이 무척 감동받은 눈빛으로 서로 얼싸안고 엉엉 울던데.

아…… 뭐지 이 기분……. 상상했던 거랑은 좀…… 많이 다른 것 같은데…….

희원은 테스트기를 마지막으로 내려다보다가 잠가놓은 화장실 문을 바라보았다. 이 문을 열고 나서면 지환이 있을 것이고, 어떤 방식이든 사실을 알고 난 후 현실에 반응해야 할 것이다.

어떻게 해야 하지? 황홀한 듯 웃어야 하나? 여보! 이제 우리도 아빠 엄마가 되는 거예요! 하며 눈물이라도 흘려야 하나?

"휴…… 나도 모르겠다……."

희원은 아무것도 정리를 하지 못한 채 문을 벌컥 열었다. 남편께선 화장실 앞에서 서성이고 있을 줄 알았더니, 소파에 앉아 TV 시청을 하고 계신다.

큼, 큼, 희원이 헛기침을 하며 곁에 다가가 앉자 지환이 TV에 시선을 준 채 입을 연다.

"어때? 맞아?"

채널을 바꾸나 싶더니 웬 홈쇼핑에 멈추고는 몰두하듯 바라본다. 희원은 그런 지환의 옆모습을 멀뚱멀뚱 바라보았다. 뭐야? 지금 절체절명의 순간에 TV나 틀어놓고 보면서 묻는 거야?

"맞아?"

"……."

재차 물어도 희원이 대꾸를 하지 않자 지환은 힐끔, 시선을 돌려 그녀를 바라보았다. 어엇. 사람도 찌를 수 있을 것 같은 눈빛을 하고 있다.

"서지환 씨, 지금 TV가 눈에 들어와?"

"아니. 안 들어와."

희원은 그의 얼굴을 바라보다가 고개를 돌려 TV를 바라보았다. TV 홈쇼핑 채널에선 그가 흥미를 보일 것 같지 않은, 굳이 보고 있을 이유가 없는 여성 신발을 판매하고 있다.

이제 보니 자신이 홈쇼핑 채널을 틀어놓은 줄도 모르는 것 같다. 마른침만 꿀꺽꿀꺽 삼켜대는 통에 목젖이 오르락내리락하는 걸 보니 매우 긴장한 것 같기는 하다.

희원은 그런 지환의 옆모습을 빤히 바라보다가 테스트기를 그의 눈앞에 내밀었다. 그녀가 뭔가 불쑥 내밀자 지환이 화들짝 놀란 얼굴로 눈을 크게 감았다가 뜨며 테스트기를 바라본다. 선명한 두 줄이 시선을 어지럽힌다.

"아……."

"남편. 두 줄이 뭔지는 알아?"

"아…… 어…… 설명서…… 읽었어…….."

두 줄이다. 그것도 엄청 진하고 선명한 두 줄.

지환은 희원이 내민 테스트기를 멍하니 바라보다가 눈만 감았다가 떴다. 내면에서 일어나고 있는 복잡한 심경이 고스란히 표정에 담겨, 희원은 그의 얼굴을 오래도록 바라보았다. 뭐, 이쪽도 그다지 감동이라거나 기뻐 미친다거나, 그런 상태는 아닌 것 같다.

"임신 맞는 것 같아. 내일 병원 가봐야겠어."

희원은 덤덤하게 테스트기를 내리며 중얼거렸다. 지금 이 순간 드는 생각이라곤.

"하, 이럴 줄 알았다면 마지막으로 맥주나 실컷 마셔둘걸. 이제 아쉬워서 어쩌지?"

양껏 못 마시고 내려두었던 술잔이 아쉽다.

"무용단에 전화를, 아니다. 내가 일단 사무실에 가서 직접 얘기를 하고 남은 공연 보류 신청을 해야겠어."

남은 스케줄은 또 어떻게 처리하나 막막하다, 정도.

"아, 뭐야, 진짜 실감이 안 나. 나 정말 임신이라고? 여기 뭐가 있다고?"

그러다가, 희원이 중얼거리며 자신의 배를 문지르자 지환이 슬그머니 손을 얹는다. 난데없이 자신의 배에 손을 가져다 대니 희원은 지환의 손을 내려다보았다.

"어우, 사람이 너무 놀라니까 말을 잃는다."

지환은 믿기지 않는다는 표정을 지으며 낮게 중얼거렸다. 이런 기분은 또 처음이라, 웃어야 하는지 울어야 하는지 감도 오질 않았다. 하나의 행동으로 지금을 표현하기엔 차오르는 감정의 색깔이 다채로웠다.

"하, 난 좀 심란해졌어. 임신하면 다들 막 기뻐 날뛰던데 난 그게 안 되네?"

"내일 병원 가봐야 정확하게 알겠지만, 일단 당신 임신……은 맞는 것 같지?"

"네. 그런 것 같네요. 테스트기 세 개나 해봤는데 세 개나 맞는다고 나오는 걸 보면."

지환은 조심스럽게 배를 문지르다가 희원을 바라보았다.

"고맙다. 이제 고생하겠네, 우리 부인."

"뭐, 해야지. 남들도 다 하는 고생인데 나라고 피해 갈 수 있겠나."

무섭다고 징징거려도 할 말 없는데 막상 임신을 하고 나니 희원은 겸허해졌다. 아직 무엇도 와닿는 것 없고, 무엇부터 어떻게 준비해야 하는지 알 수는 없지만 그래, 다들 이렇게 시작하나 보다. 남들이라고 대단하게 시작하지는 않겠지, 싶은 생각이 든 것이다.

지환과 희원은 서로 멀뚱멀뚱 바라보다가 피식, 피식, 웃음을 흘리기 시작했다. 하도 어이가 없고, 막연히 기다렸지만 갑자기 이루어지니 당황스럽기도 하고. 언제였을까, 언제 생긴 걸까 곱씹어보지만 딱히 유력한 날이 떠오르지는 않고.

뭐, 매일매일이 유력했으니까.

"아, 왜 자꾸 웃는 건데! 많이 웃으면 배 당긴단 말이야!"

조금씩 커져가는 웃음에 희원은 괜한 화살을 남편에게 돌렸다. 어깨를 아프지 않게 때려보아도, 그의 얼굴을 밉지 않게 노려보아도 한 번 터진 웃음은 쉽게 사라지지 않았다. 두 사람은 서로 웃는 얼굴을 마주 보며 한참이나 웃었다.

"큰일 했다, 큰일 했어. 권희원."

"서지환 씨도 큰일 했네. 과감하고 능숙하더니, 큰일 했어."

서로는 서로의 능력을 칭찬하며 한참이나 큰 웃음을 터트렸다. 그들이 삶의 변화를 대하는 자세란 세간의 풍문처럼 로맨틱하지도, 무한히 감동스럽지도 않았다. 다만 할 말을 잃고 터트리는 웃음엔 하지 못한 말들이 고스란히 묻어났다.

"남편. 집엔 언제 말하지? 양가 어르신들 모두 좋아하시겠다."

"그러게. 특히 할아버님께선 어깨춤을 추실 수도 있어."

그래서, 그들에게 새 생명이 찾아왔음은 어떤 의미가 되었을까. 전반적인 인생을 놓고 보자면 완벽한 부모가 되기엔 여전히 모자라고, 여전히 자신 없는 두 사람에게 법보다 더 무서운 '책임'이 있다는 걸 알게 한 하나의 사건이었다.

거저 얻어지는 것은 없다는 것을 몸소 깨달았고, 오늘과 같은 내일을 살 수 있다는 게 얼마나 감사한 일인지 깨달았으며, 혼자만의 힘으로는 절대로 할 수 없다는 것 또한 배우게 되었다.

엄마의 말씀처럼 둥근 세상이 찾아왔고, 그 세상이란 대고모님의 말씀처럼 광활한 우주였다. 눈에 넣어도 아프지 않을 딸아이를 품에 안는 순간부터, 둘은 하나요, 셋은 가족이었다.

· · ✦ ✦ ✦ ✦ ✦ · ·

3년 후.

"자, 우리 이제 한 바퀴 돌았으니까 외래 진료 도우러 나갈까요?"

"희주 씨. 조금만 쉬었다가 나가요. 아침부터 하루 종일 움직였 잖아요. 안 더워요?"

"더워. 더워 죽을 것 같아. 그런데 시간이 부족하다고요. 해지기 전에 빨리 다녀와야죠."

"아…… 지금 나가면…… 해질 때쯤이나 돌아오겠구나……."

아…… 그렇구나…….

마을을 한 바퀴 돌며 보수공사 현장을 꼼꼼하게 체크하고 돌아 오자마자 다시 나가잔다. 자원봉사자는 나갈 채비를 서두르는 희 주를 바라보다가 남몰래 긴 한숨을 내쉬었다. 이제 막 점심이나 먹 을까 하는 시간이지만 지금 나간다면 아마도, 밤늦게나 돌아올 것 이다.

"아…… 그래도 점심시간인데."

"윤쌤, 우리 가면서 먹어요. 샌드위치 있어."

"아…… 샌드위치……. 듣기만 해도 신물이 넘어오는 그 샌드위 치……."

희주가 '윤쌤'이라 부르는 자원봉사자는 자신의 미래를 보고 왔 다는 것처럼 체념한 얼굴로 자리에서 다시 일어섰다.

몇 년 전 지진으로 엉망이 된 최빈국을 다시 찾은 희주는 단 하 루도 허투루 보내는 날 없이 바빴다. 도움의 손길이 필요한 곳이라 면 어디든 달려갔고, 무엇이건 도왔으며, 닥치는 대로 일거리를 물 어 왔다.

"희주 씨, 그러다가 탈 나요. 쉬엄쉬엄 해야지."

"살면서 너무 많이 쉬어서요, 기운이 넘쳐나는 거 있죠. 모아둔 힘이 많나 봐."

"에효, 우리 희주 씨를 어찌 말리겠습니까? 소인이 또 따라서 움직여야죠. 갑시다, 가요."

"오케이. 내가 오늘은 특별히 윤쌤에게 오렌지주스도 줄게요."

"어이고, 백골이 난망하옵니…… 아, 맞다. 한국에서 후원 요청이 또 있었어요."

"아, 그래요?"

검은 티셔츠, 면 반바지 차림으로 언제나 착용하는 모자를 집어든 희주는 윤쌤을 바라보았다. 하루 종일 내리쬐는 굵은 햇살이 무색할 정도로 희고 맑은 희주의 피부는 여전히 고왔다. 두꺼운 화장 속 표정을 가렸을 때보다 훨씬 더 빛이 나고, 훨씬 더 생기 있게 여겨졌다.

"어디 보자……. 이분 또 개인적으로 직접 후원하시네. 서윤지 씨라고."

"……아. 네."

윤쌤이 주머니에서 종이를 꺼내 후원자 신상에 대해 알려주자 희주는 모자를 눌러쓰며 너털웃음을 흘렸다. 후원금을 보낸 이는 다름 아닌 희원이다.

언제였을까, 단 한 번 우연하게 연락이 닿았었지. 봉사활동을 하고 다닌다고 말하자, 그 후로 희원은 종종 후원금을 직접 보내왔다. 여타의 말은 없었다. 그저 후원금이 도착하고, 보냈다는 메시지가 다였다.

그러다가 언젠가부터 후원자의 이름은 '서윤지'로 바뀌었다. 문지 않아도 알 수 있었다. 두 사람의 딸아이 이름이란 걸. 희원이, 자신의 딸아이 이름으로 후원을 시작했다라는 걸.

"금액이 꽤 커요. 이분 돈 많은 분인가 봐요."

"아아, 글쎄요. 어쨌든 후원금은 투명하게 쓰고, 나중에 정산서 자세하게 출력해서 보내드려요."

"네네. 알겠습니다, 희주 씨."

윤쌤이 건넨 후원서를 건네받은 희주는 한참이나 적힌 희원의 이름을 바라보았다. 그러다가 반듯하게 접어 주머니에 넣고, 봉사 단체 이름이 적힌 조끼를 입었다.

우리는 한국에서 무척 잘 지내고 있다는, 그러니 당신도 잘 지내라는, 어떠한 메시지의 전달인 것만 같아 희원의 후원금은 도착할 때마다 다른 의미로도 기뻤다.

"하, 좋다."

"맨날 뭐가 그렇게 좋습니까? 희주 씨? 그렇게 행복해요?"

"그럼요. 좋지 않아요? 난 숨만 쉬어도 좋은데?"

"희주 씨는 봉사가 천직인가 봅니다. 저는 가끔 힘들기도 한데 말이죠. 한국이 그립기도 하고."

"아시잖아요. 그리워할 만한 것들이 딱히 없어서."

"아…… 아, 죄송합니다. 제가 괜한 이야기를 꺼내서."

"무슨 말씀이세요. 저 쿨한 거 아시잖아요?"

당황한 윤쌤을 오히려 달래며 희주는 크게 웃었다.

곁의 모든 것이 감사한 시간. 얼마 만인가. 하루의 낮과 밤이, 별일 아닌 것에 터져 나오는 웃음이, 온전히 '나'로 살아가는 오늘이.

"윤쌤. 출동합시다. 오늘도 감사하게."

"예예. 감사하게. 샌드위치, 오렌지주스, 감사하게."

그래요. 당신들도 그렇게 살아가고 있을 거라 나는 믿어 의심하지 않아. 나는 온전한 나로. 기쁨도 슬픔도 완연한 내 것으로.

"자, 출발!"

그렇게, 당신들은 우리가 되어.

· · ◆ ◆ ◆ ◆ ◆ · ·

"아빠, 엄마는 언제 와? 응?"

"응. 엄마 조금만 더 기다리면 올 거야. 이제 엄마 끝날 시간 다 됐어."

"엄마 또 춤추러 갔어? 엄마는 춤추고 오는 거야?"

"응, 윤지야. 엄마 춤추러 갔어. 다 추면 올 거야"

"언제 다 추는데?"

"음. 그건 엄마 마음이라 사실 아빠도 잘 몰라."

아이는 아빠 무릎에 앉아서 시선은 아끼는 애착 인형에 주고 입술만 쫑알쫑알 움직인다. 지환은 아이의 이마에 붙은 잔머리를 쓸어 넘겨주며 묻는 말에 답을 해주었다.

대국이 한창이었음을 알려주듯 놓인 바둑판엔 검은 바둑알과 흰 바둑알이 어지럽게 놓여 있었다. 잠시 화장실을 다녀오신 회원의 할아버지 권 선생이 다급하게 안으로 들어선다.

"바둑판에 손댄 건 아니겠지?"

"아, 왜 이러십니까. 한두 번도 아니고. 저 그런 사람 아닙니다."

"그런 사람 아니라서 저번엔 손대다 나한테 걸렸냐?"

"그게 언제 이야기인데요. 한 번도 못 이겨서 약이 올라서 딱 한 번 그런 걸 가지고 너무 오래 마음에 담아두십니다."

"원래 소도둑부터 시작하는 놈은 별로 없어. 자, 다시 시작하자고."

권 선생이 앉자마자 급하게 바둑알을 집어 든다. 처음 지환과 바둑을 두기 시작할 땐 형편없는 손녀사위 실력에 매번 시시한 승리를 거두곤 했는데.

검사라 그런 건가, 실력은 나날이 일취월장하더니 요즘은 전력을 다해도 실력이 비등비등하다. 권 선생이 잔뜩 집중하는 얼굴로 바둑판을 내려다보던 때.

"왕 하부지. 우리 엄마 언제 와요?"

저, 저, 조막만 한 입술이 열리며 옥구슬이 또로록 굴러 나온다. 권 선생은 잠시 바둑판에서 시선을 떼며 증손녀를 바라보았다. 인형의 머리카락을 빗어주며, 아이는 앙증맞은 손을 이리저리 움직이고 있었다.

"엄마는 춤을 다 춰야 올 텐데. 윤지야, 엄마 보고 싶으냐?"

"엄마 춤추러 갔어여? 그럼 언제 다 춰여?"

"글쎄다. 그건 엄마 마음이라 왕 할아버지는 잘 모르겠는데."

……같은 질문, 같은 답이 이어진다.

"윤지야. 엄마 보고 싶으냐?"

"응. 아니? 응. 아니?"

아리송한 아이의 답변이 이어지자 권 선생은 고개를 비스듬히 꺾으며 아이를 바라보았다.

"왕 하부지. 바둑은 왜 하는 거예여?"

"바둑? 네 아빠 이겨먹으려고 하는 거지."

"울 아빠 이겨여? 왕 하부지가 우리 아빠 이겨여?"

"이기다마다. 네 아빠는 왕 할아버지한테 상대가 안 되니까."

"아이 앞에서 흉은 좀……. 아빠 체면도 있는데요, 할아버지."

지환이 낮게 중얼거리자 체면은 무슨, 하는 눈빛으로 권 선생이 지환을 바라본다.

"억울하면 실력을 키워야지. 바둑의 세계란 냉정한 거야, 이 사람아."

"아빠. 아빠 맨날 져? 왜 아빠능 맨날 져?"

"이것 좀 보십시오, 할아버지. 윤지가 벌써 저를 이렇게 판단하지 않습니까?"

"아, 그러니까 이기란 말이야. 누가 뭐래? 정정당당하게 이기면 되는 걸 왜 한 판을 못 이기고 무능력한 애비 노릇을 해?"

"하, 그럼 저 진심으로 합니다. 나중에 딴말 없기입니다. 할아버지."

"허. 언제는 내가 딴말했던가? 나는 일평생 그런 거 모르는 사람일세."

지환은 무릎에 앉혀둔 윤지를 훌쩍 끌어 더 가까이 안으며 눈빛을 활활 태웠다. 무능력한 애비 인상을 썼으려면, 오늘은 이기는 수밖에 없다.

"왕 하부지랑 아빠랑 싸우면 왕 하부지가 이겨어."

"윤지야, 아빠는 싸우는 게 아니야. 그런 소리 하면 큰일 나. 싸우는 거 절대로 아니에요."

"응? 근데 왜 져? 싸우니까 지는 거야."

지환은 윤지의 말에 할 말이 없어 고개를 들었다.

"들으셨습니까? 요즘 윤지랑 대화를 하면 제가 말문이 막힙니다."

"나도 요즘 아찔할 때가 많아. 조금 더 지나면 온 집안 어른들을 다 삼켜 먹겠어."

"나중에 크게 될 모양입니다."

"그러게. 보통은 넘을 걸세."

아이가 생각 없이 뱉어내는 말을 모두모두 모아 특별하게 빚어내며, 아빠와 외증조할아버지는 윤지바보가 되었다. 지환은 바둑알을 들고 다시 생각에 잠긴 권 선생을 바라보다가 입술을 열었다.

"요즘도 운동 열심히 잘하십니까?"

"노인네 운동이랄 게 뭐 있나. 산책이나 슬슬 도는 거지."

"막걸리는요."

"끊었네. 아, 자꾸 말 시킬 겐가? 정신 사납게."

결심했는지 권 선생이 바둑알을 내린다. 예사롭지 않은 손길로 바둑알을 정중히 내리니 지환은 그 손길을 말없이 바라보았다. 아아. 제발 못 보고 지나치시길 바랐는데.

"하…… 제가 이러면 또 막힙니다."

"어때. 패배를 인정하나?"

끌끌끌끌. 권 선생이 승리를 예감하며 웃자 지환은 오만상을 찌푸리며 바둑알을 들었다. 무릇 바둑이란 고도의 두뇌 싸움이자 심리전. 지환은 예상했던 권 선생 수의 허를 찌르며 바둑알을 내렸다.

"이건 어떠십니까?"

"이게 뭐야. 이게 뭐야!"

순식간에 역전되는 상황에 권 선생은 눈을 크게 떴다. 지환은 딸아이의 귓가에 소곤소곤 속삭였다.

"윤지야. 이건 비밀인데, 아빠가 왕 할아버지 이긴 것 같애."

다 들려 이놈아…….

"아? 아빠가 이겼어? 왕 하부지 이겼어?"

"어. 아빠가 이긴 것 같애. 왕 할아버지 아빠한테 진 것 같애."

"이놈이 근데."

하, 열 받는다. 권 선생은 바둑알만 초조하게 이리저리 만지다가 마른침을 삼켰다. 꽤나 많은 시간이 흐르고, 답을 찾지 못한 권 선생이 최초로 불계패를 남기게 될 순간,

"저 왔어요!"

문을 열고 희원이 들어선다.

"엄마아!"

지환의 무릎에 앉아 있던 윤지가 팅기듯 일어나더니 엄마한테 달려간다. 아끼던 애착 인형도 내팽개치고 달려가니 희원은 허리를 구부리며 딸아이를 안았다.

"당신 왔어?"

지환이 고개를 돌리자 권 선생은 이때다 싶었는지 콜록, 기침을

하며 팔로 바둑판을 쓸었다. 촤라락, 바둑알이 쓸려 내려간다.

"어어어! 어어어어!"

판이 엎어지자 지환이 입을 쩍 벌린다. 권 선생은 일부러 기침을 내뱉다가 고개를 들었다.

"어후, 어후, 이거 미안해서 어쩌나! 아이고! 이거 미안해서 어쩌나!"

"일부러 이러셨죠! 일부러! 지금 다 이긴 판인데 일부러 이러신 거죠!"

"일부러는 무슨! 아니야 이 사람아! 사람을 뭐로 보고!"

응? 희원은 무슨 상황인지 알지 못해 윤지를 바라보았다. 윤지는 그저 엄마를 만난 것이 반가운지 헤실헤실 웃으며 엄마 다리를 붙잡았다.

"아, 패배 인정하셔야죠! 다 이긴 건데! 아! 진짜 처음으로 이기고 있었는데!"

"억울하면 다시 두든가. 노인네한테 역정 내기 있어?"

"와…… 와…… 진짜, 와…….〞

"희원이 왔냐? 밥은 먹었고?"

질색하는 손녀사위의 얼굴을 외면하며 권 선생은 희원을 바라보았다. 큼. 언젠간 질 거라고 생각했지만 오늘은 안 돼. 난 아직 마음의 준비가 안 됐거든.

"밥 안 먹었지? 우리 밥 먹으러 나가자."

권 선생이 일어선다. 우르르, 바둑알이 바지에서 쏟아지자 지환은 더욱더 눈꼬리를 올렸다.

"이놈이 노인네 앞에서 눈에 힘을 줘? 버르장머리가 없어도 너무 없어."

"눈에 힘 안 줬어요."

지환은 금세 눈에 힘을 풀었고 툴툴거렸다. 권 선생은 지환에게 어서 일어나라 손을 흔들었고, 일어서는 지환의 귓가에 귓속말을 했다.

"좀 봐줘. 윤지한테 이 왕 할애비가 쥐터지고 다닌다고 인식되면 좋겠어?"

"저는 애비입니다. 저는 애비라고요."

"글쎄 다음에 다시 하자니까? 오늘 다시 할래?"

"……됐어요. 다음에 할래요."

툴툴 부은 지환이 입술을 불뚝 내밀고 대꾸하자 권 선생은 고기 반찬을 대접하겠노라며 끌어댔다. 마지못한 척 걸음을 옮기며 지환은 희원을 바라보았다.

"부인. 남편은 오늘도 졌네."

"뭐, 이젠 놀랍지도 않아. 식사나 하시죠."

바둑을 두느라 수고했다며 희원이 어깨를 두드리자 지환은 윤지를 번쩍 안아 들고 희원의 손을 잡았다. 불리할 땐 연기처럼 사라지시는 왕 할아버지께서는 벌써 주방으로 나가신 모양이다.

"당신, 공연은 잘하고 왔어?"

"잘했지. 어후, 구언이가 이제 옛날의 구언이가 아니야. 너무 슈퍼스타가 돼서 팬들이 말도 못 하게 밀려왔어."

"볼만했겠다."

지환은 광경을 상상하며 웃었다. 데니스 한과 손을 잡고 전 세계를 누비며, 구언은 끝도 없이 날아올랐다.

"구언이가 출국하기 전에 식사 한번 하자 하더라. 남편이랑 같이."

"좋지. 언제든지."

아이를 낳고 희원은 무대로 성공적인 복귀를 했다. 쉬운 일은 아니었다. 그녀가 공연이 있을 때마다 윤지를 봐준 친정과 시댁의 도움이 있었고, 주말이면 아이와 하루 종일 함께 시간을 보내는 남편이 있어 가능했다. 지금의 영광을 혼자 이뤘다고 말하기엔 숨은 공로자들이 많았다.

"다음 주는 공연 없어. 내가 다음 주 주말엔 맛있는 거 많이 해줄게."

"오. 좋은데. 오랜만에 주말 같이 보내나?"

주말마다 시간을 비우니 다소 미안한 마음이 들어, 희원은 코끝을 찡긋하며 웃었다. 두 사람은 이제 그만 나가자며 따뜻한 시선을 주고받았다.

……언제나 완벽한 관계, 완벽한 삶을 살고 있다고는 말할 수 없겠다. 숨을 거두는 그 순간까지도 완벽한 삶이란 어쩌면 만날 수 없을지도 모르니까.

결혼해서 살다 보니, 아이를 낳고 살다 보니, 어쩌면 '완벽'이라는 건 인간이 도달할 수 없는, 미지의 영역인 것 같다는 생각이 들었다. 완벽해야만 만족스러운 삶을 사는 게 아니라는 것 또한 깨달았다.

살다 보면 당장 끝낼 것처럼 싸우는 날도 있겠지. 그림자도 보고 싶지 않아 반대편으로 고개를 돌리는 날도 있을 것이다. 상처를 받는 날도, 상처를 주는 날도 있을 것이고 세상에서 가장 섭섭한 사람이 되는 날도, 있을지 모른다. 하지만 어때. 대부분의 날들은 사랑하며 살 텐데. 남아 있는 많은 날들을, 사랑으로 채워 넣을 텐데.

……나는 당신으로 인해 부족함을 채웁니다.

"당신 오늘도 수고했어."

"응. 오늘도 고마워요, 남편."

나는 당신으로 인해 희망을 배웁니다. 더욱더 완벽해질, 내일의 우리 모습에.

완벽한 쇼윈도 3

초판 1쇄 인쇄 2019년 8월 23일
초판 1쇄 발행 2019년 8월 31일

지은이 로즈빈
삽화 케이
펴낸이 김문식 최민석
기획편집 이수민 김현진 박예나
　　　　　 김소정 윤예솔
제작 제이오

펴낸곳 (주)해피북스투유
출판등록 2016년 12월 12일 제2016-000343호
주소 서울시 성북구 종암로 63, 4층 402호(종암동)
전화 02)336-1203
팩스 02)336-1209

© 로즈빈, 2019

ISBN 979-11-6479-026-5 (04810)
　　　　979-11-6479-023-4 (세트)